DIE CORNISCHE PRINZESSIN

DIE GOLDKIND-PROPHEZEIUNG

DIE GOLDKIND-PROPHEZEIUNG
BUCH EINS

TANYA ANNE CROSBY

OLIVER-HEBER BOOKS

Alle Rechte vorbehalten.

Kein Teil dieser Veröffentlichung darf in irgendeiner Form verwendet, reproduziert oder übertragen werden, sei es elektronisch, gedruckt oder auf andere Art, ohne die vorherige Erlaubnis sowohl von Oliver-Heber Books als auch Tanya Anne Crosby, mit Ausnahme von kurzen Zitaten, die in Artikeln und Rezensionen eingebettet sind.

ANMERKUNG DES VERLAGS: Dies ist ein Roman. Namen, Personen, Orte und Ereignisse sind entweder ein Produkt der Phantasie der Autorin oder werden fiktiv verwendet. Eine Ähnlichkeit mit tatsächlichen Personen, lebend oder tot, Unternehmen, Ereignissen oder Schauplätzen ist rein zufällig.

Korrektur der deutschen Übersetzung: Sue Ellen Welfonder

Covergestaltung: Drazenka

Die cornische Prinzessin COPYRIGHT © Tanya Anne Crosby

Oliver-Heber Books

0 9 8 7 6 5 4 3 2 1

Für die echte Gwendolyn von Cornwall... denn wir alle sollten ein bisschen mehr Gwendolyn sein.

DANKSAGUNGEN

Ganz viel Liebe an Kerrigan Byrne, die mir den Rücken gestärkt hat, als ich befürchtete, mich zu weit von dem Genre zu entfernen, in dem ich mir meine ersten Sporen verdient habe.

Und auch an meine Agentin Christine Witthohn, deren Geduld grenzenlos ist und deren Glaube an mich auch dann nicht wankt, wenn ich ihr verspreche, ihr bald ein neues Exposé zu liefern, nur um dann meilenweit vom Kurs abzukommen und ein Herzensbuch zu schreiben. *Vielen Dank, Christine.*

An meine langjährige Leserin Barb Batlan-Massabrook, auf ihre Weise selbst eine Kriegerin, die mich den größten Teil meiner dreißigjährigen Karriere über angefeuert hat.

An meine Tochter, Alaina Christine Crosby, für all ihr wundervolles Feedback und ihre liebevollen Vorschläge. Und an ihren Mann, Thomas ... einfach so. (Endlich schreibe ich ein Buch, das du lesen wirst!)

Auch an meinen Mann, den ursprünglichen Dún Scoti, der nie gesagt hat: „Das ist doch total verrückt!"

Und schließlich an Kathryn Le Veque, aus Gründen, auf die ich hier nicht weiter eingehen werde. Du bist eine wahre Freundin, Kat, und ich hab dich sehr lieb.

Ich bin reich gesegnet.

FARGE MŌR
(GREAT OCEAN)

PRYDEIN
CONFEDERACY

7 TRIBES

MORIMARU
(DEAD SEA)

MUIR MENN
(CLEAR SEA)

BRIGANTES

PARISI

LLANRHOS
DRUIDS

DECEANGLI

CORIELTAUVII

CORNOVII

ICENI

ORDOVICES

CATUVELLAUNI

TRINOVANTES

DEMETAE

SILURES

DOBUNNI

CANTIUM

ATREBATES

DUROTRIGES

DUMNONII

MOR BRETANNEK
(BRITISH SEA)

LOEGRIAN TERRITORIES
CORNISH TERRITORIES

DIE GOLDENE VERHEISSUNG

Es war Brutus von Troja, ein Königsmörder, der als Erster auf diese Lande am Rande des Meeres stieß ... Eines Tages, auf der Jagd, schoss der junge Brutus seinem Vater einen Pfeil ins Herz, und dafür wurde er verbannt, ausgesetzt auf einem endlosen Meer, um in wilderen Landen sein Glück zu suchen.

Doch sie ahnten nicht, dass Brutus von den Göttern begünstigt wurde.

Er stach mit seiner Galeere mit dem Schlangenbug in See und erreichte Land's End mit einer solchen Pracht, dass er die Blicke all jener auf sich zog, die so wenig über seine Art wussten – jene rotbemäntelten Krieger mit ihren goldenen Helmen, goldenem Haar und goldenen Augen.

Wahrlich, er kam, er sah und er siegte, doch nicht so kühn, wie die Geschichten später behaupten mochten.

Gewiss gäbe es noch viel zu erzählen, was danach geschah, doch dies wird Stoff für eine andere Geschichte sein. Es genügt zu sagen, dass zu der Zeit, als die Sonne über Brutus' erstem Jahr auf den Zinninseln unterging, er bereits Hochkönig war, während mein Vater, ein wahrer Sohn Dumnonias, im Grunde sein Vasall war und das Knie vor einem Fremden beugte, dessen entscheidende Waffe nicht kalter, harter Stahl, sondern ein scharfer Verstand und eine scharfe Zunge war.

Aber auch wegen einer Prophezeiung ... der ersten von zweien, die dazu bestimmt waren, unser Schicksal für immer zu verändern.

„So wie ich gekommen bin, wird eines Tages auch mein Volk kommen", warnte Brutus. „Sie werden wie eine rote Flut über eure Küsten hereinbrechen und euren Sand mit Blut waschen. Nehmt mich an, und ich werde euch verteidigen."

Und wer in ganz Cornwall hätte ihn einen Lügner nennen sollen?

Nachdem er zugesehen hatte, wie dessen robuste Schiffe unsere sturmgeplagten Buchten eroberten, konnte mein Vater kaum mehr tun, als einen neuen Hochkönig willkommen zu heißen. So wurde aus Brutus von Troja Brutus von Pretania, und in einem einzigen Wimpernschlag eines Unsterblichen wurden die Alten Wege hinweggefegt, wie Sand vor einem Sturm.

Und doch bleibt dieses Land ein Altes Land, durchdrungen von den Alten Wegen.

Unsere Ahnen sind nicht weniger Kinder von Göttern.

Ich bin Gwendolyn von Cornwall, Prinzessin der Dumnonier, und dies ist meine Geschichte ...

Sie beginnt am siebten Abend nach meiner Geburt, in dem Zimmer, in dem meine Wiege stand ... unter dem Licht eines fahlen Mondes. Hier, in den tiefsten Stunden der Nacht, suchten mich zwei uralte Kreaturen auf, und die einzigen Zeugen dabei waren meine Mutter und ihre pflichtbewusste Zofe.

„Sie ist wunderschön", sagte die jüngere der beiden, deren Augen so eisgeboren waren wie ein Wintermeer. Sie klatschte in ihre zarten Hände, als sie in meine Wiege spähte, die Nägel lang und gekrümmt wie Klauen.

„Sie wird Köpfe verdrehen", sagte die ältere zufrieden, doch dann schränkte sie ein: „Vielleicht wird sie ihren wahren Wert niemals erkennen, es sei denn, sie kennt die Seele eines jeden Mannes, der sie umwirbt."

„Oh! Ich weiß, was zu tun ist", rief die jüngere mit einem verschmitzten Funkeln in ihren leuchtenden Augen. „Ich werde Gwendolyn von Cornwall die Gabe des Spiegelbilds verleihen."

Aufgeregt berührte sie mit einem Finger meine Stirn und flüsterte sanft – oder so sanft, wie eine raubgierige Stimme nur sein kann. „Nun werden alle, die auf ihr Gesicht blicken, ihr eigenes wahres Selbst in ihrem Antlitz erspähen, und abhängig von ihrer Tugend wird sie das lieblichste Mädchen im ganzen Land sein ... oder das abscheulichste.“ Sie lachte entzückt, erfreut über ihr tückisches Geschenk.

„Esme!“, sagte die Ältere. „Das hast du dir nicht gut genug überlegt. Wenn das Herz eines Mannes nicht aufrichtig ist, wird dieses arme Kind um seines Wertes willen begehrt, doch für sein Gesicht verachtet werden.“

Die jüngere Fee ließ die Schultern hängen. „Oje“, sagte sie. „Oje. Ja, ich verstehe.“ Bestürzt blinzelte sie zur mondbeschienenen Wiege, und die Stille, während sie über ihre Torheit nachdachte, wurde tief.

Vom Türrahmen desselben Zimmers aus wagten weder meine Mutter noch ihre Zofe, sich zu zeigen, und nun rieb sich meine Mutter nervös die weichen Hände, während die Zofe sie an den Schultern hielt, verzweifelt bemüht, ihre Herrin aus dem Raum fernzuhalten.

„Sorg dich nicht“, sagte die ältere Fee, während sie zusahen. „Ich weiß, wie ich es wieder in Ordnung bringen kann. Ich werde diesem Kind die Gabe einer goldenen Mähne verleihen, bei der sich jede Locke ihres Haares in Gold verwandelt, vorausgesetzt, sie wird von ihrer einzig wahren Liebe geschnitten. Daran wird sie es erkennen.“

„Wahrlich, daran wird sie es erkennen“, wiederholte die jüngere, woraufhin sich die ältere bückte, um mit einem Finger eine Strähne gelben Haars zu berühren, und für einen Augenblick leuchteten die goldenen Locken auf wie Sonnenstrahlen.

Doch genau in diesem Augenblick nahm die ältere Kreatur den sterblichen Geruch meiner Mutter wahr, und nun wandte sie sich an ihr schüchternes Publikum.

„Ich sehe Euch, Herrin von Dumnonia!“, sagte sie und richtete sich zu ihrer vollen Größe auf – was gar nicht so groß war, denn obwohl sie für eine Fee recht groß war, war sie eigentlich ziemlich klein.

Ihre Schönheit war verblüffend, ihre Haut durchscheinend von Sternenstaub und ihre Augen strahlten mit dem Licht zweier Sonnen.

„Wir kommen in Frieden, wenn auch mit einer Vorahnung“, sagte die Ältere. „Der Untergang unserer Art wurde vorhergesagt, stieß aber *auf taube Ohren. Dennoch ist er eingetreten, und nun werdet auch Ihr der Dämmerung gegenüberstehen, und Eure Tochter ist die Hoffnung aller Völker. Hört meine Worte, Herrin! Ihr müsst die Draig-Banner vereinen, um die Rote Flut aufzuhalten!"*

„Römer!", zischte die jüngere mit zitternden Lippen, und dieses einzige Wort erfüllte den Raum mit einer bis ins Mark gehenden Kälte, die beide sterblichen Frauen dazu veranlasste, mit besorgten Armen ihre Brust zu umklammern.

„Ist das mein Kind in der Wiege?", fragte meine Mutter, die kein Wort des Feengeschwätzes verstand und nur bis in die Tiefen ihrer Seele fürchtete, dass sie ihr einen Wechselbalg dagelassen hatten.

Beide Kreaturen lächelten daraufhin und offenbarten ein scharfes, wildes Grinsen.

„Kind Eures Leibes", gurrte die Ältere.

„Kind des Äthers", sagte die Jüngere, bevor beide verschwanden wie Hauch auf feuchten Lippen.

So lag ich also da ... in meiner Wiege, in einem vom Mondlicht versilberten Raum, mit einer Amme und einer Mutter, die nun unsicher über meine Menschlichkeit waren. Und doch, ungeachtet ihrer Unruhe, schlichen beide an mein Bett, um in die Wiege zu blicken ...

Die eine sah ein entstelltes Kind, die andere mein Gesicht, so wie es ist.

EINS

Gwendolyn hörte das Klagen eines Wachhorns, dachte sich aber nicht weiter etwas dabei. Sie rollte sich auf den Rücken, gähnte, reckte und streckte sich und sonnte sich wie eine Katze in dem warmen Streifen Morgenlicht, der durch ihr hohes Fenster fiel.

Trevena war eine geschäftige Stadt, die Händler von so weit her wie Phönizien und Karthago anlockte. Sie war an das hektische Treiben durchaus gewöhnt, und doch wagte es außer Ely oder Demelza niemand, sie hier in ihren privaten Gemächern zu stören. Als es also an die Tür ihrer Kammer klopfte, schrak sie auf. Sie schnellte auf die Füße, verschätzte dabei jedoch die Entfernung zur Bettkante und landete mit einem überraschten Aufschrei im Binsenstreu auf dem Fußboden.

Unglücklicherweise war ihr Vorzimmer um diese Stunde leer, sodass niemand da war, um ihren geheimnisvollen Gast zu empfangen.

Erneut ertönte ein Klopfen, schroff und eindringlich.

Gwendolyn unterdrückte ein Stöhnen, rappelte sich auf und beeilte sich, ihr Kleid zu finden. Zweifellos war Demelza noch mit ihrer Mutter beschäftigt, und nicht zum ersten Mal fragte sie sich, warum Königin Eseld sich standhaft weigerte, ihr eine Zofe zuzuweisen, wo es doch viele würdige Bewerberinnen gab, die diese Stellung begehrten, darunter auch ihre beste Freundin Ely.

Die Antwort war natürlich offensichtlich, und sie verdross Gwendolyn ungemein, denn so hatte ihre Mutter eine weitere Möglichkeit, sie auszuspionieren. In der Zwischenzeit war dies nicht das erste Mal, dass Gwendolyn aus dem Bett kletterte, nur um die Kleidung vom Vortag anzulegen.

Schlimmer noch, ihre Tunika hatte einen großen Heidelbeerfleck – der unwiderlegbare Beweis dafür, dass sie sich wieder einmal über die Wünsche ihrer Mutter hinweggesetzt und im Haus des Kochs auf der Suche nach Gebäck herumgeschlichen war. So ärgerlich es auch war, ihre Mutter hatte recht: Bei diesem Tempo würde ihr Hochzeitskleid wahrscheinlich nicht mehr passen, wenn sie es tragen musste, und trotzdem konnte Gwendolyn nicht anders. Sie war nervös.

Noch ein scharfes Klopfen an der Tür, und sie verfluchte den Tag ihrer Geburt – nicht aus den offensichtlichen Gründen, sondern wegen des einen Fluchs, den diese verdammten *Feen* nie gestanden hatten. Sie war nicht wirklich ungeschickt, aber auch nicht so anmutig wie ihre Mutter, die Königin.

Und trotzdem, während Gwendolyn die unbezwingbare Entschlossenheit ihrer Mutter bewunderte, das zu sein, was sie nicht war, wollte sie mehr von ihrem Leben – *so viel mehr*.

Sie wollte reisen, nicht nur, um Pretania zu sehen, sondern um Cnoc Fírinne in Ériu zu erblicken und mit eigenen Augen die letzte Bastion der Tuatha Dé Danann zu sehen.

Eines Tages wollte sie auch ihre Großeltern kennenlernen.

Außerdem hatte sie vor, den neuen Tempel der Toten in Eastwalas zu besuchen.

Am allermeisten sehnte sie sich danach, so akzeptiert und geliebt zu werden, wie sie war, ungeachtet dessen, wie man ihr Gesicht wahrnahm.

Schwermütig über diesen Gedanken seufzend, rieb Gwendolyn an dem Fleck auf ihrer Brust, stolperte dann zur Tür und riss sie auf.

„Yestin!"

„*Myttin da,* Hoheit", sagte der Truchsess ihres Vaters. „Ich bin gekommen, um Euch mitzuteilen, dass Eure Anwesenheit im Konsel Eures Vaters verlangt wird – unverzüglich."

Gwendolyn blinzelte. „Meine?"

Sie tippte sich mit einem Finger auf die Brust, eine Augenbraue überrascht gehoben. Es ging eigentlich nicht so sehr darum, dass ihr Vater sie brauchte. In diesen Tagen benötigte er bei der Erfüllung vieler seiner Pflichten Hilfe. Es war mehr die frühe Stunde. Obwohl, vielleicht bedeutete es, dass er sich besser fühlte?

Der Blick des Truchsesses verengte sich auf Gwendolyns Fleck; und dann, vielleicht weil er sich erinnerte, wo dieser lag und wessen Brust er zierte, hob er den Blick, um sie finster anzustarren, als wäre es ihre Schuld, dass seine Augen gewandert waren. Er hob eine ergraute Braue und sagte erneut: „Unverzüglich." Als ob Gwendolyn ihn beim ersten Mal nicht gehört hätte. Und dann weigerte er sich, mehr zu sagen, außer zu offenbaren, dass ein Bote aus Loegria eingetroffen war. Erst als sie auf ihren Stuhl am anderen Ende des Kriegstisches ihres Vaters glitt, erfuhr sie die schreckliche Nachricht …

König Brutus' Sohn, Urien der Ältere, ihr Verlobter, war tot.

Mausetot, wie man behauptete, und ebenso steif, wenn man bedachte, dass er nun schon mehr als vierzehn Tage tot war und sein Vater diese Nachricht erst jetzt überbrachte.

Innerlich stöhnend, rutschte Gwendolyn tiefer in ihren Stuhl, ein Teil von ihr fürchtete das Schlimmste – dass *sie* irgendwie die Ursache dafür gewesen war, dass ein Blick auf ihr Antlitz den armen Prinzen in sein Grab getrieben hatte. Und nun würden sie sie dem jüngeren aufhalsen …

Prinz Locrinus.

Offensichtlich waren die Verhandlungen beendet, und obwohl keine Frau ihren wahren Wert kennen sollte, kannte Gwendolyn ihn: siebzig Rinder, zweihundert Ziegen, fünfzig Hennen, zwei Wanderfalken und zweitausend Barren loegrischen Stahls. Da der Tod von Prinz Urien glücklicherweise nicht als ihre Schuld angesehen wurde, sollte ihre Mitgift außerdem gleich bleiben, und es wurde erwartet, dass ihr Brautpreis um weitere zwölf Auerochsen, dreißig Ziegen und eine weitere Wagenladung Barren steigen würde. Alles in allem keine so schreckliche Summe, aber nichts davon war mehr wert als der loegrische Stahl – jenes seltsame, kostbare Metall, das zusammen mit Brutus und seinen Kriegern an ihren Küsten ankam.

Wie üblich schien es eine Komplikation zu geben, und dem gequälten Gesichtsausdruck ihrer Mutter nach zu urteilen, war Königin Eseld dieser Diskussion bereits überdrüssig geworden. Ihr Missfallen verstärkte sich mit Gwendolyns Ankunft, und als Gwendolyn den säuerlichen Gesichtsausdruck ihrer Mutter sah, wünschte sie, sie wäre überall, nur nicht hier.

Wirklich überall.

Überall.

Im eiskalten Regen.

Mitten im Winter.

In einem Moor steckend.

Ohne Ausweg.

Allein.

Während Spriggans auf sie zu kroch.

Auch Gwendolyns Stimme wäre nicht willkommen – nicht in dieser Angelegenheit. Ihre einzige Chance, sich gegen die neue Verlobung auszusprechen, würde erst kommen, *nachdem* sie und Prinz Locrinus sich getroffen hatten. Angesichts dessen, was sie jedoch über Prinz Locrinus wusste, missfiel ihr der Gedanke, ihn zu heiraten, nicht. Tatsächlich freute sich ein Teil von ihr über die Nachricht – nicht besonders über Uriens Tod, sondern über das Glück, dass sie nun jemanden heiraten würde, der näher an ihrem Alter war.

Der arme Urien war ganze zwanzig Jahre älter als Gwendolyn gewesen, ein erwachsener Mann, als er und sein Vater in Pretania ankamen. Als sie noch ein Säugling in der Wiege war, schwang er bereits an der Seite seines Vaters ein Schwert. Wäre er also am Leben geblieben, hätte sie vielleicht, bis Gwendolyn sein Alter erreichte, Kindermädchen befehlen müssen, ihn zu füttern und seinen Sabber abzuwischen. *Oder Schlimmeres.*

Es war kein sehr ansprechender Gedanke.

Außerdem, nicht dass es angesichts ihrer eigenen Verfluchung von Bedeutung sein sollte, aber mit zwanzig Jahren galt Prinz Locrinus auch als der schönste der vier Söhne von Brutus. Selbst bis nach Land's End sangen Barden Lieder über sein Antlitz. Sie behaupteten, er sei golden wie die Sonne – seine Haut gebräunt, sein Haar gelb und glänzend, sein Verstand nur von der Schönheit seines Gesichts übertroffen. Doch obwohl sie sich sorgte, er könnte sie im Vergleich für unwürdig halten, war es sein Geist, den Gwendolyn am meisten bewunderte, und sie hoffte, er würde dasselbe an ihr schätzen.

Aber vielleicht würde er das?

Er galt als engagierter Gelehrter, und Gwendolyn wusste, dass sein Vater ihn als kleinen Jungen verschont hatte, um bei den Llanrhos-Druiden zu studieren, damit er die alten Stämme Pretanias besser kennenlernen konnte.

Sie hörte auch, dass er eine Pilgerreise nach Ériu unternommen hatte, und mehr als Gwendolyn zu gestehen wagte, reizte es sie, mehr darüber zu erfahren.

Tatsächlich, was auch immer sein Glaube sein mochte, allein aufgrund seiner Taten verehrte Gwendolyn ihn bereits. Wie könnte sie auch nicht, wenn sie doch Seelenverwandte zu sein schienen?

Auch sie sehnte sich nach mehr und vielfältigerem Wissen, und Gwendolyn glaubte, weit mehr als durch Angst und Macht, dass wahrer Frieden nur durch gegenseitiges Verständnis und Respekt erreicht werden konnte.

Sie hoffte nur, dass Prinz Locrinus überredet werden könnte, eine weitere Pilgerreise nach Ériu zu unternehmen. *Warum nicht?* Sie sollten noch viele, viele Jahre zum Reisen haben, bevor sie zum Dienen berufen würden.

Während sie über die Möglichkeiten nachdachte, saß Gwendolyn da und lauschte der gegenwärtigen Diskussion, wobei sie ein Gefühl wie das Summen von Bienen im Bauch verspürte. Soweit sie feststellen konnte, hatte keiner ihrer Eltern einen wirklichen Einwand gegen den jüngeren Prinzen. Auch die meisten Ratsherren ihres Vaters nicht – die meisten, denn es gab in der Tat einige, die von dieser Nachricht beunruhigt schienen, wobei die Ratsherren Aelwin und Crwys am lautstärksten waren. Doch was ihre Proteste anging, so hatten beide nicht viel über den Prinzen selbst zu sagen, sondern kehrten immer wieder zu Staatsangelegenheiten zurück, die weniger mit Gwendolyns Verlobung zu tun hatten als mit der Möglichkeit eines erneuten Konflikts mit den nördlichen Stämmen.

Und dies schien das eigentliche Dilemma zu sein: Das Volk ihrer Mutter war so fest in den Alten Wegen verankert, dass sie sich bis vor Kurzem standhaft geweigert hatten, mit dem „Fremden" Handel zu treiben. Nun endlich, nach einundzwanzig Jahren Ehe mit einer Tochter des mächtigsten Caledonii-Stammes, hatte die Kaledonische Konföderation ihren Vater offiziell zu ihrem Botschafter gewählt. Diese Nachricht traf heute Morgen kurz nach dem loegrischen Boten ein, und sie gefiel einigen Ältesten nicht, die glaubten, es sei eine Sache, mit Loegria um der südlichen Stämme willen zu verhandeln, aber eine ganz andere, im Namen Prydeins mit irgendjemandem zu feilschen.

„Wilde", hatte ihr Vater sie einst seiner prydeinischen Frau ins Gesicht gesagt. Und doch, ungeachtet des Grundes, war Prydein nun seit Jahren still und schickte Delegierte anstelle von Plünderern, um mit Cornwall zu verhandeln.

„Es ziemt sich nicht, dieses Bündnis zu gefährden", sagte der Meister-Ratsherr. „Einzig und allein um Cornwalls willen, nicht um Prydeins."

Neugierig auf seine Reaktion, glitt Gwendolyns Blick über den Tisch zum Ersten Ratsherrn Bryok, der mit geschlossenen Augen dasaß und vielleicht über eine Erwiderung nachdachte. Und dennoch sprach der Meister-Ratsherr die Wahrheit. Das Bündnis mit Loegria hatte sich als für beide Seiten vorteilhaft erwiesen, nicht zuletzt, weil ihre ornischen Armeen dank Brutus' neuer

Legierung nun Zugang zu den besten Waffen und Rüstungen hatten.

Ihre alten Waffen, aus minderwertigen Materialien gefertigt, zerbrachen oft schon beim Schlag auf den Gegner, selbst auf weiches Fleisch und Knochen. Die neue Legierung Loegrias war wie Magie – stark, leicht, flexibler. Sie formte eine tödliche Klinge.

Es war jedoch nicht nur die neue Legierung, die zu bedenken war. Die Beendigung des Bündnisses würde auch ihre Position gegenüber den übrigen Stämmen schwächen. Schließlich war es, so symbolisch es auch sein mochte, nicht die Ehe ihrer Eltern, die die zänkischen nördlichen Stämme schließlich beruhigte. Es war die Stärke und Solidarität der cornisch-loegrischen Union.

Allein wäre König Brutus schwer zu besiegen. Zusammen bildeten Cornwall und Loegria ein furchterregendes Paar, und wie ihr Vater behauptete, war Angst der größte Schlichter.

„Ich stimme dem Meister-Ratsherrn zu", sagte Bryok nach einem Moment.

Seine Zusicherung wurde mit Schweigen und zusammengepressten Lippen quittiert.

Zwei gegen zehn … oder neun?

Allein nach der Körpersprache zu urteilen, konnte Gwendolyn es nicht sagen. Aber es spielte keine Rolle. Von den zwölfen hatte die Stimme des Meister-Ratsherrn das größte Gewicht, und heute wurde er von seinem Nachfolger unterstützt. Zusammen mit der Stimme des Königs war diese heilige Dreifaltigkeit das Gesetz des Landes. Die verbleibenden Ratsherren hatten nicht die geringste Chance, sie zu durchkreuzen. Dennoch versuchte es Ratsherr Aelwin. „Ich bin anderer Meinung", sagte er. „Soweit wir wissen, kam *er* mit einem Mund voller Lügen an."

Er, damit meinte er Brutus, der Fremde, der sich selbst zum neuen Hochkönig von Pretania aufschwingen wollte, sogar über andere, die hier geboren waren, Gwendolyns Vater eingeschlossen.

Zweifellos fürchteten einige, dass mit Brutus' fester Verankerung im Westen die Machtverschiebung bald abgeschlossen sein und Loegria Cornwall nicht mehr brauchen würde. Wenn dies wahr wäre, hing Cornwalls Zukunft am seidensten Faden – nämlich an Gwendolyns Heirat. Und sie verstand, mehr als die meisten, warum die Ratsherren besorgt sein mochten ... besonders in Anbetracht der Prophezeiung – dem Fluch von Gwendolyns Existenz.

„Fürwahr", sagte Ratsherr Crwys mit zusammengekniffenen Augen. „Wo ist diese rote Flut, von der er so oft spricht?"

„Auch ich bin für die Auflösung", verkündete Ratsherr Morgelyn, obwohl ihr Vater nicht zur Abstimmung aufgerufen hatte. Aber sein Widerstand war eine kleine Überraschung, wenn man bedachte, dass er eine gewisse Zuneigung für ihre Mutter zu hegen schien. „*Er* stellt seine Krieger zur Verfügung, um unseren Hafen zu verteidigen, aber warum, wenn es seit so vielen Jahren nicht den Hauch eines Zwists gegeben hat?" Er sah die Königin kein einziges Mal an. „Ich sage, wir brauchen ihn nicht! Und, wenn Ihr mich fragt, ist dies seine Art, unsere Truppen zu infiltrieren, um unsere Schwächen aufzudecken. In der Tat, ich misstraue diesem Mann, und warum sollten wir einem Fremden erlauben, unsere Ländereien an sich zu reißen, Prophezeiung hin oder her!" Sein Blick glitt zur Königin, als er eine ansehnliche, goldene Braue hob.

Eine Herausforderung vielleicht?

„Und doch stand all dies nicht zur Debatte, bis der Abgesandte eintraf", warf der König ein. „Tatsächlich, erst heute Morgen, Morgelyn, habe ich Euch sagen hören, dass Ihr Euch darauf freut, den Prinzen zu treffen."

„Auch ich habe ihn das sagen hören", sagte der Meister-Ratsherr. „Und, ja, einverstanden, Majestät. Nichts davon stand zur Debatte, bevor der Bote heute Morgen eintraf. Müssen wir uns für diesen Streit weiterhin in Gefahr bringen? Und wie absurd, wenn wir die eigene Tochter des Feindes im Bett des Königs haben!" Erst verspätet warf er einen Blick auf den König und seine Königin-Gemahlin und hob eine altersfleckige Hand. „Verzeihung, Majestäten, nicht persönlich gemeint."

Der Gesichtsausdruck der Königin verdüsterte sich, obwohl sie nichts sagte – noch nicht. Aber Gwendolyn konnte erkennen, dass das Temperament ihrer Mutter wie ein Kupferkessel über einer Flamme kurz vor dem Überkochen stand.

Verdrossen nickte ihr Vater, obwohl er nichts sagte, und Gwendolyn verstand, dass er seine Worte mit Bedacht wählen musste.

Dieser Konsul wurde nicht vom König regiert, sondern von den Statuten des Brüderpakts, einem alten Ehrenkodex, der von den Söhnen Míls erlassen wurde – Gwendolyns Vorfahren, die diese Ländereien geerbt hatten, nachdem sie die Tuatha Dé Danann besiegt hatten.

Nach dem höchsten Gesetz war das Herrschaftsrecht keines Königs absolut, und obwohl ein König das Blut der Bewahrer in seinen Adern tragen musste, unterlag seine Krone dem Willen des Konsuls.

Nicht einmal ein König konnte einen ordnungsgemäß gewählten Ratsherr absetzen, und nur wenn einer den Bund brach oder starb, konnte er ersetzt werden. Daher sprach der Konsul frei über Staatsangelegenheiten, obwohl ein König nicht ohne Mittel war, besonders einer, der von seinem Volk so geliebt wurde.

Zudem verstand nach all dieser Zeit keiner dieser Ratsherren den Einfluss ihrer Mutter, noch schienen sie ihr prydeinisches Temperament zu erwarten.

Das war ein Fehler.

„Ihr seid alle Säcke voller Knochen mit weniger Verstand als ein Salzleckstein", erklärte die Königin ziemlich unwirsch, aber unter den gegebenen Umständen konnte Gwendolyn es ihr nicht verübeln. So streng das Geheimnis auch gehütet wurde, die Krankheit ihres Vaters war keinem dieser Ratsherren unbekannt, und immer öfter stellten sie ihn ohne Rücksicht auf die Probe.

Ihre Mutter fuhr fort. „Unsere Gwyddons haben Brutus' Stahl untersucht. Es gibt nichts von seiner Art, noch können wir hoffen, uns dagegen zu verteidigen. Dennoch würdet Ihr Eurem König raten, ein vollkommen fügsames Bündnis zu kappen? Und wofür? Weil meine Verwandten ein paar Eurer Ziegen gestohlen haben und Euch die Färberwaid auf ihren Gesichtern nicht gefällt?"

Unbehaglich ob der Kühnheit der Königin, zuckten einige

Älteste mit den Schultern. Ein paar nickten. „Genauer gesagt", beharrte sie, nun wütender, während sie Ratsherr Morgelyns Blick suchte. „Wird es einer von Euch wagen, mich eine Lügnerin zu nennen?"

Das Wort riss wie ein Knurren von ihren Lippen, und selbst die Fackelflammen erzitterten vor ihrer Herausforderung, denn die „Lüge", von der sie sprach, war die Weissagung, die sie selbst und ihre Zofe bezeugt hatten – und natürlich Gwendolyn, obwohl Gwendolyn nur ein Säugling war.

Niemand brauchte eine Erklärung, denn jeder wusste von der Prophezeiung, so wie jeder von der Horde von *Gwyddons* wusste, die ihre Mutter im Laufe der Jahre herbeigerufen hatte, um ihr einziges geborenes Kind zu untersuchen, nur um festzustellen, ob jene *Feen* ihr statt eines Säuglings einen Wechselbalg hinterlassen hatten. Jahrein, jahraus ließ ihre Mutter *Göttervolk* aus ihren Waldverstecken zerren und versprach Straffreiheit, sollten sie vortreten, um die Menschlichkeit ihres Kindes zu bestätigen – Gwendolyns Menschlichkeit. Und dies war der Grund, warum sie und ihre Mutter sich nicht verstanden: Vom Morgen von Gwendolyns „Heimsuchung" bis zu ihrem siebten Namenstag war sie gestochen, gestoßen und untersucht worden.

Sieben lange Jahre quälten die Diener ihrer Mutter sie, bis ihr Vater schließlich allem ein Ende setzte und erklärte, dass, wenn bisher kein Beweis für den Austausch entdeckt worden war, auch niemals ein Beweis ans Licht kommen würde. Doch dies war auch das Ende ihrer Verbindung zu ihrer Mutter, und seit all den Jahren sehnte sich Gwendolyn nach der Liebe einer Mutter, während die Königin-Gemahlin sich nach einem *wahren* Erben sehnte – einem Sohn ihres Leibes, als wäre Gwendolyn nicht ihr Kind.

Und dennoch fragte sich die Königin in ihren Gebeten laut, was für eine schreckliche Tat sie begangen hatte, um die wankelmütigen Götter zu erzürnen.

Heimlich fragte sich Gwendolyn, ob es vielleicht einfach daran lag, dass sie das einzige Kind, das ihr je vergönnt war, so gut wie verstoßen hatte, und nicht, dass Gwendolyn es gänzlich glaubte, aber dieses Kind, Gwendolyn, sollte von den Göttern gesegnet sein.

Sollte nur, weil es zu dieser späten Stunde keinen Beweis für Gwendolyns „Gaben" gab. Ihr Haar war golden, fürwahr, aber es war kein „Gold". Und wenn es jemand wissen musste, dann sie. Inzwischen waren ihr mehr Locken abgeschnippelt, abgehackt, geschnitten, gestutzt, gezupft und untersucht worden, als man mit Recht zählen konnte.

Um sicherzugehen, es gab *nichts* von dem Edelmetall in Gwendolyns Locken, obwohl Demelza immer darauf achtete, jeden daran zu erinnern, dass sich ihr Haar nicht verwandeln würde, es sei denn, es würde von ihrer einzig wahren Liebe geschnitten.

„Majestät", bat Ratsherr Aelwin und wagte es auf eigene Gefahr, die Königin zu ignorieren. „Könnten wir nicht ... zumindest ... diese Verlobung aufschieben? Wir haben diese Nachricht erst gerade erhalten ... Wenn Ihr zustimmt, werden wir unsere Prinzessin in weniger als sechs oder sieben Tagen verheiratet sehen."

Götter.

So bald?

Bisher hatte Gwendolyn es nicht gewagt, die Tage zu zählen.

Ratsherr Crwys flehte. „Bitte, Majestät ..." Er blickte nun zu Gwendolyn. „Sollten wir uns nicht lieber etwas Zeit nehmen, um die Mitgiftstruhe des armen Mädchens vorzubereiten?"

Armes Mädchen?

Gwendolyn sog die Luft ein, wagte einen Blick auf ihre Mutter und fand die Farbe der Königin zu einem Ton gesteigert, den Gwendolyn noch nie auf den fahlen Wangen ihrer Mutter gesehen hatte.

Blut und Knochen. War das der Grund, warum sie sie gerufen hatten? Um die eine Seite gegen die andere auszuspielen? Um ihren Vater gegen ihre Mutter aufzubringen? Um Gwendolyn anzuflehen, der Königin zu trotzen?

Wohl kaum.

Gwendolyn wusste es besser, als es zu versuchen.

In gewisser Weise übertraf ihre Autorität die der Königin, und doch, da sie wusste, dass sie kein Wort gegen ihre Mutter wagen durfte, presste Gwendolyn die Lippen zusammen. Als ihr Gesichtsausdruck undurchdringlich blieb, warf Ratsherr Aelwin schließlich einen flehenden Blick auf die Königin und ließ ihren Titel beiseite, als er sagte: „Soweit ich weiß, wurde die Mitgiftstruhe der Prinzessin nicht geliefert. Ist das wahr, gnädige Frau?" Er reckte das Kinn in Richtung des Ersten Ratsherrn Bryok, aber der Erste Ratsherr wandte den Blick ab, sein Kiefer gespannt, als wolle er an dieser Diskussion nicht teilhaben.

Königin Eseld ignorierte die verschleierte Anschuldigung und ignorierte zu ihrer Ehre auch das Weglassen ihres Titels. „*Meine-Tochter* sollte *immer* in diesem Maitag heiraten, Konsulmann. Diese Nachricht ändert wenig."

Tatsächlich änderte sie eine Menge, was Gwendolyn betraf. Locrinus war kaum mit Urien zu vergleichen. Aber mit siebzehn, wenn sie nicht in diesem Maitag heiratete, könnte es eine lange Zeit dauern, bis sich eine weitere Gelegenheit bot – eine lange, lange Zeit, in der ihr Schoß verwelken und sterben könnte. Nur sehr selten fiel der Neumond mit Calan Mai zusammen, und für eine Prinzessin von Pretania mussten die Ehegelübde an diesem heiligen Tag abgelegt werden, in Anwesenheit der Llanrhos-Druiden, um die Götter zu bitten, Segen des Friedens und der Fruchtbarkeit zu spenden, nicht nur für das Brautpaar, sondern für das Land selbst. Deshalb waren so viele Jahre seit ihrem Treffen mit Urien und ihrer bevorstehenden Hochzeit vergangen. Sie warteten auf den günstigsten Zeitpunkt, um ihre Häuser zu vereinen, und nun, um des Reiches willen, konnte ihre Hochzeit nicht verschoben werden.

Doch die Ratsherren wussten dies …

„Majestät", flehte Ratsherr Aelwin.

„Genug!", erklärte ihr Vater. „Genug! Genug!" Er streckte die Hand aus, um die Hand der Königin zu drücken. „Der Prinz trifft morgen ein. Was wollt Ihr, dass ich tue, Konsulmann? Ihn abweisen?"

Gwendolyn blinzelte überrascht. „Morgen?"

Das war ihr nicht bewusst gewesen, obwohl es natürlich Sinn ergab, da so wenig Zeit vor dem geplanten Ereignis verblieb. Sie musste zumindest eine Gelegenheit haben, Prinz Locrinus zu treffen, um zu sehen, wie sie sich verstehen würden. Dennoch war sie nicht bereit.

„Morgen", bestätigte ihr Vater mit einem Nicken.

„Oh", sagte sie, und wahrlich, sie hätte mehr sagen können, aber es gab keinen guten Grund zum Einspruch, auch wenn der Ratsherr die Wahrheit sprach. Ihre Mitgiftstruhe war noch nicht geliefert, geschweige denn fertiggestellt oder auch nur begonnen worden, soweit Gwendolyn wusste. Sie hatte keine Zofe. Und das Schlimmste von allem – wieder wischte sie sich verlegen über den Heidelbeerfleck auf ihrer Tunika – sie war nicht bereit, dem Prinzen gegenüberzutreten.

Ihr Herz flatterte wild, als sie es wagte, den Blick ihrer Mutter zu suchen – nicht, um ihre Meinung zu ändern. Gwendolyn verstand, dass ihnen die Zeit davonlief. Sie sehnte sich nur nach etwas Zusicherung.

Als Königin Eseld ihre Aufmerksamkeit spürte, wandte sie sich für den kürzesten Augenblick Gwendolyn zu, wandte dann schnell den Blick ab und ließ Gwendolyn mit ... jenem schrecklichen Gefühl der Melancholie zurück, das sie immer bei den Zurückweisungen ihrer Mutter empfand, so subtil diese auch war.

Plötzlich schlug die Königin auf den Tisch und erhob sich von ihrem Platz. „Genug!", sagte sie grimmig, und wenn ihre Mutter für nichts anderes leidenschaftlich war, dann hierfür. „Unsere Drachenbanner werden vereint! Und nun werde ich gehen und mich um die Vorbereitungen für unsere Gäste kümmern."

Sie marschierte ohne einen Blick zurück aus dem Raum und ließ die Ratsherren sprachlos zurück. Als Tochter der nördlichen Stämme verlor Königin Eseld, wann immer sie wütend war, eine gewisse Zivilisiertheit – ein bestimmtes Glänzen in ihren Augen, mehr als nur ein Temperamentsausbruch. Doch ihr Vater blieb unbeeindruckt. Sein Gesicht hager und blass, wandte er sich seinem einzigen Kind zu und nickte ihr mit dem Kinn zu. „Ihr dürft ebenfalls gehen", sagte er. Seine Stimme war sanft, duldete jedoch keinen Widerspruch, und Gwendolyns Brauen zogen sich zusammen, nicht so sehr, weil er sie entließ, sondern weil sie sich um seine Gesundheit sorgte.

Wenigstens war sie nun frei, die Lichtung zu inspizieren. "Ja, Sire", sagte sie respektvoll.

"Und bitte, bitte, tut, was Eure Mutter sagt, Gwendolyn. Macht Euch bereit."

"Ja, Sire", sagte sie erneut und erhob sich vom Tisch.

Mit einer Hand auf dem Herzen neigte sie den Kopf, zuerst vor ihrem Vater und König, und danach erwies sie den Ratsherren ihres Vaters die gleiche Höflichkeit. Anschließend ging sie, schloss die Tür hinter sich und unterdrückte den Drang, zu verweilen und zu lauschen, denn was auch immer kommen mochte, sie musste sich diesem Schicksal fügen. Alles, was ihre Mutter sagte, war vollkommen wahr. Die Drachenbanner mussten vereint werden.

Es war ihre Pflicht, Loegrias Erben zu heiraten.

Und das hatte sie seit dem Tag ihrer Geburt gewusst.

Sie konnte sich auch nicht erlauben, sich über die Zuneigung von Prinz Locrinus zu ihr zu sorgen. Wenn er König von Pretania werden wollte, war Gwendolyn Teil dieses Plans. Loegria mochte tatsächlich mehr Söhne haben, aber Cornwall hatte keine weiteren Töchter.

ZWEI

Ein Laufbursche eilte mit einem Haufen Handtücher vorbei. Als er Gwendolyn erspähte, stolperte er und blieb stehen, versuchte eine hastige Verbeugung und hätte dabei beinahe seine Last verschüttet.

„Oh!", rief Gwendolyn aus und eilte vor, um ihm zu helfen, seinen Stapel zu sichern. „Schau nach vorn", ermahnte sie ihn, als die Handtücher gerettet waren. „Niemand wird es dir verübeln, nicht einmal der König." Der Junge nickte begeistert, versuchte dann eine weitere Verbeugung, und Gwendolyn schüttelte lächelnd und tadelnd den Kopf. „Geradeaus!", befahl sie, zeigte den Gang hinunter, und schon sauste der Junge mit einem Berg Handtücher, der größer war als er selbst, davon, sein Hintern wackelte wie der Schwanz eines Welpen. Die Handtücher waren für das Salzbad bestimmt, eine medizinische *Piscina*, deren Bau ihr Vater einige Jahre zuvor nach Plänen eines phönizischen Händlers angeordnet hatte.

Nachdem der Händler von ihren Heilquellen gehört hatte, bat er darum, eine zu sehen, und als ihr Vater die versiegenden Quellen beklagte, bot der Händler seine Pläne an.

Es war wirklich ziemlich ausgeklügelt, fand Gwendolyn. Es war so konstruiert, dass es Meerwasser aus der Bucht unterhalb in ein Becken innerhalb der Stadt leitete, und Badende kamen, um ihre Gelenke zu schonen und wegen verschiedener anderer Leiden. Sie wirkten ähnlich wie die heißen Quellen, mit zwei wesentlichen Unterschieden: Die heißen Quellen wurden auf natürliche Weise erhitzt und waren ein Geschenk der Götter. Das Salzbad wurde durch den Einfallsreichtum der Menschen ermöglicht, doch es gab keine Möglichkeit, das Becken zu heizen; daher war es im Winter nicht so angenehm zu benutzen. Aber trotzdem war es eine ziemliche Attraktion. Handelsreisende kamen in den wärmeren Monaten oft, um es zu nutzen, und machten dafür einen Umweg von den nahegelegenen Häfen.

Ein anderer Diener eilte mit einem Karren vorbei, dessen einzige Aufgabe es war, die alten, abgebrannten Fackeln durch frische, neu in Pech getauchte zu ersetzen. Ein weiterer kam mit einem Besen und ein dritter mit Eimer und Wischmopp. Die Stimmung des Augenblicks hatte sich stark von der schläfrigen Trägheit gewandelt, die Gwendolyn auf dem Weg zum Konsul ihres Vaters vorgefunden hatte. In der kurzen Zeit seit dem Weggang ihrer Mutter hatte die Königin bereits den gesamten Palast an die Arbeit gesetzt.

Von den feuumrankten Höfen bis zur Audienzhalle des Königs aus poliertem Granit eilten die Diener umher und trafen Vorbereitungen für ihre angesehenen Gäste. Aber hier zeigten sich die Talente ihrer Mutter von ihrer besten Seite. Welche „wilden" Einflüsse Königin Eseld auch immer vor ihrer Ankunft gehabt haben mochte, es gab niemanden, der kultivierter war als sie. Sie war die Meisterin von Cornwall, die Herrin von Trevena, und niemand bemühte sich mehr, ornisch zu sein, als ihre Königin aus Prydein.

Glücklicherweise hatte ihre Mutter auch hierbei recht; es gab viel zu tun – genug, um sie zu beschäftigen und von Gwendolyn fernzuhalten. Es war zu lange her, dass sie Gäste von solcher Bedeutung gehabt hatten – nicht seit ihrem ersten Treffen mit Urien vor fünf Jahren, als Gwendolyn noch zu jung gewesen war, um die Bedeutung ihrer Verbindung zu verstehen.

Sie hatte Urien für annehmbar gehalten, so wie man einen älteren Bruder bewundert, aber sie hatte sich nie auch nur vorgestellt, an seinem Arm zu sein, geschweige denn in seinem Bett.

Jetzt war Gwendolyn alt genug, um die Bedeutung dessen zu verstehen, was heute hier geschah, und wenn sie Prinz Locrinus nicht mögen würde, würde sie trotzdem mit ihm auskommen müssen.

Leider war die Wahrscheinlichkeit weitaus größer, dass er sie nicht mögen würde, und was auch immer geschehen mochte, morgen würde sie ihren Verlobten treffen – ihren zweiten noch dazu!

Allein der Gedanke schlug ihr so auf den Magen, dass sie nicht hungrig war. Gut so, denn inzwischen wäre die Halle von Alyss' wundervollem morgendlichen Gebäck geräumt worden.

Und trotzdem ging sie weiter in diese Richtung, fest entschlossen, bei Yestin nachzusehen, ob er sie an diesem Morgen brauchte. Schon jetzt vermutete sie, dass die Zofe ihrer Mutter in ihrem Gemach auf sie wartete, mit einem Berg von Kleidern, und zweifellos war das der Grund, warum Demelza heute Morgen zu spät gekommen war. Aber wenn sie konnte, beabsichtigte sie, sich davonzustehlen, sobald sie mit der Zofe fertig war, und es war besser, jetzt beim Truchsess nachzufragen, als ihn später nach ihr suchen zu lassen und zu riskieren, ihre Mutter miteinzubeziehen. Zweifellos planten sie bereits das Willkommensfest, alles von den Musikern, die das Mahl begleiten sollten, bis hin zu den Viktualien selbst.

Königin Eseld würde natürlich ihr Wort mitzureden haben, aber es war der König, der die Ausgaben genehmigen musste, und an seiner statt Gwendolyn. Gleichgültig, dass Königin Eseld so oft seinen Platz einnahm, während er genas, war die Genehmigung der Ausgaben eine Aufgabe, die der Erbin zugewiesen war, was Gwendolyn war, ganz gleich, dass ihre Mutter über diese Tatsache verzweifelte.

Auch schätzte Königin Eseld es nicht, ihre *Dawnsio*-Ausgaben durch Gwendolyn genehmigen lassen zu müssen, obwohl Gwendolyn es niemals wagen würde, sie zu hintergehen.

Ohne Frage würde ihre Mutter ihre *Dawnsio* für die Veranstaltung zur Verfügung stellen, zu Kosten, die niemand je infrage stellen würde, denn der Dienst, den sie leisteten, war von unschätzbarem Wert.

Zusammen mit den Druiden erfüllten die *Dawnsio*, *Awenydds* und *Gwyddons* alle wichtige Rollen für das Königreich – als Priesterinnen, Historikerinnen, Philosophinnen und Wissenschaftlerinnen. Sie setzten eine uralte Tradition fort und lehrten Epochen der Geschichte durch einen choreografierten Tanz, was weithin als eine der angesehensten Rollen angesehen wurde, die eine Frau anstreben konnte. Für das ungeübte Auge mochte es so aussehen, als würden die Tänzerinnen zur Unterhaltung posieren, aber jede Geste sprach Bände.

Insgesamt gab es einundzwanzig Tänzerinnen sowie einundzwanzig Zweitbesetzungen – ein Paar aus jedem der Stämme Pretanias, die Insel Mona, wo die Druiden lebten, nicht mitgerechnet – vierzehn für Prydein, acht aus Westwalas, sechs für jeden der Bezirke Cornwalls und je zwei aus den übrigen Stämmen. Jede Tänzerin wurde von der Königin und ihren *Awenydds* sorgfältig ausgewählt, nicht nur wegen ihrer Schönheit, sondern auch wegen ihrer geistigen Schärfe. Unansehnliche Personen brauchten sich gar nicht erst zu bewerben, und Gwendolyn wurde selten auch nur zum Zuschauen eingeladen. Rein aus Notwendigkeit, weil sie eines Tages Königin sein würde, hatte man sie gelehrt, den Tanz zu deuten, aber ihre Mutter wollte offensichtlich keine täglichen Erinnerungen daran, dass ihre eigene Tochter nicht an die Vollkommenheit heranreichte, die sie in ihren Tänzerinnen kultiviert hatte.

Nicht ein einziges Mal in Gwendolyns Leben hatte ihre Mutter ihr ein Kompliment für ihr Gesicht gemacht, und das war auch gut und schön ... wenn sie nur nicht gehört hätte, wie tausend honigsüße Lobsprüche von den Lippen der Königin flogen, alle für andere, einschließlich Ely, die mit fünfzehn Jahren nun die Zweitbesetzung für Durotriges war, woher sie und ihre Familie stammten. Ein Anflug von Neid stieg wieder auf, obwohl Gwendolyn ihn unterdrückte, kaum erfreut über das Gefühl. Ihre Beziehung zu ihrer Mutter war nicht Elys Schuld, genauso wenig wie man Ely ihre natürliche Schönheit vorwerfen konnte. Und ebenso war Gwendolyns Antlitz niemandes Werk. Segen oder Fluch, es war ihre eigene Bürde, die sie zu tragen hatte.

Sehr zu Gwendolyns Überraschung fand sie Ely vor der großen Halle lauernd, wie sie ihren Onkel ausspionierte. Umgeben von Kehrern saß der Truchsess ihres Vaters über einen der unteren Tische gebeugt und kritzelte in seine Hauptbücher. Sein treuer Hund saß unter dem Tisch, die Ohren gespitzt, die Augen wachsam, in der Hoffnung, die Mägde würden irgendeinen widerlichen Schmaus aufdecken, den sie ihm zukehren könnten. Wenn er könnte und sein Herr es ihm erlauben würde, wusste Gwendolyn, dass dieser Hund unter dem Tisch hervorkommen würde, um an Binsen-Haufen zu schnüffeln, zufrieden damit, schmutziges Stroh zu verschlingen, aber selbst der Hund hatte Angst vor dem Schimpfen seines Herrn. Zurecht; denn abgesehen vom König und der Königin-Gemahlin und natürlich Gwendolyn bekleidete Yestin das höchste Amt im Reich – in mancher Hinsicht höher als die Ratsherren, da er die Schatzkammer und die Männer, die sie bewachten, kontrollierte. Und ungeachtet dessen war er immer noch Elowyns Onkel, und anstatt sich ihm zu stellen, versteckte sich das alberne Mädchen lieber hinter der Tür und kaute auf ihren Wangen.

Sie war so in Gedanken versunken, dass sie Gwendolyn nicht herankommen hörte, und als Gwendolyn ihr eine Hand auf die Schulter legte, schrie Ely überrascht auf.

„Gwendolyn!“, rief sie aus, dann zuckte sie zusammen und drehte sich um, um durch einen Spalt zwischen den Scharnieren zu spähen, ob ihr Quieker Yestins Aufmerksamkeit erregt hatte.

„Oh, Gwen!“, schluchzte sie. „Ich bin verloren! Mir wurde gesagt, mein Onkel will mich für das morgige Fest mit dem Sohn des Botschafters verkuppeln.“

„Welcher Botschafter?"

„Von den Trinovantes", sagte sie. „Der neue."

Gwendolyns Stirn legte sich in Falten. „Aber ich dachte, du begrüßt die Gelegenheit, dir einen guten Ehemann zu suchen?"

„Oh, das tue ich! Aber, nun wirklich, Gwendolyn, hast du ihn gesehen? Sein Gesicht ist so flach wie ein morgendlicher Kuchen! Wahrhaftig", sagte sie, als Gwendolyns Stirnrunzeln sich vertiefte. „Man hat mir erzählt, er wurde von einem Maultier getreten."

„Götter", sagte Gwendolyn, und ihre Brauen zogen sich bestürzt zusammen – keineswegs gespielt, wenn auch nicht um Elowyns willen. Obwohl sie verstand, dass Elys Beleidigung nicht böse gemeint war, reagierte sie naturgemäß empfindlich auf das Dilemma des armen Mannes. Sie verstand mehr als die meisten, wie es sich anfühlte, nach seinem Äußeren beurteilt zu werden.

„Ich weiß einfach, dass *sie* um die Paarung gebeten hat, um mir den Gedanken an einen Ehemann zu verleiden."

Sie, das war Lady Ruan, obwohl Gwendolyn anderes vermutete. Elys Mutter war viel zu freundlich. Obwohl ihr in diesem Moment der Gedanke kam, dass vielleicht alle Mütter und Töchter dazu bestimmt waren, Streit zu haben – so schien es zumindest. So freundlich Lady Ruan auch war, Ely hatte offensichtlich ein Problem mit ihr, in letzter Zeit mehr denn je. Aber zumindest hielt Elys Mutter sie nicht für einen Wechselbalg und hatte auch nie Folter angewendet, um die Wahrheit in der Angelegenheit herauszufinden. Gwendolyn konnte das nicht von sich behaupten.

„Vielleicht, weil sie weiß, dass du die gütigste Seele bist, Ely? Jemand wie der Sohn des Botschafters wird einen Funken Mitgefühl brauchen."

„Pah!", sagte Ely, obwohl ihre Schultern erschlafften. „Mag sein, dass das stimmt, Gwen, aber das hebt meine Stimmung nicht, wenn ich weiß, dass *er* bald kommen wird, um dich zu entführen."

Er, damit war Prinz Locrinus gemeint, dessen Anwesenheit bereits spürbar war, obwohl er noch nicht angekommen war. Und das musste der wahre Grund für Elowyns Verzweiflung sein, erkannte sie. Gwendolyn legte ihrer Freundin einen Arm um die

Schultern und versuchte, ihre Stimmung zu heben. „*Nur* wenn er mich mag", scherzte sie.

„Oh, ich *weiß*, dass er dich mögen wird!", erwiderte Ely. „Und hat er, wenn nicht, trotzdem mehr Wahl als du?" Sie blickte zu Gwendolyn auf, ihre süßen blauen Augen schwammen in Tränen, und Gwendolyn runzelte die Stirn. Überlass es nur Ely, die Dinge beim Namen zu nennen. Wie ihre eigene Mutter heute schon einmal angemerkt hatte, die Drachenbanner mussten vereint werden – die steigenden Drachen, einer, um das Meer zu bewachen, der andere, um das Land zu bewachen. Entscheidungen wie diese waren nicht das Vorrecht von Prinzen oder Prinzessinnen. Selbst wenn Prinz Locrinus sie so missfällig fände wie ihre Mutter es offensichtlich tat, auch er hätte kaum eine Wahl. Zu Calan Mai würde sie den ältesten Sohn Loegrias unter der Heiligen Eibe heiraten, und sie würde den Torques seines Hauses in einer Zeremonie anlegen, die bis in die Dämmerung der Tage zurückreichte. Das war die unumstößliche Wahrheit.

„Was soll ich ohne dich tun?", sagte Ely.

Gwendolyns Stimme wurde sanfter. „Keine Sorge, liebe Freundin." Sie strich eine Haarsträhne aus Elys schönem Gesicht. „Ich werde erneut bitten, dich mitnehmen zu dürfen, wenn ich gehe."

„Meine Mutter wird nein sagen", wandte Ely ein, und Gwendolyn wusste, dass es stimmte. Sie hatte bereits zweimal gefragt, und Lady Ruan würde sich nicht von zwei Kindern trennen.

Was Elys älteren Bruder betraf, so war er bereits verpflichtet, mit ihr zu kommen. Von dem Tag an, an dem er sein Gelübde ablegte, als ihre persönliche Wache zu dienen, war Bryns Schicksal besiegelt. Als Gwendolyns Schatten musste er dorthin gehen, wo auch immer sie hinging. Wie es Sitte war, schlief er sogar in ihrem Vorzimmer, und die einzige Zeit, in der er nicht verpflichtet war, an ihrer Seite zu sein, war, wenn Gwendolyn sicher im Palast weilte. Im Moment war er wahrscheinlich im Pavillon des Meisters, bei seinem Vater, und erhielt Anweisungen für sein Verhalten bei der Ankunft des Prinzen, und Gwendolyn errötete bei dieser Erkenntnis, denn ihre Mutter beschwerte sich gern darüber, dass sie und Bryn zu vertraut miteinander umgingen.

„Er ist dein Diener", pflegte sie zu sagen, doch das war manchmal schwer zu behalten, wenn die drei, sie, Bryn und Ely, beinahe wie Geschwister aufgewachsen waren.

Sie drückte sanft Elys Schulter. „Loegria ist nicht weit", tröstete sie und drehte Ely dann um, und mit einem Blick in die Halle zu Yestin entschied sie, dass er noch viele Stunden an seinen Hauptbüchern sitzen würde. Im Moment brauchte Ely eine Ablenkung, und Gwendolyn wusste, wie sie dafür sorgen konnte. „Komm", verlangte sie. „Yestin kann warten. Ich gehe meine Garderobe für den Besuch auswählen, und du weißt, wie dringend ich deine Meinung brauchen werde. Wenn ich die Wahl hätte, würde ich ein Wams tragen und einen Speer in der Hand halten."

Ely kicherte und ließ sich weglocken, und die beiden gingen Hand in Hand. Ach, obwohl Gwendolyn scherzte, sprach sie auch die Wahrheit. Sie war nicht die anspruchsvollste, was Mode anging, aber wenn der Prinz ankam, beabsichtigte sie, sich so gut zu präsentieren, dass er sie als gleichberechtigt annehmen würde. Mit all seinem goldenen Schmuck wollte sie ihm nicht wie ein Troll gegenübertreten, wie sie sich unter den prüfenden Blicken ihrer Mutter so oft fühlte.

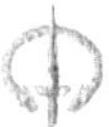

Als Demelza Gwendolyns Begleiterin erspähte, hob sie eine Augenbraue. „Solltest du nicht proben?", fragte sie.

Ely hob das Kinn. „Ich werde nicht gebraucht."

Alt wie die Hügel der *Faerie* war Demelza die Zofe ihrer Großmutter gewesen, bevor sie die ihrer Mutter wurde. Daher war sie diejenige, die Königin Eseld alle Feinheiten des cornischen Hofes gelehrt hatte. Zweifellos verlieh ihr das Alter Autorität. „Sagt wer?"

Zu Elys Ehrenrettung muss gesagt werden, dass sie sich unter dem prüfenden Blick der Zofe aufrichtete. „Das sagt die Mutter Oberin. Sie hat mir gesagt, ich soll mich dünnmachen."

Als Demelza das hörte, hob sie beide Brauen.

So auch Gwendolyn, denn die Enthüllung war so vielsagend.

„Und was hast du getan, um ihr zu missfallen?"

„Nichts", sagte Ely mit einem rosafarbenen Fleck auf den Wangen. „Ich habe nur darauf hingewiesen, dass Gwendolyn einen schrecklichen Geschmack in Kleidung hat. Ich habe angedeutet, dass sie trotz all deiner großen Mühe, Demelza, von einem kritischen Auge profitieren könnte."

„Das hast du gesagt?", fragte Gwendolyn.

Und dabei hatte sie geglaubt, es sei ihre Idee gewesen, dass Ely ihr Gesellschaft leistet.

Ely schüttelte hastig den Kopf und spähte zu Demelza zurück, die die Geste bemerkt hatte, denn eine ihrer grauen Brauen hob sich. „Na ja ... nicht ganz."

Demelza blickte zur Tür, vielleicht überlegte sie, ob sie in der Stimmung war, sich mit zwei unzähmbaren Schützlingen herumzuschlagen, doch schließlich gab sie nach. „Schön, Elowyn. Geht, setzt Euch. Aber stört uns nicht. Wenn Eure Meinung gefragt ist, werden wir fragen."

Gwendolyn versuchte, nicht zu lächeln, als Ely siegesgewiss grinste und zum Bett tänzelte, um sich hinter einem wahren Berg von Kleidern zu verstecken. Zweifellos hatte sie Königin Eseld nichts dergleichen gesagt. Wenn sie die Königin überhaupt verärgert hatte, dann nur, weil sie im Unterricht nicht aufpasste. Oder weil Lady Ruan ihrer Mutter etwas über Elys Widerwillen zu tanzen ins Ohr geflüstert hatte.

Was auch immer der Grund war, Königin Eseld zu verärgern, war nie eine kluge Idee, es sei denn, man wollte beim Abendessen mit einem plattnasigen Begleiter gestraft werden. Und nun, da Gwendolyn mehr darüber verstand, was zu dieser Entscheidung geführt hatte, war sie sich ziemlich sicher, dass ihre Mutter und nicht Lady Ruan hinter dieser Paarung steckte. Genau wie bei ihrem Vater würde Lady Ruan allem zustimmen, was Königin

Eseld verfügte, und wenn dem so war, gab es niemanden im Palast, der sie umstimmen konnte – nicht Yestin und schon gar nicht Gwendololyn.

Arme Ely.

Gwendolyn beschloss, ihr ein Kleid zuzustecken, da sie wusste, dass es sie aufheitern würde.

Die Königin würde vielleicht nicht allzu erfreut sein, dass Gwendolyn ihre Rüge abgemildert hatte, aber das Kleid wäre ihr gewiss gleichgültig, und Gwendolyn musste es ja wissen. Mittlerweile hatte sie so viele Kleider befleckt, zerrissen oder ruiniert. Ihre Mutter hatte nie auch nur mit der Wimper gezuckt. Tatsächlich fragte sich Gwendolyn manchmal, ob sie sie absichtlich ruinierte, nur um zu sehen, ob es ihre Mutter kümmern würde.

Unglücklicherweise hätte sie, um Gwendolyn zu tadeln, mit Gwendolyn sprechen müssen, und das war unwahrscheinlich, es sei denn, es war unumgänglich.

Wohlgemerkt, ihre Beziehung war herzlich, ihre Gespräche nie hitzig, aber sie waren so selten wie *Piskies*. Und manchmal hatte Gwendolyn das Gefühl, ihre Mutter überhäufe sie nur deswegen mit so vielen Geschenken, um sie davon abzuhalten, um eine Audienz zu bitten, um nach Gefälligkeiten zu fragen.

Und dennoch, nach der Anzahl der Kleider zu urteilen, die sie an diesem Morgen anprobieren musste, war ihre Mutter überaus großzügig, wenn auch nicht liebevoll. Selbst mit Elys Hilfe dauerte es mehr als drei Stunden, jedes Kleid anzuprobieren, aber glücklicherweise war Elys Geschmack untrüglich, und Demelza hatte weder Einwände gegen ihre Wahl noch protestierte sie, als Gwendolyn Elowyn ihr Lieblingsstück aus der Auswahl anbot. „Wann wird der Prinz erwartet?", fragte Gwendolyn besorgt, während Ely dasaß und ihr neues Kleid streichelte – einen leuchtend bunten *Zendel*, gefärbt in einem Ton namens Nachtigall, der zu Elys feurigen Locken passte.

Sie musste weg, bevor es spät wurde, und sie bedauerte zutiefst, sich nicht mit Yestin getroffen zu haben, denn jetzt reichte die Zeit nicht mehr.

„Bei Tagesanbruch, so hat man mir gesagt", sagte Demelza und zupfte an einem Faden des Kleides, das sie gerade änderte.

Natürlich war Gwendolyn kleiner als ihre Mutter – nur eine weitere Art, in der sie nicht an sie heranreichte. Ihr Busen war ebenfalls kleiner und ihre Hüften breiter. Als Tochter war Gwendolyn nur ein blasser Schatten. Denn während ihr Haar gelb war, war das ihrer Mutter so dunkel wie die Nacht, und obwohl ihre Art von Schönheit unter den Dumnonii ungewöhnlich war, war Königin Eseld unsagbar lieblich, ihre Augen warm und satt wie Lehm, die Lippen weder dünn noch grausam.

Es war kein Wunder, dass der König so bereitwillig ein Jahrhundert der Zwietracht für ihre Verbindung beiseitegelegt hatte.

Als sich der Faden nicht löste, beugte sich Demelza vor und biss den störenden Faden ab. In der Zwischenzeit stand Gwendolyn nackt wie eine Eiche im Winter da, die Arme verschränkt, um ihren Busen zu verbergen, während sich die winzigen Härchen an ihren Armen im Luftzug aufstellten.

Der Winter war vorbei, der Frühling war da, aber der April barg manchmal noch eine bittere Kälte. „Hast du ihn getroffen?", fragte sich Gwendolyn laut.

„Götter, nein. Wie sollte ich, Kind? Ich bin nur eine Zofe. Geh und frag deine Mutter." Demelza erhob sich dann, warf Gwendolyn das schwere Kleid über den Kopf und zog den Stoff nach unten.

Instinktiv suchte Gwendolyn nach den Ärmeln und seufzte, wissend, dass sie ihre Mutter um nichts bitten würde. „Also", beharrte sie und sprach durch den dicken Stoff – ein schweres, gebürstetes Wildleder, blau gefärbt, die Lieblingsfarbe ihrer Mutter. „Weißt du, ob er Urien auch nur im Geringsten ähnlich ist?"

„Nein, Kind."

Als Gwendolyns Kopf aus dem Kragen auftauchte, reckte sie ihr Kinn.

Sie war kein Kind mehr. Sie war siebzehn.

„Ich habe gehört, er soll wunderschön sein“, warf Ely ein. „Vielleicht mag Bryn ihn deshalb nicht.“

Gwendolyn neigte überrascht den Kopf. „Bryn hat ihn getroffen?“

Ely lächelte kaum merklich. „Oh … ich weiß nicht“, säuselte sie, und Gwendolyn zog die Stirn kraus.

„Du musst dir keine Sorgen machen, Gwendolyn“, sagte Demelza, deren Lippen sich irgendwie um die Stecknadel in ihrem Mund bewegten. Sie zupfte rüde an Gwendolyns Ärmel. „Man sagt, er sei ziemlich gutaussehend, aber eigentlich solltest du solche Fragen nicht stellen. Die Frage sollte vielmehr lauten: Gefällt er *dir*?“

Gwendolyn sah das genauso. Aber es gefiel ihr nicht, dass anscheinend jeder mehr über Prinz Locrinus wusste als sie, einschließlich Ely, obwohl es natürlich war, dass Ely mehr wusste, da sie so viel mehr Zeit mit Königin Eseld verbrachte.

Mit einem Seufzer ließ Gwendolyn den Kopf nach hinten fallen, der Nacken schmerzte, und sie war es leid, so lange still zu stehen, und noch mehr leid, sich zu verstellen. Sie blickte zum hohen Fenster hinauf und schätzte die Zeit ab.

„Wie kann ich wissen, was ich denke, bevor ich ihn nicht treffe?“

„Fürwahr“, stimmte Demelza zu, als ob Gwendolyn ihren Standpunkt bestätigt hätte. „Und doch, was auch immer der Fall sein mag, du musst dir darüber im Klaren sein, denn das Ergebnis wird dasselbe sein, ob du ihn anziehend findest oder nicht. Du wirst heiraten, so oder so, und wenn du geneigt bist, deinen Ehemann zu genießen, wirst du es vielleicht auch tun.“

„Pah!“, sagte Ely. „Das sagt meine Mutter über den *dawnsio*, wenn ich sage, dass ich stattdessen einen Mann heiraten möchte. So ist das, musst du wissen – der *dawnsio*.“ Ely seufzte dramatisch. „Aber meine Mutter sagt, es sei unausweichlich, dass ich tanzen werde, weil Königin Eseld meine Gestalt liebt und ich meine Berufung annehmen muss.“

„Sie spricht die Wahrheit“, sagte Demelza. „Ihr habt ein

seltenes Talent, Elowyn." Sie zupfte eine weitere Nadel aus dem *Nadelkissen* und steckte sie sich in den Mund.

Und Gesicht, wollte Gwendolyn hinzufügen. Zweifellos war es Elys Gesicht, das Königin Eseld am meisten liebte, denn in Wahrheit war Ely der Inbegriff von Schönheit – Haar wie Flammen, Augen blaugrün wie das Meer. So umwerfend die Königin auch war, Ely war es, die mit der Schönheit ihrer *Rás* gesegnet war.

„Pah", sagte Ely erneut. „Es ist nicht *meine* Berufung. Ich würde lieber tausend Tode im Kindbett sterben, als eine einzige Nacht für fette, schmierige Herzöge zu tanzen!"

„Ely!", riefen sowohl Demelza als auch Gwendolyn aus, obwohl Gwendolyn es mit einem Lachen hervorstieß.

„Na schön, vielleicht werdet Ihr dann Euren plattnasigen Begleiter genießen?", schlug Demelza vor, als sie zu Gwendolyns Füßen kniete.

„Siehst du, Gwendolyn! Ich hab's dir doch gesagt!"

Gwendolyns Gedanken wurden ernster und kehrten zu Prinz Locrinus zurück, und vielleicht spürte Demelza den Wandel ihrer Gedanken und sagte: „So ist es nun einmal. Du wirst nicht die Erste sein, die einen Mann heiratet, dessen Gesicht und Herz dir unbekannt sind. Und doch, wie auch immer, ich habe viele gekannt, die Freude an ihrer Verbindung fanden, einfach weil sie sich dafür entschieden haben, deine Mutter war eine von ihnen. Du musst beschließen, dass du ihn lieben wirst, und schließlich wirst du es auch tun."

„Was ist mit mir?", beklagte sich Ely. „Ich werde *gar keinen* Mann heiraten dürfen! Wirklich, Demelza, ich will nicht tanzen! " Elowyn schob ihr neues Kleid beiseite und fügte mürrisch hinzu: „Oh ja, ich weiß, dass ich, sobald ich geweiht bin, einen Liebhaber nehmen kann, wenn ich will, aber es gefällt mir nicht, einen Mann im Schutz der Nacht in mein Bett zu lassen und niemals mein eigenes Baby in den Armen zu halten."

So düster ausgedrückt, schwor sich Gwendolyn erneut, mit ihrer Mutter zu sprechen. Aber im Moment hatte Demelza eine Tür weit offen gelassen, um nach Königin Eseld zu fragen, und Gwendolyn beabsichtigte, die Gelegenheit zu ergreifen. „Also ist meine Mutter mit einem vollen und willigen Herzen in ihre Ehe gegangen?"

„Natürlich nicht", sagte Demelza sachlich und setzte ihre Nadel an den Saum von Gwendolyns Kleid. „Welche Frau tut das schon? Und doch verstand deine Mutter ihre Pflicht, und sie nahm sie mit Anmut und Glauben an. Am Ende lernte sie, deinen Vater von Herzen zu lieben."

Gwendolyn dachte einen Moment darüber nach und fragte dann: „Also, kanntest du meine Mutter, bevor sie hierherkam?"

„Nein, Kind."

Gwendolyn zog die Stirn kraus. „Woher willst du dann wissen, was sie gefühlt hat?"

„Ich weiß es einfach."

„*Götter*. Du bist unnachgiebig wie immer", sagte Gwendolyn hitzig. „Ich bin sicher, meine Mutter lobt dich dafür, Demelza, aber ich finde es langweilig!"

Die Zofe stand auf, streckte die Hand aus und tippte Gwendolyn mit einem Finger auf die Wange, kein bisschen beunruhigt. Ganz sanft sagte sie: „Habe ich dich jemals im Stich gelassen, Gwendolyn?"

Gwendolyn schüttelte den Kopf, denn nein, das hatte sie nicht. Und doch war Demelza auch nicht ihr verschworen. Sie war ihrer Mutter verpflichtet und würde daher in allen Dingen den Willen ihrer Mutter tun.

Die Zofe seufzte müde. „Du *musst* mir vertrauen", sagte sie. Aber Gwendolyns Schultern sanken, und die Zofe tippte ihr sofort auf den Rücken. „Steh gerade", forderte sie. „Wenn du krumm stehst, schleift das Kleid."

Und das war noch so eine Sache: Obwohl sie kleiner als ihre Mutter war, war sie für eine Frau nicht klein. Sie hatte das Aussehen ihrer prydeinischen Großmutter, so hatte man ihr gesagt.

„Was, wenn ich größer bin als er?", sorgte sich Gwendolyn,

jetzt noch mürrischer, als sie an alles dachte, was schiefgehen könnte. „Wird ihm das nicht missfallen?"

„Wirst du nicht sein", verkündete Ely und blickte von einer Handvoll Juwelen auf, die sie gerade inspizierte. „Man sagt, er sei ziemlich groß und golden – ein goldenes Idol für eine goldene Braut! Findest du nicht auch, dass diese Kette zu dem Kleid göttlich aussehen würde?"

Gwendolyn drehte sich um, um die Juwelen zu begutachten, die über Elys Finger drapiert waren – ein silberner Vorhang aus Saphiren, der mit einem passenden Diadem getragen werden sollte. Aber das Diadem war nicht unter dem Haufen geliehener Juwelen. Offensichtlich hatte ihre Mutter es dieses Mal nicht für angebracht gehalten, es zu verleihen, aber die Kette allein war mehr wert als alle Grütze in der Stadt.

„Deine Mutter wäre erfreut", fügte Ely hinzu, und ein Teil von Gwendolyn sehnte sich danach, schreiend vor Frustration davonzulaufen, denn es war *immer* irgendein Juwel oder ein Kleid, das Königin Eseld für eines Kompliments würdig befand, niemals Gwendolyn selbst. Und wirklich, sie lieh sie ihr so oft, als könnten ihre Juwelen irgendwie einen Makel an Gwendolyns Person ausgleichen. Infolgedessen lernte Gwendolyn, den Zierrat zu verachten. „Reizend", sagte sie.

„So", verkündete Demelza. „Wir sind durch."

„Endlich!", sagte Gwendolyn, und als Demelza aufblickte, um ihren Blick zu erwidern, zuckte Gwendolyn mit den Schultern. „Ich würde gern jagen gehen."

Nur beabsichtigte sie nicht wirklich, jagen zu gehen. Sie hatte immer noch vor, diese Lichtung zu inspizieren. Doch obwohl Demelza vielleicht von der Notlage des Königs wusste, tat Ely es nicht. Aus offensichtlichen Gründen war es für das Reich von entscheidender Bedeutung, dass der König den Anschein guter Gesundheit aufrechterhielt.

„Bitte, Gwendolyn", flehte Demelza. „Geh und frag deine Mutter. In Anbetracht der Umstände wird sie es vielleicht nicht billigen."

„Warum?", Gwendolyn lächelte und hob beide Brauen. „Weil ich mein reizendes Gesicht verletzen könnte?"

Ely kicherte, und Demelza warf beiden Mädchen einen vernichtenden Blick zu.

Selbstironie war das Einzige, was die Zofe ihrer Mutter immer verärgerte. „An deinem Gesicht ist nichts, was nicht reizend wäre", schalt sie, während sie ihren Nähkorb holte. Und dann ging sie und murmelte vor sich hin.

„Also, du gehst jetzt jagen?", sagte Ely.

„Das werde ich in der Tat."

„Und wirst du deine Mutter fragen?" Ely warf einen Blick auf das schmucke Kleid, das Gwendolyn auf den Boden geworfen hatte, dann einen weiteren auf den ordentlich gefalteten Stapel abgetragener Lederkleidung auf dem Stuhl unter dem Fenster. Aber sie wusste die Antwort bereits.

„Nein", sagte Gwendolyn.

Ely seufzte schwer. „Nun, wenn du vorhast, dich ihr zu widersetzen, sollte ich nicht mitgehen. Sie wird es meiner Mutter erzählen, und meine Mutter wird mich zwingen, den gesamten Besuch *deines* Prinzen damit zu verbringen, Herrn Plattnase zu unterhalten!"

Gwendolyn lachte wider Willen. „Tut mir leid", bot sie an, während sie ihre Jagdkleidung vom Stuhl holte. „Wo ist Bryn?", fragte sie.

„Oh ... ich weiß nicht", antwortete Ely, aber es war klar, wie sie durch ihre dichten Wimpern aufblickte, dass sie es wusste und ihn beschützte, wie immer, wenn sie dachte, Gwendolyn könnte den Zorn ihrer Mutter auf sich ziehen.

Wenn sie und Ely nur die Plätze tauschen könnten, klagte Gwendolyn innerlich, denn Gwendolyn war nicht für Juwelen oder Seide gemacht. Stattdessen fühlte sie sich in den Wäldern wohler, mit einer Klinge im Stiefel und einem Bogen in der Hand. „Schon gut", sagte Gwendolyn, während sie sich anzog.

Als sie fertig war, fand sie ihren Köcher und ging zur Tür. „Ich finde ihn selbst", sagte sie zu Ely. „Du bleibst hier und spielst mit den Juwelen meiner Mutter."

DREI

Es gab nur eine Handvoll Orte, an denen Bryn sein konnte: in den Ställen, wo er seine geliebte Stute verhätschelte; im Pavillon des Meisters bei seinem Vater; oder aber im Hof, wo er den Schwertkampf übte. An diesen Orten würde Gwendolyn zuerst nach ihm suchen. Wenn er an keinem dieser Orte war, dann wäre er im Haus des Kochs und würde die Küchenmägde bezaubern, ihm ein oder zwei Morgenkuchen zu überlassen.

Ohne Frage war Elys Bruder eine einfache Seele, unbelastet von persönlichen Wünschen – außer denen, die seinen Bauch betrafen. Er war seiner Familie ergeben, unerschütterlich in seinem Pflichtbewusstsein, und er war auch ziemlich gut in seinem Beruf – eine natürliche Folge der vielen Stunden, die er mit dem Training verbrachte. Und er war so gut, dass er mehrere Auszeichnungen erhalten hatte, darunter einige für den waffenlosen Kampf, das Bogenschießen, den Schwertkampf und, nicht zu vergessen, seine Fähigkeiten im Umgang mit Pferden. Im Laufe der Jahre hatte er Gwendolyn alles beigebracht, was sie wusste.

Und doch, bei alledem, fiel es Gwendolyn schwer, ihn allzu ernst zu nehmen, da sie dieselbe Amme geteilt hatten.

Was Bryn jedoch *nicht* war, war offenherzig. Seine tiefen, seelenvollen Augen bargen Geheimnisse, die er weder preiszugeben bereit noch fähig war, und mehr und mehr empfand sie diese Tatsache als eine Barriere zwischen ihnen. Wie Demelza war Bryn unerschütterlich, und ganz gleich, was Gwendolyn sagte oder tat, er begegnete ihr mit demselben selbstsicheren halben Lächeln, das ihm stets die Gunst der Küchenmägde einbrachte. Das war nur natürlich, denn er teilte die Gesichtszüge mit seiner Schwester. Aber anders als Ely war Bryn sich seiner selbst viel sicherer. Und auch das war nur natürlich, denn Bryn war älter. Drei Jahre älter als seine Schwester, ein Jahr älter als Gwendololyn. Als Ely auf die Welt kam, waren Gwendolyn und Bryn bereits ein Herz und eine Seele, und Ely war hinter ihnen hergetapst wie ein süßer kleiner Welpe. Erst später, nachdem Bryn Gwendolyn den Treueschwur geleistet hatte, änderte sich sein Verhalten, und sie kam Ely näher.

Sie fand ihn am ersten Ort, an dem sie suchte – im Hof, beim Sparring mit seinem neuen Partner, einem spitzohrigen *Sidhe*, den Gwendolyn weder mochte noch dem sie traute. Ganz gleich, dass er kaum älter als Bryn und nicht viel älter als Gwendolyn sein konnte, er benahm sich, als hielte er sich trotz ihres Ranges für besser als alle anderen – nicht, dass Gwendolyn sich nur wegen einer Krone für überlegen hielt. Nur weil die eigene *Rás* die ältere *Rás* war, bedeutete das noch lange nicht, dass man herrschen sollte. Vielmehr musste man sich seinen Platz in dieser Welt verdienen – jeder, auch Könige.

Und trotzdem war Málik ein ziemlich guter Schwertkämpfer, der auf den flinkesten Füßen tanzte, die Gwendolyn je gesehen hatte.

Mehr als alles andere hasste sie es, dass sie so gezwungen war, ihm zuzusehen, und sie hasste es umso mehr, dass sie seinen Stil bewunderte. Tatsächlich übte sie manchmal, in der Abgeschiedenheit ihres Gemachs, Manöver wie die seinen. Und hier und jetzt, so entschlossen sie auch gewesen war, ihn zu ignorieren, beobachtete sie aus dem Augenwinkel, wie sie die Schwerter kreuzten, und hielt den Atem an, als er sich wie ein Tänzer drehte und dann anmutig wie eine Katze auf den Füßen landete. Zu Bryns Unglück lenkte es ihn ab, Gwendolyn zu sehen. Zu seinem Nachteil ließ er seinen Schwertarm sinken, und dieser verdammte *Sidhe* schlug ihm die flache Seite seiner Klinge hart gegen den Arm, wobei seine eisblauen Augen wild funkelten.

Lästiger Elf!

Selbst der Gedanke an eine solche Blasphemie ließ Gwendolyn sich schämen, doch niemand in ihrem Leben hatte sie je mehr zur Weißglut gebracht als Málik Danann, nicht einmal ihre Mutter.

Danann! Danann! Als ob er ein Recht auf den Namen hätte. Soweit sie wusste, vergoss *sein* Blut genauso wie ihres. Jeder konnte behaupten, alles Mögliche zu sein.

Abgesehen von dem Besuch an ihrer Wiege hatte schon so lange niemand mehr einen reinblütigen *Fae* getroffen, und so sehr Gwendolyn Demelza auch liebte, selbst Demelzas Geschichte ließ Gwendolyn innehalten. Ihr ganzes Leben lang hatte sie versucht, einen zu treffen, bis *er* kam. Aber wenn das *Fae-Geschlecht* so war wie er, dann wollte sie keinen weiteren treffen.

Silberhaarig, silberäugig, entsprach er sicherlich den Geschichten über seine Art, einschließlich seiner Zähne, die erschreckend spitz waren. Immer wenn er lächelte, sah er so bösartig aus wie ein Wolf.

Als Gwendolyn es nun wagte, seinen Blick zu erwidern, entdeckte sie ein verräterisches Glitzern in seinem Auge, hart wie Diamanten, und zu ihrem großen Abscheu jagte es ihr einen Schauder über den Rücken.

Als Antwort knirschte sie mit den Zähnen, denn er war sowohl selbstgefällig *als auch* arrogant – der Unterschied bestand darin, dass das eine bedeutete, ärgerlich zufrieden mit sich selbst zu sein, das andere eine Frage von übermäßigem Stolz, gepaart mit offener Verachtung für andere. Irgendwie schaffte es Málik, beides zu sein, immer spöttisch grinsend, niemals umgänglich, immer urteilend. Und wenn Gwendolyn seinen Gesichtsausdruck richtig deutete, hatte er sie eindeutig beurteilt und für mangelhaft befunden. „Ich gehe auf die Jagd!", verkündete sie, anstatt stehen zu bleiben und Bryn zu bitten, sie zu begleiten. Und das hätte sie wirklich getan, anstatt anzunehmen, dass er sie begleiten würde, aber es ärgerte sie schrecklich, dass Málik ihr seinen üblichen verächtlichen Blick zuwarf, als ob ihre Anwesenheit ihn auf ewig ermüdete.

So wie die Dinge lagen, hatte er großes Glück, dass ihr Vater keine Köpfe mehr auf Spieße steckte, wie es ihr Großvater zu tun pflegte, denn Máliks Kopf wäre vielleicht ein perfekter Kandidat dafür – nicht, dass ihr Vater zustimmen würde, wohlgemerkt, denn irgendwie hatte diese bedauernswerte Kreatur ihn um den Finger gewickelt, so wie er anscheinend jeden um den Finger gewickelt hatte, einschließlich Bryn und Ely.

Nein, es war ihr nicht entgangen, wie oft Ely versucht hatte, Gwendolyn zu überreden, ihrem Bruder beim Sparring zuzusehen, obwohl es in Wahrheit Málik war, den Ely sehen wollte.

Sein Partner wurde sofort entlassen – und sie musste gestehen, dass es sie mit Freude erfüllte –, und Bryn eilte herbei, um sie einzuholen. „Gwendolyn ... bitte, sag mir, dass du deine Mutter gefragt hast?"

Gwendolyn ging weiter und richtete den Riemen ihres Köchers, damit er nicht von ihrem Arm rutschte. „Ja, natürlich", log sie.

„Gut", sagte er. „Gut. Das Letzte, was ich heute brauche, ist noch ein Tadel."

Sie wagte es nicht, ihn anzusehen. „Oh? Und hast du schon einen bekommen?"

„Natürlich."

„Wofür?"

In seiner Stimme schwang ein Anflug von Groll mit. „Musst du das fragen?"

„Nein", sagte Gwendolyn und ging weiter, einen Fuß vor den anderen setzend. Zweifellos hatte es wie immer etwas mit ihr zu tun. Bryn hatte eine kleine Schwäche. Er schien Gwendolyn nichts abschlagen zu können, wenn sie bettelte. Und doch war Bryn ein intelligenter Mann; sie konnte nichts dafür, wenn er ihre Gründe einsah und kapitulierte.

Bedauerlicherweise konnte Gwendolyn ihn selbst dann noch nicht ansehen, als sie in den Ställen waren. Sie kannte ihn zu gut, und er kannte sie ebenso gut. Er würde die Wahrheit in ihren

Augen lesen, obwohl ihr Schweigen ihn nicht beruhigte. „Du hast nicht gefragt, oder?"

Es war keine Frage, und Gwendolyn gab ihm keine Antwort, sofern Schweigen keine Antwort war. Aber das war es.

Leise vor sich hin murmelnd streckte Bryn die Hand aus, um die Stalltür aufzuziehen, und fluchte dabei. „Blut und blutige Knochen, Gwendolyn!" Er nannte sie nur Gwendolyn, wenn er wütend war. „Du wirst noch mein Tod sein!"

„Prinzessin für dich", neckte Gwendolyn ihn, nicht so sehr, um ihn an seinen Rang zu erinnern, als vielmehr, um ihn zu ärgern – obwohl es vielleicht auch zum Teil dazu diente, ihn daran zu erinnern, denn das Letzte, was sie in diesem Augenblick brauchte, war, dass Bryn ihr widersprach und sie daran hinderte, die Stadt zu verlassen. Es waren die ersten Frühlingstage nach einem langen Winter, und Gwendolyn brannte darauf, die Lichtung zu besuchen, um zu sehen, ob die Fäulnis zurückgekehrt war, und sie wollte wirklich, dass Bryn mitkam. Wenn er sie zwang, ihre Mutter zu fragen, würde heute niemand irgendwohin gehen.

Und obwohl sie wirklich ohne ihn gehen konnte – niemand würde sie aufhalten –, würde er auch dafür zur Rechenschaft gezogen werden. Daher konnte er genauso gut mitkommen. Es würde nicht unbemerkt bleiben, wenn sie ohne Eskorte aus der Stadt ritt.

Aber es war nicht nur die Lichtung, die sie sehen wollte. Sie wollte privat mit ihm sprechen, um ihn zu fragen, was er über Prinz Locrinus wusste, da niemand sonst in der Lage oder willens zu sein schien, etwas zu sagen – außer Ely, wenn auch nur, um zu verraten, dass er groß war.

Obwohl Bryn mit seinen eigenen Sorgen vielleicht nicht so freimütig war, war er die einzige Person, die sie kannte, die verstand, was auf dem Spiel stand, und die ohne Umschweife mit ihr sprechen würde. Und doch hatte er natürlich recht. Ihre Mutter würde wütend sein, aber die Ankunft von Prinz Locrinus wurde erst für morgen erwartet und von Gwendolyn sollte nicht erwartet werden, nur an ihn zu denken, besonders wenn es ihren Vater betraf.

Obwohl sie die Bedeutung des Besuchs des Prinzen erkannte, hatte sie zudem keine Ahnung, wie lange ihre *Gäste* zu bleiben gedachten oder wann sie das nächste Mal die Gelegenheit haben würde, aus der Stadt herauszukommen und einfach nur ein Mädchen zu sein, keine Prinzessin, keine zukünftige Königin und schon gar nicht eine Versprochene.

Die Königin würde sie in zu viele Vorbereitungen vertiefen, von denen keine für irgendjemanden, einschließlich ihr selbst, von wirklichem Wert war. Zu diesem Zeitpunkt gab es keine *magische* Creme, um Gwendolyns Antlitz zu verändern, und das war alles, was ihre Mutter wirklich interessierte. Sie würde Gwendolyn mit Schönheitskuren quälen – das Waschen der Haare, das Kämmen der Haare, das Flechten der Haare, das Pudern der Haut, das Schminken der Augen, das Schrubben der Haut, das Befeuchten der Haut, das Bemalen der Haut. Es war alles zu viel!

Ganz zu schweigen von den endlosen Ermahnungen über Manieren und Vorschlägen, wie man sich in Gegenwart ihres neuen Verlobten zu verhalten habe – was man sagen, wie man es sagen, wann man es sagen sollte.

Vor allem aber, was man *nicht* sagen durfte und wie sie sich als Frau zu benehmen hatte, mit einem aufgemalten Lächeln im Gesicht, selbst wenn ihr die Tränen kamen.

Es reichte aus, um Gwendolyn so nervös zu machen wie eine Fledermaus, die gerade aus dem Schlaf erwacht war, obwohl sie wirklich einen guten Eindruck machen wollte.

Aber wenn all das nicht schon Grund genug wäre, brauchte auch Bryn Zeit zur Erholung. Nach der Ankunft des Prinzen würde es für ihn überhaupt keine Ruhe mehr geben, und Gwendolyn hatte keine Fragen zu ihren Pflichten am nächsten Tag. Man hatte ihr vom Tag ihrer Geburt an beigebracht, dass ihr Volk ihre Priorität war, und diese Hochzeit würde stattfinden, und sei es nur für sie.

Sie wusste wenig über den Prinzen, aber was sie betraf, würde das Wissen über seine Vorlieben und Abneigungen ihr weitaus mehr helfen, sich so zu verhalten, dass er sie ansprechend finden könnte, als ein perfekt gepudertes Gesicht. Egal, was Ely behauptete, Bryn musste ihn doch irgendwann einmal getroffen haben. Woher sollte Ely sonst wissen, dass er groß war, oder dass Bryn ihn nicht mochte? Welchen plausiblen Grund könnte Bryn wirklich haben, einen Mann nicht zu mögen, den er nie getroffen hatte?

Jedenfalls wusste sie, dass Bryn in letzter Zeit Geheimnisse hütete, und das gefiel ihr nicht. Wenn er Prinz Locrinus getroffen hatte, welchen guten Grund konnte er dann haben, dies zu verschweigen?

Schon jetzt lagen Gwendolyns Nerven blank, und sie musste noch einen weiteren Abend abwarten, um zu sehen, was Prinz Locrinus von ihr halten würde. Es war zermürbend, wirklich, all dieses Nichtstun. Nur darauf zu warten, beurteilt zu werden. Mehr als alles andere ärgerte es Gwendolyn, dass sie sich auf solche Dinge wie ihr Gesicht reduzieren lassen musste. Aber leider hatte noch nie, nicht ein einziges Mal, jemand zu ihr gesagt: „Übe deinen Schwertkampf, um deinen Verlobten zu beeindrucken", oder: „Lerne, besser zu reiten." „Lerne fleißiger." Aber wenn sie gut regieren sollte, waren dies alles Dinge, die für ihre Rolle entscheidend waren. Gwendolyn war eine passable Schwertkämpferin, eine sehr gute Buchhalterin und eine ausgezeichnete Reiterin. Aber das waren keine Dinge, die ihre Mutter interessierten, nur ihr Gesicht, und zwar ein Gesicht, das ihre Mutter nicht einen Augenblick länger ansehen konnte, als sie musste.

Bryn sagte nichts mehr, aber Gwendolyn hörte ihn murren, als er ging, um die Sättel zu holen. Als er mit beiden in der Hand zurückkam, nahm sie ihren wortlos von oben herunter und beschloss, ihre eigene Stute zu satteln. Sie musste nicht bei jeder Gelegenheit verhätschelt werden. Tatsächlich war es ihr lieber, es nicht zu werden. Bryn hatte allein genug zu tun. Sie genoss es, für sich selbst zu sorgen.

Außerdem, wenn sie ein Mann wäre, hätte sie ihr ganzes Leben damit verbracht, für die Führung einer Armee zu trainieren, anstatt zu lernen, einem Mann zu gefallen. War die Verteidigung nicht immer noch die Hauptpflicht eines Herrschers? Unabhängig davon, was man trug oder wie man die Latrine benutzte? Vielleicht, wenn Gwendolyn einen Bruder gehabt hätte, würde es nicht in ihren Aufgabenbereich fallen, aber sie hatte keinen Bruder. *Sie* war Cornwalls Erbin, zusammen mit dem Ehemann, den sie heiraten würde. Und deshalb oblag es ihr, jeden Aspekt der Pflichten eines Herrschers zu lernen.

Vielleicht ärgerte Málik sie deshalb so verdammt sehr, weil sie seit dem Tag seiner Ankunft keine einzige Gelegenheit mehr gehabt hatte, mit Bryn zu üben – dieser verrottete, missratene Hund.

Sobald ihre Pferde fertig waren, schwang sich Gwendolyn in den Sattel und verließ den Stall, ohne zu warten, da sie Bryn keinen weiteren Tadel aussetzen wollte. Zwangsläufig würde er ihr folgen, aber es war ihr lieber, wenn man sagte, er sei widerwillig mitgekommen.

Wie schon im Palast, herrschte auch in der Stadt die gleiche frenetische Betriebsamkeit – Händler, die im Hof ihre Waren anpriesen, Lieferanten, die ihre Einkäufe hereinmarschierten, Menschen, die in Erwartung der loegrischen Gesandtschaft herumeilten. Obwohl dies kein üblicher Markttag war, war auch der Markt überfüllt. Gwendolyn musste ihn durchqueren, um die schmale Brücke zu erreichen, die Stone Insel mit dem Festland verbindet. Die meisten Händler hatten sich dort versammelt, direkt hinter den inneren Toren, und boten jedem, der vorbeikam, ihre Waren an. „Früher Spargel!", rief ein Händler.

„Brennnesselspitzen!", schrie ein anderer. „Brennnesselspitzen!"

Und noch ein anderer eilte vor, um Gwendolyn eine schöne Elle azurblauen Stoffs zu zeigen, der wie Musselin aussah. „Kalbsleder!", sagte er mit gehobenen Brauen. „Aus dem Osten! Hier, lasst mich Euch zeigen, Hoheit!"

Seine schwarzen, drahtigen Brauen hoben sich noch höher, als er seinen feinen Stoff streichelte und ein Stück des Gewebes abwickelte, damit Gwendolyn es besser sehen konnte.

„Nicht heute", sagte sie und bedachte die Art seiner Kleidung und die Vielzahl goldener Ringe an seinen Fingern. Von solchen Dingen war sie ohnehin nicht sonderlich beeindruckt, aber hätte er nicht so viele Ringe getragen, hätte sie ihm vielleicht ein Kupferstück angeboten und ihn gebeten, seinen Stoff noch einmal zu verkaufen.

Sie passierte die festen Stände, die für die begehrtesten Waren reserviert waren, und winkte – insbesondere dem Bäcker und dem Schuhmacher – bevor sie ihr Reittier durch die Tore auf die Brücke spornte, wo es wesentlich weniger Fußgängerverkehr gab.

Offensichtlich brauchten Nachrichten nicht lange, um sich zu verbreiten. Inzwischen musste jeder im Umkreis von zwanzig Meilen um die Stadt gehört haben, dass Prinz Locrinus erwartet wurde, und jeder Bauer und Handwerker aus der Gegend war herbeigeeilt, um seine Waren anzubieten.

Sie passierte ein paar kleine Karren, dann mehrere Männer mit Rucksäcken auf dem Rücken und schließlich eine zierliche Frau, die mit einem kleinen Mädchen schlenderte und freundlich mit ihm sprach, kaum besorgt, dass sie die Letzten sein könnten, die einen Platz auf dem Markt fanden. Gwendolyn hielt einen Moment an, um mit ihnen zu sprechen. „*Myttin da,*", sagte sie und lächelte, als sich die braunen Augen des Kindes weiteten. Ihre Mutter war von der Begegnung so überrascht, dass sie mit offenem Mund dastand.

„Wir sind gekommen, um Morcheln zu verkaufen", sagte das Mädchen fröhlich und zeigte auf den mageren Korb ihrer Mutter.

„Wirklich? Ich liebe Morcheln", sagte Gwendolyn, griff in den Beutel an ihrem Gürtel und holte eine Silbermünze hervor.

„Ich auch!" Die Locken des Kindes wippten vor Aufregung, als es vor Freude hüpfte. „Morcheln sind meine allerliebsten!"

Lachend sagte Gwendolyn: „Ich würde sie dir alle abkaufen und für mich behalten, aber leider bin ich auf dem Weg zur Jagd."

„Ganz allein?", fragte das Kind ehrfürchtig und reckte den Hals wie ein Huhn.

„In der Tat, eine Frau kann genauso jagen wie ein Mann", sagte Gwendolyn. „Obwohl ich nicht allein gehe." Sie blickte zurück, um Bryn zu erspähen, der aus dem Markt auf die Brücke kam, und wandte sich dann wieder dem kleinen Mädchen zu, wobei sie dachte, dass es, so schmutzig es auch war, wertvoller als Gold war.

Sie warf die Silbermünze hinunter, damit das Kind sie fangen konnte, und als es sie verfehlte und ihr nachhuschte, sprach endlich die Mutter. „Gott segne Euch, Hoheit! Gott segne Euch!"

„Danke", sagte Gwendolyn, doch als die Frau Gwendolyn ihren Korb reichen wollte, hob Gwendolyn eine Hand und sagte: „Behaltet ihn, Freundin. Verkauft ihn noch einmal. Ansonsten behaltet etwas für Euch und Euer liebes Kind. Ich wünsche Euch heute viel Glück auf dem Markt!"

„Euch auch!", sagte die Frau.

Als Gwendolyn wegritt, hörte sie das Kind aufgeregt rufen: „Ich hab sie gefunden, ich hab sie gefunden!" „Pass gut darauf auf", sagte seine Mutter. „Das war unsere Prinzessin! Diese Münze wird uns Glück bringen." Ein Kribbeln breitete sich von Gwendolyns Herz aus, wie zarte kleine Ranken auf der Suche nach der Sonne. Es gab ihr stets das Gefühl, gesegnet zu sein, wenn sie mit ihrem Volk sprach.

Sie ritt weiter, genoss die Wärme der Sonne und blickte auf eine Seite der Königsbrücke hinab.

Trevena thronte auf einer Insel aus steilen Klippen über einem tobenden Meer. Die Stadt, die durch eine enge Passage mit dem Festland verbunden war, war von den ursprünglichen Bewahrern dieses Landes gegründet worden, die nun schon lange fort waren, doch ihre *Magik* war geblieben – am deutlichsten in der Drachenhöhle unter dem Palast. Oft konnte man nachts vom Meer aus den Atem des Drachen in der Höhle erkennen, eine Warnung an die Schiffe, Abstand zu halten, zumindest bis zum Morgen, wenn die aufgewühlten Wasser leichter zu befahren waren. Dies, so hatte sie erfahren, war ein Abschiedsgeschenk der Altvorderen, das Leuchtfeuer, das Händler in ihre Bucht lockte und sie sicher hineinleitete. Tatsächlich war es dieses Wunderwerk, das König Brutus zuerst in ihre Länder gebracht hatte, mit all seinen drei gigantischen Schiffen, die jeweils tausend Krieger an den Rudern trugen, und mit Prinz Urien am Steuer des einen.

Da war Gwendolyn noch nicht geboren.

Die Bucht direkt nördlich der Brücke war zu eng, als dass andere als kleinere Schiffe sie hätten befahren können. Die Bucht im Süden beherbergte jedoch einen vielgenutzten Hafen. Selbst jetzt, als sie die Brücke überquerte, konnte sie das geschäftige Treiben unten erkennen – winzige Leute aus dieser Höhe und das übliche Gedränge von Schiffen, die sich beeilten, ihre Laderäume zu leeren, in der Hoffnung, die Bucht bis zum Einbruch der Dunkelheit verlassen zu haben.

Natürlich wagten sich selbst bei Tag nur die geschicktesten Seeleute hinein, wenn nicht wegen der hervorstehenden Felsen und der täuschend starken Strömungen, so doch, um der gewaltigen Anzahl der dort ankernden Schiffe und den Überresten derer, die gesunken waren, auszuweichen.

Schiffe waren weitaus sicherer, wenn sie jenseits der Bucht ankerten, und Gott bewahre, dass jemand in den Schlund der Drachenbucht geriet, wenn der Meeresgott Manannán zu toben begann.

Aus diesem Grund hatte Trevena so lange überdauert, von allen Seiten durch natürliche Verteidigungsanlagen geschützt. Und bis heute florierte ihre Stadt dank des Geschenks ihrer Drachenhöhle als Hafen – ein Grund zum Stolz für ihren Vater und auch für Gwendolyn.

Gwendolyn wandte ihre Aufmerksamkeit vom Hafen ab und genoss die länger werdende Stille. Es war ein herrlicher Tag für die Mitte des Aprils. Die Sonne schien hell und wärmte das Land mit jedem vergehenden Tag ein wenig mehr. Endlich winkte sie den Palastwachen beiläufig zu, als sie unter den äußeren Toren hindurchritt und sich in gemächlichem Tempo auf den Wald zubewegte.

Erst als die Hufe ihrer Stute sich in den weicheren Boden gruben, verspürte sie eine echte Dringlichkeit, fortzukommen. Und dann spornte sie das gute Tier zum Galopp an, zuversichtlich, dass Bryn folgen würde.

Vergnügt legte sie den Kopf in den Nacken und atmete tief ein. Das Land war eine willkommene Abwechslung. Schon war das Gras grüner, und die fernen Bäume entfalteten neue Blätter, deren Duft willkommener war als jedes Parfüm aus Illyrien.

Als sie schließlich den Waldrand erreichte, wagte Bryn es, an ihre Seite zu traben. „Da bist du ja", neckte sie ihn mit einem Lächeln in der Stimme. „Ich hatte mir schon Sorgen gemacht, du hättest mich im Stich gelassen."

„Niemals", schwor er, und Gwendolyn wusste in ihrem Herzen, dass dies, was auch immer kommen mochte, immer so sein würde. Der loyale Bryn würde ihr folgen und ihr dienen, bis dass der Tod sie scheidet. Und sollte es je nötig sein, würde er sein Leben für ihres opfern. Aber er würde sich dafür entscheiden, nicht weil es erwartet wurde oder weil es sein Beruf war, sondern weil er sie liebte, nicht wie ein Mann eine Frau liebt, sondern wie ein Bruder eine Schwester liebt. Sie vertraute darauf und liebte ihn ebenfalls.

Wahrlich, wenn es in dem bevorstehenden Abenteuer eine Quelle des Trostes gab, dann die, dass sie ihrem Schicksal nie allein entgegentreten musste. Sie würde immer Bryn haben. Bedauerlicherweise trübte sich ihre Stimmung, als sie an seinen neuen Sparringspartner dachte. „Ich weiß nicht, warum du diesen *Sidhe* so sehr magst", schimpfte sie.

„Weil er sich selbst treu ist", erwiderte Bryn. „Málik ist, wer er ist, ohne Kompromisse oder Entschuldigungen."

„Oh, das würde ich sagen. Entschuldigungen sind diesem ignoranten Elfen fremd."

Das war *nicht* höflich, und Gwendolyn hasste es, dass sie sich gezwungen gefühlt hatte, es zu sagen, und vielleicht war es ihr sogar peinlich, aber nicht genug, um es zurückzunehmen.

Málik brachte das Schlechteste in ihr zum Vorschein.

„Vielleicht", sagte Bryn und beließ es dabei, bis Gwendolyns

Ärger die Oberhand gewann und sie hinzufügte: „Er ist unhöflich!" Sie warf Bryn einen geplagten Blick zu. „Ich habe mit eigenen Augen gesehen, wie er dich mit seiner Klinge geschlagen hat, lächelnd wie ein Fuchs, der die Henne verschlungen hat."

Bryn lächelte kameradschaftlich. „Ich wette, das ist nicht mehr oder weniger als das, was ich ihm angetan hätte. Wir sind Freunde."

Gwendolyn verdrehte die Augen. „Wirklich? Und stört es dich nicht, dass dein Vater ihm eine solche Gunst erweist? Woher kam er, Bryn? Aus dem Nichts, wirklich? Von niemandem empfohlen, und doch bildet dieser Mann plötzlich unsere Elitegarde aus?"

„Er hat mich gut gelehrt – mehr als mein Vater."

Gwendolyn verstummte, da sie nicht streiten, aber auch nicht nachgeben wollte.

„Wie auch immer, falls du es vergessen hast, er wurde von deinem Vater hierher gerufen."

„Pah!", sagte sie, richtete sich auf und war nicht bereit, Málik Danann auch nur ein bisschen Großzügigkeit zuzugestehen. „Das bezweifle ich. Und außerdem gibt er gerne an."

Bryns Lippen wurden schmal. „Weißt du … ich finde es seltsam, dass du ihm seine *Rás* vorhältst – besonders du, Gwendolyn, da du doch so von allem, was mit den *Fae* zu tun hat, eingenommen zu sein scheinst."

Sie *war* von allem, was mit den Fae zu tun hatte, eingenommen gewesen.

Nicht mehr.

Als Kinder der Götter hätten die Tuatha'an ewig herrschen sollen. Doch wo waren sie jetzt? In eine dunkle Unterwelt verbannt, die für ihre Buße erdacht wurde, und warum? Wenn sie auch nur im Geringsten wie Málik Danann waren, dann musste es daran liegen, dass sie alle arrogante Narren waren.

Verärgert entgegnete Gwendolyn: „Es ist nicht seine *Rás*, die ich ihm vorhalte, Bryn. Es ist seine … Haltung. Er benimmt sich, als wäre er von Göttern geboren."

Bryn zuckte mit einer Schulter. „Ja, nun, wenn man den Geschichten Glauben schenken darf, dann wäre er das auch.“

Gwendolyn warf ihm einen weiteren genervten Blick zu und kniff die Augen zusammen. „Das behauptet *er*. Doch jeder könnte behaupten, ein Danann zu sein und sich selbst dazu ernennen.“ Sie zwang sich zu einem Lächeln und nickte Bryn überschwänglich zu, so unecht es auch war. „Hallo, Freund. Kennst du mich schon? Ich bin Gwendolyn Danann!“

Bryn schüttelte den Kopf. „Da muss ich widersprechen“, sagte er. „Abgesehen von seinem Namen spricht er kaum über seine Art. Du irrst dich in ihm, Gwendolyn. Alles, was ich über Málik weiß, abgesehen von seinem Können auf dem Hof, weiß ich nur durch den Klatsch anderer.“

„Pah“, sagte sie erneut.

Eine Weile galoppierten sie schweigend durch den Wald. Doch obwohl Gwendolyn gern gesagt hätte, dass sie den Klang des Frühlings genoss – das Trippeln der Kreaturen, das Knacken der Zweige unter ihren Hufen und das Zwitschern der Vögel –, konnte sie nur das Geräusch der Wut hören, das durch ihre Ohren rauschte.

„Alderman Morgelyn war sogar noch auskunftsfreudiger über ihn als mein Vater. Möchtest du hören, was ich noch weiß?“

Gwendolyn zog die Brauen zusammen. „Nein. Alles, was *ich* über ihn wissen muss, sehe ich in seinen Augen.“

Es war wahr. Den *Awenydds* zufolge war die Wahrheit im Herzen eines Mannes wie eine Flamme in seinen Augen, und Máliks Flamme brannte hell vor Verachtung.

„Du, von allen Leuten, wärst beeindruckt“, stichelte Bryn.

Wieder einmal verdrehte Gwendolyn die Augen. „Gott bewahre, dass dieser *Sidhe* noch einen Jünger gewinnt. Er hat mehr als genug Bewunderung für sich selbst, um ihm für hunderttausend Leben zu reichen. Und deshalb muss ich es leider ablehnen, dir zu erlauben, mich mit solch heldenhaften Geschichten zu unterhalten – falls es denn überhaupt welche zu erzählen gibt.“

„Die gibt es.“

„Gut. Es ist mir egal.“

Bryn seufzte und sagte nichts mehr, zweifellos abgeneigt zu streiten.

Aber Gwendolyn gefiel es ganz und gar nicht, dass er Málik so zu verehren schien – besonders, da er derjenige war, der ihn verleumdet hatte, als er gerade angekommen war, und es Gwendolyn war, die den undankbaren *Sidhe* verteidigt hatte, nicht dass *er* das je erfahren würde.

„Wie auch immer ..." Sie schnalzte härter mit den Zügeln, als sie beabsichtigt hatte. „Ich verabscheue die Art, wie er mich ansieht."

„Inwiefern?"

Gwendolyns Stirnrunzeln vertiefte sich nur. „Ich weiß nicht. Ich kann es nicht erklären."

„Verstehe", sagte Bryn viel zu freundlich und wechselte dann komplett das Thema. „Hast du bedacht, was passieren würde, wenn *dein* Prinz zu früh ankäme und deine Mutter dich zu seiner Begrüßung nicht finden könnte?"

„Sie wird auch ohne mich zurechtkommen", versicherte Gwendolyn.

Ein kleiner, räudiger Dachs huschte vor ihnen über den Weg.

„Ich bezweifle ohnehin, dass meine Mutter mich bei der Willkommensgesellschaft dabeihaben wollen würde. Ich vermute, wenn sie mich mit Prinz Locrinus verheiraten könnte, ohne dass er je mein Gesicht zu sehen bekäme, würde sie genau das tun."

„Du missverstehst sie, Gwendolyn."

„Nein, Bryn. Und du musst wissen, wie sehr ich dich verehre, ebenso wie Ely – ganz verzweifelt dafür, dass ihr mich für so vollkommen haltet. Aber wir beide kennen die Wahrheit. Meine Mutter hält mich nicht für ... würdig."

Nicht für den *dawnsio*, nicht dafür, das Gewicht der Souveränität zu tragen, und schon gar nicht, um jemanden wie Prinz Locrinus zu heiraten, obwohl Gwendolyn die Einzige war, die es konnte.

Nebenbei vermutete Gwendolyn auch, dass ihre Mutter, hätte sie eine eigene Wechselbalg-*Magik* meistern können, Gwendolyn und Ely bei der Geburt vertauscht und vielleicht Ely als ihre eigene Tochter aufgezogen hätte. Zweifellos bereute sie den Tag, an dem jemand wie Gwendolyn aus ihrem Schoß gekommen war. Gwendolyn war nicht nur kein Junge, sondern auch noch verflucht.

Und trotzdem würde Königin Eseld niemals zugeben, wie sie sich fühlte. Sie würde lieber ins Grab gehen, als schlecht über ihre einzige Tochter zu sprechen, ungeachtet der Tatsache, dass ihre Enttäuschung für alle in den Tiefen ihrer lieblichen Prydein-Augen zu sehen war. Ja, wenn die Prophezeiung sich bewahrheitete, dann schien es, als wäre das Herz ihrer Mutter nicht tugendhaft genug, um die Schönheit in ihrem Kind zu sehen, also würde sie es nie wagen, ihre wahren Gefühle zu gestehen, damit nicht auch alle anderen dies erkennen würden. „Ich bin sicher, sie liebt dich", bot Bryn an. „So wie wir alle", fügte er leise hinzu.

„Zweifellos liebt sie die *Vorstellung* von mir", konterte Gwendolyn.

„Du sagst, du willst jagen?", fragte Bryn plötzlich, wechselte erneut das Thema und deutete auf eine Masse aus graubraunem Fell, die zwischen den Bäumen sichtbar war – ein stattlicher Achtender, der hinter einem toten Ast zusah. Wie eine steinerne Statue stand das majestätische Tier still und neigte nur seinen großen Kopf, um die Eindringlinge des Waldes misstrauisch im Auge zu behalten.

„Zu klein", sagte Gwendolyn abweisend, stieg ab und machte genug Lärm, um den ganzen Wald aufzuschrecken. Natürlich sprang der Hirsch auf und davon, und ein Schwarm Stare stob aus den Baumwipfeln auf, ihre gesprenkelten Flügel flatterten.

Gwendolyn war heute nicht hier, um zu jagen. Sie war hier, um die Lichtung zu inspizieren, noch wollte sie länger über Málik oder ihre Mutter sprechen.

Beide Themen bekümmerten sie, aber keines so sehr wie der Zustand der Lichtung, denn es war der König, der über dieses Land gebot, und das Land, das ihn erhielt. Als Überbleibsel einer Zeit, in der die Götter noch hier weilten, war der Teich mit heilenden Wassern gefüllt, die so viele Leiden heilen konnten – wenn sie nur einen König heilen könnten. Und doch war die Gesundheit der Lichtung in vielerlei Hinsicht ein Maß für die Gesundheit ihres Vaters, und das Gegenteil war ebenso wahr. Es war seine Krankheit, die die Lichtung schwächte, und je kränker sie wurde, desto kränker wurde auch er. Es war ein Teufelskreis, der zu seinem Tod führen konnte, und auch zu Cornwalls. Deshalb war ihre Heirat mit Prinz Locrinus so entscheidend. Der Frieden, den ihre Verbindung fördern würde, war für Cornwalls Überleben von entscheidender Bedeutung. Ohne die Allianz würde Cornwall nicht lange genug bestehen, um sich über die prophezeite Rote Flut Sorgen zu machen.

Was Königin Eseld betraf, so war sie zwar ein Rätsel, aber auch jemand, den Gwendolyn zutiefst bewunderte. Als junge Frau aus Prydein gekommen, hatte sie nicht nur die cornische Sprache, sondern auch die Sprache des *dawnsio* gelernt. Sie hatte jede Rolle angenommen, die ihr je gegeben wurde, und war stets darauf bedacht, ihrem Mann nie zu widersprechen oder jemandem den Eindruck zu vermitteln, sie handele gegen seinen Willen. In allem war ihre Mutter eine pflichtbewusste Ehefrau und ja, vielleicht auch Mutter.

Gwendolyn wusste, dass ihre Mutter ihre Interessen über ihre eigenen stellte. Aber es war ihre Zuwendung, nach der sie sich sehnte – ein liebevoller Blick hier und da, so wie sie es bei ihrem Mann tat.

Und ja, natürlich wusste Gwendolyn, dass das etwas anderes war. Die Liebe einer Mutter zu einer Tochter war nicht dasselbe wie ihre Liebe zu einem Gefährten – genauso wie Gwendolyns Liebe zu Ely und Bryn nicht dieselbe war wie die Liebe, die sie eines Tages für ihren Ehemann zu empfinden hoffte.

Und doch ... Gwendolyn sah oft die Art, wie Lady Ruan ihre Kinder betrachtete.

Und manchmal bemerkte sie eine bestimmte Art, wie Bryn sie ansah ... mit einem Funkeln in den Augen, das besagte, er würde ihre Umarmung willkommen heißen. Aber das war nicht das, was

Gwendolyn von ihm wollte, und sie empfand nicht dasselbe, obwohl sie sich schmerzlich nach den Armen ihrer Mutter sehnte.

„Ich bin nicht in der Stimmung zu jagen", sagte sie und warf Bryn, der immer noch aufgesessen war und sie neugierig beobachtete, einen Blick zu.

„Wer hätte das gedacht."

Gwendolyn grinste. „Lass uns stattdessen schwimmen gehen."

Bryn runzelte die Stirn. Er war auch nicht versucht abzusteigen. Er verzog die Lippen und spähte zurück durch den Wald, als würde er überlegen, zu gehen. „Das ist unklug", sagte er schließlich.

„Warum?"

„Weil deine Mutter es für unziemlich halten wird."

„Götter! Wir sind schon tausendmal zusammen geschwommen."

„Alles ist jetzt anders."

Gwendolyn verzog das Gesicht. „Seit wann?"

„Seit dein Verlobter jeden Augenblick ankommen soll", erinnerte er sie, und Gwendolyns Brauen stießen zusammen. Sie straffte ihre Schultern, nicht gewillt, sich abbringen zu lassen.

„Er kommt erst morgen", argumentierte sie.

„Und trotzdem ..."

„Nun, *ich* gehe schwimmen", sagte sie, wandte Bryn den Rücken zu und ergriff die Zügel ihrer Stute. „Du kannst hierbleiben."

Nach heute würde in der Tat alles anders sein, und das war umso mehr ein Grund, warum sie tun musste, was sie tun musste. Morgen würde Prinz Locrinus hier sein, und *wenn* er sie mochte, würden sie gebunden sein. Nach ihrer Zeremonie würden *alle* ihre Entscheidungen mit ihm gemeinsam getroffen werden. Aber im Moment war Gwendolyn immer noch Gwendolyn.

Ungebunden. Unverheiratet. Ungebeugt.

VIER

Gwendolyn schlug den vertrauten Pfad zum Porth Teich ein, und ihre Laune besserte sich mit jedem Schritt.

Ein Bad würde ihren Kopf frei machen, und das könnte der Sache ihrer Mutter nur dienlich sein, ihre Gemütsverfassung verbessern und ihr vielleicht sogar einen gesünderen Glanz verleihen.

Wer könnte da schon etwas dagegen haben?

Manche Leute behaupteten, Schönheit selbst sei ein Geschenk der Quelle, und wenn das stimmte, dann konnte sie um des Reiches willen jede Hilfe gebrauchen, die sie kriegen konnte.

Obwohl Gwendolyn in Wahrheit nicht wusste, was andere Leute sahen, wenn sie sie anblickten, war die offensichtlichste Folge ihrer „Gabe" diese: Je nachdem, wie sie sie betrachteten, behandelten die Leute sie anders. Wenn sie überhaupt etwas fürchtete, dann war es die Möglichkeit, den Rest ihres Lebens mit einem Mann zu verbringen, der sie wegen ihres Gesichtes nicht liebte oder nicht lieben konnte. Sie betete, dass Prinz Locrinus, wenn er sie endlich erblickte, nicht das sehen würde, was ihre Mutter sah.

Morgen würde sie es mit Sicherheit wissen.

Der Gedanke ließ einen Schwarm Stare auffliegen, diesen hier direkt aus ihrem Herzen.

Aus offensichtlichen Gründen wusste sie, dass Bryn nachgeben würde, aber sie fühlte sich deswegen nicht allzu schlecht, denn so ungern er sich auch ihrer Mutter widersetzte, genoss er doch ebenso ein gutes Bad.

Er arbeitete zu hart, redete sie sich ein, und dachte nie an sich selbst. Wenn Gwendolyn nicht wäre, würde er sich vielleicht nie ausruhen, und deshalb tat sie ihm einen Gefallen. Zumindest sagte sie sich das, während sie dahinhüpfte, ebenso begierig darauf, in das warme, heilende Wasser einzutauchen.

Der Porth Teich war nicht so groß wie Dozmaré, wo die Herrin weilte, aber dieser Teich war der letzte seiner Art. Obwohl er so nah war, wagten sich nur wenige hierher, bis die Blutwurz und die Dreiblätter blühten, denn die Wälder im Winter waren unwirtlich und Jakk Frost war ein listiger *Fae*, der diese Wälder eifersüchtig bewachte, bis lange nach dem ersten Tauwetter des Frühlings. Zu viele unglückselige Kerle waren hier in der Gegend aufgefunden worden, ihre Knochen in fadenscheinige Umhänge gehüllt, zusammengerollt an längst erloschenen Feuern.

Zweifellos hatten die meisten dieser Männer nach dem Porth Teich gesucht, nach seinen stärkenden Kräften, denn selbst mitten im Winter blieb sein Wasser warm und seine Heilkraft war stark. Selbst im tiefsten Winter wurden die Leute dazu getrieben, ihn zu finden, aber die ihn umgebenden Nebel konnten die Menschen vom Weg abbringen, und manch einer sagte, es sei möglich, sich völlig zu verirren und den Schleier zu durchschreiten. Sicherlich, wenn es nach den *Piskies* ginge, die die Menschen mit ihren törichten Feuern lockten, würde kein Mensch jemals den Teich finden. Und doch hatte es einst eine Zeit gegeben, in der es diese Teiche in ganz Cornwall im Überfluss gab. Jetzt gab es nur noch eine Handvoll.

Während der Rest des Waldes noch aus seinem langen Schlummer erwachte, war der Porth Teich aufgrund des gemäßigten Klimas und des warmen Dampfes immer üppig bewachsen.

Wie eine Oase lag er versteckt in einer Senke voller Eichen, Ebereschen und Weißdornbäume, die alle den Göttern heilig waren. Vor etwa zwei Jahren begannen alle Bäume, Krankheiten zu entwickeln – nirgendwo sonst im Wald außer hier. Die Eichen bildeten Blattblasen, die Ebereschen trugen keine Früchte mehr und die Weißdornbäume bekamen Flecken.

Ach, die *Gwyddons* versuchten alles in ihrer Macht Stehende, um sie zu heilen, aber es hieß, das Land sei auf den Geist des Zeitalters eingestimmt, und der *ysbryd y byd* leide.

Sehr zum Leidwesen der *Awenydds*, und besonders in den letzten Jahren, begehrten die Menschen glänzende und neue Dinge und wandten ihre Herzen und Gedanken von den Alten Wegen ab.

Einst hätten die *Gwyddons* vielleicht zu denen gehört, deren Sinn auf Fortschritt gerichtet war, aber sie waren in erster Linie Männer des Geistes, und so arbeiteten die Wissenschaftler nun eng mit den *Awenydds* zusammen, um zu sehen, ob sie gemeinsam etwas bewirken konnten. Wenn sie es allein nicht schafften, müssten sie die Druiden rufen, deren *Magyk* uralt, aber gefährlich war.

Vorerst konnten sie nur versuchen, den Schaden jeden Frühling zu begrenzen, und es war wichtig, den Befall zu bekämpfen, bevor er sich für das Jahr festsetzte.

Andernfalls riskierten sie, dass die Bäume absterben würden, und wenn sich an diesem heiligen Ort auch nur das Geringste änderte, würde dies die Umgebung so sehr verändern, dass es den Teich gefährden könnte.

Etwas südlich von Trevena, in der Nähe der älteren Zinn- und Kupferminen, hatte es früher eine weitere solche Quelle gegeben. Jetzt war sie nichts als ein *Winterbach*.

Schließlich könnte auch dies das Schicksal ihrer Quelle sein, aber es war noch früh, und wenn es Anzeichen für einen Befall gäbe, würden sie dieses Mal die Druiden rufen, um sich um ihre Senke zu kümmern, bevor sie weiter erkrankte.

Mit ihren langen, weißen Bärten und krausen Brauen waren die Llanrhos-Druiden einfach keine Männer, mit denen man sich anlegen sollte. Sie stammten, wie die Tuatha Dé Danann, von altem Blut ab, und während ihr eigener Vater als Pretanias erster Hochkönig galt, waren die Druiden die Schlichter dieses Landes, beauftragt, den Willen der Götter durchzusetzen.

Wenn das Wohlwollen ihres Vaters den Frieden zwischen den Stämmen förderte, so weckte der Fluch der Druiden aus gutem Grund Furcht. Alle Streitigkeiten, die sie nicht untereinander beilegen konnten, konnten vor ihre Tür gebracht werden, aber der Ausgang war nie gewiss, denn die Gesetze der Druiden waren nicht die Gesetze der Menschen, und ihre Lösungen waren furchterregend, und manchmal wurde über ihr Urteil auf Kosten des Todes des Klägers entschieden.

Gwendolyn hatte einmal von einem Mann gehört, der seinen Fall vor dem Lifer-Pol-Hof vorbrachte und sie bat, für seinen guten Namen einzutreten. Da er ein Mann war, stimmten sie natürlich zu, und während er dastand und zufrieden lächelte, stießen sie ihm einen Dolch in den Bauch, schnitten ihn bis zu den Eingeweiden auf und fällten ihr Urteil über seine Unschuld anhand der Art, wie er stolperte und fiel, wie seine Eingeweide zum Vorschein kamen und wie sein Blut spritzte und alles erzählte.

Niemand sollte sie jemals ohne große Vorsicht herbeirufen.

Gwendolyn spürte eine Regung in ihrem Herzen, eine Welle der Liebe für ihren geliebten Vater, und beschleunigte ihre Schritte, begierig darauf, die Senke vor Bryn zu erreichen und zu sehen, wie die Bäume den langen Winter überstanden hatten. Besser als Urien, hoffte sie.

Als sie endlich ankam, atmete sie lang aus, erfreut darüber, dass die Bäume größtenteils alle gesund waren, und da sie wusste, dass Bryn seine Ankunft nur einen Augenblick hinauszögern würde, um Gwendolyn ein gewisses Maß an Privatsphäre zu gewähren, entkleidete sie sich schnell.

Wie auch immer, vom Wasser aus, mit all den Bäumen um sie herum, wäre es einfacher, die gesamte Senke zu überblicken. Im Vertrauen darauf, dass das Wasser warm sein würde, tauchte sie ein und seufzte vor Vergnügen.

Wunderbar. Himmlisch. Wohltuend.

Götter. Das war es, was sie heute brauchte – ein Bad im Teich, um alle ihre Sorgen zu vertreiben. Den Atem anhaltend tauchte sie tiefer.

Oh ja, das!

So stellte sie sich vor, dass sich der Mutterleib anfühlen sollte – *gemütlich, warm und sicher.*

Die Knie an sich ziehend, wirbelte Gwendolyn herum, drehte und drehte sich und überließ sich dem Schwung und dem Wasser, wohin es sie auch tragen mochte.

Annahme mit Anmut und Glauben. Das war der Weg der *Awenydds* – der Erleuchteten, derer, deren Herzen auf die Alten Wege eingestimmt waren und die immer noch glaubten, dass das Gewebe allen Lebens durch den *Aether* lenkbar sei.

Als Gwendolyn endlich die Augen öffnete und in das kristallklare Wasser blickte, blinzelte sie fasziniert, als winzige Lichtpunkte unter der Oberfläche schwärmten ...

Piskies.

Von oben war es unmöglich, sie zu sehen. Man konnte sie nur unter der Wasseroberfläche und nur aus bestimmten Winkeln erspähen. Ihre winzigen Körper huschten umher wie Wasserspinnen und hinterließen Spuren wie seidene Netze. Ihre Bisse waren ebenso bösartig, obwohl Wasserspinnen größer waren und über die Oberfläche glitten, während *Piskies* darunter schwammen.

Manchmal, in der Dämmerung, stiegen sie über den Teich auf, ihre winzigen Körper funkelten wie Sternenstaub. Und doch hieß es, wenn jemandes Herz nicht aufrichtig sei, würden die *Piskies* ihn in Scharen überfallen und ihre Fangzähne in sein Fleisch schlagen, was ihrem Opfer ein Fieber bescherte, das es entweder ein für alle Mal aus seinem elenden Leben riss oder es von der Schwärze in seinem Herzen reinigte.

Glücklicherweise hatten sie Gwendolyn nie belästigt, und wenn man nur genau hinhörte, konnte man sie plappern hören, ihre winzigen Stimmen gurgelten wie ein Bach.

Vielleicht, wenn der Prinz und sein Vater lange genug verweilten, könnte Gwendolyn ihn hierher bringen, um die Segnungen dieses Ortes zu teilen. Sie wusste nicht, ob es solche Quellen in Loegria gab, aber eine gelehrte Seele wie er müsste sicherlich seine Schönheit und Geschichte zu schätzen wissen.

Einer der größeren *Piskies* stieg zur Oberfläche auf, und Gwendolyn folgte ihm. Wie gezwungen griff sie danach, aber er entkam ihr und verschwand in einem goldenen Lichtstrahl, das Geräusch seines antwortenden Kicherns klang wie platzende Blasen.

Sie tauchte in das Sonnenlicht auf, das zwischen den dichter werdenden Ästen hindurchschien, und atmete einen nach Weißdorn duftenden Hauch ein, während sie sich an der Kaskade warmen Wassers erfreute, das sanft an ihren Locken zupfte.

Es dauerte nur einen weiteren Augenblick, bis Bryn aus dem Wald trat. Die Hände in die Hüften gestemmt, starrte er in den Teich hinab und schüttelte missbilligend sein schwarzes Haar. Aber das hielt ihn nicht davon ab, Gwendolyn zu befehlen, sich umzudrehen, und er machte eine wirbelnde Fingerbewegung, um sich selbst um etwas Privatsphäre zu bitten.

Siegreich grinsend tat Gwendolyn, wie er ihr geheißen hatte, wandte sich ab und watete zu einer seichten Stelle im Teich, damit sie stehen und das niedrig wachsende Laubwerk inspizieren konnte.

Zusammen waren sie mit Ely und Bryn so oft hier geschwommen – so oft sie konnten. Zweifellos würde Ely es bitter bereuen, den Spaß des Tages verpasst zu haben, aber das hatte sie davon, dass sie sich so viele Sorgen darüber machte, was Königin Eseld dachte.

Manchmal musste man sein Schicksal selbst in die Hand nehmen und seinem Herzen folgen.

Sie hörte Bryns lauten Ruf, spürte dann ein heftiges Platschen und wirbelte mit einem breiten, fröhlichen Grinsen herum, bereit, ihn zu bespritzen, sobald er wieder auftauchte. Aber ihr Lächeln erstarb auf ihren Lippen, als sie die Gestalten sah, die in der Senke auftauchten – insbesondere eine, mit verschränkten Armen und einem verächtlichen Gesichtsausdruck.

Hinter Málik kamen zwei der Schatten ihrer Mutter.

Und dann, als ultimative Beleidigung ... Königin Eseld selbst.

OFFENBAR HATTE KÖNIG BRUTUS EINEN BOTEN VORAUSGESCHICKT, UM ihre frühe Ankunft anzukündigen. Gwendolyn und Bryn hatten ihn um zwei Wimpernschläge verpasst. Jeden Augenblick sollte die Gesandtschaft aus Loegria eintreffen, und trotzdem hatte ihr Vater alle von Bedeutung in seine Halle gerufen, um Zeugen von Gwendolyns Tadel zu sein – dem ersten derartigen Tadel, den sie je in ihrem Leben erhalten hatte.

Draußen, im Korridor, hörte sie Diener umhereilen, die nach letzten Vorbereitungen riefen. Aber trotz der Notwendigkeit für Königin Eseld, solche Arrangements zu beaufsichtigen, brachte die Aufregung sie überhaupt nicht aus der Fassung. Ihre verdunkelten Augen blieben auf Gwendolyn gerichtet, verengt und zornig.

»Ich weiß nicht, was ich sagen soll«, sagte der König, und sein Gesichtsausdruck war einer bitterer Enttäuschung.

Doch Gwendolyn verstand nicht, warum er so wütend sein sollte.

War es die einfache Tatsache, dass sie mit Bryn schwimmen gegangen war, als so viel zu tun war? Oder war er wütend, weil ihre Mutter es war? Oder waren sie beide einfach nur wütend, weil sie Bryn erlaubt hatte, seinen Pflichten zu entgehen? Und auf Bryn, weil er ihr erlaubt hatte, ihren auszuweichen?

Vielleicht all diese Dinge, aber es ergab immer noch so wenig Sinn, wenn man bedachte, dass das Einzige, was sich seit gestern Nachmittag geändert hatte, die einfache Tatsache war, dass ihr Verlobter auf dem Weg in die Stadt war. Sie verstand, dass sowohl sie als auch Bryn andere, wichtigere Aufgaben zu erledigen hatten, aber die Ablenkung war harmlos gewesen, und wie oft hatte sie genau dasselbe getan wie heute, und jedes Mal hatte nie jemand ein Wort gesagt.

»Du bist eine erwachsene Frau«, sagte die Königin. »Verlobt!«

Bald.

Noch ... nicht.

Sie wollte es laut sagen, aber die Worte kamen einfach nicht durch die Enge in Gwendolyns Kehle.

Bei Blut und Knochen.

Einen solchen Zornesausdruck hatte sie noch nie im Gesicht ihres Vaters gesehen.

Sie wollte sich verteidigen, aber die Worte kamen einfach nicht heraus – besonders nicht, als sie sah, wie hochrot das Gesicht ihres Vaters wurde und seine zitternde Hand an seine Brust griff, als hätte er Schmerzen. Für einen schrecklichen Augenblick machte sich Gwendolyn Sorgen – um die Zeugen, die er in seiner Halle willkommen geheißen hatte. Würden sie nun die Krankheit entdecken, die ihn langsam dahinraffte? Alles ihretwegen!

Das runde Fenster über seinem Thron filterte das Sonnenlicht, hell genug, um das Gesicht ihres Vaters für diejenigen, die nicht so nah waren, in Schatten zu tauchen, aber sie war es, und sie konnte sehen, wie fahl seine Haut geworden war.

Götter, wenn er hier und jetzt sterben würde, würde sie sich für immer die Schuld geben.

Gwendolyn schluckte krampfhaft, Angst umklammerte ihr Herz. Hinter ihr war sie sich sowohl Máliks als auch Bryns bewusst, letzterer war ängstlich, ersterer voller Abscheu.

Alle Anwesenden in der Halle des Königs warteten nun, bis König Corineus sich beruhigt hatte, und mit ihrer Mutter an seiner Seite, erteilte er Gwendolyn eine Rüge, wie sie sie in all ihren Tagen noch nicht erlebt hatte. »Die Zeit des Ungehorsams ist vorbei«, sagte er, als er wieder sprechen konnte. »Sehr bald wirst du die Pflichten einer Ehefrau übernehmen.«

»Nein«, warf ihre Mutter ein. Sie legte eine Hand auf den Arm ihres Mannes, vielleicht um ihn trotz ihres eigenen Zorns zu beruhigen. »Die Pflichten einer Königin«, erinnerte sie ihn sanft.

»Weißt du, was das bedeutet, Kind?«

»Bitte, Corineus«, flehte ihre Mutter. »Nenn sie nicht mehr so.

Ich wette, das ist der Grund, warum sie sich so benimmt – weil wir nichts Besseres erwarten. Sie hat nicht weniger als siebzehn Winter erlebt, und ich war im selben Alter, als ich deine Braut wurde.«

»Fürwahr«, sagte er.

Und dann, mit einem schweren Seufzer, drückte ihr Vater zwei Finger an seine Stirn, als ob er nicht wüsste, was er noch sagen oder tun sollte. Oder vielleicht war er bereits von der Tortur erschöpft.

Zum Wohle des Reiches mussten die beiden einer Meinung bleiben, immer eines Sinnes – in letzter Zeit meistens dem ihrer Mutter, dachte Gwendolyn bitter. Sie würde heute nicht ohne eine Strafe davonkommen. König Corineus sprach nun, seine Augen nur verdeckend. Wie ein Schleier glitt seine Hand über sein Gesicht. »So scheint es ... die Zeit ist für mich gekommen, ernste Maßnahmen zu ergreifen.«

Und dann, nach einem Moment, nahm er die Hand vom Gesicht und enthüllte Augen, die dunkel und wirbelnd vor Enttäuschung waren. Er warf Bryn einen Blick zu. »Von heute an wird Bryn Durotriges dir nicht länger dienen«, erklärte er.

Gwens Herz machte einen Satz aus Protest. Endlich fand sie ihre Stimme wieder. »Nein! Warum?«

»Still!«, bellte ihr Vater. »Deine Mutter sagt die Wahrheit, Gwendolyn. Man kann ihm nicht zutrauen, seine Pflichten wie ein Mann zu erfüllen. Ganz wie du bleibt er ein Kind, den Launen eines Kindes unterworfen. Der Beweis dafür ist für alle ersichtlich.«

Dann wandte er sich an Bryn. Und in diesem Augenblick verstand Gwendolyn, in welch wahre Gefahr sie ihren Freund gebracht hatte, denn der Mann, der ihn jetzt ansah, war Gwendolyn überhaupt nicht vertraut. Er war nicht ihr Vater, sondern der König.

Er saß aufrechter da, seine Augen schwelten wie Kohlen. In ihnen sah Gwendolyn die Wut und Entschlossenheit, mit der er einst den Riesen Gogmagog hochgehoben und entsorgt hatte, selbst mit gebrochenen Rippen, und dessen zerbrochenen Körper ins Meer geworfen hatte.

Er sprach hauptsächlich zu Bryn, obwohl seine Stimme durch die ganze Halle hallte. »In Anbetracht dessen, wie ihr beide entdeckt wurdet, junger Durotriges, wenn ich glauben würde, dass Ihr Euch meiner Tochter bemächtigen wolltet, würde ich Euren Kopf haben, hier und jetzt.«

»Vater!«, protestierte Gwendolyn.

»Still!«, schnappte er, ohne sie anzusehen, und aller Schall erstarb in der Halle, aber nicht bevor Bryns Mutter bestürzt aufschrie.

Ängstlich vor dem, was kommen würde, drehte sich Gwendolyn um, um Elys Blick zu erwidern, und auch Elys Augen waren rund und weit. Das schmerzte am meisten – die einfache Tatsache, dass sie inzwischen jeden enttäuscht hatte, nicht nur ihre Mutter und ihren Vater. Traurigerweise war sie an die Missgunst ihrer Mutter gewöhnt, aber dies war das erste Mal in ihrem Leben, dass sie dasselbe bei anderen hervorrief.

»Jedoch, da ich weiß, dass meine Tochter die Quelle Eures Fehlverhaltens ist, werde ich nachsichtig sein. Von diesem Tage an werdet Ihr der Prinzessin nicht länger dienen.«

Sichtlich erleichtert, fiel Bryn auf die Knie und neigte den Kopf.

»Ja, Euer Majestät«, sagte Bryn, seine Stimme rau vor Reue. »Ich bedaure meinen Anteil am heutigen Unglück zutiefst«, sagte er, und Gwendolyn konnte nicht sagen, ob es Gram oder Wut war, die seinem Hals so viel Farbe verlieh, denn er blickte sie nicht an.

Plötzlich ihn entlassend, wandte sich ihr Vater Gwendolyn zu. Und sie wusste, was auch immer er ihr jetzt sagen würde, was auch immer es sein mochte, sie wäre am besten mit Schweigen bedient.

Seine Augen, dunkel wie gehärteter Stahl, hielten ihren Blick gefangen, sodass sie nicht einmal wagte, ihre Mutter anzusehen, aber warum sollte sie auch? Von dieser Seite war weder Mitgefühl noch Hilfe zu erwarten.

»Von diesem Tage an«, sagte er, »wird Euch Málik Danann dienen.«

»Vater!«, schrie Gwendolyn auf, aber ihr Vater hob das Kinn, unbewegt von den Tränen, die Gwendolyn in die Augen stiegen.

Er zeigte ihr die flache Hand und brachte sie ein für alle Mal zum Schweigen. »So habe ich gesprochen, so wird es sein! Geh jetzt, bereite dich darauf vor, deinen Verlobten zu begrüßen. Beschäme dieses Haus nicht weiter.«

»Ja, Sire«, sagte sie, und heiße Tränen brannten in ihren Augen.

Während die gesamte Halle noch fest an ihrem Platz stand, nahm Gwendolyn den Mut zusammen, sich umzudrehen und ihnen entgegenzutreten, und bahnte sich dann ihren Weg zwischen ihnen hindurch zu den Türen. Niemand wagte es, sie anzusehen. Außer einem …

Málik Danann.

Seine *eisgeborenen* Augen trafen ihre, und Gwendolyn glaubte, ihn lächeln zu sehen.

FÜNF

So schnell war ihre Freude verflogen.

Wut trieb Gwendolyn an, als sie den Gang entlangmarschierte.

Málik?

Málik!

Er war kalt, schweigsam, verächtlich und arrogant, und obwohl sie ihn nicht gut kannte, wollte sie ihn überhaupt nicht kennenlernen. Nur würde sie jetzt, anstatt ihren geliebten Freund mit nach Loegria zu nehmen, gezwungen sein, einen seelenlosen Elfen mitzunehmen.

Götter, sie verabscheute ihn – verabscheute ihn aus tiefstem Herzen. Jetzt noch mehr, da sie wusste, dass er der Grund war, warum ihre Mutter sie in der Senke gefunden hatte. *Er* war derjenige, der ihr erzählt hatte, wohin sie gegangen waren, und dann hatte er sie direkt dorthin eskortiert.

Sicherlich wusste Gwendolyn, dass Königin Eseld sie auch allein gefunden hätte, aber es war Máliks verächtliches Gesicht, das sie als Erstes aus dem Wald hatte auftauchen sehen, mit diesem selbstgefälligen, selbstgerechten Ausdruck, den sie nicht so schnell vergessen würde.

Bei den Augen Lughs, sie war nicht in der Stimmung zu vergeben, ungeachtet seiner Beförderung – ganz gleich, dass er bald ihr neuer Schatten sein würde. Er konnte sich um sie kümmern, so viel er wollte, aber Gwendolyn würde ihm niemals, *niemals* vertrauen, noch würde sie sich so um ihn sorgen wie um Bryn.

Dummer, herzloser Elf.

„Geht weg!", sagte sie, als er hinter ihr auftauchte, obwohl sie wusste, dass er sich weigern würde.

„Leider, Prinzessin, wäre das meine größte Freude, aber ich kann nicht", sagte er gleichmütig und wurde nicht langsamer, sondern blieb den ganzen Weg zurück zu ihren Gemächern hinter ihr.

Nervig.

Zum Aus-der-Haut-Fahren.

Ärgerlich.

Elf.

Götter, sie verabscheute die Bezeichnung und den Geist, in dem sie gegeben wurde, genauso sehr, wie die *Sidhe* sie wohl auch verabscheuen mussten, denn sie wurde nie in guter Absicht verwendet, und doch konnte sie ihn sich nicht anders vorstellen.

Es war freundlicher als die Namen, die sie ihm am liebsten gerade entgegenschreien würde, doch sie würde ihm nicht die Genugtuung geben. Schon grinste er hinter vorgehaltener Hand. Und nicht einmal hinter vorgehaltener Hand, denn sie würde das Lächeln, das er ihr zugeworfen hatte, als sie den Saal verließ, nicht so schnell vergessen.

Gwendolyn hatte die Vorstellung vom *Feenvolk* einst geliebt, und sie fühlte sich durch ihre Gaben mit ihnen verbunden; warum also, um Danus Liebe willen, musste er auch nur zu einem Teil von diesem Blut sein?

Zu Gwendolyns Bestürzung beschleunigte auch er seine Schritte, wenn sie ihre beschleunigte.

Wenn sie langsamer wurde, wurde auch er langsamer, bis Gwendolyn so wütend war, dass sie ihm am liebsten jede einzelne Haarsträhne von seinem allzu ansehnlichen Kopf gerissen hätte.

Warum waren die schönsten Kreaturen auch die tödlichsten?

Und nebenbei bemerkt, sie hasste die Art, wie er sie Prinzessin nannte, als wäre es eine Gotteslästerung für sich.

Unfähig, seine Anwesenheit zu ertragen, wirbelte sie herum, um sich ihm zu stellen, als sie ihre Tür erreichte, bereit, ihn im Vorzimmer zurückzulassen. „Ihr werdet hier drinnen *nicht* willkommen sein", sagte sie wütend. „*Niemals!*"

Es war schon verabscheuungswürdig genug, dass er in ihrem Vorzimmer Quartier beziehen und nur wenige Meter von ihrem Bett entfernt schlafen musste. Sie warf einen Blick auf die karge Pritsche, die einst dem süßen Bryn gehört hatte, und bemerkte, dass ihr Vorzimmer bereits von Bryns Habseligkeiten befreit war.

War das alles schon entschieden gewesen, noch bevor Málik Königin Eseld zu der Senke geführt hatte?

Kalt und unberührt verschränkte er die Hände hinter dem Rücken, sein Gesicht ohne jeden Ausdruck, seine Augen silbern und gelangweilt. *Götter, er war aus Stein.*

„Natürlich, Prinzessin. In der Tat wird von nun an der einzige Mann, der in Eurem Schlafgemach willkommen sein wird, Euer Gemahl sein – *nachdem* Euer Gelübde gesprochen ist. " Er lächelte dünn, wobei er eine Spur von Gefühl verriet, aber keines, das auch nur im Entferntesten wohlwollend war. „Bei meinem Leben", fügte er hinzu.

War das eine Drohung?

Schlimmer noch! Deutete er an, sie würde es wagen, Männer in der Abgeschiedenheit ihres Schlafgemachs zu empfangen? Nicht einmal Bryn war jemals bei ihr drinnen gewesen. Er hatte in ihrem Vorzimmer geschlafen und sie in ihrem Schlafgemach, immer hinter verschlossenen Türen. Höchstens hatte er auf ihrer Schwelle gestanden, und nur, wenn die Tür offen war und jemand anderes anwesend war.

„Ich habe Fenster", hätte sie am liebsten gesagt, aber sie biss sich auf die Zunge, da sie ihren Verlobten niemals absichtlich respektlos behandeln würde. Somit konnte sie nichts zu seiner Erklärung sagen, denn kein Mann hatte jemals ihr Gemach betreten, nicht einmal ihr Vater, und keiner würde weiterhin willkommen sein, schon gar nicht er!

Und sie würde auch nicht aus irgendeinem Fenster klettern und sich wie ein Dieb davonschleichen.

Sie konnte nicht beweisen, dass sein ärgerliches Lächeln etwas anderes als höflich war, aber sie spürte den Schnitt seines Sarkasmus bis ins Mark. Irgendwie hatte er sie dazu gebracht, wie ein dummes Tier zu knurren. „Seht zu, dass Ihr mich *nicht* stört", sagte sie, dann öffnete sie ihre Tür, warf ihm einen letzten warnenden Blick zu, bevor sie ihr Gemach betrat und die Tür zuschlug.

Fest.

Sehr fest.

Das Geräusch ließ die Dachsparren erzittern.

*Götter,*sie hätte gern gesagt, sie hätte sie ihm vor der Nase zugeschlagen, aber so pflichtbewusst, wie er war, hatte er sich bereits mit dem Rücken zur Wand gedreht und sich damit abgefunden, zu warten, bis sie wieder herauskam – was wohl niemals so schnell geschehen wäre, wäre da nicht das Klopfen an ihrer Tür gewesen.

Immer noch wütend über die Wendung der Ereignisse und in dem Wissen, dass es nicht Ely sein würde – nicht so kurz nach der Degradierung ihres Bruders –, marschierte sie zur Tür zurück und riss sie auf, begierig darauf, Málik mit ihren Worten zu zerfleischen. Aber es war nicht Máliks Gesicht, das sie begrüßte.

Es war Demelza, die eine Prozession von Dienern in ihr Gemach leitete, um ein Bad einzulassen. Aber obwohl Gwendolyn Málik nicht sehen konnte, spürte sie seine Anwesenheit deutlich und wusste, dass er jedes Wort, das sie aussprach, mitbekam. Daher beschloss sie, nichts zu sagen, fest entschlossen, so wenig wie möglich von ihrem Leben mit ihm zu teilen.

Sie mochte gezwungen sein, sich vorerst mit ihm als ihrem Schatten abzufinden, solange sie unter dem Dach ihres Vaters blieb, aber eines Tages würde sie Königin sein, und als Königin würde sie ihren eigenen Schatten wählen und Bryn wieder in seine rechtmäßige Position einsetzen.

Wenn er sie denn annehmen würde.

Gwendolyn fühlte sich schrecklich wegen ihres Anteils an seiner Degradierung – schlimmer, als Worte es ausdrücken konnten. Und obwohl sie sich danach sehnte, sich an Elys Schulter auszuweinen, wusste sie, dass ihre liebe Freundin sie an diesem Tag nicht wieder besuchen würde. Wahrscheinlich hatte sich ihre ganze Familie versammelt, um den Verlust des Status ihres ältesten Sohnes zu betrauern, und obwohl keiner von ihnen es wagen würde, ein böses Wort zu oder über Gwendolyn zu sagen, wusste sie auch, dass sie wahrscheinlich genauso von ihr enttäuscht waren wie ihre eigenen Eltern.

So enttäuscht, wie Gwendolyn von sich selbst war.

In der Tat, wäre sie an ihrer Stelle, wäre sie vielleicht wütend.

Götter, sie wollte gern glauben, dass ihr Vater seine Drohung, Bryns Kopf von seinem Körper zu trennen, nicht wahr machen würde, aber sie konnte sich nicht sicher sein, dass er es nicht tun würde. Krankheit hin oder her, ihr Vater war kein Weichling, und er pflegte keine Dinge zu sagen, die er nicht meinte.

Wie dumm sie gewesen war.

Wie selbstsüchtig.

Wie gedankenlos.

In diesem Augenblick sehnte sich Gwendolyn verzweifelt danach, sich mit Schwertkampf oder etwas ähnlich Körperlichem zu bestrafen, aber sie wagte es nicht, ihr Zimmer zu verlassen, sonst wäre sie gezwungen, auch *seine* Gesellschaft zu ertragen. Und dann fiel es ihr ein: Sie hatte auch ihren Sparringspartner und Mentor verloren, nur um einen neuen zu gewinnen – Málik Danann, dessen Anwesenheit selbst jetzt so deutlich zu spüren war wie der Dampf aus ihrer Wanne, kaum sichtbar, aber in jede Pore ihres Fleisches sickernd.

Glücklicherweise sagte Demelza nichts, während Diener anwesend waren. Gwendolyn war den Tränen schon zu nahe. Aber als sie schließlich gegangen waren und das Bad voll war, sprach

Demelza. „In die Wanne", sagte sie. Und das war alles. Kein „Ich-hab-es-dir-ja-gesagt". Keine endlose Vorlesung darüber dass Gwendolyn diese unglücklichen Ereignisse selbst heraufbeschworen hatte. Aber sie bot auch kein Mitleid an.

Leider brauchte Demelza nichts zu sagen oder zu tun, damit Gwendolyn ihre eigene Schuld begriff. Sie war ganz und gar im Unrecht.

Sie hatte Bryns Freundschaft ausgenutzt. Sie hatte ihn in die Irre geführt. Schwer schluckend erinnerte sie sich daran, dass er versucht hatte, sie davon abzubringen, den Palast zu verlassen, ohne ihre Mutter zu fragen, und sie dann erneut vom Schwimmen abzuhalten.

Er war viel zu freundlich, um ihr zu widersprechen, ganz zu seinem eigenen Nachteil. Als seine Prinzessin, nicht sein Schutzbefohlener, hatte sie die Verantwortung, auf sein Wohlergehen zu achten, so wie er sich bemühen sollte, sie vor Schaden zu bewahren. Und doch hatte sie es nicht getan. Stattdessen hätte sie ihm beinahe seinen schönen Kopf gekostet.

Gwendolyn seufzte, ein Laut, der dem entmutigten ihres Vaters nicht unähnlich war.

„Genug der Selbstvorwürfe", fuhr Demelza sie an. „Steigt in die Wanne, bevor das Wasser abkühlt. Wollt Ihr diese Diener noch einmal den weiten Weg auf sich nehmen lassen?"

Nein. Das würde sie nicht.

Gwendolyn widersprach nicht.

Zum vielleicht hundertsten Mal an diesem Tag, nachdem sie so viele Kleider anprobiert hatte, entkleidete sie sich, legte ihr Lederzeug und ihre Beinlinge ab und stieg in die Wanne.

Doch anders als im *Piskie*-Tümpel wurde das Badewasser bereits kühl, nachdem es in so vielen Eimern den ganzen Weg vom Kochhaus zurückgelegt hatte.

„Man sagt mir, der Prinz wird beim heutigen Abendessen anwesend sein", sagte Demelza. „Natürlich werdet Ihr für das Abendmahl an seine Seite gesetzt."

Direkt zu seiner Linken, neben ihrer Mutter, deren Platz zur

Rechten ihres Vaters war. Sobald ihre Gelübde von der *Awenydd*-Priesterin gehört worden waren, würde auch Gwendolyn zur Rechten ihres Mannes sitzen, wenn auch mit einem wesentlichen Unterschied …

Sollte König Corineus sterben, würde *nicht* ihre Mutter an seiner Stelle regieren, sondern Gwendolyn. Ihre Mutter war weder eine gebürtige Bürgerin von Cornwall, noch konnte sie als Königin aus eigenem Recht anerkannt werden. Sie war nur Königsgemahlin, und obwohl ihr Vater sie so hoch erhoben hatte, würden die Ratsherren einer Prinzessin aus Prydein niemals die Thronfolge zugestehen.

Den Ratsherren zufolge waren die Häuptlinge von Prydein so gewöhnlich wie Elstern und ebenso diebisch. Ohne ihren Mann hätte Königin Eseld also nichts zu sagen.

Sollte jedoch Prinz Locrinus im Kampf fallen und Gwendolyns Vater bereits verstorben sein, würde sie beide Nationen regieren.

In allen Dingen, in jeder Hinsicht, würde sie ihrem Mann ebenbürtig sein, aber das war ihr im Moment nur ein schwacher Trost, während sie dem Willen so vieler unterworfen war.

Und ungeachtet dessen war die eine Person, vor der sie sich *niemals* beugen würde, Málik Danann. Ihre Gedanken kehrten zu der Wache vor ihrer Tür zurück.

Sie war tausendmal nackt mit Bryn geschwommen und hatte sich nicht ein einziges Mal, nicht für einen Augenblick, so gefühlt wie jetzt, wo sie nur in *seiner* Nähe atmete.

Gewiss, eine schwere Eichentür zwischen ihnen reichte nicht aus.

Sie würde einen Ozean vorziehen – wenn er doch nur nach Ériu oder wo auch immer er herkam zurückkehren würde. Der Gedanke, mit *ihm* zu schwimmen, war undenkbar, und Gwendolyn musste sich nicht fragen, warum. Sie vermutete, die Antwort auf diese Frage hatte, wenn sie ehrlich zu sich selbst sein konnte, nicht so sehr mit ihrer Abneigung gegen den Mann zu tun, wie sie gerne zugeben würde.

Es war etwas *anderes* …

Und dieses etwas *andere* war dasselbe etwas *andere*, das sie gefühlt hatte, als sie in Máliks Anwesenheit aus der heißen Quelle gestiegen war.

Gleichgültig, dass er sich höflich abgewandt hatte – und soweit sie wusste, hatte das *Feenvolk* keine Augen im Hinterkopf –, irgendwo tief im Inneren hatte sie gespürt, dass er sich ihrer genauso bewusst war wie sie sich seiner ... und zweifellos ebenso missbilligend.

Vielleicht war das der Kern des Ganzen – die einfache Tatsache, dass sie täglich beurteilt werden musste, nicht nur von ihrer Mutter, sondern auch von Leuten wie Málik Danann.

„Habt Ihr mich gehört, Kind?"

Gwendolyn blinzelte und blickte verwirrt zur Zofe ihrer Mutter auf.

Nein, sie hatte kein Wort von dem gehört, was sie gesagt hatte.

Nichts als das Pochen ihres eigenen Herzens. Aber es war nicht der Gedanke an das Treffen mit Prinz Locrinus, der ihren Puls in die Höhe trieb. Es war ...

Jemand *anderes*.

Unfassbarerweise brachte diese kleine Wahrheit Gwendolyn mehr aus der Fassung als alles, was sich an diesem Tag ereignet hatte, denn ... natürlich musste sie begeistert sein, ihren Verlobten zu treffen.

Málik Danann war nur eine Unannehmlichkeit – ein Hindernis, das bald beseitigt werden könnte. Vielleicht früher, als irgendjemand ahnte, wenn sie ihren Verlobten beeindruckte?

Mit diesem Gedanken im Hinterkopf beendete sie ihre Verrichtungen, stieg aus der Wanne, trocknete sich ab und wählte das edelste aller Kleider, die sie heute anprobiert hatte – ein weiteres blaues Kleid, das Ely zu bevorzugen schien –, und als sie dann aus ihrem Zimmer trat, das Haar geflochten und auf beiden Seiten aufgesteckt, die von Ely gewählte Saphir Halskette tragend, trat sie mit neuer Entschlossenheit hervor.

Und doch hätte sie sich fragen können, warum es merklich

wichtiger war, einen unhöflichen „Elfen" loszuwerden, als ihren neuen Verlobten zu beeindrucken.

SECHS

König Brutus traf als Erster ein und entschuldigte seinen unpünktlichen Sohn, obwohl der loegrische König sich offenbar eine Scheibe von seinem Sohn abschneiden und sich vielleicht etwas mehr darum kümmern sollte, den Gestank der Reise von seiner Person abzuwaschen. Gwendolyn rümpfte die Nase, als ihr Vater ihn auf das Podium geleitete, wo die Vorstellungen stattfanden, und bemerkte, dass selbst ihre Mutter einen Finger an ihre Nasenspitze hob, eine unbewusste Geste, die den beißenden Geruch von Pferd, vermischt mit dem Schweiß von vielleicht einer Woche, nicht vertreiben konnte.

Danach saß Gwendolyn schweigend da, während ihre Eltern ihn willkommen hießen, und machte sich die ganze Zeit über Sorgen wegen der bevorstehenden Vorstellung ... der *einen*, auf die es am meisten ankam.

Obwohl sie vielleicht Trost aus der höflichen Geste des Prinzen, ein Bad zu nehmen, schöpfen sollte, befürchtete sie, er habe von den unglücklichen Ereignissen des Tages gehört und sei nicht nur höflich oder penibel, sondern sträubte sich einfach nur, sie zu treffen. Womöglich leistete er sogar jetzt in seinem Zimmer Widerstand.

Aber nein ... Sein Vater war hier, scherzte und lachte. Wäre dem so, wäre er wahrscheinlich bei seinem Sohn und würde versuchen, ihn zu überzeugen, und die abendlichen Feierlichkeiten könnten nicht wie geplant stattfinden. Außerdem wusste Gwendolyn intuitiv, dass niemand im Schloss auch nur ein Wort über den Vorfall zu einem von beiden sagen würde, aus Angst, sie könnten Gwendolyns Ehre infrage stellen.

Erst jetzt war sie stocksauer auf sich selbst, weil sie nicht alle Möglichkeiten bedacht hatte. Nur weil *sie* ihre Beziehung zu Bryn als eine geschwisterliche verstand und Bryn dies ebenfalls so verstand und jeder im Palast dies so verstand, hieß das noch lange nicht, dass Prinz Locrinus es ebenfalls verstehen würde.

Ehen wurden manchmal wegen Geringerem aufgelöst, und ihr wurde klar, wenn auch verspätet – und dummerweise – dass ihre Eltern deshalb so wütend auf sie waren.

Aus der Sicht eines Verlobten betrachtet, konnte ein harmloses Bad, so unschuldig es auch unternommen worden war, ein Grund sein, ihre Heirat abzulehnen, ganz gleich, dass unter Gwendolyns Volk Nacktheit nicht verpönt war. Recht oft trugen die *dawnsio* so hauchdünne Gewänder, dass sie so gut wie nichts verbargen, und sie wurde daran erinnert, als sie die Halle betraten, ihre Körper geschmeidig und jede ihrer Gesten anzüglich. Lächerlicherweise war es ihr egal, ob Prinz Locrinus diese Damen bewunderte, aber ein Blick auf Málik, der an einem unteren Tisch in der Nähe von Ely saß, reichte aus, damit sich Gwendolyn der Magen heftig umdrehte.

Elowyns Anwesenheit sie ein wenig, auch wenn Ely sie immer noch keines Blickes würdigte …

War sie genauso wütend wie alle anderen? Nur enttäuscht? Verärgert über die Degradierung ihres Bruders? Oder einfach nur genervt von ihrem derzeitigen Begleiter?

Wie vorhergesagt war Ely dem Sohn des Botschafters zugeteilt worden, aber es war schlimmer, als sie befürchtet hatte. Er war nicht nur plattnasig, sondern auch ein widerlicher Flegel, der bei jedem Lachen wie ein Fuchs bellte. Drei Tische entfernt konnte

Gwendolyn ihn deutlich hören – ein scheußliches Geräusch, das den Lärm übertönte.

Sie zog die Brauen zusammen, hin- und hergerissen zwischen Ärger und Bedauern, sowohl ihret- als auch Elynswillen, knabberte an ihrem Daumennagel und beobachtete, wie Ely Málik einen Blick mit Rehaugen zuwarf.

Ärger machte sich in Gwendolyns Bauch breit.

Natürlich gab es vieles, für das sie die Verantwortung übernehmen musste. Aber Elys Tischgesellschafter gehörte nicht dazu. Elys Wunsch, nicht mit den *dawnsio* aufzutreten, war nicht Gwendolyns Idee gewesen, sondern Elys. Und obwohl sie sich wünschte, dass ihre liebe, süße Freundin das Leben führen konnte, das sie sich wünschte, hütete sich Gwendolyn davor, sie vom rechten Weg abzubringen – zumindest nicht in dieser Hinsicht. Und ehrlich gesagt, wenn man offen sein durfte, beneidete Gwendolyn Ely um ihre Rolle bei den *dawnsio*. Dieses Leben hatte viel Anziehendes, und in vielerlei Hinsicht war es eine einfachere Rolle als die einer Ehefrau – und erst recht als die einer Prinzessin oder einer Königin.

Um geweiht zu werden, musste man dem Leben als Ehefrau und Mutter entsagen und sich ausschließlich der Kunst hingeben, aber die meisten Mitglieder der Truppe lebten frei von den üblichen Zwängen.

Außerdem würde Elowyn, wenn sie den *dawnsio* als Solotänzerin beiträte, reisen. Die Truppe reiste durch die Stämme, nicht nur um zu tanzen, sondern auch um die Dörfer zu durchkämmen und Nachfolgerinnen zu suchen und auszubilden.

Aber obwohl sie in den Frauengemächern leben und niemals heiraten durften, stand es ihnen dennoch frei, sich Liebhaber zu nehmen, wie es ihnen gefiel, solange sie diskret blieben.

Selbst jetzt, als die Tänzerinnen ihre Plätze einnahmen, sah sie, dass einige von ihnen mehreren von König Brutus' Waffenknechten auffordernde Blicke zuwarfen. Gekleidet in scharlachrote Seide, in einem Farbton, der zur Livree von König Brutus passte, wiegten und bewegten sie sich im Rhythmus der Laute und Trommeln. Alles an ihnen war makellos – ihr glänzendes Haar, die bemalten Lippen, die schimmernden Nägel, die funkelnden Ketten um ihre Taillen, Ketten, die mit schwungvollen Hüften und üppigen Brüsten mitschwangen und wackelten.

Unter den flackernden Kandelabern waren der tiefschwarze Schatten ihres Schamhügels und die verführerischen Spitzen ihrer Brüste durch die hauchdünnen Gewänder leicht zu erkennen.

Wenn alles gesagt und getan war, verantworteten sich die *dawnsio* nur gegenüber ihrer Mutter Oberin, und für alle anderen im Reich war die Königin eine gütige Herrscherin.

Nur für diejenigen, die sie am besten kannten, hatte sie eine dunklere Seite.

Zweifellos hatte Ely recht: Der Vorschlag, sie mit diesem todlangweiligen Flegel zusammenzubringen, sollte sie davon abhalten, einen anderen Weg einzuschlagen. In der Tat war der freie Wille ein Geschenk der Götter, aber niemand gestand jemals die Wahrheit ein – dass es einer Frau kaum mehr als einen Tritt in den Bauch einbrachte, wenn sie sich ihren Eltern oder ihrem Volk widersetzte.

Arme Ely.

Und doch schien Elowyn, soweit man das beurteilen konnte, angemessen mit ihrem schmierigen Begleiter beschäftigt zu sein, weder überdreht noch mürrisch. Die Botschaft war angekommen: Morgen würde Ely pünktlich mit ihren Schläppchen in der Hand zur Probe erscheinen. *Auftrag ausgeführt, Mutter.*

Sicherlich gab es in diesem Reich niemanden, der geübter in subtilen Machenschaften war. Aber natürlich verstand Gwendolyn, warum das so war. Wäre Königin Eseld die Art von Frau, die ihrem Mann widerspricht oder ein strenges Regiment führt, würden sich die Ratsherren beschweren.

Königin Eseld war zu weise, um jemandem auf die Füße zu treten. Stattdessen herrschte sie innerhalb der Grenzen der Gesetze ihres Mannes, und es gab hier niemanden, der es wagte, sie herauszufordern, nicht einmal Gwendolyn.

Um die Wahrheit zu sagen, die Folgsamkeit ihres Vaters begann nicht mit seiner Krankheit. Sie entsprang einem Ort des

Vertrauens. Selbst als er stärker war, hatte er nie ein großes Problem damit gehabt, seiner Königin die Leitung des Haushalts zu überlassen. Und obwohl Gwendolyn die Methoden ihrer Mutter kritisierte, wusste sie, wie auch ihr Vater, dass alles, was sie tat, sie für ihre Sippe tat – und nicht für die Sippe, in die sie hineingeboren worden war. Gwendolyn fragte sich beiläufig, ob ihre Mutter jemals an ihre Eltern dachte oder ob sie sich jemals nach ihrem Elternhaus sehnte. Was Gwendolyn betraf, so konnte sie es kaum erwarten, diesen Ort zu verlassen, auch wenn sie ihren Vater sehr vermissen würde. Sie betete nur zur Göttin, dass sie es über sich bringen würde, den Mann zu lieben, den sie heiraten sollte.

Leider konnte sie nur ihrem eigenen Herzen befehlen.

Was, wenn ihn schon jemand gewarnt hatte, sie sei eine Hexe?

Was, wenn er den Wechselbalg sah, nicht die Frau?

Was, wenn er sie verabscheuen würde?

Was, wenn er sie einfach nicht lieben konnte?

Gewiss war ihre Mutter nicht die Einzige, deren Gleichgültigkeit ihr gegenüber bemerkenswert war. Nimm zum Beispiel Málik …

Noch immer kochte sie vor Wut über seinen Verrat an Bryn und weigerte sich, in seine Richtung zu blicken, aber sie wusste genau, wo er saß, und sie wusste es, weil sein Geist wie eine Torffackel brannte und ihren Blick wie ein Leuchtfeuer von der anderen Seite des Raumes auf sich zog.

Und das war kaum eine Übertreibung. Sie spürte sein inneres Licht wie einen Feuersturm, seine Flamme brannte heiß und hell, das Geräusch war wie ein Tosen in Gwendolyns Ohren.

Er erwiderte ihren Blick, hob sein Glas, um ihr zuzuprosten, und ein träges Lächeln umspielte seine Lippen und enthüllte die glänzende Spitze eines seiner Fangzähne. Gwendolyn schauderte.

Götter.

Mit diesen Zähnen könnte er sie bei lebendigem Leibe fressen – ihre Hoffnung verschlingen, und auch die Pretanias.

Gwendolyn wandte den Blick ab, aber als die Kerzen auf den Tischen immer tiefer und tiefer … und noch tiefer herabbrannten, ohne dass Prinz Locrinus zu sehen war, fühlte sie sich mehr und mehr unwohl.

In Wahrheit war ihr zum Weinen zumute – zum Teil, weil der arme Bryn nicht einmal anwesend war. Er war höchstwahrscheinlich wegen seiner Beteiligung an Gwendolyns Plan von den Feierlichkeiten verbannt worden.

Allein. Wütend auf Gwendolyn. *Und auch hungrig.*

Und ja, sie nahm an, ihr Vater hatte recht. Womöglich brauchte sie jemanden, der stärker war – jemanden, der nicht vor ihr kuschte, wenn sie sprach, oder dem es so sehr am Herzen lag, es ihr recht zu machen, dass er von seinen Pflichten abgelenkt werden würde.

Aber darauf durfte sie sich jetzt nicht konzentrieren.

Sie hatte eine Pflicht zu erfüllen, und sie musste es mit vollem Herzen tun, wenn man bedachte, wie entscheidend es war, die Gunst des Prinzen zu gewinnen. Aber eines Tages würde sie alles wiedergutmachen – eines Tages, wenn sie Königin wäre, wenn sie mehr über ihr eigenes Schicksal und das Schicksal anderer zu sagen hätte.

Bevor sie das Schicksal anderer ändern konnte, musste sie zuerst ihr eigenes sichern. Mit diesem Gedanken im Hinterkopf ordnete Gwendolyn sorgfältig den Tisch vor sich und bereitete sich innerlich auf das bevorstehende Treffen vor.

SIEBEN

Die Spannung in der Halle war zum Greifen nah. Selbst König Brutus trommelte mit seinen dicken Fingern auf der Tafel der Herrschaften – das Klopfen, Klopfen, Klopfen verstärkte Gwendolyns Ängste.

Eins, zwei, drei ...

Eins, zwei.

Eins, zwei, drei.

Eins, zwei ...

Sie zählte Dutzende – nein, Hunderte – und versuchte währenddessen, all die besorgten Blicke abzuwehren. In ihrem Herzen quälte sie sich, doch sie war klug genug, um sicherzustellen, dass sich nichts von ihrem Leid in ihrem Gesicht abzeichnete. Ihr Ausdruck blieb gelassen, ihr Lächeln beständig.

Immer wieder, wenn sie es nicht länger ertrug, richtete Gwendolyn die Anordnung der kleinen Teller vor Prinz Locrinus' leerem Stuhl, verschob sie so, dass er jegliche Köstlichkeiten genießen konnte, die er begehren mochte.

Nach einer Weile musterte sie die Gesichter. Dieses war besorgt. Jenes war es nicht. Dieses hier geiferte den Tänzerinnen nach und hatte keinen anderen Gedanken im Kopf als die Kreatur in seinen *Braies*.

Jener dort kniff die Köpfe von den Pilchards und warf sie unter den Tisch – warum, konnte Gwendolyn nicht begreifen, aber morgen würde Yestins Hund ihn innig lieben.

Sie hätte die Gesichter der Männer in der Garde ihres Vaters nicht kennen müssen, um die Neuankömmlinge zu bemerken, die so steif dasaßen und deren Hände wie erstarrt auf ihrer Leibesmitte ruhten, als bereiteten sie sich darauf vor, unsichtbare Schwerter zu ziehen. Statt Livree trugen sie edle Kleidung, und statt Waffen führten sie Poniards, die einzig erlaubte Klinge.

Wie überall sonst auch, war es unhöflich, zu einem Festmahl kriegsgerüstet zu erscheinen, und das schloss auch die Schatten eines Herrschers ein. Bestenfalls durften sie einen Dolch im Stiefel versteckt halten, doch sichtbare Waffen oder Rüstungen waren verboten, selbst für zeremonielle Zwecke.

Um Cornwalls Willen, es gab nur zwei in dieser Halle, die den höchsten Grad an Schutz benötigten. Der eine war der König selbst, der andere sein Erbe. Aber nicht einmal für sie würden Ausnahmen gemacht werden. Nicht heute Nacht. Was auch immer geschehen mochte, sie unterlagen dem Pakt der Brüder.

Das Äußerste, worauf die Elitewache hoffen konnte, war, in der Nähe ihrer Schützlinge zu bleiben, für den Fall des Verrats, ein Vergehen, auf das die Todesstrafe ohne Gerichtsverfahren stand.

Gemäß dem sechsten Gesetz des Paktes der Brüder sollte kein Mann, der mit einem Bruder oder Freund speiste, dies jemals mit falschem Gesicht tun. Wein durfte vergossen werden, nicht aber Blut.

Die Missachtung dieses Gesetzes würde die Götter erzürnen, und diese wiederum würden das Land verfluchen, und das Land stand über jedem König; sein Tod wäre des Königs Untergang.

Und da Betrunkene kein Urteilsvermögen besaßen, waren Waffen daher schlicht nicht erlaubt. Nähe war die einzig praktikable Verteidigung, und die obersten Tische waren für die Elitewachen und die Schatten beider Königshäuser reserviert.

Anscheinend maß Málik Gwendolyns Wohlbefinden keinerlei Bedeutung bei, denn er hatte seinen rechtmäßigen Platz verschmäht und sich an einem der unteren Tische niedergelassen, und darüber war sie erneut erzürnt, denn es war leichter, auf ihn wütend zu sein, als sich um Prinz Locrinus zu sorgen.

Wäre dies jedoch Bryn, hätte er mit Händen und Füßen um seinen rechtmäßigen Platz gekämpft und sich so nah wie möglich bei Gwendolyn positioniert.

Leider war er nicht Bryn. Nur ein arroganter Hochstapler, und Gwendolyn war sich sicher, dass er sich um sie nicht mehr scherte als um Pretania.

Warum also hatte er diese Aufgabe übernommen? Und noch wichtiger, warum hatte ihr Vater ihn beauftragt, ihr Schatten zu sein? Verwüstete die Krankheit bereits seinen Verstand?

Málik mochte ein würdiger Gegner beim Sparring sein, und er konnte durchaus fähig sein, diese Pflicht zu erfüllen. Vielleicht war er für die Aufgabe überqualifiziert, wenn man bedachte, dass er angeheuert worden war, um die gesamte Elitewache auszubilden, aber Gwendolyn hatte ihn noch nie ihrem Vater Ehrerbietung erweisen sehen, und er hatte auch nicht die Haltung dafür. Sie hatte nicht den Eindruck, dass er Cornwall oder irgendjemand anderem gegenüber loyal war. Seine Währung war vielmehr sein Schwert, und er lieh es dem Meistbietenden. Der Geldbeutel ihres Vaters war lediglich der fetteste ... im Moment.

Aber glücklicherweise war dies kein Kriegsrat, sondern nur ein Festmahl – zu dem ihr Verlobter nicht geruht hatte zu erscheinen.

„Er wird bald da sein", bot König Brutus an und schien ihre Gedanken zu lesen, aber selbst seine Stimme verriet Besorgnis. Gwendolyn erinnerte sich daran, dass nicht nur Bräute unter Nervenflattern litten. Sie erinnerte sich, wie der ältere Sohn ihres Onkels Hedrek jenes Icenermädchen geheiratet hatte; er hatte sein Haar eine volle Glocke lang vor der Zeremonie gekämmt, bis sein eigener Vater ihn ein Mädchen nannte.

Doch was, wenn Prinz Locrinus sie bereits erblickt hatte und unzufrieden war? Was, wenn er seinem Vater getrotzt und aus der Stadt geflohen war?

Was, wenn er, ohne das Wissen seines Vaters, bereits auf

halbem Weg zurück nach Loegria war? Alles, was schiefgehen konnte, marschierte durch Gwendolyns Gedanken und verlangte Aufmerksamkeit.

„Lächle", sagte ihre Mutter spröde und beugte sich dann zu ihr, um zu flüstern: „Eine Frau muss tun, was sie tun muss, Gwendolyn. Was auch immer kommen mag, du wirst dem Tag mit Anmut begegnen."

Aber niemand musste Gwendolyn daran erinnern, wie bedeutsam dieser Anlass war, noch wie viel auf dem Spiel stand – endlich!

Prinz Locrinus erschien, sein Auftritt dramatischer als der seines Vaters. Er kam, flankiert von zwei rotbemäntelten Wachen, die bis an die Ohren bewaffnet waren. Bei ihrem Anblick entfuhren den Gästen erstaunte Keucher, dann zogen sie sich rasch in die Halle zurück. Und doch, wenn das Auftreten seiner Wachen auch furchteinflößend schien, so war das des Prinzen alles andere als das. Er entlockte den Gästen ganz von allein ein weiteres Keuchen. Die Gerüchte waren ihm nicht gerecht geworden, denn er war all das, was man von ihm behauptet hatte, und mehr – groß, gut aussehend, imposant ... und ... ja, tatsächlich ... sehr, sehr golden.

Ein goldener Götze für eine goldene Braut.

Gwendolyn hatte nicht bemerkt, dass ihr der Kiefer heruntergeklappt war, bis ihre Mutter sich räusperte. Als Gwendolyn sie ansah, tippte sie mit der Rückseite eines langen, lackierten Nagels unter ihr eigenes Kinn, selbst jetzt noch nicht bereit, ihre eigene Tochter zu berühren.

Fassungslos schloss Gwendolyn ihren Mund und blinzelte dann, als ob sie gegen ein helles Licht ankämpfen würde. Er war ... nun ... er war ... die atemberaubendste Kreatur, die sie je erblickt hatte.

Vielleicht nicht mit Bryns männlicher Ausstrahlung oder Máliks seltsamer, ätherischer Schönheit, aber mit einer ganz eigenen Pracht, die selbst die Sonne in den Schatten stellte.

„Nun, steh nicht einfach da", sagte ihre Mutter. „Kümmere dich um deinen Gast."

Ja, natürlich.

Das war der Brauch.

Da niemand außer der königlichen Familie ohne Begleitung zum Podium aufsteigen durfte, wartete er darauf, zu seinem Platz geführt zu werden. Aber Gwendolyn konnte sich plötzlich nicht mehr bewegen. Alle Augen richteten sich auf sie, jeder begierig zu sehen, wie sich der Prinz von Loegria und die Prinzessin von Cornwall benehmen würden.

Aber dies war endlich der Augenblick der Wahrheit, der Moment, in dem sie beurteilt werden könnte, und ihr Herz pochte wie der Hammer eines Schmieds.

Mühsam schluckend, befahl Gwendolyn ihren Füßen, sich zu bewegen, aber ihre Beine fühlten sich wabbelig an wie Pudding. Und dann, wie eine Halbidiotin, stand sie auf, stieß sich die Knie am Tisch, und glitt dann um den Tisch herum, wobei ihr Rock an einem Holzsplitter hängen blieb. Sie riss ihn los, stolperte dann die ersten paar Stufen hinunter, ein einziges Gewirr aus Armen und Beinen, ohne die geringste Anmut. Glücklicherweise, falls es jemand bemerkte, sagte niemand ein Wort, noch lachte jemand.

Alles Geplapper verstummte, als sie den Gang entlangging, vorerst eine Abgesandte, und bald, durch die Gnade der Götter, eine Braut.

Seine Braut.

Von Kopf bis zu den Stiefeln in Gold gekleidet, passte die Robe des Prinzen – eine Kreation aus kunstvoller Stickerei auf glänzender, gelber Seide – ihm tadellos. Auch sein Haar war golden, wenn auch nicht der blasse, silbrige Ton von Máliks Haar oder das feurige Gold ihres eigenen. Seines war eher wie sonnengetoasteter Weizen. Als ob das nicht schon genug Gold wäre, erkannte sie, als sie näher kam, dass auch seine Augen einen seltsamen Bernsteinton hatten.

Sein Anblick war umwerfend.

Sogar seine Wimpern glitzerten im Fackellicht, und sie fragte sich, ob er irgendeine Art von Schminke benutzte. „Hoheit", sagte

Gwendolyn atemlos mit einer schnellen, höflichen Verbeugung und einem zitternden Lächeln.

Prinz Locrinus grinste, und jeder Gedanke an Gwendolyns verheerenden Tag verschwand, wurde durch das blendende Licht seines wunderschönen Lächelns unbedeutend.

Die tiefste Erleichterung überkam sie, und von diesem Augenblick an war sich Gwendolyn kaum noch etwas anderem bewusst – nicht der Tischgäste, die so aufmerksam zusahen, noch ihrer Mutter, deren gebannte Aufmerksamkeit sich normalerweise wie Stacheln in ihren Rücken bohrte.

Tatsächlich war ihr die Halle selbst abhandengekommen, als wäre sie hinter einem Schleier verschwunden, nicht unähnlich dem Mantel der Verborgenheit, der die Reiche der *Fae* schützte.

Gwendolyn hätte sich vielleicht wegen ihres Gierens rot im Gesicht wiedergefunden, wäre da nicht die glorreiche Wahrheit gewesen, dass Prinz Locrinus genauso angetan von ihr zu sein schien.

„Euer Haar", sagte er und griff nach einer Strähne, besann sich dann aber und hielt die Hand auf halbem Weg zwischen ihnen an. „Es ist … außergewöhnlich", sagte er und beugte sich dann mit Augen, die so wild funkelten wie seine goldene Kleidung, vor, um nur für Gwendolyns Ohren zu flüstern. „Wahrlich, wir werden eine goldene Partie abgeben!" Gwendolyns Herz sprang ihr in die Kehle.

Bei den Augen Lughs, war es das, was man fühlte, wenn man vor Liebe sprachlos war? Sie besann sich, lachte peinlich berührt und war einfach nur erleichtert, solch eine Schmeichelei zu hören.

Nach einem Moment bat Prinz Locrinus um ihre Hand, und Gwendolyn gab sie ihm bereitwillig. Er hob sie an seine Lippen, küsste sie zärtlich, und seine Lippen verzogen sich zu einem kameradschaftlichen Lächeln. Und dann, als ob er sie vor allem Übel bewahren wollte, hakte er ihre zitternde Hand in seine Armbeuge und sagte, auf das Podium deutend: „Sollen wir, Prinzessin?"

Entwaffnet von seiner Höflichkeit, nickte Gwendolyn. Und sie konnte nicht anders. Ein breites, ehrliches Grinsen breitete sich aus, als sie sich umdrehten, um das Podium zu besteigen, begeistert, die Mienen ihrer Eltern und auch die von König Brutus zu bemerken. Ihre Sorgen schienen nun völlig unbegründet, und nicht einmal Máliks Anwesenheit oder Bryns Abwesenheit konnten ihre Stimmung trüben, als sie ihre Plätze einnahmen – zumindest glaubte sie das, bis ihre Mutter sich dicht zu ihr beugte, um ihr ins Ohr zu flüstern.

„Vermassle das nicht", sagte sie mit einem halb gefrorenen Lächeln.

Gwendolyns Wangen schossen in Flammen.

Glücklicherweise hörte Prinz Locrinus sie nicht, und wenn ihre Mutter besorgt war, so sorgte sie sich umsonst, denn der Abend verlief besser, als irgendjemand hätte erwarten können.

Die *Dawnsio* traten, ohne Ely, ausgezeichnet auf, die Choreografie war nie besser gewesen. Die Speisen waren hervorragend, und obwohl Yestin das Festmahl einen ganzen Tag im Voraus zusammenstellen musste, blieb seine Liebe zum Detail niemandem verborgen.

Um die große Vielfalt an Köstlichkeiten zu zeigen, die ihre Stadt beschaffen konnte, waren die hohen Tische allesamt mit importierten Speisen beladen – so schwer beladen, dass selbst König Brutus nach eigener Aussage nie so gut geschlemmt hatte. Gwendolyn hörte ihn das zu ihrem Vater sagen, aber sie selbst hatte es auch nicht. Dies war ein weitaus prächtigeres Festmahl, als sie es je zuvor Gästen präsentiert hatten, einschließlich der Gelegenheit ihrer ersten Verlobung, eine Tatsache, die König Brutus bemerkt haben musste, obwohl er nichts dazu sagte.

Allein auf dem Podium gab es mehr als zwanzig exotische Hühner, die alle in Abständen entlang des Tisches platziert waren, damit die Gäste sich bedienen konnten, die meisten davon aus Alkebulan importiert und perfekt gebraten.

Statt Pilchards, wie sie an den unteren Tischen serviert wurden, waren einige der kleinen Teller mit einem kleinen, gesalzenen Fisch namens Sardinen gefüllt, die aus Hiberia importiert wurden – den Pilchards recht ähnlich.

Es gab auch reichlich frisch gebackenes Brot, einiges davon

zum Reißen und Eintauchen in Rosmarinöl, anderes mit harter Kruste, bei dem das gesamte weiche Innere entfernt worden war. Diese wurden als Brotteller verwendet und waren bewusst für Paare zum Teilen platziert.

Die teigige Mitte des Brotes wurde dann zum Füllen der Hühner verwendet, und die Füllung wurde mit frischen Austern gewürzt, die aus ihren eigenen kornischen Betten gefischt wurden.

Wahrlich, es gab nichts Besseres als eine gute Auster, und es gab einen wunderbaren Ort jenseits der Drachenbucht, wo die Strömungen so zusammenliefen, dass der Druck sie köstlich salzte.

Manchmal, wenn die Fischer neue Fuhren einholten, flogen sie, Elowyn und Bryn zu den Docks hinunter, um sich ein paar zu stibitzen.

Nur manchmal wurden aus „ein paar" „ein paar zu viele", und obwohl Gwendolyn nie von Austern krank wurde, erging es Ely einmal so und sie schwor den Austern gänzlich ab. Doch als Beweis für ihre höchste Güte hielt ihr Moratorium nur bis zur nächsten Ernte an, als sie wieder dastanden und die Schalen direkt aus den Kisten knackten, in denen sie hereingeholt wurden.

Ein plötzlicher Anflug von Nostalgie überkam Gwendolyn, als sie beobachtete, wie ihr Verlobter eine Auster so intensiv musterte. Dieselbe Armee von Bienen nistete sich in ihrem Bauch ein und summte mit solcher Kraft, dass es schwierig wurde zu essen.

So wie sie es manchmal bei ihrer Mutter für ihren Vater beobachtete, sammelte Gwendolyn die kleinen Teller ein, als sie herumgereicht wurden, stahl sie für Prinz Locrinus und wartete, bis er sich satt gegessen hatte, bevor sie sie durch eine andere ersetzte.

„Oliven", sagte sie, vielleicht zu aufgeregt, als er einen Teller mit einer Scheibe geräuchertem Käse aufgab. Nur eine blieb übrig, und er legte sie vor Gwendolyn. „Aus An Ghréig", erklärte sie.

„Ah, ja", sagte er und leckte sich den Finger. „Oliven haben wir. Aber dieser Käse ist ..." Er verdrehte die Augen mit einem Ausdruck des Entzückens. „Außergewöhnlich!"

„Wie mein Haar?", neckte Gwendolyn ihn und fühlte sich albern, das Kompliment zu wiederholen.

Ein Lächeln zuckte an seinen Lippen. „Nichts ist damit zu vergleichen", sagte er.

Gwendolyn ertappte sich dabei, wie sie mit den Wimpern klimperte, eine lächerliche Geste, die sie bis jetzt nie wirklich verstanden hatte. „Geräuchert", erklärte sie, als er eine Braue hob.

„Euer Haar?", fragte er, und Gwendolyn lachte leise.

„Nein, Hoheit. Der Käse!"

Sein Ton änderte sich nun, seine Stimme wurde tief und ernst. „Ihr müsst welchen mit nach Hause bringen, wenn Ihr kommt."

Nach Hause.

Er hob eine weitere Olive an seine Lippen und Gwendolyn beobachtete ihn dabei, wie er sie aß und das dunkle Fruchtfleisch mit seinen geraden, weißen Zähnen vom Kern schabte. Sie blinzelte verwirrt, ihr Herz hämmerte so heftig. „Mein Haar?"

„Nein", sagte er mit einem Kichern. „Der Käse."

„Oh", sagte Gwendolyn, errötete und war wieder verlegen. *Natürlich.* Was für ein albernes Mädchen sie scheinen musste. „Leider", sagte sie, „niemand in Trevena hat dieses Rezept. Es kommt von den nördlichen Stämmen zu uns, obwohl ich mir ziemlich sicher bin, dass wir welchen exportieren lassen können."

„Importieren", korrigierte er, deutete mit einem Finger durch die Halle, bevor er nach ihrer Hand griff und seine Finger mit ihren verschränkte. „Sehr bald wird dies nicht mehr Euer Zuhause sein. Alle Exporte, die wir glücklicherweise aushandeln können, werden Importe für meine wunderschöne Königin sein."

Wunderschön?

Entwaffnet von dem Kompliment brachte Gwendolyn es nicht übers Herz, ihn zu tadeln, denn, nun ja ... eigentlich ... sollten sie über *beide* Königreiche herrschen, nicht nur über Loegria.

Cornwall würde *immer* Gwendolyns Heimat sein, an erster Stelle in ihrem Herzen.

Und doch klang er so vollkommen aufrichtig, und als er ihre Handfläche genau so auf seine Brust drückte, über dem Schlag seines Herzens, raubte es ihr die Stimme zum Protestieren. Der Ausdruck auf seinem Gesicht war so hoffnungsvoll, so innig, und seine Lippen teilten sich, um ein weiteres blendend weißes Lächeln zu enthüllen, das Gwendolyn den Atem stocken ließ. Alles, was sie tun konnte, war, zurückzulächeln.

„Also dann", fragte er. „Von welchem nördlichen Stamm sprechen wir? Dem Land jenseits der Nordwinde? Oder Prydein?"

„Weder noch", sagte Gwendolyn, begierig darauf, ihm mit Wissen zu imponieren, das er vielleicht noch nicht besaß. „Soweit man mir erzählt hat, kommen sie aus den Nordmeeren. Ihre Drachenbugspriete sind dafür gemacht, sich durch ...""

„Eis zu pflügen", sagte er mit einem halben Lächeln. „Ich habe nur gescherzt. Wir sind den Ostmen bereits begegnet – Barbaren, gekleidet in was für Felle sie auch immer finden können, notfalls auch die von Hunden."

„Oh", sagte Gwendolyn, erneut verlegen, und um ihre Verlegenheit zu verbergen, stellte sie ihm eine verwandte Frage. „Also, seid Ihr ... diesen ... Ostmen in Loegria begegnet?"

„Nein", sagte er und schüttelte den Kopf. „In Ériu. Nach meinem letzten Aufenthalt nahmen wir ein Schiff nach Hause, dessen Kapitän ein Steuermann aus Hyperborea war."

„Hyperborea", wiederholte sie mit aufrichtigem Interesse, und er nickte bedeutungsvoll. Gwendolyn hatte noch nie von diesem Ort gehört, aber sie wollte nicht unangenehm auffallen.

„Zumindest für mich schien er sich nicht von den anderen Barbarenhorden zu unterscheiden, denen ich begegnet bin – seien es Franken, Sueben oder welche aus dem Vandalenreich. Jeder Einzelne von ihnen neigt dazu, zu viel zu schreien und bararschig herumzulaufen, trotz der bitteren Kälte."

Gwendolyn blinzelte.

Bararschig?

Unwillkürlich kehrten ihre Gedanken zu Málik zurück, aber nicht, weil sie an seinen nackten Hintern dachte, sondern weil sie sich fragte, wie viel von ihrem er erspäht hatte.

Leider hatte Gwendolyn auch vom Vandalenreich noch nie gehört, also sagte sie: „Oh. Ja, ich verstehe." Er war recht bewandert, und sie empfand ihre eigene magere Bildung plötzlich als völlig unzureichend. Danach ließ sie ihn reden und lehnte sich zurück, um den Abend zu genießen, zufrieden genug damit, dass er so gut verlief. In diesem Augenblick unterhielten sich alle zufrieden, während sie ihre Bäuche mit den feinsten Köstlichkeiten füllten. Nur Málik, der an einem der unteren Tische speiste, schien gelangweilt und unbeteiligt, obwohl er zumindest nicht verärgert wirkte.

Vielmehr war sein Gesicht wieder ausdruckslos und nur hin und wieder schnellten seine Blicke zum Podium, um sich seines unliebsamen Schützlings zu vergewissern – Gwendolyn, natürlich.

Als sie versehentlich seinen Blick einfing, fühlte sie sich unter seiner genauen Beobachtung unwohl und wandte sich ab, allerdings nicht, ohne sich zu fragen, ob er aus freien Stücken allein war.

Inmitten von zwei Lords und ihren Damen sitzend, mied er Gespräche ebenso beharrlich wie er seinen Platz am höheren Tisch gemieden hatte. Gwendolyn fragte sich, ob er jemanden außerhalb der Elitewache kannte und wie ihr Vater dazu gekommen war, ihn einzustellen. Sie wusste, dass er noch nicht lange in der Residenz war – gewiss nicht lange genug, als dass Gwendolyn viel über ihn hätte in Erfahrung bringen können. Alles, was sie wusste, wusste sie von Bryn. Obwohl sie zugab, dass sie ihn manchmal von der Balustrade aus beobachtete, wenn er und Bryn trainierten; sie hatte viel über ihn allein durch seine Entscheidungen gelernt.

Er war weder barmherzig noch nachsichtig. Vielmehr war er unnachgiebig, unermüdlich und scharfsinnig. Und obwohl er eine so arrogante Kreatur war, wie Gwendolyn je einer begegnet war, lag etwas zutiefst Magisches in seinen Bewegungen.

Tatsächlich schien für Málik Danann selbst ein Gang den Korridor entlang eher wie ein choreografierter Tanz. In gleicher Weise geschah das Ziehen seines Schwertes aus der Scheide mit Anmut, und er führte diese Waffe mit müheloser Präzision.

Nichts, was er tat, war jemals … überflüssig.

Tatsächlich war bei Málik jede Bewegung von Sparsamkeit geprägt, und was noch wichtiger war, er machte sich nie aus irgendeinem Grund die Mühe, der ihm nicht irgendwie diente, was seinen Verrat an Bryn an diesem Nachmittag nur noch unerträglicher machte.

Was konnte sein Grund gewesen sein?

Er beobachtete die Tänzer, aber nichts in seinem Gesichtsausdruck gab Gwendolyn ein Zeichen, dass er die Vorführung genoss.

Vielmehr hatte sie das Gefühl, dass er ansonsten auf jede Bewegung in der Halle eingestimmt war – auf jede Geste, die jeder machte, und vielleicht auf alles, was gesagt wurde.

Die Geschichten, die sie über die *Fae* gehört hatte, waren unzählig. Sie konnten sich silberne Glieder wachsen lassen. Sie konnten Gedanken lesen. Sie konnten ihre Gestalt wandeln.

Aber wie seltsam der Gedanke, wie ermüdend es wäre, die Gespräche aller gleichzeitig zu hören. Wenn das eine von Gwendolyns *Fae*-Gaben wäre, würde sie mit Sicherheit den Verstand verlieren.

Wieder einmal wandte Gwendolyn ihren Blick von dem Dorn ab, den ihr Vater ihr in die Seite getrieben hatte, und blickte zum Prinzen auf, der ebenfalls die Halle überblickte. Sie hatte nicht einmal bemerkt, dass er sprach, und er zog plötzlich die Brauen zusammen, als er die Richtung ihres Blicks bemerkte.

Gwendolyn tat so, als würde sie es nicht bemerken. Das oder sich entschuldigen, und irgendwie fühlte sich das falsch an, als ob sie etwas Verabscheuungswürdiges gestehen würde.

Stattdessen wagte sie es, nach dem einen zu fragen, was sie am sehnlichsten wissen wollte. „War es faszinierend?"

„Durchaus", sagte er, und ein weiteres langsames Grinsen breitete sich aus. „Wenn auch nicht so, wie Ihr vielleicht denkt. Sagt mir, Prinzessin ... unterhalten Euch solche Dinge normalerweise?"

„Ungeheuer sehr", gestand Gwendolyn. „Eines Tages hoffe ich, Cnoc Fírinne selbst zu besuchen, und vielleicht, wenn er fertig ist, möchte ich auch den neuen Tempel in Eastwalas sehen."

Seine Brauen zuckten. „Den Æmete-Tempel?"

Gwendolyn blinzelte und achtete darauf, nicht die Stirn zu

runzeln. „Nun, ja, obwohl … das ist nicht, wie *wir* ihn nennen. Noch glaube ich, dass *sie* ihn selbst so bezeichnen."

Sie waren die Dobunni, ein Zusammenschluss von Stämmen, die einen Großteil der Grenzlande besetzten. Eastwalas war im Wesentlichen dumnonisches Gebiet, grenzte aber auch an die Silurer und Ordovicer in Loegria sowie an die Catuvellaunen im Osten und die Atrebaten im Süden.

„Æmete ist, wie *sieuns* nennen", erklärte sie, „obwohl ich nicht glaube, dass es freundlich gemeint ist."

„Was bedeutet es?"

„Æmete?", fragte sie. „Nun …" Sie hob die Brauen. „Es bedeutet … Ameise."

Er machte eine krabbelnde Bewegung mit zwei Fingern. „Ihr meint diese krabbelnden Kreaturen?"

Gwendolyn nickte.

„Ah, ja, ich verstehe", sagte er. „Ach, wenn jemand so etwas genannt werden sollte, dann sollten sie es sein. Nicht wahr?"

Gwendolyn blinzelte. „Weil sie eine Vielzahl sind?"

„Nein, Prinzessin."

Die Art, wie er ihren Namen sagte – oder vielmehr nicht genau ihren Namen, nur ihren Titel – verursachte Gwendolyn eine Gänsehaut.

„Weil sie unbedeutend sind."

Der gewobene Zauber war plötzlich verflogen.

„Sie sind nicht einmal klug genug, ihre Kräfte zu vereinen, wie wir es getan haben."

„Oh", sagte Gwendolyn.

„Wirklich, hätten sie das getan, hätte Cornwall vielleicht nicht so lange standgehalten."

Die Falte auf Gwendolyns Stirn vertiefte sich. Soweit es sie betraf, war niemand unbedeutend, nicht einmal Málik. Aber Cornwall hatte *nicht* so lange durchgehalten, weil Pretanias andere Stämme unwissend oder unbedeutend waren. Obwohl sie die Tatsache zu schätzen wusste, dass er sie als Gleichgestellte behandelte und weder ihre Meinungen verwarf noch sich so verhielt, als besäße sie nicht den geistigen Scharfsinn, politische Angelegenheiten zu erörtern, war Cornwall stark geblieben, weil sie *stark* waren.

Allein hatte ihr Volk einen gut besuchten Hafen errichtet. Sie hatten gelernt, abzubauen, was das Land bot. Und sie hatten die Disziplinen der *Metallonourgia* erlernt und bisher unbekannte Legierungen erschaffen. Nein, sie hatten nicht so fortschrittliche Disziplinen wie die Trojaner, aber sie hatten sicherlich mehr als der Rest von Pretania.

Götter. Er durfte nicht begreifen, was er da sagte, und angesichts seines ansonsten tadellosen Benehmens verzieh Gwendolyn ihm. Zweifellos war das seine Perspektive als Neuling in diesem Land. Er konnte unmöglich verstehen, wie viel sie durchgemacht hatten und wie weit sie gekommen waren.

Prinz Locrinus beugte sich nahe zu ihr, um ihr etwas anzuvertrauen. „Ich bin mir nicht sicher, ob Ihr es schon gehört habt, aber Plowonida wurde kürzlich von den Icenern niedergebrannt. Es steht herrenlos da. Als meine zukünftige Königin werde ich Euch sagen, dass mein Vater, sobald wir ein Heer versammeln können, beabsichtigt, sie nach Osten zu vertreiben, um eine neue Hauptstadt für Loegria zu gründen. Wir werden sie Troia Nova nennen", sagte er mit einem breiten Grinsen. „Von dort aus werden Ihr und ich herrschen."

„Troia Nova", wiederholte Gwendolyn, obwohl sich ihre Brauen von selbst hoben. Sie hatte nichts Derartiges über Plowonida gehört, aber die Auswirkungen eines solchen Feldzugs wären weitreichend. Es war eher üblich, eine Festung nach einem Kampf aufzugeben und sich auf gut verteidigte Wehranlagen zurückzuziehen. Laut ihrem Vater war es meist nicht so sehr die Gier nach dem Land eines anderen, die Männer in die Schlacht trieb, sondern die Notwendigkeit, das Eigene zu schützen.

Tatsächlich hatte Cornwall auch deshalb so gut gedeihen können, weil sie ihre Verteidigung nicht schwächten, indem sie sich weit und breit ausbreiteten. Wenn Plowonida jedoch von den Catuvellaunen aufgegeben worden war ... wenn die Loegrier es wagten, nach Eastwalas vorzustoßen ... wenn sie wirklich die Mittel und die Anzahl hatten, um diese Stadt einzunehmen und zu halten ...

Was würden die Icener tun? Würden sie erneut angreifen, nachdem sie einen Kampf mit den Catuvellaunen geführt und gewonnen hatten? Wie würden sie sich gegen loegrische Waffen schlagen?

Troia Nova.

König Brutus war das Land, das er nun besetzte, von einem gemeinsamen Konsul der Stämme Pretanias zugesprochen worden – ein Konsul, dessen Oberhaupt ihr Vater war.

Gwendolyn verstand, dass die Icener eine langjährige Fehde mit den Catuvellaunen hatten, hauptsächlich weil der Hochkönig von Plowonida einst ihre geliebte Königin verführt hatte, aber das war eine Angelegenheit der Vergeltung. Seit die Tuatha Dé Danann vor so langer Zeit besiegt worden waren, hatten Männer keine Kommunen mehr erobert, die ihnen nicht zustanden. Nicht, seit die Söhne des Míl vereinbart hatten, die Grenzen des jeweils anderen zu achten. Wie es die Prydein früher taten, mochten Männer im Schutz der Nacht eine Ernte stehlen, aber sie würden niemals, niemals Pflüger mitbringen, um die Felder eines anderen Mannes zu bestellen.

Und wirklich, seit Menschengedenken hatte es kein Feind gewagt, eine Stadt nach einer Schlacht einzunehmen, geschweige denn Ländereien, die nicht rechtmäßig erworben worden waren. Was die Loegrier vorschlugen, war opportunistisch, und doch konnte Gwendolyn es nicht für falsch halten ... nicht wirklich.

Nur weil etwas noch nie zuvor getan worden war, bedeutete das nicht, dass es nicht getan werden sollte. Wenn die Catuvellaunen Plowonida nicht wollten und die Loegrier schon, und wenn es tatsächlich gehalten werden konnte, dann könnte man es als einen starken militärischen Schachzug betrachten. Gwendolyn fragte sich jedoch, ob ihr Vater wusste, dass Loegria beabsichtigte, sich über ihre derzeitigen Grenzen hinaus so tief nach Pretania auszudehnen – weit über den Tempel von Eastwalas hinaus.

Gwendolyn sehnte sich danach, mehr darüber zu fragen, aber die Enthüllung hatte sie völlig verwirrt.

„Ihr seid recht gelehrt, und das gefällt mir", sagte Prinz Locrinus und lächelte mit uneingeschränkter Zustimmung. „Ich habe gebetet, eine ebenbürtige Partnerin zu haben, da ich nie vorhatte, überhaupt zu herrschen, geschweige denn allein."

Gwendolyns Herz erwärmte sich wieder für ihn, als sie den Schmerz über den Verlust seines Bruders in seiner Stimme hörte. „Im Herzen bin ich nur ein einfacher Mann, dessen größter Wunsch es ist, die Geheimnisse dieser Welt zu entdecken." Nach Gwendolyns Hand greifend, drückte er sie sanft.

„Nun, trotz des Kummers, den ich über das Schicksal meines Bruders empfinde, bin ich mit unserer Verbindung sehr zufrieden, und eines Tages, wenn es Euch gefällt, werde ich Euch auf einen Aufenthalt nach Cnoc Fírinne mitnehmen, und wir werden auch den Tempel von Eastwalas besuchen."

Gwendolyns Herzschlag beschleunigte sich. Es war das Süßeste, was er ihr je hätte sagen können. Der Gedanke war wie ein Liebestrank. „Das wäre ein höchst willkommenes Geschenk", sagte sie, ihr Herz von Freude erfüllt. Danach war der Abend ein Vergnügen. So sehr, dass Gwendolyn *alle* Sorgen des Tages hinter sich ließ, und all ihre Zweifel ebenso.

Sogar Königin Eseld lächelte mit unverhohlener Zustimmung, und Gwendolyn fühlte sich ... lieblich und brillant und ... oh, ja ... golden ... und so voller Hoffnung.

Die ganze Nacht lang redeten und redeten und redeten sie.

Nur hin und wieder musterte Prinz Locrinus Gwendolyn mit einem vertraulichen Lächeln, das so voller Versprechen und Besitzanspruch schien, dass es einen Schwarm Tauben in ihrer Brust auffliegen ließ.

Später, als sie sich gute Nacht sagten und ihre Väter allein ließen, um die letzten Details ihrer Verlobung zu besprechen, begleitete Prinz Locrinus Gwendolyn zu ihrer Zimmertür und hinterließ sie mit einem aufkeimenden Gefühl der Hoffnung ... und einem winzigen Keimling von ... *Liebe*?

War das Liebe?

Sicherlich war es *etwas* – etwas Wunderschönes und Befriedigendes.

Schon bewunderte sie den Mann, dem sie zur Heirat versprochen worden war, und nun konnte sie es kaum erwarten, ihr Leben mit ihm zu teilen.

„Bis morgen", sagte er, bevor er sich verabschiedete, und Gwendolyn seufzte zufrieden und sonnte sich in der Freude des Abends. Selbst als er gegangen war, verweilte sie noch vor ihrer Zimmertür.

Aber schließlich drehte sie sich mit einem letzten, wehmütigen Blick den Gang hinunter in die Richtung, in die ihr süßer Prinz gegangen war, um, nur um Málik um die Ecke kommen zu sehen.

Sein Anblick überraschte sie ebenso sehr, wie er sie missstimmte, auch wenn sie ihn hätte erwarten sollen. Mit einem scharfen Atemzug eilte sie durch das Vorzimmer, geradewegs in ihr Zimmer, schlug ihre Tür zu und drückte ihren Rücken gegen das eisenbeschlagene Holz, als ob sie fürchtete, er würde hereinplatzen.

Natürlich tat er das nicht.

Er würde es nicht tun.

Sie hörte ihn einen Moment später das Vorzimmer betreten und sich niederlassen ... bis nichts als Dunkelheit und Stille unter ihrer Tür hindurchkrochen.

Erst dann machte sie sich auf den Weg zum Bett.

ACHT

Am nächsten Morgen suchte Königin Eseld, gefolgt von Demelza, Gwendolyn auf. Und dann, für einmal, eilte sie nicht davon. Mit einem freundlichen Lächeln und einige Ellen scharlachroten *Zendels* tragend, tätschelte sie Gwendolyns Wange und teilte ihr mit, wie außerordentlich stolz sie sei.

Sie brachte auch ein sehr ungewöhnliches Gewand mit, das Gwendolyn anprobieren sollte – ein Entwurf, der eine seltsame Mischung aus der Tunika eines Kriegers und einer zeremoniellen Robe zu sein schien. Es glich nichts, was Gwendolyn ihre Mutter je hatte tragen sehen, und doch war es atemberaubend.

Gefertigt aus purpurrot gefärbtem Hirschleder, trug es Zeichen, die Gwendolyn nur vage bekannt vorkamen – aus Prydein, glaubte sie.

„Mein Hochzeitskleid", sagte die Königin.

Gwendolyn, die das Gewand bereits an den Schultern angehoben hatte, um es besser zu begutachten, blinzelte angesichts der Schlichtheit des Schnitts. „Aber ..."

„Der Stil meines Volkes", erklärte die Königin, und Gwendolyn legte es wieder hin und strich mit einem Finger über die exquisite Verzierung.

„Es ist ... reizend", sagte sie. Und doch war es das Letzte, was sie jemals würde tragen wollen – nicht, weil es nicht schön war. So seltsam es auch aussah, es war auch einer der erlesensten Entwürfe, die Gwendolyn je das Glück gehabt hatte zu sehen, geschweige denn die Gelegenheit, es zu tragen. Aber leider hatte sie schreckliche Angst, es wieder anzufassen, damit sie es nicht ruinierte und den Zorn ihrer Mutter auf sich zog.

„Es gehört jetzt dir", sagte Königin Eseld.

„Mir?"

Ihre Mutter nickte. „Ja, Gwendolyn. Es mag dich überraschen zu hören, dass ich nach meiner Hochzeit nie den Mut noch die Überzeugung hatte, es wieder zu tragen, doch ich weiß, du wirst es, und es würde mich zutiefst freuen, dich darin zu sehen."

Gwendolyn blickte überrascht zu ihrer Mutter auf. Sie hatte nie wirklich in Erwägung gezogen, dass so etwas Mut oder Überzeugung erfordern würde. Sie hatte vielmehr geglaubt, Königin Eseld fehle nur der Wunsch dazu – vielleicht schämte sie sich sogar für ihre bescheidene Herkunft. Nicht, dass Gwendolyn jemals gedacht hätte, das sollte sie. Ihre Mutter war schließlich eine Prinzessin. Nur hatte ihr Vater immer so ... primitiv von ihnen gesprochen. Und ihre Mutter hatte nie widersprochen.

Gwendolyn wusste nicht, was sie sagen sollte.

Obwohl sie nicht behaupten konnte, es sei das einzige Geschenk, das ihre Mutter ihr je gemacht hatte, war es mit Sicherheit das persönlichste Geschenk, das sie je erhalten hatte.

Tatsächlich war das Kleid kostbar, und Gwendolyn fragte sich, warum ihre Mutter es ihr nie zuvor gezeigt hatte, aber die Frage war schnell verworfen.

Angesichts des unerwarteten Geschenks – mehr als großzügig – und nach dem wundervollen Abend, den sie mit Prinz Locrinus verbracht hatte, weigerte sie sich jedoch, sich heute die Stimmung von irgendetwas trüben zu lassen. So viel Hoffnung war mit dieser Verbindung verknüpft. *So viel Hoffnung.* Und nun hatte Gwendolyn zum ersten Mal auch ihre Mutter zufriedengestellt.

Es sah alles gut aus. In der Tat.

Sie stand da, bewunderte das Kleid, und Stolz hob ihre Stimmung noch mehr.

Bald schon würden alle Königreiche eins sein, eine Heldentat, die nur durch die Vereinigung ihrer Drachenbanner vollbracht werden konnte. Aber nach letzter Nacht könnte Prinz Locrinus sehr wohl der ‚Goldene‘ aus der Prophezeiung sein. In Wahrheit war alles, was Gwendolyn als Pretanis Streiterin auszeichnete, ein Haarschopf, von dem nie jemand bewiesen hatte, dass er etwas anderes als widerspenstig war.

„Natürlich musst du es mit Hosen kombinieren“, schlug ihre Mutter vor, zeigte auf den Schlitz an der Vorderseite und hob dann eine Stoffbahn an. „Traditionell wird eine prydeinische Zeremonie zu Pferde abgehalten. Für mein Volk ist ein gutes Pferd das Symbol großer Führungsstärke, und die Tochter eines Häuptlings muss mit einem würdigen Reittier zu ihrer Heirat kommen, als ihr Versprechen, dass sie ihrem Mann niemals zur Last fallen, sondern ihm in allen Dingen ebenbürtig sein wird.“

War das der Grund, warum Gwendolyn so gut mit Pferden umgehen konnte? Hatte sie diese Eigenschaft geerbt? Eines war sicher, sie konnte besser reiten als jeder Mann. Und doch wusste Gwendolyn so wenig über das Volk ihrer Mutter. Alles, was sie wusste, war, dass ihre Mutter im Rahmen eines Friedensgesuches zu ihrem Vater gekommen war, und kaum mehr – nur, dass Königin Eseld während eines zivilen Treffens zwischen den Stämmen ausgetauscht worden war und dass ihre Großmutter ebenfalls eine Königin und ihr Großvater ein kaledonischer Häuptling war.

Nun noch faszinierter, blickte sie auf und wollte mehr hören. „Hast du meinen Vater auf diese Weise geheiratet?“, fragte sie.

„Ach, nein“, sagte Königin Eseld mit einem Seufzer. „Das habe ich nicht. Ich trug dieses Gewand, aber wir legten unsere Gelübde in einem Konsulzelt vor einem Prälaten beim Fest von Calan Mai ab.“

„Oh“, sagte Gwendolyn.

Ihre Mutter seufzte erneut, und es klang, als ob sich mit diesem

Atemzug eine lebenslange Enttäuschung gelöst hätte. „Ich habe geträumt, es würde anders sein, aber so war der Weg."

Wie traurig, dachte Gwendolyn – seiner sehnlichsten Träume beraubt zu werden. Ihre Mutter hätte die Hochzeit haben sollen, die sie sich gewünscht hatte, und wenn Gwendolyn einen Weg finden könnte, ihre Enttäuschung wiedergutzumachen, würde sie es versuchen. Sie wäre jedoch zufrieden genug, diesen Riss zwischen ihnen zu kitten, einen Riss, den sie nie gewollt oder ganz verstanden hatte.

Was ihre eigene Hochzeit betraf ... natürlich hatte Gwendolyn ihre eigenen Erwartungen – vor ihren Freunden und ihrer Familie mit einem Prinzen vermählt zu werden, dessen Herz so schön war wie sein Verstand.

Sie wäre am Boden zerstört, wenn sich irgendein Teil davon als falsch herausstellen würde.

Und obwohl das Gesicht von Prinz Locrinus wirklich begehrenswert war, war ihr das nicht wichtig. Sie verstand mehr als die meisten anderen die Ungerechtigkeit, für solche Dinge beurteilt zu werden, und sie würde es niemals jemand anderem antun. Selbst wenn sie ihn nicht für schön gehalten hätte, hätte sie sich bemüht, Schönheit in ihm zu finden, ungeachtet dessen.

Sie bewunderte immer noch das Kleid, aber sie dachte laut nach. „Ich frage mich nur, hat mein Vater Eure Tradition abgelehnt?"

Mit einer solchen Anmut in der Bewegung, als wäre es die Geste eines Tanzes, strich Königin Eseld eine Strähne glänzenden schwarzen Haares hinter ihre Schulter. „Im Gegenteil, mein Kind. Dein Vater hat mir nie etwas abgeschlagen. Von Anfang an hat er mich willkommen geheißen, wie es sich für eine Königin dieses Reiches gehört. Mein Vater wäre erfreut."

Bei dieser Wendung ihres Gesprächs beschleunigte sich Gwendolyns Herzschlag. Sie musste sich zurückhalten, nicht hunderttausend Fragen herausplatzen zu lassen, aus Angst, nie wieder eine Gelegenheit zu bekommen. Und doch kannte sie ihre Mutter gut genug, um zu wissen, dass sie mit Vorsicht vorgehen musste.

„Hast du nicht mit meinen Großeltern gesprochen, seit du meinen Vater geheiratet hast?"

„Nein", sagte Königin Eseld mit einem seltsamen Ton in der Stimme. Wehmut, Frustration? „Das habe ich nicht." Sie atmete ungeduldig aus. „Genug der Erinnerungen für einen Tag!"

Sie lächelte strahlend, scheinbar unberührt und vielleicht ahnungslos, dass ihre Weigerung, mehr preiszugeben, Gwendolyns Stimmung dämpfen würde. „Wir haben so viel zu tun und so wenig Zeit!"

Enttäuscht trotz der anhaltend guten Laune ihrer Mutter an diesem Morgen, reckte Gwendolyn ihr Kinn und fragte sich, ob die Distanz von Königin Eseld zu ihrer eigenen Mutter der Grund sein könnte, warum sie Gwendolyn gegenüber so unnahbar war. Wusste sie vielleicht einfach nicht, was es hieß, eine Mutter für eine junge Frau zu sein? Oder sogar für ein kleines Kind.

Könnte es sein ... nicht so sehr, dass sie Gwendolyn immer noch für einen scheußlichen Wechselbalg hielt, sondern, wenn sie nie eine echte Beziehung zu ihrer eigenen Mutter gehabt hatte, war sie nicht dazu veranlagt, eine mit Gwendolyn zu haben?

Es könnte sein.

Es schien plausibel.

Leider wusste Gwendolyn aus erster Hand, wie sich Elys Mutter mit ihren eigenen beiden Kindern benahm, und es war überhaupt nicht so, wie sich Königin Eseld jemals mit Gwendolyn benommen hatte.

Tatsächlich hatte Gwendolyn an Elys Mutter nie als Lady Ruan gedacht. Sie war Mutter für Ely und Mutter für Bryn und, um ehrlich zu sein, auch eine Mutter für Gwendolyn.

Deshalb hatte die Tortur von gestern Gwendolyn so sehr verärgert. Lady Ruan so enttäuscht von ihr zu sehen, machte alles so viel schwerer zu ertragen. Eines Tages, wenn sie es wagte, würde sie Demelza vielleicht fragen, wie ihre Mutter mit ihr als Kind gewesen war.

War sie verhätschelt worden? War es immer Demelza gewesen, die sich um sie gekümmert hatte?

Gwendolyn wollte so verzweifelt glauben, dass Königin Eseld sie einst an ihre Brust gedrückt, ihren Kopf gewiegt und ihre unordentlichen Locken gestreichelt hatte. Demelza sagte gern, sie sei mit einem so dichten Meer aus Locken geboren worden, dass sie jeden Kamm zerbrach, den sie je versuchte.

Unwissentlich hob Gwendolyn eine Hand zu ihren Locken und fuhr sich mit den Fingern durch das dichte Gewirr. Es war nicht fein, noch glänzend, aber Prinz Locrinus hatte ihr ein Kompliment gemacht, und die Erinnerung an dieses Kompliment ließ sie ein kleines, geheimes Lächeln lächeln.

Konnte es sein, dass es für ihn glänzte? War es möglich, dass er nicht das Gewirr von Locken sah, das sie jeden Tag zu bürsten kämpfte, sondern die goldenen Fäden, die von der Prophezeiung verheißen wurden?

Allein der Gedanke machte Gwendolyn schwindelig, denn so hieß es, dass nur das Herz ihrer wahren Liebe die wahre Schönheit in ihr zum Vorschein bringen könne. Und wenn er ihre Locken als golden sah, dann sah er vielleicht auch Schönheit in ihrem Gesicht?

Ihre Handflächen wurden feucht, einfach nur bei dem Gedanken daran, ihn wiederzusehen, und ihr Atem wurde schmerzhaft schnell. Sie spürte eine verräterische Röte über ihren Körper schleichen.

Drüben am Bett sammelte ihre Mutter geschäftig einige Juwelen ein, die sie Gwendolyn gestern geliehen hatte – hauptsächlich die schöne Saphir Halskette, die zu ihrer Tiara passte.

So oft hatte ihre Mutter aus ihrer privaten Schatulle geteilt, aber in diesem Moment wurde Gwendolyn bewusst, als ihre Mutter ihre kostbaren Edelsteine zusammensuchte, dass ihre eigene Mitgiftsruhe leer blieb. Elys ebenso, aber aus einem anderen Grund.

Wie lange noch, bis sie gehen musste? Kaum mehr als ein Monat, erkannte Gwendolyn und zählte die Wochen an ihren Fingern ab.

Obwohl ihre Beziehung zu ihrer Mutter bittersüß war, war ihre

Bindung zu ihrem Vater stark. Sie wusste nicht, was sie tun würde, wenn sie wegginge, um nie wieder mit ihm zu sprechen. Aber sie war sich ziemlich sicher, dass sie sich oft zu Verhandlungen treffen würden, außer dass Loegria Gwendolyns neue Priorität sein würde.

Trotzdem würde sie niemals aufhören, sich um Cornwall oder sein Volk zu sorgen. Und so Gott will, würde sie mit ihrem neuen Ehemann an ihrer Seite dem Reich gut dienen.

„Ich dachte, du könntest das Gewand heute tragen", schlug ihre Mutter vor, als sie sich zum Gehen bereit machte. „Wirklich, Gwendolyn, wenn du schon auf dem Land herumstreunen musst, wie ich weiß, dass du es tun wirst, dann musst du uns von unserer besten Seite zeigen."

Aufgeschreckt durch den abrupten Wandel im Verhalten ihrer Mutter, obwohl sie ihn hätte erwarten können, sagte Gwendolyn: „Ich werde mich bemühen, dies zu tun, Mutter."

Und doch konnte man es kaum als „Herumstreunen" bezeichnen, Prinz Locrinus durch eine Stadt zu führen, die er eines Tages regieren würde. Ging es also darum? War ihre Mutter nur gekommen, um sicherzustellen, dass Gwendolyn sich „von unserer besten Seite" präsentierte?

Gwendolyns Lächeln verblasste. Warum konnte es nie einfach um ein Mädchen und ihre Mutter gehen? „Danke", sagte sie resigniert. „Es ist wunderschön. Ich liebe es."

Und das tat sie. *Wirklich.*

Und außerdem war es eine Art Kompliment, das Vertrauen zu erhalten, ihre prydeinische Verwandtschaft zu repräsentieren. Indem sie dieses Kleid trug, würde sie nicht nur Cornwall, sondern auch Prydein repräsentieren. Und natürlich sollte das Volk ihrer Mutter repräsentiert werden, auch wenn ihre Mutter oft zufrieden schien, ihre bescheideneren Anfänge zu ignorieren.

Gwendolyn seufzte dann, denn es spielte keine Rolle, *warum* Königin Eseld das Kleid angeboten hatte; was zählte, war, dass Gwendolyn es trug. Zu diesem Zweck fand sie ihre besten Hosen und zog sie sofort an. Mit Demelzas Hilfe schlüpfte sie auch in die zeremonielle Robe, und als sie vollständig bekleidet war, war sie überrascht, wie seltsam sich das Kleidungsstück anfühlte.

Es war eng geschnitten, ohne überschüssigen Stoff an den Armen. Und jetzt bedauerte sie all diese Blaubeerkuchen! Der einzige frei fließende Teil des Gewandes lag unter der Taille, der im Wesentlichen aus vier verbundenen Stoffbahnen bestand, um den Eindruck eines vollrockigen Kleides zu erwecken.

Und jetzt verstand sie, warum es mit ihren Hosen kombiniert werden musste, denn jede Bewegung würde ihre Glieder entblößen. Obwohl sie und ihre Mutter ungefähr die gleiche Größe hatten, war ihre Mutter größer und schlanker als Gwendolyn; daher drückte das Hirschleder ihre Oberarme, und wenn der Busen nicht so gearbeitet worden wäre, dass er die Brüste einer Frau aufnimmt, hätte es sie auch flach gedrückt, weil der Umfang zu eng war.

Zusätzlich fand sie die Körbchen völlig zu großzügig, da die Brüste ihrer Mutter erheblich größer waren als ihre.

Gwendolyn prüfte das Mieder und runzelte die Stirn, als das vom Alter steife Material in sich zusammenfiel und konkav blieb. Mit einem Keuchen eilte Demelza herbei, um den Raum zwischen dem Kleid und ihrem Fleisch mit einem Stoffbausch zu füllen, und Gwendolyn zog ihn entsetzt über die Vorstellung wieder heraus und weigerte sich, sich vollbusig aussehen zu lassen. Sie warf ihn auf den Boden.

Wie peinlich!

Ihre Mutter war zurückgekehrt, stellte Gwendolyn fest. Jetzt stand sie in der Tür und sah zu, wie Demelza herumflatterte und versuchte, Gwendolyn einigermaßen zufriedenstellend anzukleiden. Ihr Blick wanderte zu dem Stoff, den Gwendolyn abgelehnt hatte.

„Ich wollte es als Überraschung behalten. Für deine Mitgiftstruhe beabsichtige ich jedoch auch, dir die Brustpanzer und Schulterplatten zu schenken, die zu diesem Gewand entworfen wurden." Ein wehmütiges Lächeln zuckte um ihre Lippen. „Schließlich, Gwendolyn, bin ich mir bewusst, wie ich bei dir versagt habe. Wenn es nur eine Sache gibt, die ich wiedergutmachen möchte, bevor du gehst, dann ist es, dich vollständig auf deine Rolle als Pretanis Königin vorzubereiten."

Überrascht von dem Geständnis ihrer Mutter, begegnete Gwendolyn ihrem traurigen Blick. „Ich ...", begann sie, um Absolution zu erteilen, aber ihre Mutter drückte ihr einen Finger auf die Lippen und sagte: „Ab sofort, sobald unsere Gäste abgereist sind, erwarte ich, dass du täglich mit Málik Danann trainierst."

Schon wieder Málik?

Götter.

Gwendolyn wollte protestieren, aber der Gesichtsausdruck ihrer Mutter verbot es.

Heiße Tränen drohten aufzusteigen, aber sie blinzelte sie weg. Das war kein freudiges Geschenk! Es war das Schlimmste, was ihre Mutter ihr hätte sagen können!

„Es bleibt so wenig Zeit, Gwendolyn. Obwohl ich deutlich sehen kann, dass der Prinz bereits von dir hingerissen ist, ist deine Zukunft noch nicht geschrieben. Dein Vater hat recht, mein Kind. Du musst vorbereitet sein."

Hingerissen?

Gwendolyns Gefühle schwankten erneut. *War es so offensichtlich?*

„Du musst dich deiner Rolle als Königin stellen, nicht nur mit der Anmut einer Dame, sondern mit der Stärke einer Kriegerin, und ich muss gestehen, dass ich bedauere, meine eigene Ausbildung vernachlässigt zu haben. Ich habe meine Unterweisung schleifen lassen, aber ich möchte, dass du es besser machst, Tochter."

Wie schnell sich die Stimmung geändert hatte.

Gwendolyn sehnte sich danach zu argumentieren, dass Bryns Anleitung für sie gut genug war. Sie wollte nicht mit Málik lernen. Aber so verblüfft, wie sie war, als sie das plötzliche Aufsteigen von Tränen in den Augen ihrer Mutter sah, verschlug es ihr die Sprache.

Gwendolyn nickte stumm, und ihre Mutter warf eine Hand in

die Höhe, drehte sich um und wischte sich mit einem Finger unter dem Auge. „Ich bin dann mal weg", zwitscherte sie. „Demelza wird dafür sorgen, dass du richtig gekleidet bist, und der Prinz erwartet seine reizende Prinzessin."

Wieder.

Reizend?

„Oh, ja!" Königin Eseld kehrte zur Schwelle zurück, die Hand erhoben, als ob sie sich gerade an etwas erinnerte. Aber dieses Mal, als sie Gwendolyns Blick traf, waren alle Spuren ihrer Tränen verschwunden. „König Brutus und dein Vater müssen deinen Brautpreis noch formalisieren, aber angesichts des Erfolgs des gestrigen Abends kannst du es als erledigt betrachten!"

Sie legte den Kopf schief und lächelte mit schlecht verhohlenem Stolz. Und doch, worauf dieser Stolz beruhte, konnte Gwendolyn nicht genau sagen. „Genieße deinen Tag", sagte die Königin. „Geh, wohin auch immer du willst, tu, was du willst, sei nur heute Abend bei der Versprechens-Zeremonie anwesend!"

Heute Abend würde es vollzogen werden.

„Ja, Mutter", sagte Gwendolyn.

Und dann war sie weg, mit einer Drehung feiner Röcke verschwunden. Und mit ihrem plötzlichen Weggang fühlte sich Gwendolyn … wieder … unerklärlich melancholisch.

Aber nein, nicht genau.

Eher beraubt. Es war … eine seltsame, aber schreckliche Leere, als wäre ihr etwas von so außergewöhnlichem Wert geschenkt worden, aber nur für einen Augenblick. Dann wurde es ihr entrissen.

Dies war das erste Mal in ihrer Erinnerung, dass ihre Mutter sich ihr so direkt anvertraut hatte, und sie hatte das schreckliche Gefühl, es könnte das letzte sein, besonders angesichts der kurzen Zeit, die ihr in Trevena noch blieb.

Gwendolyn schluckte mühsam, doch nachdem ihre Mutter gegangen war, fühlte sie sich wohler dabei, sich bei Demelza über den Zustand ihres Kleides zu beschweren. „Ich liebe es", sagte sie. „Wirklich! Aber kann man denn nichts wegen dieser Ärmel tun?"

Demelza zerrte an dem steifen Stoff und seufzte. „Es hätte geölt und dann gedehnt werden sollen", sagte sie. „Wenn ich nur gewusst hätte, dass sie das so bald vorhat."

„Wusstest du es nicht?"

„Ich wusste es nicht", gestand die Zofe.

„Was ist mit denen?", fügte Gwendolyn hinzu, umfasste ihre eigenen beiden Brüste, ihre Wangen glühten. „Ich genieße den Gedanken nicht, mit falschen Brüsten herumzulaufen, aber ich werde es auch nicht mögen, wenn das Material zusammenfällt und Prinz Locrinus mich sieht." Ihre Wangen glühten noch mehr.

„Sorg dich nicht", sagte Demelza und zog fester an dem Stoff. „Du bist perfekt ausgestattet, mein Kind. Dein Busen wurde für deinen Körper gemacht. Und egal, ich schwöre, dieses Material wird weicher werden und sich an deine Form anpassen, als wäre es für dich gemacht."

Gwendolyn hob eine Braue und betrachtete ihre bescheidenen Brüste. „So klein wie sie sind", beklagte sie sich.

„Unsinn", wandte die Zofe ein. „Ich sollte es nicht sagen, aber deine Mutter ist übermäßig ausgestattet. Es ist kaum üblich, so große Brüste bei einer so winzigen Taille zu haben. Und mit deiner Figur ist nichts verkehrt, Gwendolyn. Ich habe schon manchen Mann behaupten hören, dass mehr als eine Handvoll eine schreckliche Verschwendung ist, und du hast eine Handvoll, oder vielleicht zwei."

„Nicht zwei", sagte Gwendolyn, und ihre Wangen glühten noch heißer.

Tatsächlich hatte sie etwas mehr als eine Handvoll, aber ihre Hände waren ziemlich klein. Sie ließ sie an ihre Seiten fallen, während Demelza weiter an dem Gewand herumpfuschte.

„Die Ärmel werden bei der ersten Gelegenheit gedehnt", sagte sie, zupfte an dem Material, unbeeindruckt von ihrer eigenen offenen Rede. „In der Zwischenzeit werde ich mich bemühen, deine Mutter zu überzeugen, die Verwendung der Brustpanzer zu erlauben – heute", fügte sie hinzu. „Ich werde hingehen und sie daran erinnern, wie sehr dein Vater ihr Aussehen bewunderte, als sie dies trug … anfangs.“

„Anfangs?“

„Nun, das hat er. Zuerst. Aber sie kam selbst als Wildling zu ihm, voll von ihrer eigenen Selbstherrlichkeit.“

Gwendolyn schürzte die Lippen. In vielerlei Hinsicht war ihre Mutter *immer noch* so. Nicht viel hatte sich geändert. Und doch wagte sie es nicht, ihre eigene Mutter zu schmähen, also sagte sie: „Ist das so?“

„Oh, ja. Sie trug vierzehn Tage lang einen Dolch mit ins Bett, aus Angst, sie könnte erschlagen werden.“

Die Zofe zog den Kragen ihres Kleides beiseite und enthüllte eine kleine Narbe an der kleinen Stelle zwischen Hals und Schulter. Der Blick, den sie mit beiden hochgezogenen Brauen aufsetzte, ließ Gwendolyn entsetzt zurück. „Ich habe den Fehler gemacht, sie zu früh zu wecken.“

Gwendolyn lachte, obwohl sie entsetzt war. „Glaubte sie, sie würde von meinem Vater erschlagen werden?“

„Oh, nein, Kind! Deine Mutter sagt die Wahrheit. Dein Vater betete den Boden an, auf dem sie ging, doch das war etwas, das deine Mutter erst zu begreifen schien, als sie ihren Platz am Hof deines Vaters fand. Schließlich nutzte sie ihre Ausbildung für den *dawnsio* und tauschte ihren Dolch gegen ein Zepter ein.“

Gwendolyn hob die Brauen. Sie hätte sie gern damals gekannt. Die *alte* Königin Eseld war weitaus faszinierender.

Demelza zwinkerte dann. „Sie wird dir die Brustpanzer heute geben. Wie du weißt, würde sie dir nichts abschlagen.“

Natürlich nicht. Ihre Mutter würde zu so etwas niemals nein sagen. Das Äußere war ihr alles. „Danke“, sagte Gwendolyn, zutiefst hoffend, der Brustpanzer würde ihren Busen verbergen. Und dann war sie plötzlich aufgeregt zu sehen, wie die gesamte Kleidung aussehen würde – eine prydeinische Prinzessin? Wie aufregend, das Volk ihrer Mutter zu repräsentieren! Wie großartig, eine kleine Verbindung zu ihren Großeltern zu haben, obwohl sie sie nie getroffen hatte. Eines Tages würde sie das, schwor sie sich.

Eines Tages.

NEUN

Gwendolyn fühlte sich herrlich, als sie sich ihren Weg durch die Hallen ihres Vaters in den Innenhof bahnte. Es lag nicht nur an dem atemberaubenden Gewand, das zu tragen sie die Ehre hatte, sondern zu einem gewissen Teil auch an der Aufmerksamkeit und Zustimmung ihrer Mutter an diesem Morgen. Endlich, wenn auch nur für einen Augenblick, hatte Königin Eseld mit nur wenigen Bedenken auf ihre einzige Tochter geblickt und ihre Gesellschaft genossen. Es war das Nächste, was sie je einer echten Mutter-Tochter-Beziehung gekommen waren, und so flüchtig es auch war, löste es einen Freudenschub in Gwendolyns Herzen aus, der ihr ins Gesicht stieg und ein beständiges Grinsen auf ihre Lippen zauberte. Und abgesehen davon fühlte sie sich in diesem Kleid wirklich „schön". Heute, gepaart mit dem Erfolg der Vorstellung von letzter Nacht, konnte sie sich leicht vorstellen, fähig zu sein, ihre Bestimmung zu erfüllen, und die Vorfreude darauf erfüllte sie mit Glückseligkeit.

Lady Ruan ging vorbei und lächelte mit unverhohlener Zustimmung. Welche Enttäuschung sie gestern auch immer Gwendolyn gegenüber empfunden hatte, in ihrer Miene war sie nicht mehr zu erkennen.

„Exquisit", sagte sie. „Einfach exquisit!" Und sie klatschte liebevoll in die Hände, dann gab sie Gwendolyn einen schnellen Kuss auf die Wange.

Ratsherr Crwys verbeugte sich, als er vorbeiging, und in seinen alten Augen leuchtete der Glanz des Respekts. Und dann auch Ratsherr Morgelyn, der jüngste der Ratsherren ihres Vaters. Er zwinkerte Gwendolyn zu und sie errötete.

Sogar Bryns Vater, der Meister der Waffen, sah zweimal hin, als sie in den Innenhof nahe dem Pavillon des Meisters trat. Und wenn er noch immer wütend auf sie wegen Bryns Degradierung war, so zeigte er es nicht. Aber er lächelte auch nicht. Der Mann war nicht für viele Lächeln zu haben.

Nur zur Schau, denn natürlich herrschte Frieden, trug Gwendolyn das fein gearbeitete Kurzschwert, das ihr Vater ihr zu ihrem fünfzehnten Namenstag geschenkt hatte. Aus gutem loegrischem Stahl gefertigt, ruhte es in der juwelenbesetzten und mit Pelz verzierten Scheide, die um ihre Taille hing, und die Edelsteine blitzten hell in der strahlenden Morgensonne.

Aber weil sie auch nie ohne ihn das Haus verließ, hatte sie einen weiteren kleinen Dolch in die Scheide an ihrem Stiefel gesteckt. Diesen benutzte sie meistens zum Essen, aber auch er war fein gearbeitet, mit dem Emblem des Hauses ihres Vaters in den Griff geschnitzt – dem uralten Wächter von Dumnonia, dem feurig geflügelten Drachen mit dem dornigen Kopf und der Stachelzunge.

Da sie über das Endlose Meer gekommen waren, führte Loegrias Hauptstadt ein Banner mit der flügellosen Seeschlange und dem speerbewehrten Schwanz.

Man sagte, einmal vereint, würden sie unbesiegbar werden.

Heute, da der Saum ihres neuen Gewandes so viel kürzer war als der der Kleider, die sie so oft trug, blieb der Drachengriff über dem Schaftrand ihres Stiefels sichtbar.

Um ihre Aufmachung zu vervollständigen, trug sie den weichen, scharlachroten Umhang ihrer Mutter, lose um den Hals gebunden, und mit all ihrem neuen Prunk fand sie, dass sie wie eine Kriegerkönigin aussah, mehr als bereit, es mit der gesamten

Roten Flut aufzunehmen, vor der Brutus vor so langer Zeit gewarnt hatte.

Sollen sie nur kommen!

Sie würde die Drachenbanner zu einem einzigen Pendragon vereinen, und dann wollen wir doch mal sehen, wessen Blut die Flut rot färbt!

Gemeinsam würden sie und Prinz Locrinus die Klans von Pretania vereinen, und vereint würden sie jeder Geißel standhalten, die ihnen in den Weg kommen mochte – Römer, Trojaner, wer auch immer!

An diesem Morgen würde Gwendolyn Prinz Locrinus durch die Parklandschaften begleiten, nur um ihm einen flüchtigen Eindruck von dem zu geben, was er eines Tages mit Gwendolyn an seiner Seite regieren würde. Sie hoffte inständig, dass er beeindruckt sein würde, aber nicht nur von der Führung. Heute hoffte sie, er würde sie sehen, nicht nur als seine zukünftige Braut, sondern als die starke Partnerin, nach der er sich angeblich sehnte.

Für den Anlass gekleidet, marschierte sie unerschrocken in den Innenhof, selbst als die Sonne von den Metallplatten, die ihre Brust umschlossen, abprallte und ihr in die Augen stach.

Und da war er, genau wie ihre Mutter behauptet hatte, wartete mit seinem Gefolge auf sie, denselben zwei rotbemantelten Wachen, die ihn am Vorabend in die Halle eskortiert hatten. Alle drei unterhielten sich angeregt, einschließlich des Prinzen.

Málik erschien nüchtern neben ihnen. Groß und im Vergleich dazu geschmeidig, hatte er die Figur eines gut gebauten, aber lockergliedrigen Kerls. Während die rotbemantelten Wachen vollständig in feinem loegrischem Stahl gepanzert waren, war er darüber hinaus bescheiden in eine lederne Tunika und Beinlinge gekleidet, die ihm, wenn sie ihn auch nicht so gut wie die Rüstung schützten, zumindest eine gewisse Bewegungsfreiheit erlauben mussten.

Nicht unähnlich ihrem eigenen, war sein Lederzeug gut gealtert und in fast derselben Art geschnitten wie ihr neues Prydein-Gewand. Und wo sie gerade darüber nachdachte, ähnelten sie sich genug, dass es die Frage aufwarf: Waren die Prydein mit den Tuatha Dé Danann bekannt?

Sie fragte sich das, wollte Málik aber nicht als *Fae* betrachten.

Er konnte sich Danann nennen, so viel er wollte, aber das bedeutete nicht, dass er *wirklich* Danann war.

Während Prinz Locrinus' Wachen Helme trugen, blieb sein Kopf unbedeckt. Seine silbrigen Locken waren im Nacken zu einem Pferdeschwanz zusammengebunden, mit einer losen Strähne, die seine Augen verdeckte, sodass sie, als er den Kopf hob, um Gwendolyn zu mustern, nicht einmal erahnen konnte, was er dachte – nicht, dass es sie interessiert hätte. Irgendwie, selbst ohne Rüstung, wirkte er ... *furchteinflößend*. Es war diese *piskie*-hafte Lässigkeit, erkannte sie – diese Leichtigkeit, mit der er alles hinnahm, als ob die Welt in Flammen aufgehen könnte und Málik Danann einfach unversehrt aus dem Feuer marschieren würde.

Ganz in seiner Art, ohne darauf zu warten, dass Gwendolyn an seine Seite trat, schwang er sich in den Sattel. Und hol der Teufel den Kerl, nicht ein einziges Mal war Gwendolyn je so schnell aufgestiegen, noch mit solcher Anmut und Leichtigkeit. In all der Rüstung würden das zweifellos weder Prinz Locrinus noch seine stämmigen Wachen schaffen, aber Gwendolyn sollte sich bemühen, es nicht zu bemerken.

Unbegreiflicherweise ließ Málik den Innenhof winzig erscheinen, als er überlebensgroß auf seinem bescheidenen schwarzen Pferd saß – einer Stute, nicht einmal einem Hengst, wie es für Krieger üblich war. Was dem Mann an Körperfülle fehlte, machte er durch seine Größe und Haltung mehr als wett.

Doch es ärgerte sie maßlos, dass es *seine* Augen waren, denen sie zuerst begegnete, und sie redete sich ein, es läge nur daran, dass er so hoch in seinem Sattel saß, einen vollen Kopf über den anderen.

Aber sie wusste, dass dies eine Lüge war, denn er hatte sich noch nicht einmal in den Sattel geschwungen, als sie zum ersten Mal seinen Blick gesucht hatte. Selbst gegen ihren Willen wurden ihre Augen wie von einem Magneten zu ihm hingezogen.

Als sie es endlich wagte, den Blick von Prinz Locrinus zu suchen, blitzte in seinen honigfarbenen Augen etwas auf, das sie als Missfallen deutete, aber er verbarg es gut hinter seinem bereiten Lächeln.

So etwas wie Zweifel veränderte Gwendolyns Stimmung. Wegen Málik würde sie dieses Bündnis gefährden und ihren Prinzen verärgern. Welche Form von *Magie* war das, dass *er* ihre Aufmerksamkeit so leicht fesseln konnte, obwohl sie ihn verabscheute?

Fortan schwor sie sich, Prinz Locrinus alle gebührende Achtung zu erweisen und sich zu bemühen, Málik Danann zu ignorieren, und ergab sich in seine Anwesenheit, ganz so, wie ein Hund sich in einen Flohbefall ergeben muss. Gnädig wie immer kam Prinz Locrinus auf sie zu, um sie zu begrüßen, und streckte seine Hand aus.

„Meine süße Prinzessin, Ihr seid … hinreißend", sagte er, und das Funkeln seines perfekten weißen Lächelns milderte den harten Glanz in seinen Augen.

Ein unerwarteter Schauer lief Gwendolyn den Rücken hinunter und sie sagte schnell: „Und Ihr auch, Hoheit." Erst nachträglich wurde ihr bewusst, wie albern sie klang. „Ich wollte damit sagen–"

Er drückte eine Hand auf seine Brust, über sein Herz. „Meinen untertänigsten Dank", sagte er und verbeugte sich, als sei das Kompliment lediglich erwartet worden und nicht das fiebrige Gestammel eines schwindeligen Mädchens. „Wie ich schon sagte, wir passen gut zusammen. Und nun bin ich begierig darauf, all Eure Geheimnisse zu entdecken und alles zu erfahren, was es über meine reizende Dame zu wissen gibt."

Gwendolyn spürte ein Kribbeln auf ihrer Kopfhaut und sie sog scharf die Luft ein.

Ach, obwohl sie gern sagen würde, der Freudenschub, den sie über sein Kompliment empfand, sei ein reines Vergnügen gewesen, so war er doch reichlich mit Erleichterung versetzt.

Eine neue, unerwartete Wärme durchströmte sie, als er erneut ihre Hand in seine Armbeuge hakte und sie dann zu ihrem Reittier begleitete.

Für den Ausflug würden sie von Málik und beiden Schatten von Prinz Locrinus begleitet werden – seine zwei gegen ihren einen. Aber er war ja auch auf Reisen, und oft, wenn sie reiste, nahm sie zwei oder mehr Wächter mit.

Die Abwesenheit des armen Bryn wurde gebührend zur Kenntnis genommen, und vielleicht zum ersten Mal seit der Degradierung ihres guten Freundes erkannte sie, welch schlechten Dienst sie ihm erwiesen hatte. Aber nicht nur ihm, auch sich selbst. Sie würde seine Kameradschaft schmerzlich vermissen und das bereite Lächeln, das er immer für sie übrig hatte, egal unter welchen Umständen. Sie fragte sich, wo er gerade war – was auch Ely tat.

Betrübt erkannte sie, dass ihre beiden Freunde sie heute pflichtbewusst mieden, da es noch nie eine Zeit gegeben hatte, in der sie um diese Stunde nicht über den einen oder anderen gestolpert war.

Tatsächlich waren sie als Kinder unzertrennlich gewesen, und seit sie schreiend aus dem Schoß ihrer Mütter gezerrt worden waren, hatte sich nicht viel geändert. Später, sobald der Prinz abgereist war, würde sie beide finden und sich überschwänglich entschuldigen und irgendwie – *irgendwie* – Wiedergutmachung leisten.

In der Zwischenzeit erlaubte sie Prinz Locrinus, ihr beim Aufsteigen zu helfen; nicht, dass Gwendolyn seine Hilfe gebraucht hätte, aber die Gefälligkeit schien ihm zu gefallen.

Sie war begeistert festzustellen, dass, genau wie Demelza behauptet hatte, ihre Prydein-Tunika bereits weicher wurde und sich ihren Kurven anpasste. Ihre Hosen, gut getragen und geschmeidig, ermöglichten Bewegungsfreiheit. Sie könnte sich an diese Art von Kleidung gewöhnen, und vielleicht, wenn sie Königin wäre, würde sie sie für alle empfehlen. Aber natürlich war dies nur eine flüchtige Laune, und sie hatte es keineswegs eilig, den Thron zu besteigen. Aber es machte Spaß, es sich vorzustellen.

Dennoch hatte das Prydein-Gewand etwas so Befreiendes, und sie fragte sich, wie ihre Mutter sich damit abfinden konnte, solch einengende Kleider zu tragen, nachdem sie ein solches Gewand angelegt hatte – nur brachte sie das auf Gedanken, deren Antworten sie vielleicht nie erfahren würde, wie zum Beispiel, was all die Symbole bedeuteten?

Es gab seltsame Halbmonde, verwoben mit anderen Emblemen, Fischen und Schlangen und anderen mehr. Leider konnte sie sich nie wohl dabei fühlen, ihre Mutter solche Dinge zu fragen, und sie war sich nicht sicher, ob Königin Eseld ihre Fragen überhaupt willkommen heißen würde.

Sicherlich hatte sie das noch nie zuvor getan, und trotz des kurzen, aber freundschaftlichen Besuchs an diesem Morgen war es nicht ihre übliche Begegnung.

Während Gwendolyn darauf wartete, dass Prinz Locrinus sein eigenes Pferd fand und aufstieg, warf sie einen Blick auf Málik, um zu sehen, ob sein Lederzeug solche Markierungen trug. Das tat es nicht.

Seines war schlicht und schwarz, wie sein Pferd ... wie eine kalte, dunkle Nacht.

Wie seine Laune.

So im Widerspruch zu seiner Miene.

Bedauerlicherweise ertappte er sie wieder einmal beim Starren, und seine Lippen verzogen sich leicht in einem Mundwinkel. Gereizt darüber, dass sie ihm mehr Aufmerksamkeit schenkte, als er verdiente, atmete Gwendolyn tief ein, drehte ihm den Rücken zu und reckte das Kinn.

Endlich war Prinz Locrinus bereit zu reiten, lenkte sein Pferd nahe an Gwendolyns und wollte nach ihren Zügeln greifen. Gwendolyn hielt seine Hand auf, bevor er sie ergreifen konnte. „Nicht nötig, Hoheit. Ich bin eine sehr geübte Reiterin."

Er erstarrte für einen Moment, willigte dann mit einem Nicken ein und zog seine Hand schnell zurück. „Natürlich", sagte er, „das hätte ich mir denken können. Das liegt *so* in Eurer Art."

Was *das* war, fragte sich Gwendolyn – besonders, als er seitlich zu Málik hinüberblickte. Und für einen Augenblick konnte sie nicht anders, als die beiden zu vergleichen, Locrinus mit seiner goldenen Schönheit und Málik ...

Götter, so reizend sie sich an diesem Morgen gefühlt hatte, so fühlte sie sich in ihrer Gegenwart plötzlich wie eine Kröte.

Beide Männer waren unzweifelhaft schön – Prinz Locrinus mehr als Málik, und er war es, dem Gwendolyn sich bemühen sollte zu gefallen.

Sobald sie losgeritten waren, fiel Málik zurück, und Gwendolyn fand sich darüber verärgert, ohne den wahren Grund untersuchen zu wollen, warum sie sich so gereizt fühlte, egal, was er tat. Hätte er es gewagt, neben ihr zu reiten, wäre sie darüber ebenso verärgert gewesen.

Aber Málik konnte bleiben, wo immer es ihm beliebte – sich ihretwegen eine Schlucht hinabstürzen. *Er* war nicht ihre Sorge, nicht heute.

Sie ballte die Faust und öffnete sie wieder, zwang ihre aufsteigende Anspannung fort und beschloss ein für alle Mal, Málik Danann aus ihren Gedanken zu verbannen.

KAPITEL
ZEHN

Obwohl die Senke das Geheimnis ihres Vaters nicht verraten würde, zumindest nicht heute, war das Letzte, was Gwendolyn wollte, Prinz Locrinus dorthin zu bringen und ihn nach der Bedeutung des Tümpels fragen zu lassen. Sie wäre ehrenhalber verpflichtet, ihm alles zu erzählen – von der Verbindung des Königs mit dem Land und dem jüngsten Siechtum der Bäume.

Aber das war nicht alles. Für den unwahrscheinlichen Fall, dass er von der gestrigen Tortur mit Bryn gehört hatte, hielt sie es nicht für klug, ihn dorthin zu bringen und ihm den falschen Eindruck zu vermitteln, dass sich hier Liebende zu einem Stelldichein trafen.

Daher beschloss sie, obwohl es ihr allerliebster Ort war, Porth Teich besser auf einen anderen Tag zu verschieben. Vielleicht später, nachdem sie und Prinz Locrinus verheiratet waren?

Obwohl er ihr nicht ganz so am Herzen lag wie ihr Tümpel, führte sie Prinz Locrinus unterdessen zu einem anderen ihrer geschätzten Orte. Und in Anbetracht ihres Gesprächs von letzter Nacht konnte sie es kaum erwarten, ihn mit ihm zu teilen.

Er war nicht so majestätisch wie der Tempel von Eastwalas oder der *lyn yeyn*-Dolmen in der Nähe von Chysauster, wo ihre

Cousins lebten, aber er hatte sie schon immer mit seinem vollkommenen Kreis beeindruckt. Insgesamt sechsundzwanzig Steine, von denen es hieß, sie seien Abbilder von *dewine*-Maiden, deren Tanz im Mondlicht die Muttergöttin irgendwie erzürnt hatte, sodass sie sie alle in Stein verwandelte. Einige lagen nun ohnmächtig auf dem Moorland ausgestreckt. Andere standen aufrecht, als wären ihre Köpfe und Augen zuletzt den Sternen zugewandt gewesen. Wie dem auch sei, Gwendolyn hoffte, dass sie die Neugier des Prinzen wecken würden, und die Aussicht, mit ihm über Philosophie zu diskutieren, reizte sie.

Würde er ihre makellose Form erkennen? Würde er sie für göttlich halten? Würde er Ähnlichkeiten mit den Orten sehen, die er in Ériu besucht hatte? Sie konnte es kaum erwarten, es herauszufinden.

Eingebettet zwischen zwei Felskuppen – Bronn Ewhella und Rough Tor, wo viele der Flüsse Cornwalls entspringen – sprach die vollkommene Perfektion des Kreises das Staunen in Gwendolyn an, denn egal, wie man spekulierte, niemand konnte seinen Zweck wirklich ergründen oder die wahre Natur seines Designs begreifen. Er war älter als Trevena, älter sogar als Gogmagog und seine Riesen, und wenn dies wirklich Maiden waren, die während ihres mitternächtlichen Tanzes niedergestreckt wurden, geschah es lange bevor die Dumnonier zu Hütern dieses Landes gemacht wurden.

Tatsächlich vermutete Gwendolyn, dass es sich um *Fae* handeln könnte, und ein Teil von ihr fragte sich, was Málik von ihnen halten würde, aber sie hatte gewiss nicht vor, ihn zu fragen.

Aufgeregt, ihm die Steine zu zeigen, führte sie die kleine Gruppe ins Moorland, und als sie angekommen waren, führte sie sie im Kreis herum, wobei sie darauf achtete, dass ihre Stute die ohnmächtigen Maiden nicht zertrampelte. Ihre Aufregung war greifbar; all die kleinen Härchen in ihrem Nacken stellten sich auf, wie sie es in dieser Gegend immer taten.

Prinz Locrinus scherte aus der Formation aus und trat in den

Kreis. „Davon haben wir auch ein paar", sagte er, kaum beeindruckt.

Gwendolyn runzelte die Stirn. Sie musste gestehen: Seine Reaktion war nicht ihre erste Enttäuschung. Egal; sie heuchelte Gleichgültigkeit und fragte höflich: „In Loegria? Oder in Troja?"

„In Loegria", sagte er, während er die Steine umrundete. Die ganze Zeit über trampelte sein Schlachtross schwer über die gefallenen Maiden und schnaubte einer Herde von Wildponys in der Nähe entgegen.

Gwendolyns Stirnrunzeln vertiefte sich nur.

Mit verschränkten Armen hielt Málik Abstand.

So auch Prinz Locrinus' Wächter, obwohl einer von ihnen seinen Bogen und einen Pfeil holte und sein Visier an einem Pony erprobte. Aber auch diese waren heilig, und wenn Gwendolyn auch nur einen Augenblick gedacht hätte, dass er vorhatte, einen Pfeil abzuschießen, wäre sie voller Wut auf ihn losgegangen. Solange er es nicht tat, saß sie da und lächelte, auch wenn es gezwungen war.

„Wisst Ihr, ich war noch nie im Geburtsland meines Vaters", gestand der Prinz.

„Oh", sagte Gwendolyn, neugierig, warum, wenn man bedachte, wie weit er gereist war. Lag es daran, dass sein Vater in Troja nicht mehr willkommen war? Oder einfach daran, dass er keine Lust hatte, die Heimat seines Vaters zu sehen? Letzteres passte einfach nicht zu dem, was sie von ihm wusste – der gelehrten Seele, auf deren Treffen sie sich so gefreut hatte.

Nur um seinen Standpunkt zu verstehen, überlegte sie, wie sie sich fühlen würde, wenn ihr eigener Vater aus seinem Geburtsland verbannt worden wäre, mit dem Wissen, dass dort Menschen zurückbleiben würden, die sie niemals kennenlernen würde – oh ja, sie konnte verstehen, wie ihn das aufregen würde. Vermutlich musste das Thema, egal wie gut ihr Leben seit dem Verlassen Trojas verlaufen war, ein wunder Punkt für den Prinzen und seinen Vater sein. Daher musste sie ihm seine Gleichgültigkeit verzeihen.

Auf seinem gepanzerten Hengst sitzend, in all seiner goldenen

Rüstung, war der Prinz unbestreitbar schön, sein Haar glänzte wie ein Heiligenschein unter der Mittagssonne.

Während sie ihn betrachtete, schätzte Gwendolyn sich glücklich, dass er ebenso angetan von ihr zu sein schien – oder zumindest wirkte es so.

Zugegeben, sie wusste nicht, wie sich ein „vernarrter" Mann benehmen sollte.

Enttäuscht von Prinz Locrinus' Reaktion, aber unbeirrt, ließ Gwendolyn die armen Maiden liegen und führte die Gruppe fort. Doch als sie zurückblickte, um zu sehen, ob Málik folgte – er war so still gewesen –, stellte sie fest, dass er abgestiegen war und im Steinkreis kniete, eine Hand auf einen gefallenen Stein gespreizt, den Kopf wie im Gebet gesenkt.

Ohne es zu kommentieren, sah Gwendolyn zu, wie er den Stein aufrichtete, und sobald er stand, klopfte er sich die Hände an den Beinlingen ab und kehrte zu seinem Reittier zurück.

Prinz Locrinus sagte nichts, als er ihrem Blick folgte, und sie war gezwungen, sich über ihren eigenmächtigen Wächter ärgerlich zu zeigen. Sie drehte sich um und stieß einen frustrierten Laut aus, dann wendete sie ihre Stute nordostwärts in Richtung des Trevillet. Eigentlich war es ihr egal, was Málik tat oder warum er sich so genötigt gefühlt hatte, diesen Stein aufzurichten, aber im Moment hoffte sie, er würde von Ponys zertrampelt, bevor er wieder zu ihnen aufschließen konnte. Zugegeben, diesmal war sie ohne sein eigenes Verschulden auf ihn wütend. Es gefiel ihr nicht, dass er diesen Tanzenden Steinen so viel mehr Ehrerbietung erwiesen hatte als ihr Verlobter. Aber das war Gwendolyns Problem, und von niemandem sonst.

Als sie den Trevillet erreichten, hatte sich ihre gute Laune wieder eingestellt.

Sie führte die Gruppe westwärts entlang des Flusses zum Keeve, einem Ort von natürlicher Schönheit, der ihr so viel Frieden spendete. Dort hielten sie an, um am Wasserfall eine kleine Leckerei zu genießen – süße Fleischpasteten mit ein wenig Met – bis Málik, der Nachzügler, sich endlich herabließ, einzutreffen.

Obwohl sie wusste, dass noch eine Pastete übrig war, stand Gwendolyn wortlos auf und beäugte Málik mit nicht geringem Ärger, als sie ihre Stute holte.

Das Mahl war von ihrer Mutter arrangiert und in ihren Satteltaschen verpackt worden, bevor die Pferde überhaupt in den Hof gebracht wurden. Daher war es an ihr, sie zu teilen oder nicht.

Málik verdiente keine, denn nichts an seinem Verhalten gab Gwendolyn auch nur das geringste Anzeichen dafür, dass er sich als Teil ihres Gefolges fühlte.

Tatsächlich war er ihr so fern wie die Männer von Prinz Locrinus. Glücklicherweise sagte Prinz Locrinus nichts, falls er ihre Stimmung bemerkte, und die Gruppe kehrte zur Straße zurück.

Es war nach Mittag, als sie ihre Runde beendet hatten und an einer kleinen Kluft ankamen, die nur zu Fuß durchquert werden konnte. Begierig darauf, neugierigen Blicken zu entkommen, ließen sie die Wachen oben auf dem Rastplatz zurück, und da es nur ein kurzer Abstecher war und Gwendolyn den Weg gut kannte, führte sie Prinz Locrinus die Schlucht hinunter, bis sie die in den hohen Stein gemeißelten Gravuren erreichten.

„Ein Segen der Ahnen", erklärte sie und deutete darauf. Tief in den Fels gemeißelt, für alle sichtbar, ein Versprechen der Fruchtbarkeit für Cornwall und sein Volk.

Ihr Vater hatte genau dasselbe Zeichen von den Llanrhos-Druiden erhalten, als er den Thron bestieg, und auch ihr Großvater hatte eines. Zweifellos würde auch Gwendolyn bemalt werden, wenn die Zeit für ihre Thronbesteigung gekommen war – eine kleine Tätowierung an ihrem Nackenansatz. Obwohl sie sich fragte, wie die Druiden das ertragen würden, da sie Frauen nicht zu schätzen schienen.

„Faszinierend", sagte der Prinz, und wieder einmal fand Gwendolyn sich verstimmt. Es war nichts, was sie genau benennen konnte, nicht wirklich.

Es war vielmehr ein Gefühl, das sie überkam, ein Mangel an Interesse, den sie nur der Erschöpfung des Prinzen zuschreiben konnte – aber natürlich. Er war zwei lange Tage gereist um hierher zu gelangen, und er war bestimmt zu lange wach geblieben und obendrein früh aufgestanden.

Anhand des Sonnenstandes die Stunde schätzend, blickte sie auf und sah Málik wieder in ihrem Blickfeld. Wie eine Stechfliege war er immer da, bis zum Ende irritierend.

Er stand oben auf dem Rastplatz, blickte von der Klippe auf sie herab und kaute auf etwas, das er aus seiner eigenen Satteltasche genommen haben musste. Er hielt den Leckerbissen grüßend hoch, während ein undurchschaubares Lächeln an seinen Lippen zerrte.

Götter.

Welches Gefühl der Verärgerung sie jetzt auch immer gegenüber Prinz Locrinus empfand, sie konnte es leicht auf ihren eigenen Ärger über die Aussicht zurückführen, diesen Mann als ihren Schatten zu haben, morgens, mittags und nachts. Wie konnte sie das ertragen? Dass *er* an diesem Morgen nicht in ihrem Vorzimmer war, als sie aufbrach, lag nur daran, dass ihre Mutter und Demelza ihn bei ihrer Ankunft weggeschickt hatten, damit er sich um seine morgendliche Verpflegung kümmern konnte.

Leider, egal was er tat, Gwendolyn würde noch eine ganze Weile auf ihn verärgert sein – oder zumindest bis sie die Gelegenheit hatte, ihm zu sagen, was sie von seinem Verrat an Bryn hielt.

Und das würde sie, sobald sie ihn allein fand und keine anderen Ohren in der Nähe waren, um die Standpauke mitzubekommen, die sie seinen spitzen Ohren verpassen wollte.

Seiner Art entsprechend sagte Málik nichts, sondern beobachtete nur.

Wieder einmal kehrte Gwendolyn ihm den Rücken zu und ging weiter zum Strand, begierig darauf, von ihm frei zu sein. Erst als sie merkte, dass sie in den letzten Stunden langweilig gewesen sein musste, während sie über die Reaktion des Prinzen auf ihre Tanzenden Steine grübelte, hellte sich ihre Stimme auf.

„An diesen Untiefen gibt es Wanderfalkennester", sagte sie. „Wenn wir eines finden, möchtet Ihr vielleicht eines mit nach

Hause nehmen?" Sie lächelte breit. „Als mein Verlobungsgeschenk."

„Falken?"

„Oh, ja! Mein Vater bevorzugt sie für die Jagd."

„In der Tat", sagte er, „das würde mir gefallen." Und dann drehte er sich um, um über seine Schulter zu blicken, vielleicht um den steilen Pfad zu begutachten, den sie herabgestiegen waren, denn er sagte mit einem Anflug von Bewunderung: „Ihr seid ziemlich rüstig, *Hoheit*."

Gwendolyn lachte. „Das sollte ich auch sein, *Hoheit*. Ich habe den Großteil meiner Jugend damit verbracht, diese Klippen zu erklimmen."

„Allein?", fragte er mit leicht gehobener Stimme.

„Oh, nein!", sagte Gwendolyn und fühlte sich ohne Málik, der sie ausspionierte, schon besser. „Immer in Begleitung meines Schattens."

„Ah, ja", sagte er. „Euer Schatten."

Gwendolyn konnte an seinem Ton nicht erkennen, ob ihn diese Enthüllung missfiel oder ob es ihr eigenes schlechtes Gewissen war, das sie stichelte – Schuldgefühle für Dinge, die sie bis gestern nicht einmal infrage gestellt hatte. Schließlich war sie die Prinzessin von Cornwall, und sie hatte vom Tag ihrer Geburt an verstanden, was von ihr erwartet wurde. Niemals würde sie wissentlich ihre Pflichten verraten, noch hätte sie sich vorgestellt, dass ihre Eltern ihr nicht uneingeschränkt vertrauen würden.

Wirklich, es war ja nicht so, als hätten sie und Bryn sich gegenseitig angestarrt, noch schwammen sie in unmittelbarer Nähe. Es war alles vollkommen harmlos, wie es auch mit Ely gewesen wäre.

Und trotzdem, sollte jemals jemand Gwendolyn respektlos behandeln, war sie keine hilfloses Mädchen. Dank Bryns Unterweisung war sie ziemlich geschickt mit ihren Klingen, auch ohne Máliks Einmischung. In allen Dingen war sie eine Frau mit eigenem Verstand, wie ihr Vater sie gelehrt hatte, und doch wurde sie nun dafür bestraft.

Dafür konnte sie Málik danken.

Er war der Urheber ihres Elends, und obwohl ihr klar war, dass die Verantwortung, ihren Verlobten zu bezaubern, allein bei ihr liegen musste, würde sie ihn beschuldigen, wenn sie heute versagte, ganz egal.

Glücklicherweise konnte er nicht um Ecken sehen, auch wenn er schärfere Sinne als die meisten haben musste. Das Bild von ihm, wie er oben auf dem Rastplatz stand und mit einem halben Lächeln seinen Leckerbissen aß, als ob er wüsste, dass sie ihn hatte berauben wollen, und der Leckerbissen seine Vergeltung war, erfüllte sie nur mit noch mehr Groll. In der Hoffnung, den Tag zu retten, führte sie Prinz Locrinus hinunter zur Bucht, und als sie dort am Strand waren, wagte sie es, nach seiner Hand zu greifen, um ihn dann zur Drachenhöhle zu führen, einer Reihe von Gängen, die sich unter ihrem Berg erstreckten und nur bei Ebbe zugänglich waren.

Es war ziemlich kühn von ihr, wurde ihr klar, und tief im Inneren hörte sie Demelzas geflüsterte Warnung. Aber Prinz Locrinus war nun ihr Verlobter – oder würde es nach heute Abend sein.

Dennoch zögerte sie, bevor sie die Höhle betrat, legte eine Hand auf den kalten Stein und wandte sich um, die Bucht zu mustern, um zu überlegen, ob die Flut kam oder ging – etwas, das sie normalerweise rein intuitiv wusste. Heute jedoch fühlten sich ihre Instinkte ... *falsch* an.

„Was ist das?", fragte er, endlich mit einigem Interesse, und Gwendolyns Gefühl des Unbehagens löste sich auf. Begierig, ihm von dem Ort zu erzählen, an dem sie als Kind gespielt hatte, erklärte sie die Bedeutung der Höhlen und erzählte ihm dann von der Drachenhöhle.

Wie viele der Felsformationen an anderen Orten und die Labyrinth-Gravuren im Felstal war die Drachenhöhle schon so lange hier, wie die Menschen sich erinnern konnten.

Sie war nur zugänglich, indem man die Höhlen durchquerte und auf der anderen Seite wieder zum Vorschein kam. Von dort war es möglich, auf eine Felsnische zu klettern – eine Art natürlicher Balkon. Und dort, eingebettet im Stein, konnte man bei Nacht und von See aus seltsame Lichter in der flachen Höhle erkennen – den feurigen Atem des Drachen, nach dem ihre Standarte gefertigt war.

Aber die Nische verhinderte nicht nur, dass Schiffe an ihren Klippen zerschellten; sie verschaffte ihnen auch einen großen militärischen Vorteil, denn ohne sie war Trevena auf dem Seeweg völlig unzugänglich, auf allen Seiten durch natürliche Verteidigungsanlagen geschützt und nur über die schmale Landbrücke erreichbar, die in Kriegszeiten schwer bewacht würde. Wenn sie jemals angegriffen würden, müssten sie nur die schwere Plane herunterziehen, um die Nische zu verbergen und das Meer in Dunkelheit zu tauchen.

Land und Meer würden ihre eigenen Verteidigungen aktivieren und die Schiffe dem Kampf mit wütenden Gezeiten überlassen. Und sollte es dann jemand wagen, sich auf dem Landweg zu nähern, würden die Bogenschützen ihres Vaters sie einen nach dem anderen ausschalten.

Also war die Stadt wirklich uneinnehmbar, es sei denn, jemand widersetzte sich dem Bruderpakt und verriet sie innerhalb der Tore. Und das war ein Punkt, in dem Loegria nicht mithalten konnte. Cornische Bogenschützen gehörten zu den besten, ihre Bögen aus Eibenholz, von den Göttern gesegnet. Dieses Holz konnte tausend Jahre überdauern, ohne zu verrotten, und das Gift der Eibe war so wirksam, dass die Armee ihres Vaters oft eine Tinktur daraus auf ihren Pfeilen verwendete, um Feinde im Kampf zu vergiften.

Es spielte keine Rolle, wie wirksam der Stahl eines Mannes war oder mit welcher Geschicklichkeit er ihn führte, wenn er ihn nicht von Angesicht zu Angesicht führen konnte. Ihre Bogenschützen würden sicherstellen, dass kein Feind nahe kommen konnte. Es wäre egal, wie gut ausgebildet eine Armee war oder wie gut gepanzert – ihre Bogenschützen waren so zielsicher, dass sie die kleinste Lücke in ihrer Rüstung finden und durchdringen konnten.

Aber natürlich erzählte Gwendolyn Prinz Locrinus nichts von

alledem. Wie die Nachricht von der Senke wagte sie es nicht, solche Dinge jetzt schon zu teilen – nicht, bis sie dieses Land gemeinsam regierten.

„Merkwürdig", sagte er, als sie ihm von der Drachenhöhle erzählte. Und dann, ermutigt durch sein Interesse, fuhr Gwendolyn fort. „Manchmal", sagte sie mit belebter Stimme, „klingt es hier unten wie rollender Donner, besonders wenn die Truppen meines Vaters über die Steinbrücke marschieren."

Prinz Locrinus blickte auf und untersuchte das Innere der Höhle. Sie lag nicht direkt unter der Landbrücke, aber die Position der Höhle war gerade so, dass eine Störung irgendwo am Berg durch die Höhlen hallte. Sogar jetzt gab es ein leises Grollen, kaum hörbar unter dem Tosen der Wellen – einfach nur Männer, die über die Brücke gingen.

„Ein solcher Ort hätte mir als Junge gefallen", sagte er beiläufig. „Und wenn es nur gewesen wäre, um zu sitzen und über die Schicksale nachzudenken."

„Oh, ja. Ich gestehe, er wurde manchmal dafür genutzt. Ich tat ziemlich dasselbe." Für einen weiteren Moment standen sie da und lauschten dem Tosen der Meereswellen, das nun lauter wurde. Bedauerlicherweise stieg die Flut bereits an. Schon jetzt sickerte Wasser unter die Sohlen von Gwendolyns Stiefeln, obwohl sie den Augenblick nur ungern beenden wollte, denn dies waren die Momente, aus denen Liebe geboren wurde. „Ziemlich oft habe ich hier meine Kindheitstränen vergossen", gestand sie und lächelte, obwohl sie die Wahrheit sprach. Diese besonderen Erinnerungen erfreuten sie nicht, und es gab so viele Tage, an denen sie hierher geflohen war, um über die endlosen Prüfungen ihrer Mutter zu weinen. Nur Bryn war jemals Zeuge ihrer Qual, aber sie war dankbar für seinen Rat und die Perspektive, die er ihr gab.

So hatte er behauptet: Die Bestrebungen ihrer Mutter seien kein genauer Maßstab für Gwendolyns Wert, sondern ein Zeugnis für die Ängste der Königin. Schließlich war sie nach Cornwall gekommen, um dem König einen Erben zu gebären, und sie hatte ihm nicht nur ein Mädchen, sondern ein Mädchen geschenkt, dessen Menschlichkeit infrage gestellt wurde. Leider war es das Schlimmste daran, dass sie am häufigsten von der Königin selbst infrage gestellt wurde.

„Und habt Ihr diese Tränen allein vergossen?", fragte er vorsichtig.

Gwendolyn atmete scharf ein. „Nein", sagte sie. „Immer mit einem Publikum, aber glücklicherweise ist er zur Verschwiegenheit verpflichtet." Sie lächelte traurig.

„Dein Waechter?", sagte er jetzt, griff nach ihrer Hand und zog sie nahe zu sich.

Gwendolyns Herz schlug höher in ihrer Brust, als er sie herumwirbelte, nur um sie rückwärtsgehen zu lassen, ihr folgend, bis ihr Rücken gegen die Höhlenwand gepresst wurde.

„Ich gebe Euch mein Wort, Prinzessin, und schwöre, jeden Mann zu schinden, der es wagt, meine Königin weinen zu lassen."

Gwendolyn blinzelte, ihr Herz schlug schneller. Ein Schatten trat in die Höhle – einer, der nichts mit der hellen Sonne zu tun hatte, die jenseits des Höhleneingangs schien.

„D-danke", sagte sie, beunruhigt durch den dunklen Blick, der sich über seine ansehnlichen Züge legte. Sie spähte zum Eingang der Höhle, nicht so sehr, weil sie Angst hatte; das hatte sie nicht.

Wäre das nicht albern? Der Prinz war ihr Verlobter, gebunden an ein Versprechen, das nicht gebrochen werden konnte. Und hatte er nicht gerade gesagt, er würde jeden Mann schinden, der es wagte, sie zum Weinen zu bringen?

„Glücklicherweise bin ich dieser Tage nicht mehr so wehmütig", sagte sie beruhigend zu ihm. Ein Lächeln fand seinen Weg durch die Maske der Unsicherheit, ihr Blick wanderte wieder in Richtung des Eingangs.

Götter. Trotz seines Versprechens machte sein Lächeln sie … *nervös.*

Sanft berührte er mit einem Finger ihre Wange, und die Zärtlichkeit der Geste sandte einen seltsamen Schauer über ihren Rücken. So sehr sie Bryn auch verehrte, hatte sie noch nie ein solches Flattern in ihrem Bauch gespürt, wann immer er sie angesehen hatte – doch das musste doch eine gute Sache sein?

Seine Anwesenheit füllte die ganze Höhle und forderte ihre volle Aufmerksamkeit.

Mit runden, weiten Augen starrte Gwendolyn ihm so lange in die Augen, dass sie die Flut in ihre Stiefel schleichen spürte. „Prinz Locrinus", begann sie.

„Bitte, Gwendolyn … nenn mich Loc", schlug er vor.

Als Gwendolyn nicht sofort antwortete, fügte er hinzu: „Da du und ich bald heiraten werden, möchte ich, dass du mich … intimer ansprichst."

Gwendolyn nickte. „Loc", sagte sie und testete den Namen auf ihren Lippen.

Das Gewicht und das Gefühl davon ließen ihre Lippen heiß brennen, und wieder einmal drehte sie sich um, um in die Richtung zu blicken, aus der sie gekommen waren … *wonach suchend?*

Sie waren nicht in Gefahr, nicht wirklich.

Die Flut stieg nie zu schnell, und selbst wenn, waren die Felsen auf der anderen Seite der Höhle zugänglich genug, um ihnen den leichten Aufstieg zur Sicherheit der Nische zu ermöglichen.

Er lächelte träge und folgte ihrem Blick. „Und doch … muss ich mich fragen … stört es dich nicht, den ganzen Tag einen Elfen auf den Fersen zu haben?"

Gwendolyn blinzelte überrascht. „Elf?"

Sie war erschrocken über seine Verwendung eines Namens, den die meisten Leute für unhöflich halten würden, egal, dass sie es in letzter Zeit manchmal selbst dachte. „Ich—"

Sie schloss ihren Mund wieder, um ihre Antwort besser zu überdenken.

Wirklich, es störte sie nicht, dass Málik halb-*Sidhe* war. Sie hatte kein Problem mit jedermanns *Rás*. Sie war nur von einem *Sidhe* im Besonderen genervt – *diesem Sidhe*, den sie jetzt am Strand herumlungern sah. „Er ist harmlos", argumentierte sie. „Größtenteils."

„Größtenteils?"

„In der Tat."

„Ich habe noch nie einen Elfen getroffen, der seinen Platz kannte."

Gwendolyn dachte nicht über ihre Handlungen nach – dass es ihren Verlobten beleidigen könnte, sein Verhalten zu korrigieren. Sie legte einen Finger an ihre Lippen, um ihn zu ermahnen.

„Schhh ... Stimmen tragen weit", unterrichtete sie ihn.

Als Antwort rückte Prinz Locrinus näher, bis sie die Festigkeit seiner Brust spüren konnte, als er sich gegen ihre Brustplatte lehnte und ihre Brüste flach drückte. „Keine Sorge, Prinzessin", sagte er. „Niemand kann uns hören, außer vielleicht dem Hund an deinen Fersen. Meine Männer werden es besser wissen und uns Privatsphäre gewähren."

ELF

Im Halbdunkel der Höhle fand sich Gwendolyn gleichmäßig gegen die feuchte Wand gepresst wieder, die Hände flach auf den kalten, unnachgiebigen Stein gelegt, während das Tosen des Ozeans wie ein Sturm um sie herum anschwoll. Prinz Locrinus – Loc – legte eine Hand zu beiden Seiten ihres Kopfes direkt an die Steinwand und blickte mit einem seltsamen Schimmer in den Augen auf Gwendolyn herab.

Doch dann tat oder sagte er nichts, und sie standen so lange beieinander, dass das eisige Wasser über Gwendolyns Fersen kroch.

Endlich sagte er: „Ich habe jeden Augenblick dieses Tages genossen, Liebste." Und er überraschte Gwendolyn, indem er sich zu ihr neigte, um seine weichen Lippen auf ihre zu pressen, ganz sanft, und die seidene Glätte seines Mundes ließ sie unerwartet erschauern.

Götter.

Sie war noch nie auf diese Weise mit einem Mann zusammen gewesen.

Gwendolyn schluckte krampfhaft, denn sie wusste, wenn er sich jetzt Freiheiten herausnahm, würde ihm niemand die Schuld geben, nicht einmal ihr Vater, da es an ihrer Verbindung wenig zu verhandeln gab, es sei denn, man wollte das Wohl der Königreiche opfern.

Und trotzdem …

„Ich bitte um Verzeihung, Prinzessin, aber du musst verstehen … es gibt gewisse Dinge, die ich nicht als selbstverständlich ansehen werde.“

Ein leises Lächeln umspielte seine Lippen und seine Augen wurden dunkel wie geräucherter Honig. Plötzlich spürte Gwendolyn, wie sich eine Hand auf ihre Taille legte, und ihr Herz machte einen schmerzhaften Hüpfer.

„Man hat mir gesagt, dies sei kein Ort, um zu verweilen“, hallte eine Stimme durch die Höhle, laut, gebieterisch und voller Tadel.

Prinz Loc wirbelte herum, um sich dem Eindringling zu stellen – Málik.

Er stand am Eingang der Höhle, eine dunkle Silhouette vor der hellen Nachmittagssonne, sein silbriges Haar wie von einem Heiligenschein umgeben und sein Gesicht in Schatten getaucht.

Blut und Knochen!

Gwendolyn war noch nie so froh gewesen, ihn zu sehen – eine Wahrheit, die sie ebenso wurmte wie die Tatsache, dass er ihr ohne Erlaubnis hierher gefolgt war.

Das Gezeitenwasser kroch ihr bis zu den Knöcheln hoch und verlieh Máliks nächsten Worten Wahrheit. „Nicht einmal Könige können den Ozeanen befehlen.“

Der Instinkt sprach, und Gwendolyn verspürte den plötzlichen, unabweisbaren Drang, diesen Ort zu verlassen. Sie glitt unter Prinz Locs Arm hindurch und bewegte sich schnell auf Málik zu. Erst als sie nahe genug herankam, um sein Gesicht außerhalb des grellen Sonnenlichts zu erkennen, traf sie seinen Blick, bevor sie an ihm vorbeischlüpfte, und bemerkte die Missbilligung in seinem Blick.

Wie konnte er es wagen, über sie zu urteilen!

Wie konnte er es wagen, sie auszuspionieren!

Wie konnte er es wagen–

Und doch war sie jetzt auch erleichtert, dass er ihre Befehle missachtet hatte – eine Tatsache, die sie umso mehr aufbrachte, denn während sie unbeschreiblich erleichtert war, ihn zu sehen, trafen die unausgesprochenen Vorwürfe von gestern ins Schwarze. Sie hätte besser darüber nachdenken sollen.

„Gwendolyn!", bellte Prinz Loc. Doch jetzt, da sie von ihm weg war, war ihr ihre Reaktion noch peinlicher. Mit einem dicken Kloß im Hals rannte sie auf den felsigen Pfad zu, stolperte über lose Steine, prellte sich das Knie und eilte den Anstieg hinauf, verwirrt und beschämt, völlig unsicher, wie sie Loc wieder gegenübertreten oder was sie sagen sollte.

Selbst als sie ihr Pferd fand, ihre Stute losband, selbst als sie aufsaß und von den Schatten des Prinzen wegraste, fürchtete sie, er würde ihr die Schuld geben – oder sich zumindest zurückgewiesen fühlen.

Das war überhaupt nicht ihre Absicht gewesen.

Unglücklicherweise konnte sie jetzt, da sie diesen Weg eingeschlagen hatte, nicht mehr aufhören.

Sie gab ihrer Stute die Fersen, zuckte wegen des Schmerzes in ihrem Knie zusammen und eilte in die Sicherheit der Stadttore, nur vage gewahr, dass Prinz Loc sich wieder zu seinen Wachen gesellt hatte und auch Málik aufgesessen war, die Verfolgung aufnahm und schon jetzt den Abstand zwischen ihnen verringerte.

ZWÖLF

Gwendolyn kehrte allein von ihrem Ausflug zurück, Málik dicht auf ihren Fersen. Ihre Hosen waren ruiniert, am Knie zerrissen, und sie konnte bereits spüren, wie sich ein kleiner blauer Fleck bildete. Sie ließ ihre Stute im Hof zurück und stürmte in den Palast, ohne darauf zu warten, einen Stallknecht für ihr Reittier zu holen. Mit gerötetem Gesicht und brennenden Augen rannte sie durch die Korridore, mied die Blicke aller und suchte Zuflucht in ihrer Zimmer.

Nachrichten verbreiteten sich schnell. Kaum war sie in ihrer Zimmer, da stürmte auch schon Ely durch ihre Tür, ein unerwarteter, aber vertrauter Anblick, der Gwendolyn frische Tränen in die Augen trieb. „Was ist passiert?", fragte Ely mit großen Augen.

Gwendolyn hätte sich vielleicht in die Arme ihrer Freundin geworfen und ihre ungeweinten Tränen vergossen, doch sie wusste instinktiv, dass ihre Mutter und Demelza nicht weit sein würden, wenn Ely davon gehört hatte. „Ich weiß es nicht", gestand Gwendolyn und schüttelte den Kopf. „Ich-ich ... ich weiß es nicht. Wir waren in der Höhle unter dem Drachenhort —"

„Du und Prinz Locrinus?"

„Ja", sagte Gwendolyn, ihre Beine zitterten, ebenso ihre Hände. Sie setzte sich auf das Bett, aus Angst, sie könnte in Ohnmacht fallen. Ihre Lippen bebten, als sie sprach. So gut sie konnte, erklärte sie, was geschehen war. Obwohl es eigentlich nicht viel zu sagen gab, und im Nachhinein schien es sehr albern, vor dem eigenen Verlobten davonzulaufen, und das ohne jeden triftigen Grund.

Götter, jedes Mal, wenn sie sich Máliks Gesicht vorstellte – seinen finsteren Blick, als sie an ihm vorbeigegangen war –, wollte sie die kärglichen Mahlzeiten des Tages wieder von sich geben. Sie legte eine Hand auf ihren Bauch und versuchte, ihre Nerven zu beruhigen, über alle Maßen erleichtert, Elowyns Rat zu haben.

Schnell berichtete sie von den Ereignissen des ganzen Tages – alles, von ihrer Enttäuschung über Locs Reaktion auf ihre Tanzenden Steine bis zu dem verwirrenden Vorfall unter dem Drachenhort. Sie sprach, ohne Luft zu holen, aus Angst, ihre Mutter könnte hereinkommen und der Moment wäre verloren. Glücklicherweise schienen all ihre Zankereien mit ihrer guten Freundin unter dem Schleier ihrer Sorge vergessen.

„Er hat eine Hand auf deinen Schenkel gelegt?"

Gwendolyn nickte. „Auf meine Taille. Und dann ..."

„Was hat er gesagt?"

Gwendolyn versuchte, sich genau daran zu erinnern, was Loc gesagt hatte, während ihre Wangen heiß brannten. „Er sagte: ‚Ich bitte um Verzeihung, Prinzessin, aber Ihr müsst einsehen ... es gibt gewisse Dinge, die ich nicht als selbstverständlich hinnehmen werde.'"

Ely runzelte die Stirn. „Was glaubst du, wollte er tun?"

Gwendolyn zuckte mit den Schultern. „Vielleicht nichts", sagte sie.

Und dann kam ihr plötzlich ein Gedanke, und sie blickte auf, aus Angst, das Schlimmste wäre eingetreten. „Glaubst du, er hat von meinem Bad mit Bryn gehört?"

„Alles ist möglich", sagte Ely und biss sich auf die Unterlippe, und Gwendolyn nickte.

Verwirrt und beschämt füllten sich ihre Augen erneut, heiße Tränen liefen ihr über die Wimpern. „Ich bereue alles, Ely – alles!"

Verräterische Tränen bahnten sich einen Weg über ihre Wangen, und Ely kam sofort zu ihr, umarmte sie und sagte: „Still, liebe Freundin. Weine nicht.“

„Ich weine nicht“, sagte Gwendolyn und schob sie sanft weg.

Sie hatte sich vor vielen Monden geschworen, nie wieder eine Träne zu vergießen – nicht für ihre Mutter, nicht für ihre Lebensumstände, aus keinem einzigen Grund. Sie war eine Prinzessin von Pretania! Sie würde in den kommenden Jahren vielen Ungerechtigkeiten und Prüfungen gegenüberstehen, und sie durfte ihnen nicht mit Tränen begegnen.

„Natürlich nicht“, sagte Ely sanft. „Du weinst nie.“

„Nein! Das tue ich nicht“, stimmte Gwendolyn zu, selbst als die Tränen ihre Lippen salzig machten. Sie hob die Hand, um die verräterische Feuchtigkeit wegzuwischen, und sagte: „Nie mehr!“

Ely lachte leise und streckte die Hand aus, um noch mehr Tränen von Gwendolyns Gesicht zu wischen. „Trockne jetzt deine Augen“, sagte sie. „Du bist meine Prinzessin, und ich liebe dich von Herzen. Und übrigens, falls du es wirklich wissen musst, Bryn gibt sich die Schuld, nicht dir. Alles ist gut, Gwendolyn.“

„Es war nicht seine Schuld“, entgegnete Gwendolyn, immer noch wütend auf sich selbst. „Er wollte nicht einmal mit in das Tal. Ich habe nicht ein einziges Mal hinterfragt, wie die Dinge aussehen könnten.“

Sie waren keine Kinder mehr. Sich so sorglos zu verhalten, wie Kinder es zu tun pflegten, war unentschuldbar. Sie konnten nicht weiter durch die Lande eilen, sich ihrer Kleidung entledigen, so tun, als würden sie Dämonen bezwingen, oder auf der Jagd nach *Piskies* umherrennen. Es war längst an der Zeit, dass Gwendolyn alle Konsequenzen ihres Handelns bedachte.

Sie blickte zu ihrer guten Freundin auf und gestand: „Ich habe zu viel als selbstverständlich angesehen. Mir wird erst jetzt klar, wie wenig ich die Folgen meiner Entscheidungen bedacht habe.“

Ely wandte ihren Blick zum hohen Fenster, vielleicht dachte sie an Bryn.

„Es tut mir leid“, bot Gwendolyn mit tiefstem Bedauern an.

„Sorg dich nicht, Gwendolyn", sagte Ely, und Gwendolyn nahm sie bei der Hand und zog sie neben sich auf das Bett.

„Ich hoffe, Bryn kann mir eines Tages verzeihen", sagte sie.

„Oh, Gwendolyn, ich habe es dir gesagt. Das hat er schon", versicherte Ely und drehte sich dann um, Gwendolyns Blick zu begegnen, und sah ihr direkt in die Augen. „Meinem Bruder geht es gut, wenn auch nur entmutigt. Er wird sich an seine neuen Pflichten gewöhnen."

Gwendolyn nickte anerkennend, und Elys Stimme wurde durch ihre Neugier noch einen Ton lauter. „Hat er dich wirklich geküsst?"

„Ja. Nur ein Küsschen."

„Auf die Lippen?"

Gwendolyn nickte, und Ely sagte: „Wie romantisch!"

Aber es *fühlte* sich nicht romantisch an.

Nicht im Geringsten.

Wieder einmal stieg Gwendolyn bei dem Gedanken an Málik Danann die Hitze in die Wangen. Wie lange hatte er dort gestanden? Wie viel hatte er gehört und gesehen?

Mit einiger Mühe verdrängte sie die Erinnerung an seinen tadelnden Blick und überlegte, wie sie versuchen könnte, bei Prinz Loc Abbitte zu leisten. Bedauerlicherweise gab es keinen guten Grund für ihr kindisches Verhalten, und nun musste sie sich eine gute Erklärung ausdenken, um den Schaden zu begrenzen, den sie ihrem Bündnis zugefügt haben mochte.

Erzählte er es in diesem Moment seinem Vater?

Und würden sie sich dann bei ihrem beschweren?

Nun, sie würde es bald genug erfahren, denn zweifellos hatte das ihre Mutter aufgehalten. Wahrscheinlich waren sie alle im Konsel und besprachen Gwendolyns widerspenstiges Verhalten. Jeden Moment würde Königin Eseld in ihr Zimmer marschieren, und alle Spuren der morgendlichen Freude wären aus ihrem Antlitz verschwunden.

„Was wirst du tun?", fragte Ely.

„Was auch immer ich tun muss."

Wenn man von ihr verlangte, seine Füße zu küssen, würde sie es um des Reiches willen tun. Gwendolyn drückte die Hand ihrer Freundin und sagte: „Ich flehe dich an, erlaube mir, es wiedergutzumachen, Ely. Ich kann nicht viel für Bryn tun, aber ich weiß, dass du wirklich nicht tanzen willst. Erlaube mir, dich mit nach Loegria zu nehmen."

Elys Brauen hoben sich, ihre Augen leuchteten auf, obwohl ihr Einwand widersprüchlich war. „Das können wir nicht! Deine Mutter – meine Mutter!"

Gwendolyn lächelte daraufhin. „Das war *vorher*. Bist nicht du es, die mich immer daran zu erinnern versucht, dass auf jede dunkle Nacht ein Silberstreif folgt?"

Elowyn zuckte mit den Schultern, und Gwendolyn fuhr fort. „Bryn wird mich nicht länger begleiten, und wenn du als meine Zofe mitkommst – etwas, was ich für mich selbst noch nicht habe –, könntest du dein Leben so leben, wie es dir gefällt, und vielleicht sogar einen Verehrer unter Prinz Locrinus' Männern finden."

Gwendolyn konnte die Hoffnung in ihren Augen aufleuchten sehen. „Wirklich?"

Gwendolyn nickte. „Wirklich. Und egal, wie verärgert sie sein mögen, warum sollten deine Eltern dich im Stich lassen? Es ist kein Geheimnis, dass du nicht tanzen willst, und mir steht eine Zofe meiner Wahl zu, was mir, wie meine Aussteuertruhe, bisher verwehrt wurde. Also sorge dich nicht", sagte Gwendolyn. „Ich werde mich darum kümmern."

Ely lächelte daraufhin und wagte zu fragen: „Wie hat es sich angefühlt?"

„Was?"

„Dein erster Kuss!"

Gwendolyn lehnte sich zurück und runzelte bei der Frage die Stirn. Denn er hätte ... aufregend sein sollen. Und doch war alles, woran sie in diesem Moment denken konnte, dieser schreckliche Blick in Máliks Augen und die furchtbare Beklemmung, die sie tief in ihrer Seele gespürt hatte.

Es war, als ob ... sie sich ... gefangen gefühlt hätte.

„Oh, Gwen! War es wirklich so schrecklich?", fragte Ely überrascht. Wie lange hatten sie auf erste Küsse gewartet – wie kichernd hatten sie darüber gesprochen?

„Nein", sagte Gwendolyn „Er ... war ... in Ordnung."

Ely blinzelte. „In Ordnung?"

„Süß", korrigierte Gwendolyn. „Sanft und süß."

„Freust du dich auf mehr?"

Gwendolyn runzelte die Stirn und dachte über ihre Antwort nach ...

Nein.

Das tat sie nicht.

Doch warum wollte sie Prinz Loc nicht küssen? Er war charmant, intelligent, sanftmütig und auch gelehrt. Nichts an ihm sollte jemanden stutzig machen, außer diesem unangenehmen Moment in der Höhle.

Er war ihr Verlobter. Er war der schönste Mann, dem sie je begegnet war ... und trotzdem wagte sie sich zu fragen, ob Máliks Lippen so kalt wären.

DREIZEHN

Sehr zu Gwendolyns Überraschung kamen weder ihre Mutter noch Demelza, um sich nach dem Missgeschick in der Drachenhöhle zu erkundigen, und soweit Gwendolyn das beurteilen konnte, musste Prinz Loc ihr einen Aufschub gewährt haben. Hatte er wegen seiner Rolle dabei ein schlechtes Gewissen? War es ihm genauso peinlich wie ihr?

Wie dem auch sei, sie beschloss, dass sie sich bei ihrem nächsten Wiedersehen überschwänglich entschuldigen und alle Schuld auf sich nehmen würde. Zu viel hing von dieser Verbindung ab, als dass sie zulassen konnte, dass ihre Gefühle über sie herrschten, und so schien es, dass sie vielen eine Entschuldigung schuldete.

Alles zu seiner Zeit.

Sie beschloss jedoch, mit Ely zu beginnen. Und weil bis zur Versprechenszeremonie noch reichlich Zeit war, bat sie um eine Audienz bei ihrer Mutter und ihrem Vater.

Da sie beide in geselliger Stimmung antraf, trug sie ihr Anliegen kühn, wenn auch auf Umwegen, vor. „Ich möchte keinen Schatten beschäftigen", sagte sie.

Ihr Vater, der auf seinem Thron saß, während ein trüber, von

Staubpartikeln erfüllter Lichtstrahl über seinen Kopf fiel, runzelte die Stirn. „Du hast keine Wahl, Gwendolyn."

„Bitte, Vater! Ich verabscheue ihn. Wenn du Bryns Verhalten nicht dulden kannst, darfst du auch seines nicht dulden."

Die schönen Brauen ihrer Mutter zogen sich zusammen. „Máliks?" Sie klang überrascht.

„In der Tat", sagte Gwendolyn.

Der Tonfall ihrer Mutter war sanfter, als Gwendolyn ihn je in Erinnerung hatte. „Hat er Dich beleidigt?" *Nein.* Das hatte er nicht. Also wog Gwendolyn ihre Antwort sorgfältig ab, wissend, dass jedes Wort zählte. Wenn sie ihn zu Unrecht beschuldigte, könnte es ihn das Leben kosten.

„Nein", sagte sie ehrlich. „Ich mag ihn bloß nicht. Und ich vertraue ihm auch nicht."

Ihr Vater beugte sich in seinem Stuhl vor und musterte Gwendolyns Gesicht, als wäre es sein Verhandlungstisch. „Seltsam, du hast dich nie über deinen Schatten beschwert, bis wir dir dein Püppchen weggenommen haben."

„Bryn ist nicht mein Püppchen. Er ist mein Freund."

Ihr Vater hob eine graue, krause Braue. „Mit einer Drehung der Hand tanzt er nach deiner Pfeife. Das nenne ich ein Püppchen, Gwendolyn. Trotzdem lautet die Antwort nein. Als zukünftige Herrscherin von Pretania musst du einen fähigen Waechter behalten."

„Warum? Der Waechter, den Ihr mir gegeben habt, ist unfähig zu tun, was man ihm sagt. Dank Bryn kann ich mich selbst verteidigen. Stattdessen hätte ich lieber eine Zofe."

„Du bist meine Erbin", sagte er, als ob das alles erklären würde.

„Und du bist eine Frau", fügte ihre Mutter hinzu. „Ich würde nicht wollen, dass man sagt, ich hätte zugelassen, dass die Unbescholtenheit meiner Tochter kompromittiert wird."

Gwendolyn zuckte zusammen und fragte sich, ob ihr doch jemand von dem Ausflug des Tages erzählt hatte. Ihre Wangen glühten noch heißer, und das nicht nur vor Wut. Schließlich hatte sie darauf keine

Antwort, denn was konnte sie sagen? Ihre Mutter daran erinnern, dass ein männlicher Schatten, wer auch immer er sein mochte, ihre Ehre ebenso leicht beflecken konnte, selbst unabsichtlich?

Das gestrige Aufruhr am Porth Teich war der Beweis dafür.

„Gebt mir wenigstens Ely", flehte sie, was von Anfang an ihre Absicht gewesen war. Obwohl alles, was sie über Málik gesagt hatte, wahr war, hatte sie gewusst, dass ihr Vater in Bezug auf ihn in keiner Weise nachgeben würde. Sie saß mit ihm fest ... vorerst.

„Ach, Gwendolyn, wir haben das besprochen", protestierte ihre Mutter. Doch bevor sie weitersprechen konnte, beeilte Gwendolyn sich zu sagen: „Sie konnte mir wegen Bryn vorher nicht dienen. Bitte, Mutter! Ich hätte gern wenigstens eine meiner vertrautesten Gefährtinnen bei mir in einer fremden Stadt."

„Oh, Gwendolyn", sagte ihre Mutter, doch diesmal spürte Gwendolyn, dass sie vielleicht schwankte. „Elowyn ist meine vielversprechendste Schülerin."

Wie sie es selten tat, blickte Gwendolyn Königin Eseld direkt in die Augen. „Ich weiß, Mutter. Aber Ely möchte nicht Deine Schülerin sein."

Das Gesicht ihrer Mutter verzog sich bei diesem Affront. „Warum nicht?"

„Weil sie sich nach einem Ehemann und Kindern sehnt. Sie ist nicht für den *Dawnsio* gemacht."

Stille folgte ihrer Erklärung, und während Gwendolyn auf das Urteil wartete, wurde das graue Licht draußen heller. Obwohl es unmöglich war zu erahnen, was Königin Eseld dachte, spürte Gwendolyn ihre Kapitulation, noch bevor sie sie aussprach. Egal, was Gwendolyn von Königin Eseld als Elternteil hielt, sie wusste, dass ihre Mutter weder grausam noch unnachgiebig war, wenn ein stichhaltiges Argument vorgebracht wurde. Schließlich seufzte sie. „Und ... du schlägst vor, ihr einen passenden Ehemann zu finden?"

„Das würde ich."

Sie neigte den Kopf. „Und ... wenn wir dem zustimmen, wirst du dich mit Málik zufriedengeben? Dein Vater ist überzeugt, dass er deine Rettung sein wird, und ich will nicht, dass du ihn enttäuschst."

Ihr Vater sagte nichts. Er nickte auch nicht, und Gwendolyn spürte, dass er sich aus diesem Gespräch zurückgezogen hatte und es ihrer Mutter überließ, zu tun, was sie wollte.

„Das werde ich", versprach sie.

„Du musst täglich von ihm unterwiesen werden!", verkündete ihr Vater, sein Blick wurde wieder schärfer, obwohl ihn sofort ein so schrecklicher Hustenanfall packte, dass er Gwendolyns Aufmerksamkeit von ihren Verhandlungen ablenkte.

Ach. Das Tal war heil, aber ihr Vater war es nicht.

Seine Anfälle wurden immer schlimmer, und er zog sich immer mehr in seine Gemächer zurück, mit nur ihrer Mutter als seinen Augen und Ohren ... und seiner Stimme.

Gwendolyn fragte sich, was geschehen würde, wenn sie wegging, und zum ersten Mal fürchtete sie, dass sie gehen und ihn nie wiedersehen würde. *Götter.* Das Letzte, was sie wollte, war, sich jetzt mit ihm zu streiten und dann zu gehen, im Wissen, dass ihre letzten Tage von Streit geprägt waren.

„Das ist letztendlich der Grund, warum wir ihn verpflichtet haben", erklärte ihr Vater, als er endlich wieder konnte. „Gwendolyn ... Liebste ... Ich möchte wissen, dass du uns mit den Mitteln und dem Wissen verlässt, nicht nur dich selbst, sondern auch dein Königreich zu verteidigen."

„Vater", bat sie. „Geht es dir schlechter?"

Er hustete noch ein wenig, dann sagte er, sichtlich gereizt: „Ich möchte nicht, dass man sagt, ich hätte dich unwissend und wehrlos zurückgelassen."

Gwendolyn überkam eine plötzliche Vorahnung. „Mich zurückgelassen?"

„Still, mein Kind", sagte nun ihre Mutter, ihre Stimme so freundlich, wie Gwendolyn sie nie in Erinnerung hatte. „Deinem Vater geht es gut genug. Er meint nur, dass du seine Erbin bist – seine einzige Erbin. Als solche wirst du eines Tages berufen sein, zu führen."

Sie seufzte bedeutungsschwer und warf König Corineus einen kurzen Blick zu, bevor sie fortfuhr. „Nichts ist gewiss, Tochter. Es wird Zeiten geben, in denen du dich nur auf dich selbst verlassen kannst, und er – wir – möchten sicher sein, dass du die beste Ausbildung erhältst, und das schließt deine militärische Unterweisung ein. Das verstehe ich jetzt."

„Aber –"

„Du kannst Ely mitnehmen", gab ihre Mutter nach. „Ich werde mich gerne von meinem besten Mädchen trennen, wenn du das Gefühl hast, dass sie dir besser dienen wird."

„Das habe ich", sagte Gwendolyn und achtete darauf, nicht die Stirn zu runzeln, hauptsächlich, weil die Verhandlung zu einfach gewesen war. Es störte sie im Moment nicht einmal, dass ihre Mutter Ely ihr bestes Mädchen genannt hatte. Etwas stimmte nicht, und sie wollte wissen, was es war.

Ein einziger Blick durch die Halle zeigte Diener, die umhereilten und sich auf die heutige Zeremonie vorbereiteten, obwohl sie nicht genau hier stattfinden würde. Der Tradition entsprechend würde die Versprechenszeremonie nicht in der großen Halle und auch nicht unter der Heiligen Eibe, wo ihre Hochzeit stattfinden würde, vollzogen, sondern im Innenhof, in der Abenddämmerung, wo die Dorfbewohner sich vor dem Podest versammeln konnten, um den Austausch der Torques mitzuerleben.

Später, nach der Zeremonie, würde Gwendolyn außer Sichtweite des Prinzen gebracht werden, ohne die Absicht, ihn wiederzusehen, bis zu dem Tag, an dem sie sich das Jawort gaben.

Der Prinz jedoch würde mit seinem Vater und allen anderen bleiben, um zu feiern, während Gwendolyn zur Eibe geleitet wurde, um zu beten.

Die Feierlichkeiten würden hier, in der großen Halle, fortgesetzt werden, mit allen Anwesenden außer Gwendolyn. Schon jetzt wurden die Bocktische wieder in ihre Esspositionen gebracht, und bald würde der gesamte Raum nicht mehr wie eine Audienzhalle für den König aussehen.

Natürlich war Gwendolyn erfreut, dass ihre Verhandlungen so

vorteilhaft ausgegangen waren und dass ihre Mutter so herzlich war, aber die Ansprache hinterließ bei ihr nun ein … mulmiges Gefühl. Obwohl es vielleicht nur der Stress der bevorstehenden Ereignisse war. Schließlich würde sie nach diesem Abend nicht mehr frei sein, zu lieben, wie es ihr gefiel, sondern eine Braut, gebunden an einen Prinzen, den sie nicht wirklich kannte. „Danke", sagte sie schließlich, beunruhigt von dem Gedanken.

Erneut verfiel ihr Vater in einen heftigen Hustenanfall, räusperte sich dann und warf Gwendolyn einen wässrigen Blick zu. Die roten Adern in seinen Augen waren zornig und geschwollen.

„Keine Angst, meine Tochter. Mir geht es gut", versicherte er. „Ich fühle mich nur … müde. Ich wette, nach der abendlichen Zeremonie, und sobald ich mich zurückziehe, werde ich gut genug schlafen und mit einem Schwung im Schritt aus meinem Bett steigen, den du nicht mehr gesehen hast, seit du ein kleines Kind warst."

Er schenkte ihr ein fahles Lächeln, und Gwendolyn wünschte sich verzweifelt, es zu glauben. Schließlich war das Tal immer noch ohne Fäulnis. Und das musste doch wirklich bedeuten, dass es ihrem Vater besser ging.

Oder?

Sie wollte ihm erzählen, was sie gefunden hatte, hielt aber ihre Zunge im Zaum, nur weil sie ihn nicht an die gestrigen Schwierigkeiten mit Bryn erinnern wollte – nicht jetzt.

Gwendolyn, die ihn so verzweifelt umarmen wollte und wusste, dass es sich nicht ziemte, kniete zu seinen Füßen nieder und leistete ihm einen herzlichen Eid. „Ich schwöre es, Vater, ich werde täglich üben. Ich werde Trevena nicht verlassen, ohne all das Wissen erworben zu haben, das du für notwendig hältst, und ich werde …" Sie konnte nicht lügen und behaupten, sie würde das Sparring mit Málik genießen. „Ich werde meinen Lehrer respektieren."

Ihre Mutter hob eine perfekt geschwungene dunkle Braue. „Sorge dafür, dass du das tust", sagte sie bestimmt, wenn auch ohne Zorn. „Seine Unterweisung hat einen hohen Preis, und obwohl wir gehofft hatten, es wäre für dich einfacher, wenn Bryn von ihm lernt und es dir beibringt, ist das nicht länger vernünftig. Du musst tun, was er dir befiehlt."

Wieder einmal begegnete Gwendolyn dem Blick ihrer Mutter. Königin Eseld lächelte, aber traurig. „Das werde ich", sagte Gwendolyn, aus der aller Kampf gewichen war. „Ich schwöre es."

Königin Eseld nickte ihr zu und sagte: „Geh jetzt. Bereite dich auf die Zeremonie vor, denn ich habe Demelza mit einem Geschenk für dich geschickt, und es ist wahrscheinlich schon überbracht worden."

Gwendolyn richtete sich auf. „Ein Geschenk?", fragte sie überrascht. „Für mich?"

„In der Tat", sagte ihre Mutter, und ihre lieblichen Lippen hoben sich nur leicht an einer Seite. „Es ist längst überfällig."

„Ja, Mutter."

Gwendolyn erhob sich von den Knien, begierig zu sehen, welches Geschenk ihre Mutter geschickt hatte, und ihre Stimmung war nun so gehoben, dass sie den blauen Fleck an ihrem Knie kaum bemerkte, erleichtert durch die Zustimmung ihrer Mutter. Was auch immer ihre Mutter sonst noch geschickt hatte, die Kapitulation der Königin war höchst willkommen.

Berauscht von der Nachricht, dass sie Ely erlauben würde, sie nach Loegria zu begleiten, verneigte sie sich vor jedem ihrer Eltern und eilte dann in den Korridor, um nach Ely zu suchen, begierig darauf, die Neuigkeiten zu teilen.

VIERZEHN

Vor Gwendolyn stand eine kunstvoll geschnitzte Truhe, die viele der seltsamen Symbole trug, die sie nun auf ihrem Prydein-Kleid trug.

War auch sie von ihrer Mutter?

Ihre Gesichter leuchteten vor Freude für Gwendolyn, als sowohl Demelza als auch Ely zur Seite traten, während Gwendolyn sich mit schlecht verhohlener Ehrfurcht der Truhe näherte.

Wie das Kleid, das sie trug, schien die Truhe nicht neu zu sein, aber sie schien auch die Zeit unbeschadet überstanden zu haben. Im Gegenteil. Sie war gut gepflegt und roch nach Zitronenöl. Die Farbe auf den Schnitzereien war lebhaft und frisch – vielleicht sogar für diese Präsentation aufgefrischt.

Es war das schönste Geschenk, das ihre Mutter ihr hätte machen können, mit einem Stück von sich selbst in der Gabe. Es war, als hätte sie gewusst, wie sehr Gwendolyn sich danach sehnte, etwas über die Verwandtschaft ihrer Mutter zu erfahren. Und nun war dies eine Verbindung zu ihren Großeltern, nach der sie sich nie zu sehnen gewagt hatte – ein Einblick in deren Leben durch die Geschenke, die sie erhalten hatte.

Gwendolyn fiel neben der Truhe auf die Knie, unsicher, ob sie es wagen sollte, das wunderschöne, fein geschnitzte Holz zu berühren. Zaghaft legte sie nun einen Finger auf die Figur eines Fuchses und stellte sich die sorgfältige Hand vor, die sie geschnitzt hatte. Das Pigment hier war leuchtend rot, und sie fragte sich, ob die Farbe wegen ihres Farbtons – eher orange als rot – aus Labkrautwurzel gewonnen wurde.

Über den gesamten Deckel waren winzige Edelsteine in das Holzwerk geschnitzt und alle Fische hatten Saphire in die Augen eingelassen. Die Schuppen waren mit Gold überzogen.

„Mehrere Kleider passten nicht hinein", erklärte Demelza. „Zusammen mit Eurem Verlobungsgeschenk liegen sie hier auf dem Bett."

Gwendolyn drehte sich zu Demelza um und sah, wie diese auf das Bett klopfte, und dort erblickte sie einen weiteren wahren Berg von Kleidern. Nur dieses Mal waren keine dabei, die Gwendolyn wiedererkannte. Statt der üblichen ausrangierten Stücke ihrer Mutter schienen sie neu und recht extravagant zu sein, gemessen an den opulenten Materialien – obwohl die Hinterlassenschaften ihrer Mutter wirklich alles andere als dürftig waren.

Demelza strahlte. „Eure Mutter hoffte, das Warten würde sich lohnen. Sie hat die Truhe nach Kaledonien geschickt, um sie von demselben Künstler restaurieren zu lassen, der sie schon für Eure Großmutter und auch für Eure Mutter bemalt hat."

Hatte ihre Großmutter bei der Restaurierung mitgeholfen? War die Truhe einst mit den Geschenken ihrer Aussteuer gefüllt gewesen? Gwendolyn atmete scharf ein und wünschte sich aus tiefstem Herzen, die Frau, die ihre Mutter zur Welt gebracht hatte, könnte jetzt hier sein, um sie beim Öffnen dieser Truhe zu beobachten.

Vielleicht war alles, was sie vermutet hatte, falsch?

Vielleicht hatte ihre Großmutter ihre Tochter geliebt – so wie ihre eigene Mutter auch sie liebte? Ihr Herz sang vor Freude. „Sie ist … wunderschön", sagte sie. „So wunderschön!"

„Wartet nur, bis Ihr sie öffnet, Kind. Im Inneren werdet Ihr große Wunder entdecken. Roben aus Karthago und Phönizien, Bänder aus Megara und einige aus kaiserlicher Seide."

Bei den Augen Lughs!

Gwendolyn hatte die Truhe selbst noch gar nicht verarbeitet, geschweige denn, was sich darin befand. Es war das Schönste, was sie in ihrem ganzen Leben gesehen hatte.

„Ihr werdet auch Hemden aus Dimity finden – kein *Broella* für Euch, meine Liebe!"

Ein leises Keuchen entfuhr ihr. *Broella* war ein dickes Wolltuch von dunkelroter Farbe, das von den *Gwiddons* getragen wurde. Sie hatte diesen groben Stoff nie getragen, kannte aber viele, die es taten, einschließlich der Ratsherren. Verwundert blinzelnd staunte sie, dass sie, obwohl sie so weit gereist waren, noch nie von so vielen dieser Orte gehört hatte, auch nicht von kaiserlicher Seide oder Dimity.

Unfassbarerweise fuhr Demelza fort.

„Es gibt ein wenig *Baldekin*, *Byssine*, *Cendal*, *Cameline* und Goldbrokat, damit Ihr Eure eigenen Kleider nach Eurem eigenen Stil anfertigen könnt."

Sie holte Luft, bevor sie hinzufügte: „Übrigens wurde Euer Hochzeitsgewand bei einer Näherin in Troja in Auftrag gegeben, in der Hoffnung, dass König Brutus die Mühe zu schätzen weiß. Doch auch wenn Euer Prinzchen die Geste nicht erkennt, wird sein Vater es ihm vielleicht sagen."

Sicherlich, wenn König Brutus es nicht tat, würde Gwendolyn es bestimmt tun.

So viel Mühe war in dieses Aussteuergeschenk geflossen. Mehr als alles andere sehnte sie sich danach, dass Prinz Loc wüsste, wie sehr ihre Eltern diese Verbindung schätzten – wie sehr jeder sie schätzte. Gwendolyn nicht weniger als alle anderen – und sie *musste* es, denn es war entscheidend, dass sie es tat.

Liebe, wo du lieben musst.
Liebe, wo du lieben musst.
Liebe, wo du lieben musst.

Von der Nacht an, in der sie auf diese Welt kam, war ihre Zukunft in Stein gemeißelt, mit Blut. Sie war das *goldene Kind* der Prophezeiung, die Hoffnung und Zukunft Pretanias. Sie war diejenige, die ihre Verwandtschaft in eine bessere Zukunft führen musste, frei von Krankheit und Zwietracht.

Tatsächlich war ihre Heirat mit Prinz Loc nicht nur das Mittel, um Pretanias Überleben zu sichern, sondern auch der Schlüssel zur Wiederherstellung der Gesundheit ihres Vaters, denn nur durch die Wiederherstellung des *ysbryd y byd* für ihr Volk konnte das Land selbst wiederhergestellt werden.

Wehe, wenn ihr Vater nicht geheilt wurde, verhieß das nichts Gutes für Cornwall und auch für Gwendolyn, denn sie war die Erbin ihres Vaters. Wenn sie ihn im Stich ließ und seinen Thron bestieg, ohne die Krankheiten des Landes zu heilen, würde sie derselben zehrenden Krankheit zum Opfer fallen, die nun ihren Vater und König bedrohte.

Dies war ihre Aussteuertruhe.

Dies war ihr Schicksal, nun besiegelt.

Dies sollte auch ihre Freude und Hoffnung sein.

Und das war es.

Wirklich.

Es tat ihr nur leid, dass sie heute Nachmittag eine solche Närrin gewesen war und vor ihrem Prinzen geflohen war, als ob sie geglaubt hätte, er könnte ihr Schaden zufügen. Das würde er niemals tun, denn auch er hatte ein Interesse an dieser Ehe, und ohne Gwendolyn hätte er kein Recht zu herrschen. Sein Blut war nicht das Blut der Bewahrer; er brauchte sie genauso sehr wie sie ihn.

„Wie neidisch ich bin!", quietschte Ely und klatschte in die Hände. Aber Gwendolyn konnte kaum etwas Gescheites erwidern. Ihr Magen war fest verkrampft.

Sie blickte sich noch einmal um und betrachtete das mit Geschenken überladene Bett. In der kurzen Zeit, seit sie heute Morgen ihr Schlafgemach verlassen hatte, war ihr Zimmer mit Kleidern, Juwelen, Diademen, Bändern, Blumen und jeder Art von Geschenk gefüllt worden, das sich ein junges Mädchen nur vorstellen konnte – das meiste davon hätte niemals in die bescheidene Truhe gepasst.

„Du hast den Festzug verpasst", sagte Ely, ihre Stimme schrill vor Aufregung. „Sie kamen, als du weg warst, und einer nach dem anderen schleppte eine Fuhre nach der anderen herein. Nachdem sie weg waren, habe ich vor Freude geweint, als ich so viele schöne Geschenke sah, die du bekommen hast. " Ihre Freundin seufzte verträumt. „Ich habe dich nur gesucht, um es dir zu sagen, und –" Sie klatschte erneut begeistert in die Hände. „Vielleicht habe ich dank dir eines Tages auch meine eigene Aussteuertruhe!"

Ein langsames Grinsen entfaltete sich auf Gwendolyns Gesicht, als sie Elys Freude aufnahm. Schließlich war *das* das wunderbarste Geschenk von allen, die ihre Mutter ihr heute gemacht hatte – die Chance, Ely mitzunehmen, wenn sie ging, und die Gelegenheit, Elys Träume wahr werden zu lassen. Dieses Geschenk war bei weitem das Beste von allen, obwohl dies in seiner Gesamtheit eine Fülle war, wie Gwendolyn sie noch nie gekannt hatte.

Wie beim Festmahl gestern Abend waren keine Kosten gescheut worden.

„Ich kann nicht glauben, dass meine Mutter mir das alles geschickt hat", sagte Gwendolyn, die immer noch neben der Truhe kniete, der blaue Fleck auf ihrem Knie kaum bemerkbar. Gut, dass sie Zeit zum Heilen haben würde, damit sie nicht mit blauen Flecken und misshandelt in ihrem Hochzeitsbett ankam.

Wieder betastete sie sanft die Kunstwerke, aus Angst, sie selbst bei der leichtesten Berührung zu beschädigen. Es war Demelzas Stimme, die den Zauberbann brach. „Und wer sonst würde Euch so viel schenken?"

Wer sonst, in der Tat?

Und ungeachtet dessen war es eine so große Geste, dass Gwendolyn nach all der Qual, die sie in ihrem Leben erduldet hatte, immer noch nicht glauben konnte, dass es ihre Mutter war, die so viel angeboten hatte – alles für sie, und alles davon schöner als alles, was Königin Eseld für sich behielt.

Sie fasste Mut und sog mit einem schwachen, vor Erwartung zitternden Atemzug die Luft ein, Gwendolyn wagte es, den Deckel zu heben, und dort ... drinnen ... fand sie ...

Weitere Prydein-Kleider, alle aus ähnlichen Materialien gefertigt wie das Kleid, das sie jetzt trug. Selbst jene, die aus feiner Wolle gefertigt waren, trugen viele derselben Symbole, über die Gwendolyn noch keine Ahnung hatte. Sie hob ein kleines Paar Ohrringe in Form von Bienen hoch.

„Minoisch", sagte Demelza, und Gwendolyn legte sie wieder hin.

Sie entdeckte auch ein silbernes Armband, fein gearbeitet und in Form eines Fisches.

Außerdem eine kunstvoll geschnitzte Stirnkrone, bedeckt mit Regenbogen-Mondsteinen – drei davon waren so gefertigt, dass sie wie Tränen zwischen ihre Brauen tropften.

„Es wird noch einige Zeit dauern, bis Ihr diese tragen könnt", erklärte Demelza, als Gwendolyn die Krone hob, um sie besser zu inspizieren. „Dies ist das Diadem, das Ihr an Eurem Hochzeitstag tragen werdet, und es wird ein glorreicher Tag werden!"

Gwendolyns Herz schlug schmerzhaft aus. Ihr Hochzeitstag … der so bald bevorstand.

„Euer Gewand wird trojanisch sein, Euer Torques dumnonisch, Eure Krone prydeinisch", sagte Demelza mit einem Lächeln in der Stimme. „Ein Symbol für alles, was Ihr verkörpert!"

Gwendolyn schluckte den dicken Kloß hinunter, der aufstieg, um sie zu ersticken.

Hier war so viel … so viel … und es war alles so … nun, unglaublich. Aber bei weitem – noch schöner als das Geschenk Ely – war das größte Geschenk von allem die Unterstützung ihrer Mutter, die durch diese grandiosen Geschenke unbestreitbar schien.

Zweifellos waren dies nicht die Art von Gaben, die eine Mutter, die ihre Tochter verabscheute, darbringen würde. Vielmehr waren es Geschenke für ein geliebtes Kind.

Der Reichtum ließe sich leicht erklären, denn jede Königin würde wollen, dass ihre Tochter ein gutes Licht auf ihr Haus wirft, aber nicht diese prydeinischen Gaben. Sie waren weitaus persönlicher, und Gwendolyn hätte angenommen, dass sie ihre Mutter mehr beschämen als erfreuen würden. Aber nein …

Gwendolyn schluckte schwer.

Alles, was sie je über ihre Mutter geglaubt hatte, schien nun ... *falsch*.

Außerdem konnte sie nicht umhin, sich an das Glänzen in den Augen der Königin zu erinnern, als sie Gwendolyn angewiesen hatte, sich ihre Überraschung anzusehen.

Freude? Stolz? Liebe?

Und doch war Gwendolyn verwirrt, denn nach allem, was sie durch die Hand ihrer Mutter erduldet hatte – all der Tadel, all die Frustrationen und Zweifel, all die Vernachlässigung und Missachtung, all die Male, die sie sich nach nur einem Nachmittag mit ihrer Mutter gesehnt hatte – war dies nun Gwendolyns Belohnung nur dafür, dass sie einem Prinzen gefiel?

War das alles, was es brauchte, um ihre Mutter zu besänftigen?

Oder konnte es sein, dass sie Königin Eseld falsch eingeschätzt hatte?

Wehe, sie hatte nur einen Monat Zeit, um das herauszufinden. Nachdem Gwendolyn fort war, würde alle Zeit für zwanglose Besuche vorbei sein, und wenn sie wieder hierher zurückkehrte, in dieses Haus, in dem sie aufgewachsen war, würde sie als Erbin zurückkehren, mit einem Ehemann an ihrer Seite und mit weitaus mehr im Kopf, als nur eine unberechenbare Mutter kennenzulernen.

Im Moment sah Gwendolyns Zimmer aus wie die Schatzkammer eines Königs – nicht, dass sie jemals die Schatzkammer des Königs gesehen hätte. Sie wurde zu gut von Männern bewacht, deren Eid es war, für ihre Verteidigung zu sterben, und denen es ebenso wenig erlaubt war, sie zu betreten, wie sie es irgendjemand anderem erlauben konnten, zu sehen, was sich darin befand. Soweit Gwendolyn wusste, wusste nicht einmal ihre Mutter, was so eifersüchtig bewacht wurde, und der einzige Mann, der jemals dem Gesetz des Königs getrotzt hatte, war eine Wache, die ihre Augen und auch ihre Zunge verloren hatte. Selbst ihr Vater besuchte seine Schatzkammer selten, und der einzige Grund, warum sie etwas über ihren Inhalt wusste, war, dass sie kürzlich einer Konsel-Sitzung beigewohnt hatte, in der die Ratsherren das Schwinden des Goldes in ihren Schatzkammern beklagt hatten. Gwendolyn selbst würde erst nach ihrer Thronbesteigung eintreten dürfen.

Hinter ihr lachte Ely ausgelassen auf, und immer noch neugierig, was sie noch finden könnte, durchwühlte Gwendolyn die Truhe, hob ein Stück Leder an und entdeckte …

Eine silberne Haarnadel mit einem Knauf in Form eines Fisches. Auch sie hatte Augen aus Saphiren.

Ein halbmondförmiger Anhänger, ohne Edelsteine, obwohl kleine *piscium* in das Metall geätzt waren.

Zuletzt gab es eine große, aber kunstvolle Brosche, die wie ein weit aufgerissener Fisch mit einem Pfeil im Maul aussah.

Interessanterweise war keines dieser Geschenke in der Truhe neu, im Gegensatz zu vielen der Kostbarkeiten, die sie heute erhalten hatte. Tatsächlich schienen sie, wie die Truhe, in der sie geliefert wurden, ziemlich alt zu sein, gemessen an der Patina auf den Metallen.

„Deine Großmutter hat sie mir geschenkt", sagte ihre Mutter, die an ihrer Schwelle erschien. „Und ihre Mutter ihr, an ihrem Hochzeitstag."

Gwendolyn drehte sich mit heißen Tränen in den Augen um und sehnte sich so verzweifelt danach, in die Arme ihrer Mutter zu eilen. Aber trotzdem schienen Königin Eselds Augen feucht zu sein, ihre Arme blieben verschränkt, und Gwendolyn wusste, dass Umarmungen nicht willkommen sein würden. Und doch war dies das eine, wonach sie sich mehr als alles andere auf der Welt gesehnt hatte – eine einfache, herzliche Umarmung von der Frau, die ihr das Leben geschenkt hatte.

Weh mir.

„Ich weiß nicht, wie viele Generationen diese Juwelen getragen haben, aber ich weiß, dass sie seit mehr als hundert Jahren im Besitz meiner Familie sind."

„So lange schon!", quietschte Ely.

Ihre Mutter nickte. „In der Tat."

„Ich danke Dir", sagte Gwendolyn und unterdrückte einen weiteren Anflug von Emotionen. „Danke ... Mutter."

Ein echtes Lächeln breitete sich auf dem schönen Gesicht von Königin Eseld aus, und sie ließ ihre Arme an die Seiten fallen, als sie wie ein Wirbelsturm ins Zimmer fegte, an Gwendolyn, die noch immer kniete, vorüberging und direkt auf das Bett zumarschierte, wobei sie sogar die Geister im Raum aufscheuchte.

Der Duft von Lavendel wirbelte um Gwendolyn herum, dann ebbte er ab. „Kommt, Tochter", forderte sie. „Lasst uns Dich jetzt ankleiden – nein, nein, nein, nicht damit", sagte sie und zeigte auf den halbmondförmigen Anhänger, der in Gwendolyns Hand gelandet war. „Ich will nicht, dass man sagt, wir hätte Dich heute Abend so schlicht gekleidet. Du bist einem Prinzen versprochen, und Du sollst ihm begegnen, wie es sich für seine Königin gehört. Jedoch kannst Du stattdessen diese Haarnadel mitbringen. Wir werden sie verwenden, um eine Zopfkrone zu befestigen."

Die Götter wussten, dass nichts an dem, was Gwendolyn heute geschenkt bekommen hatte, auch nur annähernd schlicht war, aber Gwendolyn stritt nicht. Mitgerissen von der Begeisterung ihrer Mutter, legte sie ihr albernes Bedauern beiseite und erhob sich, um sich Königin Eseld am Bett anzuschließen.

Danach, während Ely Oohs und *Aahs* über die glänzenden Schmuckstücke und all die prächtigen Stoffe ausstieß, wählte ihre Mutter das schönste Kleid von allen aus – eine perlmuttfarbene Kreation, die in ihrer Schönheit schillerte. Der ärmellose Überwurf war aus einem noch nie zuvor gesehenen Material gefertigt, das Gwendolyn an die Unterseite einer Austernschale erinnerte. Anscheinend sollte dies über einem ebenso glänzenden, muschelfarbenen Unterkleid mit weiten, durchsichtigen Ärmeln getragen werden, so zart, dass es sogar ohne einen Luftzug, nur durch das geschäftige Treiben der Bewohner in ihrem Gemach, um sie herum bauschte.

Wenn auch nur durch schiere Willenskraft und durch die Schönheit der Schätze, die sie tragen würde, und die herzlichen Bemühungen ihrer Mutter, Demelzas und Elys, würde Gwendolyn sicherlich bei ihrer Versprechens-Zeremonie in einer Weise erscheinen, die Köpfe und Herzen verdrehen würde.

Alle zusammen schwärmten von Gwendolyn – Ely schrubbte ihren Körper und ihr Gesicht, bis es brannte, und wählte dann kaiserliche Bänder für ihre Zöpfe; Demelza bürstete ihr Haar, bis es glänzte, und flocht es dann fest, während Ely ihr die Bänder reichte.

Währenddessen half ihre Mutter ihr beim Ankleiden, bewegte ihre Hände hierhin und dorthin, als wäre sie eine Puppe, und schließlich trug sie, darauf bedacht, nichts von der Substanz auf Gwendolyns neues Kleid zu verschütten, eine Farbe aus gemahlenem Bleiglanz auf Gwendolyns Augen auf.

Als alles fertig war, strich Königin Eseld mehr Farbe auf sie, diese schimmernd grün, wie die Farbe eines warmen, aber flachen Meeres. Diese war aus Malachit gemacht. Und indem sie sie über Gwendolyns Augenlider legte, streute sie sie über ihre Wimpern und dann, zur Sicherheit, noch eine kleine Prise auf ihre oberen Wangen und Lippen, so dass Gwendolyn befürchtete, ihre Haut sei grün geworden, wie die einer Selkie.

Königin Eseld hatte eine ruhige Hand, perfekt geübt durch das Üben an den Damen ihres *Dawnsio*. Aber für einen Moment ließ das Puder Gwendolyns Wimpern zusammenkleben, und obwohl einige Körnchen in ihre Augen rutschten, tätschelte ihre Mutter ihre Hand, als sie sich die Augen reiben wollte.

„Ihr verschmiert den Kajal", tadelte sie, wenn auch nicht unfreundlich. „Gebt ihm einen Moment. Die Reizung wird nachlassen."

Begierig zu gefallen, gehorchte Gwendolyn und dachte, dass sie am Ende, wenn ihre Mutter mit ihr fertig war, wie ein glänzendes Juwel aussehen würde. Es war kaum ihre übliche Kleidung.

Doch Königin Eseld hätte sie auch in einen Mehlsack kleiden können, und Gwendolyn hätte vor Freude gestrahlt, nur um die Anerkennung ihrer Mutter zu haben.

Nach dem, was man ihr erzählt hatte, trugen die Prydein ebenfalls Farbe, meist Waid. Obwohl es nicht von dieser Art war, noch wurde es auf die gleiche Weise getragen, um zu schmücken. Vielmehr war dies eine Art von Farbe, die ihre Mutter angenommen hatte, nachdem sie die Frau eines phönizischen Kaufmanns getroffen hatte – nur die schwarze Farbe um ihre Augen, vielleicht zögerlich, als ob sie den Waid ihres Volkes nachahmen wollte.

Die Leute von Trevena waren fleißige, ehrenwerte Leute, die kaum Zeit für solche Zierde hatten. Als ihre Prinzessin, am Vorabend ihrer Verlobung, würde von Gwendolyn jedoch erwartet, dass sie alle überstrahlte – und das würde sie ... das tat sie.

Als die Arbeit ihrer Mutter vollendet war, erkannte Gwendolyn sich kaum wieder. Sie war schillernd und wunderschön. Ihr Gesicht war makellos geschminkt. Ihr Kleid passte perfekt, war aber um ihre Hüften locker, sodass niemand erkennen konnte, dass sie etwas breiter waren als die ihrer Mutter.

„Perfekt!", sagte ihre Mutter und schwang immer noch den Kajal-Pinsel in ihrer Hand.

„Oh, Gwen!", sagte Ely und klatschte mit Tränen in den Augen, in die Hände. „Du bist wie ein prächtiges Juwel!"

„Kostbar!", sagte Demelza, und Königin Eseld stimmte mit einem ernsten Nicken und einem sanften Lächeln zu, das ihren Stolz verriet.

FÜNFZEHN

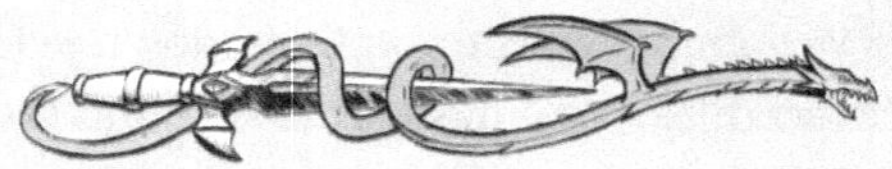

Obwohl Gwendolyn früher mit Prinz Urien verlobt gewesen war, hatte sie keine Torques mit ihm tauschen müssen. Da sie bei ihrem ersten Treffen noch so jung gewesen war, war ihr der einleitende Teil erspart geblieben, hauptsächlich weil der freie Wille ein gottgegebenes Geschenk war, für dessen Verständnis sie zu jung gewesen war. Da sie nun siebzehn war und niemand sie schreiend zur Eibe schleifen konnte, diente der Austausch der versprechenden Torques nicht nur als Bestätigung ihrer Heiratsbereitschaft, sondern auch als Gelöbnis zwischen Gwendolyn und Prinz Loc, bis zur Einhaltung ihres Eheversprechens keusch zu bleiben. Ihr Volk war Zeuge, um ihnen bei der Einhaltung dieser Gelübde zu helfen.

Sie zu brechen wäre eine Sünde gegen Cornwall.

Wie es auch bei ihrer Hochzeit sein musste, wurde die Zeremonie des Versprechens in den Zwischenzeiten abgehalten, wenn die Götter den Schleier durchschreiten konnten, um ihre Verbindung zu segnen. Ihre Annäherung war wie ein Vibrieren in der Luft zu spüren und selbst die sinkende Sonne zitterte vor Vorfreude.

So etwas wie Aufregung stieg in Gwendolyns Brust auf, obwohl das Gefühl, um ehrlich zu sein, nicht durchweg angenehm war.

Ein Trommelwirbel leitete die Zeremonie ein, und die Harfe

setzte ein, als Gwendolyn das Podium bestieg, auf dem der *Awenydd* neben Prinz Loc wartete – heute nur ein Zeuge, mehr nicht, obwohl am Tag ihrer Hochzeit auch der *Gwiddon* und der Druide eintreffen würden.

Prinz Locs Lächeln, glanzvoll wie immer, ermutigte sie. Und falls er wegen ihrer Behandlung heute Nachmittag Groll gegen sie hegte, so war dies in seinem Gesichtsausdruck nicht zu erkennen. Mit dem Torques in der Hand stand er stolz da und beobachtete Gwendolyn mit demselben Blick, den er ihr in der Drachenhöhle zugeworfen hatte ...

Sehnsucht? Zufriedenheit?Besitzanspruch?

Es spielte keine Rolle.

Sie war nun daran gebunden, und wenn sie Nein sagte, würde es ihrem Vater das Herz brechen – und ihrer Mutter ebenfalls.

Annahme mit Anmut und Glauben.

Entscheide dich, ihn zu lieben, und schließlich wirst du es tun.

Ich werde es, schwor sie. *Ich werde es.*

Trotzdem fühlten sich ihre Beine wie Brei an, als sie sich auf den Weg zu ihrem Verlobten machte.

Der Torques ihres Hauses war so alt wie die *Sidhe*-Hügel. Die Übergabe von ihrem Vater an sie war symbolisch, obwohl er ihn Gwendolyn ohne Zeremonie reichte, als sie vorbeiging – vom Vater zur Tochter, vom König zur Erbin. Er hielt ihn auf einem kleinen purpurroten Kissen in die Höhe, bereitwillig gegeben, willentlich genommen.

Ihr Vater und ihre Mutter trugen nun Nachbildungen.

Der Torques aus alter, geflochtener Bronze wurde am Hals von zwei Drachenköpfen zusammengehalten, die sich Schnauze an Schnauze trafen. Und in jedem der Drachenaugen lagen makellos polierte Perlen, insgesamt vier, zwei in jedem Kopf. Diesen würde sie Prinz Loc geben, damit er ihn sicher verwahrt, bis sie sich unter der Eibe wiedersehen, um Mann und Frau zu werden.

Dies war ihr Versprechen, und er würde ebenfalls eines geben.

Sie achtete sorgfältig darauf, dass die schwere Kette unverheddert zu ihr kam, ließ sie in ihre Handfläche gleiten, ein Teil von ihr war begeistert von dem bevorstehenden Abenteuer, auch wenn sie besorgt war. Und doch war es nicht Gwendolyns Art, dem Unbekannten mit irgendeinem Maß an Unterwürfigkeit zu begegnen, also reckte sie das Kinn und erwiderte das Lächeln des Prinzen, bis die Musik aufhörte, wobei sie seinen Blick hielt. Erst dann wurden ihre Augen auf den Torques in seiner Hand gelenkt.

Der Farbton seines Metalls erwärmte sich in der goldenen Stunde – frisch aus der Schmiede und aus derselben Legierung gefertigt, deren Rezept so eifersüchtig gehütet wurde. Und, *Götter*, sie dachte, sie würde in Ohnmacht fallen. Die Augen seiner Schlangen waren leuchtend blaue Saphire, jeder von ihnen funkelte sie boshaft an, und sie ertappte sich dabei, dass sie zögerte, die Kette anzunehmen. Gwendolyn schluckte und starrte auf die Schlangen, ohne es zu wagen, dem Prinzen in die Augen zu sehen, noch nicht.

Keiner von ihnen durfte die Torques vor ihrer Hochzeit richtig tragen, aber in dem Moment, in dem Gwendolyn ihn annahm, wäre sie durch ihre Ehre gebunden, ihn um ihren Hals zu tragen, bis sie sie zurückgeben und sie sich unwiderruflich um den Hals des anderen legen konnten – wie eine Schlinge, dachte sie morbid, und tadelte sich dann für den Impuls. An langen, schweren Ketten befestigt, wurden sie für alle sichtbar getragen, ein Symbol dafür, dass ihre Tugenden fortan vergeben waren und niemand sie trennen sollte.

Den Torques anzunehmen war das Richtige.

Ihr Vater verließ sich auf sie.

Das Volk ebenso.

Und ... Prinz Loc?

Was wollte er?

Welche Nervosität Gwendolyn auch immer litt, in der sorgenfreien Miene, der sie über das Podium hinweg gegenüberstand, war keine zu erkennen, und das gab ihr die Entschlossenheit, sich zu bewegen.

Mit zitternden Knien hielt sie neben dem *Awenydd* an, um wieder zu warten, während alle Augen im Hof auf sie gerichtet waren. Gwendolyn zwang ihre Füße, stehen zu bleiben. Jetzt war nicht die Zeit, ihre Flucht vom Nachmittag zu wiederholen, ganz gleich, ob sie ein überwältigendes Verlangen verspürte, zu fliehen.

Stille senkte sich herab, als die Dämmerung hereinbrach, und kein Mensch wagte es, sie zu stören.

Das einzige Geräusch, das an Gwendolyns Ohren drang, war das Geräusch der Schritte des Prinzen, als er die Entfernung zwischen ihnen überbrückte, und die schwere goldene Kette zitterte in ihrer Handfläche.

Der *Awenydd* betete, und dann, vor allen Anwesenden, kniete der Prinz vor Gwendolyn nieder und neigte sein Haupt, um die Kette mit ihrem Torques zu empfangen.

Nur für einen schrecklichen Moment konnte Gwendolyn sich nicht bewegen. Sie wagte es nicht, ihren Vater anzusehen, noch ihre Mutter – noch den *Awenydd*, denn sie konnten so oft lesen, was im Herzen verborgen lag.

Krampfhaft schluckend spähte Gwendolyn umher und suchte nach Bryn und nach Bestätigung. Sie fand ihn, wie er sie mit einem aufrichtigen, wenn auch traurigen Lächeln betrachtete.

Und trotzdem nickte er ihr zu, und Gwendolyn blickte auf den Torques in ihrer Hand und dann auf Prinz Locs gesenktes Haupt und zwang sich, ihn zu überreichen, bis sie es schließlich tat.

Pflichtbewusst legte sie ihm die Kette um den Hals und sagte dann mit zitternder Stimme: „Wie Ihr mir, so ich Euch, versprochen und treu bis ans Ende meiner Tage."

Prinz Loc lächelte zu ihr auf, stand auf, und Gwendolyn musste nicht knien, damit er ihr die schwere Kette um den Hals legte. Sie tat es trotzdem, als Zeichen des Respekts, und er beugte sich vor, um seine Last auf ihre Schultern zu legen. „Wie du mir", wiederholte er, „so ich dir, versprochen und treu bis ans Ende meiner Tage."

Gwendolyn schluckte wieder, ihr Mund war trocken geworden, und stand dann auf und blinzelte wie eine hilflose Kreatur, bis sich Prinz Locs Lächeln vertiefte.

Hinter ihm stand mit uneingeschränkter Zustimmung grinsend sein Vater – so wie es ihre eigenen Eltern wohl auch taten. Aber natürlich, es war vollbracht. Zu Calan Mai würden sie sich zu Mann und Frau erklären und ihre Segnungen vom Oberdruiden im Namen der Götter empfangen.

Warum fühlte sie sich dann so schrecklich?

Unbeirrt von ihrem Aufruhr jubelten alle Leute.

Es wurde Wein getrunken – eine Geste der Annahme für die gegebenen Versprechen. Ein einzelner Kelch wurde für Prinz Loc und Gwendolyn gebracht, der zuerst der zukünftigen Braut angeboten wurde.

Gwendolyn nahm ihren Schluck, gab ihn dann an Prinz Loc weiter, und unmittelbar danach wurde sie verschleiert, und die Zeremonie des Versprechens war vorbei – oder zumindest ihr Teil davon.

Nur in Begleitung des *Awenydd,* um sie im Gebet anzuleiten, und Málik als ihr Schatten, wurde Gwendolyn eilig zur Heiligen Eibe gebracht, um zu beten. Auf ihren Knien. In der Kühle der sich sammelnden Schatten. Um über die Schwere der geleisteten Versprechen nachzudenken.

Sich ewig erneuernd und wiederauferstehend, bildeten die Eiben gewaltige Stämme. Diese war uralt, mit einer enormen Höhle in ihrem Stammfuß.

Als Wächter der Unterwelt, des Todes und des Jenseits, schlugen ihre herabhängenden Äste Wurzeln und bildeten neue und gewundene Stämme, wo immer sie den Boden berührten.

Laut den Gwyddons waren Eiben unsterblich, und doch hatte diese Besonderheit Gwendolyn so oft fasziniert, wenn man bedachte, dass unter ihrem dichten Blätterdach niemals etwas wuchs, aufgrund des Teppichs aus giftigen Nadeln und des dunklen Schattens, den sie über das Land warf.

Unter dem Baum fiel sie auf die Knie, legte eine Handfläche gegen das alte Holz, eben jene Handfläche, die ihre Kette gehalten hatte, und flehte um Stärke ... und um Vergebung, weil ihr Herz ein verräterischer Narr war. „Göttin, bitte", begann sie und hielt inne, als sie die Gegenwart hinter sich spürte.

Bitte, was?

Ach, obwohl sie die Antwort auf diese Frage kannte, wagte sie nicht, sie laut auszusprechen.

Das Gewicht ihrer Kette schien an ihrem Herzen zu ziehen – eine schreckliche Schwere, begleitet von einem Schatten, der sich mit der einbrechenden Nacht in ihren Knochen festsetzte.

Sie blickte zu dem *Awenydd* auf, der sie zu diesem Anlass begleitet hatte, und versuchte, nicht an den Schatten zu denken, der ihren liebsten Freund abgelöst hatte.

„FÜHLST DU DICH ANDERS?“, FRAGTE ELY.

Gwendolyn wog die Frage sorgfältig ab, denn obwohl sie sich nicht wirklich verändert fühlte, fühlte sie sich auch nicht mehr so wie zuvor, was nicht nur an der schweren Kette lag, die sie nun um ihren Hals trug.

Irgendwie schien sie im hellen Tageslicht schwerer zu sein als zuvor.

„Nein“, sagte sie, „nicht wirklich.“

Es war keine Lüge, nicht direkt. Sie wusste nur nicht, wie sie dieses ruhelose Gefühl erklären sollte, das sie seit dem Anlegen des Torques und der Kette plagte. Selbst in Abwesenheit des Prinzen würde er immer bei ihr bleiben, morgens, mittags und nachts, allein wegen des Torques.

In Wahrheit freute sie sich nun auf ihren Unterricht mit Málik, denn das war die einzige Zeit, in der das Ablegen der Kette erlaubt war.

Letzte Nacht hatte es ein großes Fest gegeben, wie man ihr erzählt hatte. Alle, einschließlich Demelza, waren geblieben, um auf das Ereignis anzustoßen, bis in die frühen Morgenstunden hinein.

Ely kam erst lange nach Sonnenaufgang in ihr Gemach an und erwischte Gwendolyn gerade noch, als diese zur Tür hinausstürzte, um den Abschied der loegrischen Gruppe mitzuerleben. Das war nicht Elys Art, aber sie musste wohl auch ihre eigene Zukunft gefeiert haben, jetzt, da sie offiziell Gwendolyns Zofe war.

Inzwischen war der Prinz längst fort.

Seit mindestens einer vollen Stunde waren ihre Silhouetten vom Horizont verschwunden, und trotzdem standen sie und Ely da und blickten auf den übersäten Hof hinunter. Prinz Loc hatte sich kein einziges Mal umgesehen, noch hatte er sie auf der Balustrade gesucht.

Aber warum sollte er auch?, überlegte sie. Er wusste, wie jeder wusste, dass sie ihn nicht wiedersehen sollte, noch sollte er es wagen, sie anzusehen. Es brachte Unglück, dies vor ihrem Hochzeitstag zu tun. Aber Gwendolyn war das egal gewesen. Sie hatte sehen müssen, was sie fühlen würde, wenn sie ihm beim Weggehen zusah ... *nichts.*

Aber nicht genau nichts.

Eher wie ... *Erleichterung.*

Warum?

Unwillkürlich wurde ihr Blick zum Pavillon des Meisters gelenkt, wo Málik nun mit Bryn übte. Wenigstens das war unverändert.

„Ich hoffe, dass ich eines Tages auch heiraten werde, Gwendolyn.“

„Das wirst du“, versprach Gwendolyn, griff nach Elys Hand und hielt sie umschlossen. „Ich werde dafür sorgen, meine liebe, süße Freundin. Ich schwöre es.“ Sie drückte Elys Hand fest.

Bewunderung leuchtete in Elowyns Augen. „Ich bin so dankbar, dass du mit deiner Mutter für mich gesprochen hast“, sagte sie. „Ich kann nicht glauben, dass sie mich freigegeben hat.“

Gwendolyn lächelte und scherzte aus Gewohnheit. „Ich nehme an, sie will sicher sein, dass jemand da ist, der sich um *ihre* Interessen kümmert.“

Stille folgte ihrer Erklärung. Und erst nachdem sie es gesagt hatte, wurde Gwendolyn klar, wie es für Ely geklungen haben musste, als ob sie ihr nicht vertraute.

„Ich bin *dir* treu", sagte Ely nach einem Moment.

„Ich weiß", sagte Gwendolyn, ganz sicher, dass Ely ihr Vertrauen niemals wissentlich missbrauchen würde, und ihre Mutter musste das auch wissen.

„Ach, ich nehme an, zum Teil könnte es wahr sein", räumte Ely nach einigem Überlegen ein. „Jetzt, da Bryn dich nicht mehr begleiten wird, kann ich mir vorstellen, dass sie sich besser fühlt, weil sie weiß, dass ich stattdessen da sein werde. Aber du hast deine Mutter immer für so übelwollend gehalten, und ich habe sie nie so gesehen, Gwendolyn. Meine Mutter auch nicht, und die Intuition meiner Mutter ist gut. Königin Eseld liebt dich wirklich."

Gwendolyn dachte an die Mitgifttruhe, gefüllt mit so vielen liebevollen Geschenken – Geschenken, die nicht nur schön waren, sondern auch all die Dinge repräsentierten, die ihre Mutter in ihrem Herzen wertschätzen musste. All die Jahre hatte sie geglaubt, ihre Mutter schäme sich für ihr prydeinisches Blut, aber das Gegenteil musste wahr sein. *Eindeutig.* Sie hatte alles, womit sie angekommen war, perfekt gepflegt aufbewahrt, und sie hatte es für Gwendolyn aufbewahrt. War es also so, dass sie sich nicht mutig genug fühlte, sich von anderen abzuheben? Spürte sie, dass Gwendolyn mutig genug war, dies zu tun? Dass sie ihre prydeinischen Erbstücke mit Stolz tragen würde?

Götter. All diese Jahre ... An Königin Eseld hatte nie etwas schwach oder unwürdig gewirkt. Sie trug sich wie eine Königin *aller* Stämme, obwohl sie vielleicht, tief im Inneren, immer noch ein verängstigtes kleines prydeinisches Mädchen war, das sich nicht zugehörig fühlte.

In diesem Gedanken versunken, starrte Gwendolyn auf die offenen Tore – Tore, die tagsüber offen blieben, denn es war die Praxis ihres Vaters, allen Menschen und ihren Beschwerden eine offene Tür zu bieten. Da er nun Botschafter für alle war, schloss dies Menschen *aller* Stämme ein, obwohl sie nur wenige Abgesandte aus Prydein sahen. Und trotzdem herrschte Frieden. Die Prydein waren in diesen Tagen weitaus respektvoller, obwohl die Ratsherren Crwys und Aelwin auch Recht hatten: Egal wie harmonisch alles im Moment schien, sie wären Narren zu vergessen, dass König Brutus in vielerlei Hinsicht ein Opportunist war – jemand, der bereits eine mächtige Armee angehäuft hatte und der sich im Grunde genommen sogar über Gwendolyns Vater erhoben hatte. Gwendolyn hatte dies nicht wahrhaben wollen, aber sie konnte es in Brutus' Auftreten sehen, und auch in dem seines Sohnes.

Darüber hinaus lag Prinz Locs Enthüllung über Plowonida Gwendolyn schwer im Magen, und obwohl sie noch niemandem davon erzählt hatte, gab ihr Brutus' Vorstoß so tief nach Pretania zu denken.

Sollte König Brutus nun Schwäche wittern, würde er seine Versprechen brechen? Sollten sich Cornwall und Loegria im Krieg befinden, würden die übrigen Stämme das Bündnis schnell aufkündigen, und das Land würde wieder bluten.

Es gab so viel, was Gwendolyn nicht auszusprechen wagte – nicht zu Ely, noch zu Bryn, noch nicht. Und doch, obwohl der Bote der Kunde die Glocken läutete und „Alles ist gut!" rief, *fühlte* sich nicht alles so gut an.

Etwas beunruhigte Gwendolyn, obwohl sie es noch nicht benennen konnte.

Etwas.

Plötzlich kam aus einem der entfernten Schmelzhäuser ein Schrei, der Gwendolyns Aufmerksamkeit erregte. Gemeinsam eilten sie und Ely vorwärts zu den Geländern der Balustrade, um einen einzelnen Mann zu beobachten, der auf den Palast zutaumelte. Hinter ihm kamen weitere Männer, die etwas trugen, das wie eine gerollte Plane aussah. „Was meinst du, worum es hier geht?", fragte Ely.

Gwendolyn runzelte die Stirn. „Ich weiß es nicht", sagte sie und ihre Hand griff nach der schweren Kette um ihren Hals.

Jammernd und über seine eigenen Füße stolpernd, stürzte der erste Mann durch die Türen direkt unter ihnen in den Palast, und Gwendolyn sagte: „Lass uns nachsehen gehen."

SECHZEHN

Die Leiche des Ersten Ratsherrn war hinter der Schmelzhütte entdeckt worden.

Gwendolyn stand still neben dem Podest und lauschte dem Bericht, der ihrem Vater erstattet wurde, und noch während sie zuhörte, rollten drei Männer eine schwere Plane vor dem Podium aus und enthüllten die zerfleischte Leiche dessen, was der Erste Ratsherr Bryok sein sollte.

Der Mann war kaum wiederzuerkennen. Und Gwendolyn hätte ihn erkennen sollen. Erst vor zwei Morgen war er noch am Leben und wohlauf gewesen und hatte im Konsel ihres Vaters gesprochen.

Sie verzog das Gesicht. Anscheinend hatte der Erste Ratsherr während der Zeremonie der vergangenen Nacht einen Schlag auf den Kopf erhalten, der so heftig war, dass er sein Bewusstsein nie wiedererlangt hatte. Doch dann, vielleicht weil die Tore weit offen gelassen wurden, damit die Feiernden nach Belieben kommen und gehen konnten, hatten Wölfe irgendwie seine Leiche entdeckt und verstümmelt.

Aber Wölfe? Ernsthaft?

Was die Waffe seines Todes anging, so wurde ein blutbefleckter Schmiedehammer nicht weiter als eine Armlänge von der

Leiche entfernt gefunden. Der Angreifer hatte sich nicht einmal die Mühe gemacht, die Beweise zu verstecken, was Ratsherr Aelwin, während er den Hammer hochhielt, sogleich anmerkte, da es für die Unschuld des Schmieds spreche. Offensichtlich würde kein Mann, der eines solchen Verbrechens schuldig war, jemals sein eigenes, mit seinem Namen versehenes und blutbesudeltes Werkzeug zurücklassen, damit es so leicht entdeckt werden konnte.

Jedenfalls waren der Schmied und der Erste Ratsherr nicht dafür bekannt, miteinander bekannt gewesen zu sein. Oder zumindest waren sie in keiner Weise miteinander verbunden, die nennenswert schien. Beide verkehrten in unterschiedlichen Kreisen – Bryok mit seinen Kollegen und der Schmied mit Seinesgleichen, zwei verschiedene Stände von Männern, die selten zusammen das Brot brachen, außer bei einer Feierlichkeit wie der, die letzte Nacht abgehalten wurde. „Die Hütte des Waffenschmieds ist nie verschlossen. Vielleicht hat sich der Angreifer nur an dem bedient, was in der Nähe war", schlug Ratsherr Aelwin vor.

Angesichts des Zustands seiner Leiche war es schwierig, viel mehr über den Tod des Mannes zu sagen. Und trotzdem versuchte es der Arzt.

Nach der Steifheit seiner Überreste zu urteilen, sagte Meister Ciarán, glaube er, Bryok sei seinem Angreifer vor der Versprechens-Zeremonie begegnet, oder vielleicht währenddessen, als alle anderen anderweitig beschäftigt waren. Mit einem um seine Hand gewickelten Tuch, um sich vor den schlechten Säften zu schützen, die sich nach dem Tod manifestieren, beugte er sich hinunter, um den Arm des toten Mannes zu prüfen, dann das Bein, nur um seine Aussage zu untermauern. „Normalerweise tritt diese Starre zwischen zwei und vier Glockenschlägen nach seinem Tod ein." Er ließ das Bein des Ratsherrn los, sodass es mit einem dumpfen Geräusch aufschlug. „Sobald sie einmal eingetreten ist, kann der Körper eines Mannes stunden-, ja sogar tagelang so verharren. Ich fürchte, es gibt keine Möglichkeit festzustellen, wann er gestorben ist. Ihr tätet gut daran, Euch bei denen zu erkundigen, die ihn zuletzt gesehen haben."

„Ich habe gestern Morgen mit ihm gesprochen", sagte der Truchsess ihres Vaters.

Ratsherr Aelwin hob eine drahtige Augenbraue. „Wo?", fragte er mit Interesse.

Yestin rieb sich kräftig sein bärtiges Kinn. „Hier, in der Halle, nehme ich an, während ich meine Geschäftsbücher entziffert habe. Er bat um Erlaubnis, die Küche zu benutzen, aber ich habe es ihm verwehrt."

Ratsherr Aelwin nahm die Hand mit dem Hammer hinter seinen Rücken. „Und warum, wenn ich fragen darf?"

Yestin wirkte verwirrt. „Warum ich es ihm verwehrt habe? Oder warum er meine Küche benutzen wollte?"

„Letzteres, natürlich", sagte Aelwin und wedelte mit seiner freien Hand, als wollte er die Frage abtun. „Natürlich versteht jeder gut genug, warum Ihr Nein gesagt habt."

„Ah, ja. Nun, so behauptete er, er wollte, dass Alyss einen Heiltrank braute."

Meister Ciarán zupfte nachdenklich an seinem Bart. „Oh? War der Erste Ratsherr krank? Ich kann mich nicht erinnern, dass er jemals etwas von mir verlangt hätte."

„Nicht, dass ich wüsste", sagte Yestin. „Er schien mir gesund und munter."

Der Arzt hob einen Finger, als ob ihm gerade etwas eingefallen wäre. „Aber ja, nun, ich erinnere mich, dass er vor einigen Monden fragte, ob ich glaube, dass Schierling bei Manie nützlich sein könnte. Allerdings wurde mir die Frage so gestellt, als ob er für jemand anderen fragen würde."

Der König blickte finster. „Welchen anderen?"

Meister Ciarán zuckte mit den Schultern. „Ich fürchte, er hat nicht gesagt, wen, Majestät."

Sicherlich fragte sich ihr Vater, wie auch Gwendolyn, was irgendein Mann zu tun hatte, sich nach Schierling zu erkundigen. Es war ein tödliches Gift, und wenn es nicht präzise von jemandem verwendet wurde, der jeden Aspekt der Pflanze und ihrer Verwendung kannte, konnte es mehr schaden als nützen.

Alyss war in der Kräuterheilkunde ausgebildet, aber sie in einer so ereignisreichen Zeit, während das Küchenhaus anderweitig beschäftigt war, um so etwas zu bitten, war undenkbar. Alle Töpfe, die sie für den Sud verwenden würde, wären mit Gift versetzt und müssten danach gründlich geschrubbt werden. Das war eine Menge Arbeit, die erledigt werden musste, wenn weder Zeit noch Hände entbehrt werden konnten. Sogar Gwendolyns normale Dosis war vorübergehend abgesetzt worden.

Sicherlich war sie keine Alchemistin, aber sie wusste genug, um zu wissen, welche Kräuter man für was und wo mischen musste. Wie bei einer Tinktur aus Eibe gab es durch ihre Anwendung wenig zu erreichen, außer dem Tod. Gwendolyn wusste mehr über solche Dinge, als ihr lieb war, denn sie hatte seit ihrer Kindheit eine spezielle Mixtur aus Giften in winzigen Dosen eingenommen, eine Maßnahme gegen Verrat, da Gift allzu oft die Waffe der Wahl eines Verräters war. Tatsächlich tat dies auch der Rest der königlichen Familie, einschließlich ihrer Mutter, und deshalb wurde ihr Küchenhaus manchmal benutzt, um solche Gebräue herzustellen.

Wann immer dies jedoch geschah, geschah es unter strengster Aufsicht von Männern, die sterben würden, um sie zu verteidigen, und das könnten sie durchaus, wenn sie jemals bei einer Handbewegung ein Auge zudrückten, denn es waren auch dieselben Wachen, die die Vorkoster sein würden.

Jetzt, da Gwendolyn älter war und dasselbe Gebräu trank, das ihre Eltern konsumierten, war selbst die kleinste Dosis für jemanden, der nicht ihre Widerstandsfähigkeit besaß, tödlich. Daher hatte sie keine Ahnung, warum Bryok irgendein Interesse an Schierling haben sollte.

Und auch seine Frau war nicht manisch.

„Nun?", fragte der König, seine Stimme hob sich vor Interesse. „Gibt es eine?"

„Eine Anwendung bei Manie?" Der Arzt hob eine Schulter. „Bisweilen", sagte er. „Bisweilen. Mit großer Sorgfalt, wie Ihr Euch vorstellen müsst. Für solche Heilmittel müssen diese Pflanzen recht spät geerntet werden. Und doch, wenn ich es mir recht überlege, wenn er Schierling eingenommen hat, könnte dies erklären, warum er nicht in der Lage war, auf …" Er machte eine ausladende Geste auf den verstümmelten Körper. „… diese … Abscheulichkeit zu reagieren."

„Wollt Ihr damit sagen, er könnte noch am Leben gewesen sein?"

Der Arzt nickte ernst. „Es ist möglich", sagte er, und die Gesichter aller Anwesenden verzerrten sich grotesk, da sie sich ohne Zweifel einen solchen Schrecken vorstellten.

„Und doch gibt mir der Mangel an Blut das Gefühl, dass er schon lange Stunden tot gewesen sein muss, bevor die Wölfe ihn entdeckten. Vielleicht war die Dosis beabsichtigt?"

Es stimmte. Es war nicht viel Blut da, jedenfalls nicht auf der Plane, obwohl seine Wunden klafften. Der Gedanke, dass dieser Mann bei einer solchen Zerfleischung bewusstlos dalag, war entsetzlich.

„Beabsichtigt?" Ihr Vater zog beide Augenbrauen hoch. Er winkte Ratsherr Aelwin zu, der blutbefleckten Waffe, die er immer noch hielt. „Ich verstehe nicht. Wenn der Hammer ihn nicht getötet hat, warum ist er dann mit seinem Blut befleckt? Wahrlich, warum sollte sich jemand die Mühe machen, einen Mann zu schlagen, wenn er bereits tot ist?"

Wieder einmal zupfte der Arzt an seinem Bart. „Majestät, es ist unmöglich zu sagen, wer oder was diesen Mann getötet hat. Uns ist kein Mittel bekannt, außer einem Scrying-Stein, das solche Dinge genau enthüllen kann, und wir haben seit einer Ewigkeit keinen guten Seher mehr gekannt.

„Um die Sache noch schlimmer zu machen", fuhr er fort und schien sich zu vergessen, als er die Leiche mit seinem Stiefel umdrehte und sie weiter inspizierte.

Mit seinem Stab strich er eine Strähne des blutigen Haares des Ersten Ratsherrn beiseite und stocherte dann mit dem spitzen Ende seines Stabes in der Wunde. Aber sie blutete nicht, sickerte nur, und Gwendolyn spürte, wie ihr Galle im Hals hochstieg.

„Ja, ja … genau wie ich vermutet habe, es wird keine Cruentatio für diese arme Seele geben, es sei denn, Ihr findet die Wölfe, die ihn zerfleischt haben." Um seinen Standpunkt zu beweisen, reichte er seinen Stab an Ratsherr Eirwyn und bat Eirwyn, die Wunde zu proben. So widerwillig er auch war, der Herr Ratsherr tat, wie ihm geheißen wurde, und klopfte mit dem Ende des ärztlichen Stabes auf Bryoks Hinterkopf. Gwendolyn hielt sich den Mund zu, unterließ es aber, den Kopf abzuwenden.

Die Diskussion über die Cruentatio war faszinierend. Bekannt als die Bahrprobe, war Gwendolyn nicht ganz vertraut damit, wie sie funktionierte, aber es war eine übernatürliche Methode, um Beweise gegen einen mutmaßlichen Mörder zu finden. Die Meinung war, dass der Körper eines Opfers in Anwesenheit seines Mörders bluten würde.

„Das ist genug", sagte ihr Vater und hob die Hand vor sein Gesicht. „Bringt diesen Mann zum Kämmerer und gebt ihm eine angemessene Ruhe!"

Sofort sprangen dieselben drei Diener, die den Ratsherrn hereingeschleppt hatten, vor, um ihn wieder in die Plane zu rollen, bevor sie ihn wegschafften.

Bedauerlicherweise konnten sie den schrecklichen Geruch nicht mitnehmen, noch die Erinnerung an seine sickernden Wunden. Gwendolyn hielt sich den Handrücken an die Nase, während sie weiter zuhörte.

„Was ich glaube, ist, dass er während der Versprechens-Zeremonie der letzten Nacht gestorben sein muss", schloss Ratsherr Eirwyn.

„Gibt es jemanden, der während dieser Zeit nicht auffindbar war?", fragte ihr Vater.

Es war Yestin, der antwortete. „Ich weiß es nicht, Majestät, aber ich werde mich sofort erkundigen."

„Sorgt dafür", befahl ihr Vater.

Der Herr Ratsherr gab den Stab zurück und räusperte sich. „Majestät, ich bin sicher, dass alle meine Ratsherren gestern Abend anwesend waren", sagte er. „Dies muss nach Bryoks Schicht passiert sein."

„Alle waren anwesend?", fragte der König mit einem tadelnden Ton in der Stimme.

„Außer Bryok", gestand der Herr Ratsherr mit rotem Gesicht.

„Sollte er Dienst gehabt haben?", fragte ihr Vater mit zusammengekniffenen Augen.

„Nein, Majestät", sagte Eirwyn. „Das sollte er nicht. Obwohl er vielleicht beabsichtigte, eine Weile an der Feier teilzunehmen, war es an der Zeit, seinen Dienstplan zu ändern, und er sollte bei Tagesanbruch eine Schicht übernehmen. Daher wurde ihm geraten, nicht zu trinken."

„Ich verstehe", sagte der König. „Und neigte er zum Trinken?"

„Leider, Majestät, kenne ich ihn nicht gut genug, um das zu sagen", warf Ratsherr Aelwin ein.

„Und seine Frau?"

„Mir wurde gesagt, sie hat ihn verlassen, Majestät", bot Ratsherr Eirwyn an.

„Verlassen?"

„Ja, Majestät." Der Ratsherr nickte nüchtern. „Sie hat ihre Kinder mitgenommen, so wurde mir gesagt, um die Familie in Chysauster zu besuchen." Er warf dem König einen bedeutungsvollen Blick zu. „Auf unbestimmte Zeit."

„Und wer hat Euch das gesagt?"

Der Herr Ratsherr zuckte mit den Schultern, blickte sich dann im Raum um und sagte: „Ich glaube, es war Ratsherr Aelwin."

„Aelwin?"

„Ich nicht, Majestät." Aelwin schüttelte vehement den Kopf. „Ich kannte ihn nicht gut genug, fürchte ich."

Einen Moment lang blickte der Herr Ratsherr finster, dann zuckte er mit den Schultern und sagte: „Ach, nun, ich nehme an, es hätte jeder sein können. Er ist ziemlich niedergeschlagen, seit sie weg ist." Er räusperte sich. „Die Frau eines Ratsherrn zu sein, ist nicht für alle geeignet."

„Könnten wir in einem solchen Fall annehmen, dass der

Schierling für seinen eigenen Gebrauch bestimmt war?", fragte Meister Ciarán.

„Vielleicht", sagte Ratsherr Eirwyn mit einem weiteren Schulterzucken.

„Ich frage", sagte der Arzt. „Denn … wären da nicht der Schlag auf den Kopf und der Hammer, könnte ich dies als einen natürlichen Tod einstufen, insofern es sein muss, wenn ein Mann seinen eigenen Lastern und danach den Gefahren der Natur zum Opfer fällt."

Gwendolyn runzelte die Stirn. Wollte sich der arme Narr wirklich selbst vergiften? Oder war das Gift für jemand anderen bestimmt?

Es gab leichtere Wege zu sterben, als die Auswirkungen von Schierling zu erleiden. Er wäre am Ende erstickt, wenn auch nicht, bevor Schaum vor seinem Mund gestanden und er seine Mahlzeit erbrochen hätte.

Gwendolyn fand, dass sie Fragen hatte, und sie sehnte sich danach, sie laut zu äußern, aber plötzlich fing sie den Blick ihres Vaters auf, der mit dem Kopf zur Tür nickte und ihr befahl, die Halle zu verlassen.

Gwendolyn spürte seine Stimmung und gehorchte sofort. Sie fand Ely draußen, die immer noch auf sie wartete und Däumchen drehte. Gwendolyn nahm sie beiseite und erzählte ihr alles, was sie gehört hatte.

„Ein Verbrechen?", sagte Ely, und Gwendolyn zuckte mit den Schultern, obwohl sie das Gefühl teilte.

Im Augenblick gab es mehr Fragen als Antworten, und nun, da sie so viele Fakten kannte, wollte sie die Untersuchung nicht anderen überlassen.

So elend es auch scheinen mochte, der Tod des Ersten Ratsherrn war eine willkommene Ablenkung – wovon, wagte sie nicht zu gestehen.

Nicht einmal sich selbst gegenüber.

SIEBZEHN

In den folgenden Tagen sprach jedermann nur noch darüber – über den toten Ratsherrn, nicht über Gwendolyns Versprechens-Zeremonie und auch sonst über nichts, was ihre Vermählung betraf.

Abgesehen von der Last um ihren Hals, dem Beweis ihres Gelübdes, war es, als hätte die Versprechens-Zeremonie nie stattgefunden.

Zudem verlieh Prinz Locs Abwesenheit dem ganzen Anlass nun den Anschein eines Irrlichts – wie jene *Piskie*-Lichter im Wald, die Männer in die Irre führten, in einem Augenblick hier, im nächsten fort.

Gwendolyn war sich nicht sicher, wie sie sich deswegen fühlen sollte.

In gewisser Weise vielleicht erleichtert? Sicherlich nicht über Bryoks Tod, obwohl sie wohl doch froh darüber war, dass der unzeitige Tod des armen Mannes nun die ungeteilte Aufmerksamkeit aller auf sich zog, auch ihre, denn sie wollte sich nicht eingestehen, wie sie über ihre bevorstehende Vermählung oder über Prinz Locrinus selbst dachte ... denn ... nun ja ... sie wusste nicht, was sie dachte.

Abgesehen von der Begegnung in der Höhle und seinem Desinteresse an dem Tag ihres Ausflugs gab es wirklich nichts an ihm auszusetzen – zumindest nichts, was Gwendolyn hätte benennen können.

Er war charmant, gut aussehend, gebildet – all die Dinge, die man sich von einem Gefährten erhoffte. Und er schien ihre gelehrte Art zu bewundern, was für Gwendolyn von äußerster Wichtigkeit war, denn sie wollte nicht dazu degradiert werden, jemandes Trophäe zu sein, so wie ihre Mutter damit zufrieden schien.

Gott, aber es war wahr, so ungern Gwendolyn es auch sagte. So freundlich ihr Vater auch sein mochte, er hatte die Einzigartigkeit ihrer Mutter nie wirklich gefördert, noch schätzte er ihr prydeinisches Blut über das Bündnis hinaus, das es ihrem Königreich brachte – oder zumindest schien es Gwendolyn so. Vielmehr lobte er die Königin am meisten, wenn sie aussah und sich benahm wie all die anderen hochgeborenen Gemahlinnen seines Hofes, und vielleicht weil ihre Mutter ihre Rolle als Königsgemahlin schon vor so langer Zeit angenommen hatte, wusste Gwendolyn kaum etwas über ihre prydeinische Abstammung.

Die Pflicht geht vor, immer. Das sagte ihre Mutter so oft. Und das war der springende Punkt: Ihre Mutter hatte recht. Die Pflicht *musste* an erster Stelle stehen. Es spielte keine Rolle, was Gwendolyn sich für sich selbst wünschte, noch war sie dazu erzogen worden, von einem Gefährten etwas anderes als Fairness zu erwarten. Cornwall war ihre vornehmste Verantwortung.

Liebe, wo du musst, hatte man ihr gesagt.

Liebe, wo du musst. Und das würde sie tun.

Die Pflicht geht vor.

Immer.

Nur jetzt, da sie Prinz Loc kennengelernt und einen oder zwei Augenblicke Zeit gehabt hatte, über alles Geschehene nachzudenken, empfand sie seine Art als ... *seltsam.*

Genauer gesagt, wenn sie ehrlich sein durfte, mochte sie ihn nicht besonders. All sein goldener Zierrat und sein blendend weißes Lächeln konnten seine eitle Haltung nicht verbergen.

Und nein, so wütend sie auch über Bryns Degradierung war, es war nicht so sehr der Gedanke, Bryn zu verlassen, der sie aufbrachte; es war vielmehr dies: Sie wusste, was aus ihrer Mutter geworden war, seit sie ihre prydeinische Heimat verlassen hatte, und es lag ihr schwer im Magen, wie ein Bauch voll saurem Hafer.

Alte und neue Sorgen kreisten in ihrem Kopf.

Außerdem liebte sie dieses Kleid, das ihre Mutter ihr geschenkt hatte, und nachdem sie nun all den edlen Putz in ihrer Aussteuertruhe untersucht hatte – die Verzierungen auf dem Stoff, die feinen Stickereien –, war sie zu dem Schluss gekommen, dass die Prydeiner alles andere als Wilde waren. Insofern ihre Kunstfertigkeit der der Handwerker Cornwalls ebenbürtig, wenn nicht gar überlegen war, war es nun unmöglich, sie als primitive, mit Waid bemalte Leute zu betrachten, die wie Wilde in den nördlichen Wäldern herumliefen.

Wenn man bedachte, wie sorgsam ihre Mutter mit den wenigen Schätzen umgegangen war, die sie mitgebracht hatte, wurde Gwendolyn außerdem klar, wie sehr sie diese schätzte. Dass sie sich solche Mühe gegeben hatte, sie so fein zu präsentieren, und wenn man bedachte, wie lange sie gebraucht hatte, um sich von ihnen zu trennen, war für Gwendolyn offensichtlich, dass Königin Eseld, egal wie glühend sie ihr neues Leben angenommen hatte, ihr eigenes Volk und ihre Bräuche insgeheim in Ehren hielt und sich vielleicht sogar nach ihnen sehnte.

Es war wirklich traurig, wie ihre Mutter sich gezwungen gefühlt hatte, ihr früheres Leben abzulegen. Und vielleicht verstand Gwendolyn jetzt mehr denn je etwas Wesentliches über das Herz ihrer Mutter.

Sie sehnte sich mehr denn je danach, Prydein mit eigenen Augen zu sehen, aber ein Teil von ihr empfand eine solche Unsicherheit gegenüber ihrem eigenen Verlobten, denn es hatte nichts in Prinz Locs Verhalten gegeben, das sie hätte glauben lassen, er würde ihr Volk oder irgendein anderes, insbesondere das ihrer Mutter, zu schätzen wissen. „Barbaren", hatte er die Ostmen genannt. „Gekleidet in was für Pelze sie auch immer finden können

– Hunde, wenn es sein muss." Sah er das Volk ihrer Mutter genauso?

Und dann hatte er über die Leute von Eastwalas gesagt: „Wenn jemand so etwas genannt werden sollte, dann sie, denn sie sind unbedeutend."

Gwendolyn wollte sich nicht für ihr Land oder ihr Volk schämen oder sich verteidigen müssen, aber angesichts von Prinz Locs eigenen Worten glaubte sie nicht, dass er geneigt war, anderen die ihnen gebührende Anerkennung zu zollen, was sie nur seltsam beraubt zurückließ.

Sie war auch ziemlich hin- und hergerissen – einerseits bereits heftig beschützend und andererseits widerwillig beschämt, wie ihre Mutter sich nach ihrer Ankunft aus Prydein gefühlt haben musste. Sollte Gwendolyn auch ihr Volk verleugnen, nur um von Prinz Locs trojanischer Art verschlungen zu werden?

Götter.

Das wäre entsetzlich.

Gwendolyn stellte fest, dass sie ihre Freunde nicht verlassen wollte, noch ihre Austern, noch ihre geliebte Schlucht, noch ihre Mutter, um ehrlich zu sein – nicht jetzt, wo es schien, als hätte sie endlich die Gelegenheit, sie besser kennenzulernen.

Was Prinz Loc betraf ...

Ihre Mutter mochte zufrieden genug sein, sich dem Leben mit ihrem Mann anzupassen und ihr eigenes Volk und ihre Bräuche zu meiden, aber es gab einen entscheidenden Unterschied zwischen ihnen: Königin Eseld liebte ihren Mann und achtete ihn nicht weniger. Liebe würde alle Opfer lohnenswert machen, aber Gwendolyn befürchtete, sie könnte Prinz Loc niemals lieben.

Sie fürchtete den flüchtigen Blick, den sie von ihm in der Höhle erhascht hatte.

Nicht, weil sie hilflos wäre, sich seinen Leidenschaften hinzugeben, sobald sie verheiratet wären. Das war sie nicht. Man hatte sie gelehrt, sich zu verteidigen, und ob verheiratet oder nicht, Gwendolyn würde als Prinzessin von Pretania allen gebührenden Respekt einfordern. Aber auch das fürchtete sie, denn sie kannte sich selbst nur zu gut: Sollte ihr Mann es wagen, sie schlecht zu behandeln, würde sie ihn kastrieren, und zum Teufel mit ihren Erben – zum Teufel auch mit Cornwall, denn ihre Zwietracht wäre sein Untergang.

Wie konnte sie das mit sich vereinbaren?

Wäre es vielleicht möglich, ihn noch einmal zu sehen? Wenn auch nur, um festzustellen, ob sie sich nach einem weiteren Nachmittag mit ihm genauso fühlen würde. Menschen hatten schlechte und gute Tage, und Gwendolyn hatte selbst genug schlechte Tage. Vielleicht war gestern ein schlechter Tag für Prinz Loc. Und ganz sicher war der Mann, mit dem sie an jenem Tag auf den Mooren Zeit verbracht hatte, nicht derselbe Mann, mit dem sie während des Willkommensfestes Zeit verbracht hatte.

Oder doch?

Jedenfalls, nur weil sie sich nicht nach Locs Kuss sehnte und auch nicht dazu neigte, davon zu fantasieren, ihn zu küssen, bedeutete das nicht, dass sie nie davon träumte, jemanden zu küssen, nur eben nicht ihn.

Es gab nur eine einzige Person, von der Gwendolyn je fantasiert hatte, sie zu küssen, und das war etwas, was sie niemals zu gestehen gedachte – *liebe Götter.*

Unglücklicherweise war das Objekt ihrer widersprüchlichen Gefühle eine weitere Last, die sie ertragen musste und einfach nicht ertragen konnte. Daher war sie immer noch zerstreut, als sie zu ihrer ersten Stunde mit Málik Danann erschien.

„Ihr seid zu spät", sagte er.

„Bin ich das?", fragte Gwendolyn und tat gleichgültig, obwohl sie alles andere als das war. Und es war auch keine Frage. Sie wusste, dass sie zu spät war, und es war ihr egal.

Was wollte er denn tun? Ihr eine Tracht Prügel verpassen? Und wenn er es täte, gut. Denn dann würde ihr Vater wahrhaftig den Brauch wieder einführen, Köpfe auf Piken zu spießen, nämlich seinen.

Wirklich, sie mochte gezwungen sein, diese Kreatur auf Geheiß ihres Vaters zu dulden, aber das gab ihm nicht das Recht, sie wie ein unartiges Kind zu behandeln. Ebensowenig unterlag ihr Zeitplan seinen Launen.

Vielmehr war er *ihr* Rechenschaft schuldig, und trotzdem hatte sie ihn in den letzten zwei Tagen weder zu Gesicht noch zu Ohren bekommen. Sie hatte nicht vorgehabt, nach *seinem* Verbleib zu fragen, auch wenn er keine einzige Nacht in ihrem Vorzimmer geschlafen hatte. Und warum fragte ihn niemand, wo *er* während Bryoks Mord war? Gwendolyn hatte Málik zuletzt während des Gebets des *Awenydd* gesehen und danach zwei Tage lang nicht wieder. Er hätte sich leicht davonstehlen können, nachdem Gwendolyn zu Bett gegangen war, und sie fragte sich gehässig, ob er derjenige war, der den armen Bryok zu Tode zerfleischt hatte.

Mit diesen Zähnen konnte er das sicher.

„Ich würde behaupten, dass *Sie* derjenige sind, der zu spät kommt", entgegnete sie. „Wo sind Sie gewesen?"

Unbekümmert über ihre Frage zog Málik einen kleinen Dolch aus dem Gürtel an seinem Rücken und kratzte an einem Stück Schmutz unter seinen Fingernägeln. „Habt Ihr mich vermisst, Prinzessin?"

„Wie man einen Ausschlag vermisst!"

Er lachte zur Antwort, steckte seine Klinge aber wieder ein. „Wenn Ihr es unbedingt wissen müsst, ich habe den *Awenydd* nach Hause eskortiert."

Gwendolyn zog eine Braue hoch. Nun, das war rücksichtsvoll von ihm, denn der *Awenydd* war steinalt, und obwohl es in diesen Gegenden nur wenige Wegelagerer gab, war sie schlecht gerüstet, um sich gegen einen zu verteidigen. Man hatte sich jedoch nie die Mühe gemacht, Gwendolyn zu informieren, also sagte sie, während sie ihr Übungsschwert zog: „Und jetzt sind Sie auch ihr Hüter?"

„Hüter?", fragte Málik mit gehobener Braue. „Seht Ihr mich so?"

Und dann plötzlich verzogen sich seine Lippen an einem Mundwinkel, als sein Blick auf Gwendolyns Übungsschwert fiel. „Ihr spielt immer noch mit Spielzeug, wie ich sehe."

Gwendolyn verengte die Augen und schwang das Schwert, mit dem sie seit ihrer Jugend trainiert hatte, bereute ihre Wahl aber erst jetzt, weil sie das verräterische Funkeln in seinen eisblauen Augen sah. Sie hatte dieses Schwert gewählt, weil sie sich daran erinnerte, wie er Bryn mit der flachen Seite seiner Klinge auf den Arm geschlagen hatte, und sie verspürte keine Lust auf weitere blaue Flecken. Sie hatte gehofft, er würde ebenfalls ein Übungsschwert benutzen. Tat er aber nicht, mein Gott noch mal. Mit einer Hand zog er den Bastard von der Scheide an seinem Rücken und schwang ihn zwischen ihnen, wobei er die scharfe, glänzende Schneide zur Schau stellte. Danach machte er sich die Mühe, die Klinge zu drehen, um die stumpfe Seite zu zeigen, und sagte: „Keine Sorge, Prinzessin. Ich werde mich bemühen, daran zu denken, dass Ihr lieber mit Eurem Kindermädchen spielen würdet."

Kindermädchen? Gwendolyn zwang sich, ihn nicht anzuknurren. Dennoch kräuselte sich ihre Lippe bedrohlich. Wie um alles in der Welt hatte dieser Mann mit seiner spitzen Zunge einen solchen Rang erreicht? War ihrem Vater nicht bewusst, wie respektlos er war?

Irgendwie machte er Gwendolyn über alle Maßen wütend. Es kostete sie alle Mühe, nicht auf ihn loszugehen und ihm jede Strähne seiner schönen silbernen Mähne auszureißen, und sie hasste es sogar, dass sie irgendetwas an ihm als schön empfand.

Ihr Gesicht glühte heiß, sie konnte ihn kaum ansehen, zwang sich aber dazu – zu spät. Er rückte schnell auf sie vor, und dann, genau wie bei Bryn, schlug er ihr mit der flachen Seite seiner Klinge auf den Arm. *Hart.*

„Uff!", rief sie und hätte beinahe das Übungsschwert fallen lassen, als ihre Hand zu ihrem malträtierten Arm flog. Wäre ihr Schwert schwerer gewesen, hätte sie sich vielleicht das Handgelenk verstaucht.

Ohne Reue neigte er den Kopf, grinste, zog sogar seinen Schwertarm zurück und war bereit, erneut zuzuschlagen. Sein Lächeln wurde zu einem breiten Grinsen. Diesmal mit offenem

Mund, der diese leuchtend weißen Zähne entblößte – Zähne, die nicht ganz gerade waren, aber unerklärlicherweise perfekt. „Im Gegensatz zu Eurem Püppchen", schlug er vor und benutzte das Wort ihres Vaters für Bryn, „werde ich Euch *niemals* verhätscheln."

Blut und Knochen. Warum musste sie das ertragen? Warum würde ihr Vater sie mit diesem Mann belasten? „Püppchen?", entgegnete sie und warf ihm einen Blick aus verengten Augen zu, nur diesmal stellte sie sich vor, wie sie ihn von Kopf bis Fuß häuten würde. „Und mit Püppchen meinen Sie jemanden, der pflichtbewusst und loyal ist? Denn *er* ist es." Loyalität war bei einem Schatten von größter Bedeutung.

Zweifellos hatten ihre Eltern Geheimnisse voreinander, so wie sie auch getrennte Gemächer hatten, aber keiner von beiden würde es wagen, Geheimnisse vor seinen Schatten zu haben, selbst wenn es möglich wäre. Nichts entging ihren Schatten, nicht einmal die privatesten Verrichtungen, eine Gewissheit, die Gwendolyn zutiefst beunruhigte – dass *er* Zeuge ihrer verletzlichsten Momente sein sollte, war undenkbar.

„Nein, Prinzessin. Mit Püppchen meine ich Bryn", sagte er, immer noch grinsend, und Gwendolyn konnte es nicht ertragen, weder ihn noch sein Grinsen. Etwas an seinem Gesichtsausdruck versprach, dass sie ihn, wie auch im Schwertkampf, niemals mit Worten besiegen würde – nicht heute, vielleicht niemals.

Und dennoch schwor sie sich, es zu versuchen. „Auf die Zehenspitzen!", forderte sie.

Gott, wenn es die Absicht des *Sidhe* war, sie so zu verunsichern, dass ihre Leistung darunter litt, war sein Ziel voll und ganz erreicht. Da sie seit mehr als zwei Wochen nicht mehr geübt hatte, und das mit Bryn, der weitaus, weitaus nachsichtiger war, machte sie eine schlechte Figur und verpasste jede Gelegenheit, den verdammten Elfen zu besiegen.

Gwendolyn hasste es so sehr, dass er sie zu solch einer Gehässigkeit treiben konnte – dass sie ihn für genau das verabscheute, was sie am meisten bewunderte, sein *Fae*-Blut. Gwendolyn war niemals gehässig, außer anscheinend bei *ihm* – diesem großen Wirbel aus Händen und Füßen.

Neben Málik fühlte sie sich ungeschickt, ungraziös und durch und durch unangenehm. Tatsächlich konnte sie spüren, wie ihre eigene Wut wie Gift in ihren Rachen stieg. Und nur für einen Augenblick, nur für einen winzigen Augenblick, wünschte sie sich, er wäre es gewesen, den man hinter der Schmelzhütte entdeckt hatte.

Doch als sie ihn sich plötzlich leblos und zerfleischt vor dem Thron ihres Vaters vorstellte, wurde ihr unerklärlich übel.

Die Übelkeit äußerte sich körperlich in einem Schwall Galle, der ohne Anmut oder Vorwarnung aus ihren Lippen schoss. In einem Moment rückte sie mit dem Schwert in der Hand auf ihren Peiniger vor, im nächsten ließ sie es fallen, um sich den Mund zuzuhalten, aber erst nachdem sie die Speisen des Morgens über Máliks Wams erbrochen hatte. Vielleicht etwas verdutzt, wich er der zurückgewiesenen Mahlzeit aus und vermied irgendwie das Schlimmste, aber dann warf auch er sein Schwert weg und eilte vor, um Gwendolyn aufzufangen, bevor sie sich noch weiter entehren konnte, indem sie mit dem Gesicht im Dreck landete.

Schwindlig und mit flauem Magen, drehte sich die Welt, als Málik sie in seine Arme nahm und sie dann auf dem Boden absetzte. Zu Gwendolyns großem Entsetzen lag ihr Kopf auf einem seiner Oberschenkel, und ein langer, muskulöser Arm stützte ihren Rücken.

Schlimmer noch, eine kleine Schar von Schaulustigen hatte sich gebildet, die alle darauf warteten, dass Gwendolyn aufstand.

Málik starrte ebenfalls, aber die Besorgnis in seinen Augen passte nicht zu dem leichtfertigen Ton seiner Stimme. „Wenn Ihr nicht üben wolltet, Prinzessin, hättet Ihr uns beiden besser gedient, indem Ihr es einfach gesagt hättet." Seine Lippen blieben leicht gekrümmt. „So eine Krankheit habe ich nicht mehr vorgetäuscht, seit ich ein Junge war, unbewährt."

Götter. Es war nicht vorgetäuscht! Aber obwohl Gwendolyn keine Erklärung für das plötzliche Unwohlsein hatte, ärgerte sie sich über das überwältigende Verlangen, sich von seiner Anschuldigung reinzuwaschen.

Das würde sie jedoch nicht tun. Ihr Blick verengte sich auf den Fleck Erbrochenes auf seinem Wams und lenkte auch seine Aufmerksamkeit dorthin, was sie mit Ärger erfüllte. „Mir geht es gut", sagte sie, hob den Kopf und stand von seinem Schoß auf. „Nicht, dass Sie gefragt hätten."

„Was habt Ihr heute Morgen gegessen?"

„Nicht viel."

„Warum?"

„Ich ..."

Gwendolyn wusste es nicht. Vielleicht war sie verunsichert, nervös wegen der einfachen Tatsache, dass sie sich an diesem Morgen *ihm* stellen musste. Sicherlich hatte es nichts damit zu tun, dass sie sich in Meister Ciaráns Labor geschlichen hatte, um ihm ein paar Fragen zu stellen. Der Mann hatte sich die Aufgabe gestellt, eine posthume Untersuchung durchzuführen, um zu sehen, ob er die wahre Todesursache des Ersten Ratsherrn feststellen konnte, aber es war eine unmögliche Aufgabe, da Bryoks Fleisch bereits so stank und verrottete. Blutleer und grau, als wäre ihm alles Blut entzogen worden, färbten sich seine Extremitäten bereits schwarz, besonders die Finger und Zehen. Trotzdem hatte Gwendolyn eine robuste Konstitution, und abgesehen von dem schrecklichen Gestank war sie nicht im Geringsten beunruhigt.

Tatsächlich hatte der Arzt eine Schale voller Pflaumen in seinem Labor, und weil sie sie so sehr liebte, hatte sie dagesessen und sie gegessen, während Meister Ciarán seinen Leichnam untersuchte.

„So eifrig Ihr auch gewesen sein müsst, Euch heute Morgen zu mir zu gesellen, Ihr dürft nicht gehen, ohne Euer Fasten zu brechen."

„Als ob es Sie kümmern würde?", sagte Gwendolyn.

„Oh, das tut es", erwiderte er. „Ungeheuer."

Aber es lag überhaupt nichts Ernstes in Máliks Gesichtsausdruck, und Gwendolyn bezweifelte, dass er die Wahrheit sprach.

Sie stand auf, klopfte sich ab, und, zufrieden, dass sie unverletzt war, löste sich auch die Menge auf.

Auch Málik erhob sich aus der Hocke, als Gwendolyn sich bewegte, um ihr Übungsschwert aufzuheben. „Wenn Sie mich entschuldigen", sagte sie. „Ich bin für heute fertig." Und nur weil es ihr ein gewisses Maß an Selbstvertrauen gab, ihre autoritäre Position einzunehmen, fügte sie hinzu: „Was Sie betrifft ... Sie sollten einen Besuch im Becken einplanen, sonst werden Sie feststellen, dass meins nicht der einzige Speichel ist, den Sie heute tragen werden."

Leider war es das Schlimmste, was Gwendolyn sagen konnte, und es traf bei weitem nicht ins Schwarze, was sie noch mehr ärgerte.

Sie konnte nicht schnell genug entkommen. Ohne sich umzudrehen, rannte sie auf den Palast zu und kam an Ely vorbei, als diese in den Hof kam. „Gwen!", sagte sie. „Ich habe gehört ..."

„Nichts ist passiert", fuhr Gwendolyn sie an.

„Aber ..."

„Mir geht es gut!", sagte Gwendolyn erneut, und dann beschleunigte sie ihre Schritte, unwillig, es zu erklären, nicht einmal einer ihrer liebsten Freundinnen.

„Gwen!", rief Ely erneut.

Aber Gwendolyn hielt immer noch nicht an, und sie war erleichtert, als sie hörte, wie jemand Elowyns Namen rief – ihre Mutter, glaubte sie, obwohl Gwendolyn nicht wartete, um es herauszufinden.

ACHTZEHN

Sie konnte den Mistkerl in ihrem Vorzimmer umhergehen hören.

Hatte er etwa vor, endgültig einzuziehen? Zu ihrem Leidwesen, denn es war nicht nur sein Recht, dies zu tun, sondern auch seine Pflicht, und bei dem Gedanken durchfuhr es sie wie Nadelstiche.

Doch als sie sich an den spöttischen Ausdruck auf seinem Gesicht erinnerte, als er ihr Übungsschwert erblickt hatte, fragte sich Gwendolyn: Was, beim Namen der Muttergöttin, hatte sie sich nur dabei gedacht?

Vielleicht hatte sie sich einfach nicht zugetraut, sich zu beherrschen und Málik nicht zu durchbohren?

Zweifellos brachte er das Schlechteste in ihr zum Vorschein, und sie schämte sich zutiefst für die leidenschaftliche Reaktion, die sie so oft auf ein Geschöpf zeigte, das sie nicht einmal beachten sollte.

Nur tat sie es eben doch.

Götter.

Von Anfang an.

Welchen Nervenkitzel sie auch immer bei ihrer ersten Begegnung mit Málik verspürt hatte, er wurde nicht erwidert. Sie seufzte, als sie sich an den kalten Winternachmittag erinnerte, an dem er in Trevena eingeritten war.

Seine Ankunft hatte sie ungemein fasziniert. Wie lange hatte sie sich schließlich danach gesehnt, einen reinblütigen *Fae* zu treffen – jemanden, der die Geschichten ihres Besuchs am Kinderbett bestätigen konnte.

Er war nur mit dünnem, schwarzem Leder und einem einfachen Umhang bekleidet angekommen, seine Kleidung so seltsam, wenn man bedachte, wie kalt es draußen war. Von den Festungsmauern aus hatte Gwendolyn ihm zugesehen, wie er durch die Tore galoppierte, Pferd und Reiter eine Einheit, beide schwarz wie die Nacht gegen den weißen Winter, sein Bastardschwert auf dem Rücken und sein silbernes Haar hinter ihm wehend. Aus Gwendolyns Perspektive war es fast unmöglich gewesen, Schnee von Haar zu unterscheiden, als es um ihn wirbelte, bis er näher kam, und dann, als er das allererste Mal aufblickte, um Gwendolyns Blick zu begegnen, waren seine Augen wie ein *eisgeborenes* Meer und ließen ihr das Blut in den Adern gefrieren.

Noch jetzt hatten sie dieselbe Wirkung, ganz gleich, welcher Stimmung er war, und doch hatten anfangs nicht einmal seine scharfen, spitzen Zähne Gwendolyn den Zauber genommen.

Tatsächlich entschied sie erst, als er sein wahres Ich offenbarte, dass er ihrer Bewunderung nicht würdig war – nicht, wenn er so oft zu Selbstgefälligkeit neigte, und das meiste davon war auf sie gerichtet. Aber warum nur? Was hatte sie ihm je getan?

Wie von einem Magneten angezogen, wurde ihr Blick von der einzigen Tür angezogen, die sie trennte. Im Vorzimmer hörte sie weitere Geräusche und fragte sich, was er tat.

In den letzten Tagen, während er fort war, hatte sie es weitaus einfacher gefunden, so zu tun, als sei sie mit ihrer Verlobung zufrieden, doch hier und jetzt, mit *seiner* abscheulichen Anwesenheit, war es unmöglich, etwas anderes als Elend zu empfinden, und er war sicherlich die Ursache dafür. Seine Gegenwart war wie ein dunkler Schatten, der über ihrem Leben schwebte – wenn er doch nur gehen würde.

Stattdessen würde sie hier in diesem Bett schlafen, und er würde ... da draußen sein ... und tun, was auch immer *Elfengeschlechter* nachts so taten.

Herumschleichen?

Eine unangenehme Nähe.

Wahrlich, der Gedanke, persönliche Intimitäten zu vollziehen, während Málik Danann so nah war, kam ihr ... nicht gerade falsch vor, aber unbehaglich.

Selbst jetzt, vollständig bekleidet und nichts weiter tuend, als auf ihrem Bett zu sitzen, war sie durch seine Nähe völlig aus der Fassung gebracht.

Noch mehr Missklang.

Bei Lughs Augen, was tat er da?

Zweifellos machte er es sich gemütlich, und die Aussicht darauf stimmte Gwendolyn trübsinnig. Ihr Bauch knurrte aus Protest, und sie entschied, dass es wirklich die Nerven sein mussten, alles nur seinetwegen.

Schon nach einer Auseinandersetzung hatte sie nicht die Kraft, eine weitere zu ertragen, und die Vorstellung, diese streitbare Verbindung von nun an jeden Tag erdulden zu müssen, bis sie in Loegria ankam und ihn ohne die Zustimmung ihres Vaters ersetzen konnte, reichte aus, um ihr übel werden zu lassen.

Wenn nicht aus einem anderen Grund, dann war ihre Heirat allein deswegen ein Segen, denn bald würde sie Herrin über ihr eigenes Leben sein. Und in der Zwischenzeit war ihr einziges Zugeständnis an ihren Vater, nur um den Frieden zu wahren, *Málik Danann.*

Er, der die Bezeichnung der Tuatha'an trug und der es wagte, sie zu quälen und zu necken, obwohl er kein Recht dazu hatte.

Er, der den einzigen Freund verraten hatte, den er sich in dieser Stadt je gemacht hatte.

Allzu leicht hatte er Bryn im Stich gelassen, so wie er Gwendolyn im Stich gelassen hatte.

Und obwohl er angeblich der beste Schwertkämpfer im Reich war und Gwendolyns Vater als Erster seinen Ruf bezeugte, hatte Gwendolyn sich diskret erkundigt und niemanden gefunden – keine einzige Seele –, der irgendetwas über den sogenannten Fae sagen könnte.

Wie war es also möglich, dass dieser Mann, so äußerst geheimnisvoll und so voller Verachtung für die eigene Erbin des Königs, zum Oberhaupt der Armee ihres Vaters aufsteigen konnte, Männer ausbildend, um nicht nur ihre geliebte Stadt, sondern auch ihre Familie zu verteidigen?

Merkwürdig, das. Und auch verdächtig.

Für einen Moment kehrten Gwendolyns Gedanken zum Ersten Ratsherrn zurück. Es war nun Jahre her, dass jemand innerhalb der Stadtgrenzen getötet wurde. Natürlich gab es reichlich Todesfälle, und manchmal kamen Leute in die Halle ihres Vaters, um sich über geringfügige Verbrechen zu beschweren – den Diebstahl einer Ziege, die Entehrung der Tochter eines Mannes oder die Erschwindelung einiger Kupferstücke. Dank ihres Vaters und seiner Bündnisse gab es so wenig Verbrechen, über die man sprechen konnte. Aber irgendwie war Málik kaum mehr als zwei Monde Gast in ihrer Stadt, und schon untersuchten sie den Tod eines angesehenen Ratsherrn – eines Mannes, der nebenbei bemerkt, sicherlich auch mit Málik Danann trainiert haben musste, so wie Bryn und die meisten Wachen ihres Vaters. War das nicht schließlich Máliks ursprünglicher Auftrag? Die Männer des Königs zur Räson zu bringen, nachdem sie zu viele Jahre untätig gewesen waren? Besonders jetzt, da all ihre Pläne einen krönenden Abschluss erreichten?

Gwendolyns Kopf schwirrte vor Fragen – wie zum Beispiel, warum Bryok während ihrer Versprechens-Zeremonie in dieser Schmelzhütte herumlungerte? Der Ort, an dem seine Leiche gefunden wurde, war weder in der Nähe des Hofes noch der Schatzkammer, noch war er in der Nähe seines Hauses. Was also tat er dort, in einem so abgelegenen Teil der Stadt, als ihr Vater den Abend zum öffentlichen Feiertag erklärt hatte?

Es gab mehrere Schmiede in Trevena, alle recht angesehen,

aber diese Werkstatt beherbergte den einzigen Schmied, der wusste, wie man mit loegrischem Stahl arbeitet, und er war auch der einzige Schmied, der jemals loegrische Barren erhielt. Kein Hinweis, genau genommen, aber dennoch merkwürdig.

Der Böttcher war ebenfalls nebenan, mit dem Kürschner und Gerber zwei Türen weiter, obwohl die meisten Händler auf der gegenüberliegenden Seite der Stadt waren, näher an den Kasernen, dem Markt und dem Stadtteich.

Was Gwendolyn wirklich wissen wollte, war, warum dieser verdammte Hammer für jeden, der ihn finden konnte, perfekt sichtbar zurückgelassen wurde. Warum hatte Bryok die Schierlingstinktur gesucht? Für sich selbst? War er, wie Ratsherr Eirwyn behauptete, so verzweifelt über die Verlassenheit durch seine Familie, dass er beabsichtigt hatte, sein Leben zu beenden? Wenn ja, warum so öffentlich vorgehen, und sogar darum bitten, das Haus des Kochs für eine unbekannte, an Manie leidende Person zu nutzen?

Wie dem auch sei, falls Bryok durch eine seltsame Wendung der Ereignisse wirklich für jemand anderen nachgefragt und vergiftet wurde, absichtlich oder anderweitig, hätte dieser Schierling allein das Schlimmste angerichtet. Es bestand keine Notwendigkeit für Gewalt, es sei denn, der Hammer sollte Blut fließen lassen, um Wölfe anzulocken, von denen niemand auch nur ahnte, dass sie in der Gegend waren.

In Wahrheit gab es in diesen Gegenden schon seit geraumer Zeit keine Wölfe mehr, und obwohl man sie in den nördlichen Wäldern immer noch antreffen konnte, warum sollte sich jemand mit einer solchen Missetat befassen, wenn jede Waffe für sich allein ausgereicht hätte? Der Hammer oder das Gift, nicht beides.

Eigentlich könnten die Wölfe eine einfache Frage des schlechten Timings sein, aber für Gwendolyn fühlte es sich an, als ob zu viel Mühe darauf verwendet worden war, die wahre Todesursache dieses Mannes zu verbergen.

Doch dann kam ihr ein Gedanke, als sie dasaß und über die

Witwe des Ratsherrn nachdachte. Ia war eine Frau, die Gwendolyn lange bewundert hatte. Jünger als ihr Mann, war sie vielleicht ein paar Jahre älter als Gwendolyn, aber sie hatte dem Ratsherrn bereits vier gesunde Kinder in etwas mehr als vier Jahren geboren. Es klang einfach nicht glaubwürdig, dass sie ihn verlassen hatte, und sie konnten sich auch nicht so heftig gehasst und trotzdem so viele Babys gemacht haben.

Jeder gute Apotheker hätte sich leicht darum kümmern können. Obwohl es nicht gebilligt wurde, kannte Gwendolyn viele Frauen, die zu diesem Zweck eine Dosis *Silphium* gesucht hatten.

Sogar ihre Vorfahren hatten unerwünschte Säuglinge der Kälte und dem Willen der *Fae* überlassen. Traurigerweise wurden unerwünschte Kinder nicht geduldet.

Nein, tief in Gwendolyns Herzen glaubte sie nicht, dass der Ratsherr seinen eigenen Tod beabsichtigt hatte. Und nun würde jemand seiner armen Frau sagen müssen, dass er fort war.

Vielleicht sollte es Gwendolyn sein?

Und so oder so, jemand musste nun den wahren Grund für diese Missetat herausfinden, und Gwendolyn glaubte nicht, dass es irgendjemand sehr ernst nahm, außer Meister Ciarán, der sich so sehr auf seine Leiche konzentrierte, dass er sich nicht die Zeit nehmen konnte, seine Pflaumen zu essen.

Sehr zu Gwendolyns Ärger hatte sie die letzte Handvoll selbst gestohlen, und nicht einen Moment lang hatte er sich die Mühe gemacht, es zu bemerken. Sie hatte direkt vor ihm gesessen und eine nach der anderen gegessen, und er hatte kein Wort gesagt, nicht einmal, um sie vor Verdauungsfolgen zu warnen.

Tatsächlich war er völlig damit beschäftigt gewesen, jeden Fleck auf der Haut des Mannes zu untersuchen – vielleicht auf der Suche nach Beweisen für eine Schierlingsvergiftung. Seine Schlussfolgerung: Es gab tatsächlich einige mögliche Anzeichen für das Gift, aber es war unmöglich, dies zu sagen, ohne Bryok nach seinen Symptomen zu fragen – vielleicht ein pochendes Herz oder ein Brennen im Bauch, erhöhter Speichelfluss, Lähmung der Muskeln und manchmal Krämpfe. Unglücklicherweise war trotz des unangenehmen Geruchs der Pflanze selbst keiner an der Leiche wahrnehmbar.

„Nicht schlüssig", hatte er gesagt.

Plötzlich, ohne Vorwarnung, platzte Elowyn durch ihre Tür, aber sie sprang nicht wie üblich auf das Bett. Stattdessen blieb sie mitten in Gwendolyns Zimmer stehen, ohne sich die Mühe zu machen, die Tür zu schließen.

Draußen spürte Gwendolyn Málik, anstatt ihn zu sehen oder zu hören, und sie gestikulierte wütend zur Tür und funkelte Ely an, weil sie sie offengelassen hatte.

Elowyn bemerkte es nicht einmal. Sie stemmte die Hände in die Hüften und verkündete dann: „Ich bin von Eurer Mutter streng ermahnt worden!"

Gwendolyns Brauen hoben sich. „Ich verstehe nicht..."

„Es ist die Wahrheit, Gwendolyn. Eure Mutter rief mich, als ich Euch nach drinnen folgen wollte. Sie riet mir, dass eine Freundin nicht das ist, was Ihr braucht, und sagte, dass Ihr eine Pflicht zu erfüllen habt, dass es höchste Zeit sei, sich darauf vorzubereiten." Gwendolyn hätte geantwortet, aber Ely fuhr schnell fort. „Danach erinnerte sie mich daran, wie schlecht Bryn Euch gedient hat, und dann ermahnte sie mich, alles von Demelza zu lernen, was ich kann, bevor wir nach Loegria aufbrechen. Sonst, sagte sie, sei ich schlecht darauf vorbereitet, Euch zu dienen, und wenn sie sich darüber Sorgen mache, sei es ganz allein meine Schuld!"

Gwendolyns Magen drehte sich wieder, ihre Bauchschmerzen kehrten zurück. Sie runzelte die Stirn. „Du *bist* meine Freundin, Elowyn, egal was meine Mutter behauptet. Du bist mit mir verwandter als sie."

Götter. Es schien, als ob Königin Eseld Gwendolyn absichtlich ihrer engsten Freunde beraubte. Wahrhaftig! Sie hatte Bryn nicht mehr, und nun schien ihre Mutter sie auch noch Ely berauben zu wollen – nicht als Dienerin vielleicht, aber als Gefährtin.

Alle Wärme ihrer Mutter gegenüber verschwand augenblicklich, wenn man bedachte, dass Königin Eseld anscheinend vollkommen zufrieden damit gewesen war, sie mit Málik zu belasten – einem aufgeblasenen, spitzzahnigen Trottel!

Wieder wurde ihr Blick zum Vorzimmer gezogen, und sie fragte sich, ob ihre Mutter sich irgendwie mit den *Awenydds* verschworen hatte, um ihn aus einem für Gwendolyn unergründlichen Grund in den Palast zu bringen. Wieder gestikulierte sie zur Tür, und als Ely sich nicht schnell genug bewegte, um sie zu schließen, sprang Gwendolyn vom Bett, um sie selbst zuzumachen.

„Ich würde ihn am liebsten in einem Aborterker einsperren", sagte sie.

„Gwendolyn!"

„Bitte! Du klingst jetzt schon wie Demelza."

Wie unglücklich sie war. Wie wahrhaft unglücklich, wo sie doch nur Freude und Hoffnung empfinden sollte. Ermahnung hin oder her, Ely lächelte, als das Gespräch auf Málik kam. „Oh, Gwendolyn! Du solltest doch überglücklich sein, dass *er* dir zugeteilt wurde. Warum bist du es nicht?"

„Oh, das bin ich", versicherte Gwendolyn. „Überglücklich!"

Die arme, süße Ely war in den kaltherzigen Elfen vernarrt, und Gwendolyn vermutete, dass Málik der Grund war, warum ihre Freundin nicht mehr tanzen wollte. Seit er angekommen war, war sie verträumt und voller Seufzer. Und doch, wenn das stimmte, war ihre Verehrung für Málik unglücklich. Egal, wie hoch irgendjemand von diesem verdammten Elfen dachte, es gab keine Chance, dass er jemals einer solchen Sache zustimmen würde. Sie spürte in ihrem Herzen, dass er sich, wie Prinz Loc, für etwas Besseres als sie halten musste, und angesichts seines hochmütigen Benehmens fragte sie sich nicht zum ersten Mal, warum er ihr dienen sollte, wo er sie doch eindeutig nicht mochte und er weder eine Verbindung zu ihrer Verwandtschaft noch irgendeine Loyalität zu ihrem Vater oder gar zu Trevena hatte.

Sicherlich war er ein Opportunist, der sein Schwert an den Meistbietenden verkaufte, und dass er so lange in Trevena geblieben war, um die Männer ihres Vaters auszubilden, war Gegenstand vieler Spekulationen. Gwendolyn fragte sich nur, was an Málik Danann so besonders war, dass ihre Eltern ihn mit der Verantwortung für die einzige Erbin des Königreichs betrauten.

Denn welche Pflicht hatte er schließlich, sie zu beschützen? Wenn er tatsächlich vom *Fae-Geschlecht* war – was er nicht war –, glaubte er wahrscheinlich, dass es die Pflicht des Königs sei, ihm zu dienen, nicht umgekehrt.

„Götter", sagte Gwendolyn leise, „ich verabscheue diesen Mann."

Die arme Ely konnte so viel sie wollte über den verkommenen Elfen schmachten, und er würde ihre Zuneigung niemals erwidern. Er hatte bereits bewiesen, dass selbst eine Prinzessin von Pretanien wenig wert war.

Im Moment wünschte sie sich von ganzem Herzen, sie könnte diese Stadt verlassen und davonfliegen.

Sie ließ sich auf ihr Bett zurückfallen und starrte wütend auf die Tür, dann blickte sie Ely mit zusammengekniffenen Augen und schmiedete Pläne an. „Wir gehen nach Chysauster", entschied sie aus einer Laune heraus.

Elowyn verzog verwirrt das Gesicht. „Chysauster?"

Gwendolyn hob das Kinn. „Sofort!"

„Aber Gwen! Das kann ich nicht. Ich hab's dir doch gesagt –"

Gwendolyn hob eine Braue. „Bin ich jetzt nicht deine Herrin?"

„Ja, aber –"

Sie neigte den Kopf und bat ihre Freundin flehentlich an. „Würdest du mich ohne mein Zofenmädchen reisen lassen?"

„Aber Gwendolyn? Es ist spät geworden!"

Gwendolyn grinste. „Umso mehr ein Grund, sofort aufzubrechen."

Ely schüttelte den Kopf. „Aber Gwen..."

„Musst du mich mit *ihm* allein lassen?" Sie nickte und warf einen Blick auf die geschlossene Tür, und Elys Augen weiteten sich, und dann sagte sie: „Oh, nein!"

„Dann geh bitte und mach dich fertig", forderte Gwendolyn. „Wir reisen sofort ab."

Und dann, entschlossen, ihren Willen zu bekommen, ging

Gwendolyn, um eine Audienz bei ihrem Vater zu erbitten. Jemand musste Bryoks armer Witwe von seinem frühen Tod berichten. Gwendolyn war dafür so gut wie jeder andere. Außerdem hatte sie Cousinen in Chysauster, und sie musste wirklich darauf bestehen, sie persönlich zu ihrer Hochzeit einzuladen. Das gehörte sich so.

NEUNZEHN

F ür den Fall, dass ihr Vater Einwände gegen den wahren Grund haben könnte, aus dem Gwendolyn nach Chysauster reisen wollte, erwähnte sie Bryoks Witwe mit keinem Wort. Als besorgter Vater hätte er ihr aufgetragen, sich aus Bryoks Angelegenheiten herauszuhalten und die Ermittlungen Yestin zu überlassen.

Glücklicherweise hinterfragte er ihr Motiv nicht, und bevor sie aufbrach, übergab er ihr ein Sendschreiben für ihren Onkel, das Gwendolyn mit einem Dank und einem Lächeln entgegennahm.

Danach, als Gwendolyn die Lage bedachte, in die sie Ely gebracht hatte, ließ sie ihre süße Freundin zurück. Erst nachträglich wurde ihr klar, dass Ely sich verpflichtet fühlen würde, es Lady Ruan zu sagen, bevor sie die Stadt verlassen konnte, und sollte sie das tun, könnte Königin Eseld Gwendolyns Absichten herausfinden und sie vereiteln. Nein. Ely konnte hierbleiben – zumal ihre liebe, süße Freundin noch nie in ihrem Leben einen Tag von zu Hause fort gewesen war.

Direkt nachdem sie die Halle verlassen hatte, suchte und fand Gwendolyn Elowyn, da sie sie gut genug kannte, um zu wissen, dass sie glücklicherweise zu lange zögern würde, bevor sie es ihrer Mutter erzählte.

Stattdessen gab Gwendolyn ihr eine Liste mit Aufgaben, die sie während ihrer Abwesenheit erledigen sollte, und als Gwendolyn ihr die Liste gab, hielt Ely die hastig geschriebene Notiz in der Hand und fragte mit bestürzt zusammengezogenen Augenbrauen: „Ihr wollt ohne mich gehen?"

„Ich muss", sagte Gwendolyn. „Aber sorgt Euch nicht und sprecht bitte kein Wort davon zu meiner oder Eurer Mutter."

Ely steckte die Liste in ihre Tasche, ohne einen Blick darauf zu werfen, obwohl Gwendolyn wusste, dass sie sie eingehend studieren würde, sobald Gwendolyn fort war. Obwohl das *dawnsio* eine mündliche Überlieferung war, achtete Gwendolyn sehr darauf, dass sowohl Bryn als auch Ely ihre Buchstaben und Zahlen entziffern lernten – eine Ausbildung, die gut ankam, denn jeder wusste, dass es ohne sie keine Möglichkeit gab, einen Beruf wie den von Yestin auszuüben.

„Ja, Hoheit", sagte sie und benutzte Gwendolyns Titel zum ersten Mal seit Langem. Zweifellos war sie wütend, doch Elowyns Unmut war nicht zu vermeiden, nicht heute.

Ach, sie kannte ihre Freundin gut genug, um zu wissen, dass sie darüber hinwegkommen würde, und ob sie es tat oder nicht, es war zum Wohle aller.

Dann kam Málik.

Natürlich musste sie ihre Absichten offenbaren, aber da *er ihr* diente, bat Gwendolyn ihn nicht, sie zu begleiten. Vielmehr befahl sie es ihm. Sie gab ihm eine halbe Stunde, um sich auf die Reise vorzubereiten, und beabsichtigte, mit oder ohne ihn im Sattel zu sitzen.

Obwohl sie selbst länger brauchte, um ihre Erledigungen zu machen, wartete er glücklicherweise bei den Ställen auf sie, begleitet von zwei weiteren Wachen seiner Wahl – Männern, die vermutlich von ihm ausgebildet und ihm vielleicht auch treu ergeben waren. Aber man musste ihm zugutehalten, dass er sie nicht wie beim letzten Mal bei ihrer Mutter verpetzte. Obwohl Gwendolyn sich vielleicht hätte fragen sollen, warum er plötzlich so gefügig war, wagte sie nicht, darüber nachzudenken.

Sie genoss es nicht, ihre Mutter so zu hintergehen, aber wenn ihr Vater den Ausflug nicht missbilligte, wollte sie nicht verweilen und Königin Eseld die Gelegenheit geben, ihn ihr zu verwehren. Gwendolyn war noch nie verwirrter über die Beweggründe ihrer Mutter gewesen. Manchmal schien es, als würde sie Gwendolyn gegenüber auftauen, dann wieder schien sie streitlustiger denn je. Und trotzdem, Málik war jetzt Gwendolyns Schatten, ihr von ihrem Vater und König zugewiesen. Gwendolyn hatte jedes Recht, ihn einzusetzen, wie es ihr gefiel. Ob es Málik gefiel oder nicht, er unterstand ihrem Befehl, nicht umgekehrt.

Wenn er sich also wunderte, warum sie so spät zu ihrem Treffen erschien, nachdem sie die Wichtigkeit eines so raschen Aufbruchs betont hatte, war sie nicht geneigt zu berichten, dass sie dem Schmied einen weiteren Besuch abgestattet hatte. Sie wusste nicht, warum es wichtig war, nur dass es angebracht schien, es zu tun – jetzt, bevor sich die Geschichte des Mannes ändern konnte. Da sie jedoch nichts an der Geschichte des Schmieds auszusetzen gefunden hatte, überprüfte sie rasch die Gasse, in der Bryoks Leiche entdeckt worden war. Und machte dann einen schnellen Abstecher, um Bryoks Haus zu inspizieren, wo sie eine ganze Schale voll dieser köstlichen Trockenpflaumen fand und an sich nahm, um sie in ihrer Satteltasche mitzunehmen. Es würde sie ohnehin niemand essen, und sie waren so gut. Tatsächlich wunderte sie sich, wie sie Yestins Aufmerksamkeit für das Festmahl entgangen waren. Hier in der Gegend waren Pflaumen nie vor August reif, und daher gab es Trockenpflaumen erst später im Jahr. Sie mussten von einem der südlichen Händler nach Trevena gekommen sein, und sie musste daran denken, Yestin davon zu erzählen und ihn die Quelle ausfindig machen zu lassen.

Drei Stunden später saß sie im Sattel, aß eine weitere Trocken-pflaume und genoss jeden kleinen Bissen in vollen Zügen, als Málik ihre Freude zunichtemachte, indem er einfach nur sprach. „Geradeaus ist ein guter Platz, um das Lager aufzuschlagen", sagte er.

„Wir haben die Stadt kaum verlassen", antwortete Gwendolyn ungeduldig.

Zwei Stunden vergangen und noch immer zu nah an ihrer Mutter.

„Es wäre ein guter Ort, um die Straße zu beobachten", argumentierte er.

Es gab nichts zu beobachten. „Die Straße" war nicht mehr als ein schlecht markierter Pfad, den kaum noch jemand benutzte. Gwendolyn war diese Route öfter gereist, als sie zählen konnte. Zweifellos sprach er von der Landzunge, von der aus sie und Bryn früher Reiterzüge ausspionierten, als diese noch häufiger von und nach Land's End reisten.

„Es wäre klüger gewesen, bis zum Morgen mit der Reise zu warten", schlug er vor – eine völlig nutzlose Bemerkung, die ihnen jetzt nichts mehr brachte. Tatsache war, dass sie nicht gewartet hatten, und nun waren sie hier. Gwendolyn gefiel auch sein Tonfall nicht.

„Hast du Angst im Dunkeln, *Fae*?"

Seine Lippen verzogen sich an einem Mundwinkel. „Was glaubt Ihr?" Er entblößte einen scharfen, spitzen Zahn und leckte ihn andeutend. Was Gwendolyn tatsächlich glaubte? Was sie wirklich dachte?

Sie hielt ihn für einen Schurken und eine verächtliche Bestie. Aber da er sich nicht die Mühe machte, die Frage hinter ihrer Stichelei anzuerkennen, unterließ sie eine Antwort und sagte danach nichts mehr. Währenddessen saß er da und kaute auf einem kurzen Stück Schilfrohr.

Gwendolyn fragte sich, ob er hungrig war, und überlegte einen Augenblick lang, ihre Trockenpflaumen zu teilen, entschied aber, dass er keine verdient hatte. Sie deutete auf das Schilfrohr zwischen seinen Lippen und fragte mit nicht geringer Verachtung: „Also, so schärft Ihr Eure Zähne?"

Ihre Frage schien ihn nur zu amüsieren, und er antwortete mit einem dunklen, vollen Lachen. Aber dann sagte er: „In der Tat." Und grinste wieder, entblößte erneut seine Zähne und biss laut zu. „Um Euch besser zu verteidigen, *Prinzessin*."

Schon wieder dieser Tonfall.

Gwendolyn schauderte. In Anbetracht der Tatsache, dass er einem Mann mit diesen Zähnen die Kehle herausreißen konnte, war dies kein Scherz. Er hatte etwas an sich – etwas Ursprüngliches – das Gwendolyn hartnäckig ignorierte, obwohl sie spürte, dass sie es nicht tun sollte.

„Ich bin nicht Eure Prinzessin", erinnerte sie ihn.

„Ah, aber das seid Ihr … vorläufig."

Gwendolyn hob eine Augenbraue. „Vorläufig?"

Málik zuckte mit den Schultern. „Bis die Götter anders entscheiden."

„Götter!", spottete Gwendolyn. „Eher, bis Ihr eine bessere Anstellung und einen größeren Geldbeutel gefunden habt, was?" Sie warf ihm einen vernichtenden Blick zu. „Ich sollte es Euch leicht machen. Ihr werdet hier nicht gebraucht, Málik Danann!"

„Werde ich das nicht?"

Sein Tonfall war schnippisch, doch Gwendolyn hatte plötzlich das Gefühl, dass ihre Worte ihn ausnahmsweise getroffen hatten. Er wandte den Blick ab und kaute weiter auf seinem Schilfrohr.

Warum sollte es sie kümmern, ob er verletzt war?

Málik war weder Freund noch verwandt, und Gwendolyn hatte immer noch nicht herausfinden können, was ihn nach Trevena verschlagen hatte – und noch weniger, warum er sich an jemanden binden sollte, der ihn genauso verabscheute, wie er sie. Um es genau zu sagen, Gwendolyn traute ihm nicht. Aber da ihr die Geduld fehlte, sich mit ihm zu streiten, wandte auch sie den Blick ab.

„Wir reiten weiter", sagte sie. „Es wird bald einen anderen ‚guten Platz' geben."

„Wie Ihr wünscht", sagte er, ohne sie anzusehen, und Gwendolyn bemühte sich, ihn zu ignorieren und ihre Augen auf die Straße gerichtet zu halten.

Heutzutage gab es in diesen Gegenden so wenige Wegelagerer. Sie waren so selten wie Wölfe. Aber wenn man welchen begegnen sollte, dann an diesem Straßenabschnitt, wo sich früher manchmal Händler versammelten, um ihre Waren anzubieten, wenn auch schon seit langer Zeit nicht mehr.

Egal, Gwendolyn war nicht übermäßig besorgt. So nervig Málik auch war, sie wusste, dass er einen Mann mit seiner Klinge ebenso geschickt in Stücke schneiden konnte wie mit seinen Worten.

Oder seinen Zähnen.

Sie seufzte und stellte sich auf eine Nacht voller Unbehagen ein.

Bedauerlicherweise hatte sie diese Reise aufgrund ihrer Eile, die Stadt zu verlassen, nicht gut genug geplant, und obwohl sie wusste, dass Málik es getan hätte, wurmte es sie, zwangsläufig von ihm abhängig zu sein, doch das war der Preis dafür, den Kopf voller Intrigen zu haben. Aber wenigstens hatte sie ihre Trockenpflaumen, und wenn es sein musste, konnte sie die ganze Reise mit kaum mehr überstehen, zumal sie wusste, dass ihr Onkel sie mit reichlich Proviant empfangen würde.

Sie reisten schweigend, und nur für einen Augenblick wagte sie es, Málik im Profil anzusehen. Er hatte einen großzügigen Mund und eine Adlernase. Er trug den Kopf hoch, und das goldene Licht verlieh seiner silbrigen Mähne einen warmen Schimmer, den sie normalerweise nicht besaß. Seine Haut war blass, aber nicht zu blass, seine Wimpern pechschwarz, und es schien fast, als trüge er Kajal um seine Augen – Augen, die nun zu Schlitzen verengt waren, während er ihre Umgebung musterte. Aber obwohl er Gwendolyn nicht wieder ansah, spürte sie seinen prüfenden Blick trotzdem – so sehr, dass sie verspätet und zu ihrem Leidwesen bemerkte, dass sie ihn anstarrte. Sofort wandte sie den Blick ab und hörte zu ihrem größten Entsetzen sein Kichern.

Blut und Knochen. Das würde eine lange, unerträgliche Nacht werden!

ZWANZIG

Natürlich wählten sie die Kleine Straße entlang der hohen, abfallenden Moore, denn es war die kürzeste Strecke. In Abständen bog diese Straße nach Osten ab, um die steilsten Felsklippen zu umgehen, und wurde hier und da von Waldstücken durchbrochen. Doch ganz gleich, wie weit man auch nach Osten vordrang, das Tosen des Ozeans war ein ständiges Dröhnen und das Meer ein fester Bestandteil des Horizonts, an dem dann und wann ein Schiff mit leuchtenden Segeln erschien.

Das Dorf ihres Onkels lag zwischen den südlichen Minen und schmiegte sich an einen Hang mit Blick auf Land und Meer, jenseits der Dünenbucht, nahe der Stelle, wo der Fluss Hayle ins Meer rauschte. Heutzutage wagten sich nur wenige Menschen so weit in den Süden, und Herzog Cunedda achtete darauf, niemandem einen Anlass dafür zu geben, indem er regelmäßig sein Kupfer und Zinn exportierte.

Bis vor etwa drei Jahren, als die Erträge mager wurden, waren die Truppen ihres Vaters zweimal im Monat nach Süden und dann wieder nach Norden gezogen, selbst im Winter, und das waren die Gelegenheiten, die Gwendolyn nutzte, um ihre Cousins zu besuchen, mal in Begleitung ihres Vaters, mal ohne ihn. Da die Abgesandten ihres Vaters in den letzten Jahren jedoch seltener und in größeren Abständen kamen, legte ihr Onkel unter seinem Dorf eine Reihe von *Fogous* an – unterirdische Gänge, in denen er den Großteil seiner Erträge lagerte, bis ihr Vater eine angemessene Eskorte für die Reise nach Norden schicken konnte. Gwendolyn war nicht mehr dort gewesen, seit er mit dem Bau begonnen hatte, und den verschwindenden Wagenspuren an der Küstenstraße nach zu urteilen, war es eine lange, lange Zeit her, dass seine Erträge abtransportiert worden waren. Bald würde der Weg von einem Teppich aus Klippen-Salzmiere, Sandrapunzel und Klippen-Leimkraut bedeckt sein, deren Rot, Weiß und Blau leuchtend auf dem grünen Teppich hervorstechen würden.

Gwendolyn hoffte, dies bedeutete nicht, dass die südlichen Minen erschöpft waren, und sie nahm sich vor, ihren Onkel danach zu fragen, obwohl dies zweifellos der Grund für das Schreiben in ihrer Tasche war – eine Anfrage über den Zustand der Kronminen. Es war kein Wunder, dass ihr Vater bei ihrer Bitte zu reisen nicht gezögert hatte. Da die Ratsherren so beunruhigt über die Staatskasse waren, hatte sie ihm das perfekte Mittel an die Hand gegeben, sich nach den südlichen Minen zu erkundigen, ohne Argwohn zu erregen.

Die Reise würde vielleicht zwei Tage dauern, aber sie kamen gut voran, und keine der begleitenden Waechter beklagte sich darüber, den ganzen Abend im Sattel zu verbringen.

Bei den kühleren Temperaturen war es für ihre Pferde ohnehin besser, nicht einfach nur herumzustehen, und das Tempo, das sie hielten, war gemächlich.

Vor ihnen überquerte ein kleines Kaninchen die Straße, und Máliks Kopf drehte sich, noch bevor Gwendolyn es überhaupt bemerkt hatte. Seine scharfen Augen folgten dem Geschöpf noch lange, nachdem es vor ihren Blicken in der Sicherheit eines Dickichts verschwunden war, und seine Augen glänzten wie die eines Raubtiers.

Überaus neugierig verspürte Gwendolyn das Verlangen zu fragen, ob die Augen der *Fae* schärfer waren als die der meisten anderen, aber da sie nicht glauben wollte, dass er mehr war als eine ungeschliffene Bestie, biss sie sich auf die Zunge.

Götter. Wer hätte sich vorstellen können, dass ihr Kindheitstraum, einem reinblütigen *Fae* zu begegnen, so furchtbar schiefgehen würde? All die Nächte, in denen sie im Bett gelegen hatte und sich einen weiteren Besuch dieser scheuen Kreaturen ausgemalt hatte, träumend von all den Fragen, die sie stellen sollte – *pah!*

Sie begann, überhaupt nicht mehr an die *Fae* zu glauben.

Zweifellos sah Málik anders aus als andere Männer – seine Augen ein wenig leuchtender, seine Zähne ein wenig schärfer – aber bei all seinen Eigenheiten bedeutete das nicht, dass er ein *Fae* war.

Gwendolyn versuchte, ihn so gut wie möglich zu ignorieren, griff nach hinten in ihre Satteltasche, um sich noch ein paar Trockenpflaumen zu nehmen, und fragte sich, ob sie dem Vertrauen ihres Vaters in Málik Danann zu viel Gewicht beigemessen hatte. In der Tat wurde sie an diesem Abend von zwei Männern begleitet, deren Namen sie nicht kannte, und von einem weiteren, an dessen Loyalität sie zweifelte.

Eigensinnig und kühn, hörte sie Demelza sagen, „du hast mehr Stolz als Vorsicht. Eines Tages wird dich das auf den falschen Weg führen."

War heute dieser Tag?

EINUNDZWANZIG

Die Nacht wurde lang und kalt — kälter als der Hintern eines Bergmanns. Dennoch hielt Gwendolyn durch, selbst als sie im Sattel schwankte und ihre Laune sauer wie Ampfer wurde.

Währenddessen ritt Málik umso aufrechter, je tiefer sie rutschte, bis sie schließlich vornüber auf dem Widerrist des Pferdes zusammensank, wobei sich der Sattelknauf in ihren Bauch bohrte, was aber zu ihrem Leidwesen ihren Stolz weitaus mehr verletzte als ihren Bauch, und nicht einmal das brachte sie dazu, Halt zu gebieten.

Gwendolyn war sich durchaus bewusst, dass sie unvernünftig war, und doch machte sie weiter, bis Málik nach einer Weile neben ihr aufschloss und sie von ihrem Reittier pflückte wie eine Beere vom Strauch und sie vor sich auf seine Stute setzte, viel zu nah für ihren Geschmack.

„Ruh dich aus", forderte er.

Ausruhen?

Ausruhen!

„Ich muss nicht verhätschelt werden", beklagte sich Gwendolyn, als er sie zurückzog, damit sie sich an seine lederne Brust lehnte. „Wenn man bedenkt, dass mein Vater mich schon mit zwei Jahren in den Sattel gesetzt hat, laufe ich kaum Gefahr, von diesem Reittier zu fallen. Noch will ich mich mit dir herumstreiten. Bitte, lass mich los!"

Málik ließ sie sofort los und sagte gleichmütig: „Verzeih mir, Prinzessin. Ich möchte nicht, dass es heißt, dir sei unter meiner Aufsicht ein Leid geschehen."

„Sorg dich nicht", beruhigte sie ihn. „Ich bin jetzt wach."

Hell-, hellwach, jeder Zentimeter ihres Körpers auf die Kreatur hinter ihr eingestimmt, seine Nähe erfüllte sie mit fast ebenso viel Verärgerung wie Verdruss und fast ebenso viel Erregung wie Wärme – mehr, wie sie entsetzt gestehen musste.

Schlimmer noch, so nah bei ihm konnte sie ihn tatsächlich riechen und entdeckte, dass sein Duft seltsam anziehend war – wie Regen ... und Holz.

Inzwischen war der Mond zu seinem höchsten Punkt aufgestiegen und die Luft war bitterkalt – viel zu kalt, um ohne Proviant zu reisen, obwohl es wenigstens nicht regnete, wie es so oft zu dieser Jahreszeit der Fall war. Gwendolyn fand Trost darin.

Zugegebenermaßen raubte ihr etwas an Málik Danann jedes Maß an Vernunft aus Verstand und Herz. Tief in ihrem Inneren vermutete Gwendolyn, dass selbst dieser Aufenthalt in Chysauster mehr mit ihm zu tun hatte als mit Bryok oder gar ihren Cousinen. Wäre er nur nicht in ihr Leben getreten, läge sie jetzt wohlig in ihrem Bett und träumte von Prinz Loc ...

Aber vielleicht auch nicht.

Schuldbewusst, weil sie sie so angetrieben hatte, blickte sie zurück zu den beiden Waechter, die sie begleiteten, und bemerkte ihre zusammengekniffenen Augen und gekrümmten Rücken.

Unglücklicherweise war es zu dieser Jahreszeit tagsüber warm genug, doch die Nacht barg noch eine grausame Kälte. Hätte sie sich mehr Zeit für die Vorbereitung genommen, hätte sie vielleicht ein richtiges Zelt für die Reise mitgebracht, da sie wusste, dass sie mindestens eine Nacht unter den Sternen verbringen würden.

Stattdessen hatte sie es so eilig gehabt aufzubrechen, dass sie nicht einmal Geschenke für ihre Cousinen besorgt hatte – drei Schwestern von drei verschiedenen Müttern.

Ihr Onkel Cunedda hatte keine Söhne, obwohl er vier verschiedene Frauen geheiratet hatte.

Traurigerweise konnte seine neue Frau, Lowenna, kein Kind austragen – ein Glück für sie, denn obwohl es Mädchen waren, wurden ihre Cousinen alle mit so riesigen Köpfen geboren, dass ihre Geburten zum Tod ihrer Mütter geführt hatten. Glücklicherweise waren inzwischen alle drei so gewachsen, dass sie zu ihren Köpfen passten, auch wenn ihre Herzen noch viel zu groß waren.

Gwendolyn konnte es kaum erwarten, sie zu sehen.

Letztes Jahr hatte sie ihnen einen seltsamen roten Farbstoff namens *Kokkos* mitgebracht, der aus zerstoßenen Insekten aus *An Ghréig* hergestellt wurde. Sie hatten sich in jenem Jahr drei Kleider genäht und sahen aus wie Drillinge. Diesmal war ihr Kopf zu sehr mit … *anderen Dingen* gefüllt. Sie würde mit leeren Händen ankommen, abgesehen von dem Schreiben ihres Vaters.

Eine nach Ozean duftende Brise wehte vorbei und verursachte Gänsehaut, und Gwendolyn schauderte. Unfassbarerweise trug der Mann hinter ihr nur dünnes, schwarzes Leder mit Beinlingen und einen bescheidenen Umhang – genau so, wie er mitten im Winter angekommen war. Und doch war sein Körper so warm wie ein schwach glühendes Kohlenbecken. So warm, in Wahrheit, dass sie, obwohl es sie ärgerte, im Sattel zurückrutschte, sodass ihr Rücken fest an sein weiches Leder gepresst war.

Einfach so ritt sie mit zusammengebissenen Zähnen, um nicht zu klappern, und mit zusammengepressten Lippen weiter und fragte sich nur, warum sich ihre Zunge nicht rühren wollte, wo es doch unmöglich war, die Strecke ohne eine Rast für ihre Pferde oder eine Pause zurückzulegen. Tatsächlich wäre der sicherste Weg, Málik dazu zu bringen, sie abzusetzen, seiner Bitte, ein Lager aufzuschlagen, zuzustimmen. Und doch tat sie es nicht.

Noch einmal blickte sie zu den Wachen zurück und gab

diesmal nach. „Wir sollten anhalten", sagte sie und fügte hinzu: „Ihretwegen." Wie stolz sie doch war.

„Ihretwegen?", fragte er mit einem unverkennbaren Anflug von Belustigung.

Gwendolyn nickte. „In der Tat."

„Könnte es nicht sein, dass *du* müde bist?"

„Natürlich bin ich das!", gestand sie. „Du etwa nicht?"

„Nein", sagte er leichthin, und Gwendolyn sträubte sich und wünschte, sie hätte angehalten, als er es zum ersten Mal vorgeschlagen hatte. Jetzt würde er sie zwangsläufig dazu bringen, zu betteln. „Natürlich", sagte sie.

Und da war es wieder, dieses leise, heisere Kichern, das er erstickte, bevor es seine schönen Lippen finden konnte – Lippen, die so üppig und weich und großzügig erschienen, bis er den Mund öffnete und ihn mit scharfen Worten füllte, die zu seinen scharfen Zähnen passten.

„Du wirst morgen besser zurechtkommen, wenn du dich jetzt ausruhst", riet er.

Sie würden *alle* besser zurechtkommen, aber Gwendolyn sehnte sich danach, *ihn* kriechen zu sehen. „Ich brauche keinen Aufpasser", versicherte sie.

„Und doch hast du einen. Aber auch wenn ich nicht dein *Erster* bin, werde ich mich nicht untergraben lassen", sagte er, und Gwendolyn knirschte mit den Zähnen, unsicher, welche dieser verschleierten Beleidigungen sie am meisten missbilligte.

Sie untergrub Bryn *nicht*. Noch war Bryn ihr Liebhaber – erster, zweiter oder sonstiger, wie der Ton seiner Stimme andeutete. „Wenn du Bryn meinst", sagte sie, „war er weder mein Aufpasser noch mein Liebhaber."

„Wenigstens sind wir uns einig, dass du ihn untergraben hast", argumentierte er. Und *gütige Götter*, das hatte sie. Obwohl sie mehr als alles andere protestieren wollte, konnte sie es nicht. Und ungeachtet dessen musste Gwendolyn weder Málik noch irgendjemand anderem Rechenschaft ablegen.

Nach cornischem Gesetz war sie in der Nacht, in der sie Loc

ihren Torques gab, eine Frau für sich selbst geworden, nur ihrem Wort verpflichtet, das sie Prinz Loc bereitwillig gegeben hatte. „Sag mir", forderte sie. „Wenn alles gesagt und getan ist, unterstehst du dann mir oder unterstehst du meinem Vater?"

In seiner Stimme lag ein anhaltender Anflug von Heiterkeit, der ihr auf die Nerven ging. „Wenn meine Ohren mich nicht trügen, Prinzessin, scheint dies eine Fangfrage zu sein?"

„Ist es nicht", sagte Gwendolyn förmlich. „Es ist wirklich ganz einfach, und ich wüsste gern, wem deine Loyalität gilt."

„Im Moment bin ich dir verpflichtet", sagte er.

„Und doch habe ich nie gesehen, wie du einen solchen Eid geschworen hast."

Stille.

„Wenn ich dich jetzt darum bitte, wirst du das Knie beugen?"

„Ich finde es interessant, Prinzessin. Erst deine Sorge um die Wachen, jetzt willst du mich auf meinen Knien sehen? Bist du sicher, dass dies nicht deine Art ist, um eine Rast für die Nacht zu betteln?"

„Ich bettle um nichts."

Gwendolyn verabscheute die Art, wie er sie dazu brachte zu antworten – als ob eine Harpyie in ihrer Haut lebte, jemand, den sie nicht wiedererkannte. Und doch machte er keine Anstalten zu antworten, noch hielt er an, und Gwendolyn war bereit, von seinem Reittier zu springen, bereit, von ihm wegzukommen.

Ihre Stute, die neben ihnen trabte, war sichtlich erschöpft. Sie warf einen weiteren Blick über ihre Schulter auf die Wachen und sah sie mit hängenden Schultern reiten, und trotzdem beharrte Gwendolyn: „Du scheinst meine Frage zu ignorieren, *Fae.*"

„Welche Frage genau?"

„Wirst du das Knie beugen?"

„Es gibt nur einen Grund, aus dem ich je das Knie gebeugt habe … und er ist wirklich recht vergnüglich. Möchtest du, dass ich es dir vorführe?"

Gwendolyns Wangen erhitzten sich, obwohl sie seine Bedeutung nicht ganz verstand. Es genügte zu sagen, dass ein Tonfall in seiner Stimme lag, der andeutete, dass er seinen Kopf verlieren könnte, wenn sie sich bei ihrem Vater beschwerte. „Nun?", beharrte sie und überging seinen Vorschlag.

„Ich beuge das Knie vor keinem Mann", sagte er schließlich, und Gwendolyn hob eine Augenbraue.

„Wie dir kaum entgangen sein dürfte, bin ich kein Mann."

„Auch keine Frau", fügte er hinzu.

„Nicht einmal vor meinem Vater, dem König?"

Eine lange, lange Zeit antwortete er nicht, und als er es dann doch tat, war alle Schelmerei aus seinem Ton verschwunden, und er sagte nüchtern: „Meine Loyalität gilt Pretania, obwohl mir das Wohlergehen des Königs sehr am Herzen liegt."

„Und meines?"

„Und deines."

Ein Teil von Gwendolyns Zorn verflog – nur ein wenig. Aber in seinen Worten lag eine gewisse Wahrhaftigkeit ... eine Wahrheit, so flüchtig und alt wie die *Feen* täler. Wenn er tatsächlich ein reinblütiger *Fae* war, wäre er nicht nur einer der ursprünglichen Bewahrer dieses Landes gewesen, sondern vielleicht auch sein Schöpfer. Schließlich waren es die *Fae* – ob man sie nun *Sidhe*, *Fae* oder Elfen nannte – die Cornwalls wahre Ahnen waren. Sie wünschte, sie hätte den Mut, ihn direkt zu fragen, aber leider hatte sie ihn nicht. Stattdessen kämpfte sie einen inneren Kampf, dachte mal ja, mal nein.

Als Kinder der Götter wurden all diese Länder – von Ériu bis Land's End, bis zu den entlegensten Winkeln des kaledonischen Bundes – einst für jene gleichmütigen Geschöpfe erschaffen, deren Waffe der Wahl *Magie* war, nicht Schwerter.

Sie waren bereits lange vor Gwendolyns Geburt aus Pretania verschwunden. Alle Geschichten, die sie je gehört hatte, stammten von den *Awenydds*, und dies waren Geschichten, die von den *Dawnsio* erzählt wurden.

Man sagte, die Tuatha Dé Danann seien über Ériu herabgestiegen, getragen von Schiffen, die auf einem Meer aus Blutwolken fuhren und eine Dunkelheit einleiteten, die drei Tage und drei

Nächte währte. Aus vier heiligen Städten brachten sie vier große Talismane mit, alle mit Zaubern graviert. Der erste war das Schwert des Lichts, das in Finias geschmiedet wurde und Núada Airgetlám, dem König der Tuatha, gehörte, der es Claímh Solais nannte.

Es war ein feuriges Schwert aus glühendem Licht, das dem Träger, wenn es geschwungen wurde, Unbesiegbarkeit verleihen und Machtgeflechte abwehren konnte, je nach den Erfordernissen seines Trägers, mit der alleinigen Ausnahme des Fluchfeuers, das Núada schließlich tötete.

Der zweite Talisman war der Lúin von Celtchar, gefertigt in Gorias und manchen als Lughs Speer bekannt. Dies war eine lange, flammende Lanze, die mit ihrer Spitze in einem Bottich voll Blut aufbewahrt werden musste, um zu verhindern, dass sie sich entzündete und ihren Träger verzehrte. Hergestellt aus gedunkelter Bronze und zu einer scharfen Spitze verjüngt, war sie mit dreißig Nieten aus Gold an einem Ebereschenschaft befestigt.

Dann gab es Dagdas Kessel aus Murias.

Dieser Talisman soll bis zum heutigen Tag in Ériu aufbewahrt werden, und er war ein Segen für sein Haus, denn niemand mit reinem Herzen wurde je mit knurrendem Magen weggeschickt.

Zuletzt gab es Lia Fáil aus Falias. Dies war der weinende Stein, auf dem die wahren Könige von Ériu gekrönt wurden, und der Stein weinte nicht mehr nach den Danann.

Von den vier Talismanen sollen drei in Ériu verblieben sein. Einer, das Schwert, ging verloren und wurde nie wieder gesehen. Und doch, mit solchen Talismanen war es kein Wunder, dass Ériu so lange unter der Herrschaft der Tuatha gedieh. Tatsächlich hieß es, dass in dieser Zeit sogar Sterbliche länger lebten – tausend Jahre und mehr. Unter der Hand der *Fae* blühte das Land auf, genährt von heiligen Teichen wie dem, der ihr Tal schmückte. Aber wie die Geschichte es will, wuchs die Arroganz der Tuatha zu so großen Ausmaßen, dass die Götter die Söhne des Míl schickten, um ihnen eine Lektion in Demut zu erteilen.

Vor der Entscheidungsschlacht wurde vereinbart, dass die

Sieger die Beute wählen würden, und als die Zeit kam, die Herrschaftsbereiche zu wählen, wählten die Söhne des Míl die Hälfte von Ériu, die über der Erde lag, und zwangen die Tuatha Dé Danann in die Unterwelt.

Manannán selbst eskortierte sie dorthin über die *Sidhe*-Hügel, woraufhin er einen verzauberten Nebel aufsteigen ließ, um sie vor sterblichen Augen zu verbergen.

Deshalb waren die Tuatha Dé Danann manchmal als *Fae* oder *Sidhe* bekannt – *Fae* wegen des Féth, der sie verbarg, *Sidhe* wegen der Berge, die sie ganz verschluckten.

Nie höflich gemeint, war „Elf" die Bezeichnung, die ihnen von den Söhnen des Míl gegeben wurde, die sie „weiße Wesen" nannten.

Der Mann, der hinter ihr ritt, könnte leicht als ein solches „weißes Wesen" durchgehen, mit seinem silbernen Haar und den *eisgeborenen* Augen. Und doch war seine Waffe der Wahl nicht *Magie*, sondern ein Schwert.

Unwissentlich griff sie nach oben, um eine Locke ihres eigenen Haares zwischen die Fingerspitzen zu nehmen, während sie über die *Fae* nachdachte, die an ihrer Wiege erschienen waren.

Es waren zwei gewesen, eine ältere und eine jüngere, namens Esme. Ihre Mutter und Demelza hatten von der Schwelle aus zugesehen, wie die beiden über Gwendolyns Wiege zwitscherten. Demelza erzählte ihr einmal, beide seien außergewöhnlich gewesen – die Haut durchscheinend wie Sternenstaub, mit Augen, die wie zwei Sonnen brannten. Beim Lächeln zeigten beide scharfe, wilde Zähne – und auch das erinnerte sie an Málik. Wenn er den Mund öffnete und sie auf eine bestimmte Weise ansah, verwandelte sich sein ganzer Anblick ... *Wild. Ungezähmt.*

Einen Moment lang genoss Gwendolyn die Stille und war sich kaum bewusst, dass sie sich an seine Brust gelehnt hatte, bis sie sein Kinn auf ihrem Scheitel spürte. Das Gefühl davon erweichte die Rüstung um ihr Herz. Ungeachtet seiner Haltung war er bereitwillig gekommen, um ihrem Vater zu dienen, und egal, ob er dies mit einem Egoismus tat, der sie bis ins Mark anwiderte, war daran kein Verbrechen.

Darüber hinaus hatte er, so ärgerlich er auch sein konnte, ohne Protest eine Position als ihr Schatten angenommen, obwohl dies nicht das Versprechen war, das gemacht worden war, um ihn nach Trevena zu locken. Dies war keine so angesehene Beschäftigung, wie man annehmen könnte. Es war weitaus lohnender, ein Waffenmeister oder ein Mentor der Elitewache zu sein, aber wenn man als Schatten dienen musste, war es prestigeträchtiger, als Wache des Königs selbst zu dienen. Indem er Gwendolyn diente, litt er unter all dem Ärger und der Verärgerung – lange Stunden, oft undankbar, mit wenigen nennenswerten Belohnungen – und wahrlich keinem Ruhm. Aus diesem Grund hatte Gwendolyn Bryn so sehr wie einen Bruder behandelt, und sie hatte so verzweifelt versucht sicherzustellen, dass er sich Zeit für sich nahm.

Aus diesem Grund hatte sie ihn an jenem Tag auch ins Tal gelockt und jetzt … Gwendolyn schämte sich zu sagen, dass sie ihn im Moment überhaupt nicht vermisste.

Armer Bryn.

Auch konnte sie es nicht erklären, aber sie hatte kaum an Prinz Locrinus gedacht, seit seiner Abreise vor ein paar Tagen, selbst mit dem schweren Torques und der Kette um ihren Hals. Und wirklich, er war so viel schwerer als ihrer, so gefertigt, dass niemand, der ihn trug, vergessen konnte, dass er da war.

Tatsächlich, nachdem sie den halben Tag im Sattel verbracht hatten und Trevena weit hinter ihnen lag, schien die Versprechens-Zeremonie Jahre entfernt.

Vor ihnen, als knorrige Silhouette gegen einen abnehmenden Mond erkennbar, stand ein kleiner Baum auf einem Hügel. Dies schien ein guter Ort zu sein, um für den Abend zu rasten.

„Sollen wir dort anhalten?", fragte Málik, als hätte er ihre Gedanken gelesen.

„Ja", gab Gwendolyn nach. „Lass uns das tun."

Schweigend verließen sie die Straße und stiegen den Hügel hinauf, bis sie den Baum erreichten. Dort versorgten sie die Pferde, und Gwendolyn nahm ihren Umhang und fand eine trockene Stelle, jedoch nicht, ohne sich an den Rest der gestohlenen Pflaumen zu erinnern, die sie in ihre Satteltasche gesteckt hatte.

Es waren noch reichlich übrig. Sie behielt einige für sich, ließ eine Handvoll in die Satteltaschen der Wachen fallen und eine weitere in Máliks – ein Friedensangebot.

ZWEIUNDZWANZIG

Eine Wiesenameise krabbelte über Gwendolyns Nase; dennoch rührte sie sich nicht, sondern beobachtete sie träge aus einem Augenwinkel und dachte dabei an Prinz Locrinus und die Beleidigung, die dem Volk von Eastwalas zugefügt worden war.

Über ihr stachen Sonnenlanzen durch die Äste einer uralten Bergulme. Ein Blick nach oben offenbarte, dass die Blüten bereits abgefallen waren und die Blätter sich noch entfalteten. So müde Gwendolyn letzte Nacht auch gewesen war, sie hatte nur schwer in den Schlaf gefunden, und das nicht nur wegen Málik. Aber in Wahrheit gab es da etwas am Tod des Ratsherrn, das sie weiterhin beunruhigte ... etwas, das zu ihrer weiblichen Intuition sprach.

Etwas ...

Es war wie eine Art Rätsel, nur dass alle Hinweise da waren, das spürte sie; es fehlten lediglich die Fragen – Fragen, die sie noch nicht zu stellen wusste.

Zunächst einmal beunruhigte sie das fehlende Blut in der Gasse, in der die Leiche entdeckt worden war. Genau wie die Plane, auf der Bryok getragen worden war, war sie seltsam unbefleckt. Ein auf solche Weise verstümmelter Mann hätte gewiss bluten müssen, wo also war das Blut?

Auch wäre er nicht schweigend in seine Gute Nacht gegangen, während er mit einem Schmiedehammer zu Tode geprügelt wurde. Das war in Wahrheit Gwendolyns Anlass gewesen, sein Haus aufzusuchen. Und anstelle von Blutflecken hatte sie nur Dörrpflaumen gefunden. Sein Haus war aufgeräumt und gepflegt, ein Zeugnis der liebevollen Fürsorge seiner Frau.

Gewiss war es nicht das Heim eines Mannes, der zu lange allein gewesen war, noch das Haus einer Frau, die ihren Gatten verabscheute.

Das Bett jedoch war gemacht, ein scheinbar unbedeutendes Detail, das sie ebenfalls beunruhigte, vielleicht weil Gwendolyn nicht viele Männer kannte, die sich die Mühe machten, ein Bett zu machen, und noch weniger, ein Haus zu putzen, zumal nach einem so unerbittlichen Zeitplan wie dem seinen.

Bei Lughs Augen, Gwendolyn hatte sich noch nicht ein einziges Mal selbst ein Bett gemacht. Bryn auch nicht. Wie oft hatte sich Demelza über die Unordnung beschwert, die er hinterlassen hatte?

Unzählige Male hatte Gwendolyn sie dabei angetroffen, wie sie sein Feldbett richtete.

So wie Gwendolyn es sah, hätte der Zustand von Bryoks Haus unter Ias Abwesenheit leiden müssen – oder zumindest seine Zimmer. Aber es war, als wäre jemand durch sein ganzes Heim gegangen und hätte es makellos sauber zurückgelassen ... *warum?*

Für sich genommen würde wahrlich keines dieser Dinge ihr die Nackenhaare zu Berge stehen lassen. Aber alles zusammen machte sie fassungslos. Allein die Tatsache, dass sie diejenige war, die über solche Fragen grübelte, sollte das größte Rätsel von allen sein. *Nur war es das nicht.*

Gwendolyn wusste nur zu gut, warum sie zugelassen hatte, sich so sehr mit Bryoks Tod zu beschäftigen – sie wusste es, wollte es aber nicht aussprechen.

Zudem war es ausgeschlossen, dass nicht jemand ein Rudel Wölfe bemerkt hätte, das nach ihrer Versprechens-Zeremonie durch die belebten Straßen schlich. Dessen war sie sich sicher.

In Anbetracht dessen suchte ihr Blick Málik, der in der Ferne auf einem Felsbrocken saß, die Beine übereinandergeschlagen, die Handflächen nach oben, als ob er flehen würde ... *oder beten?*

Die gewaltige Länge jenes Schwertes auf seinem Rücken stand in krassem Widerspruch zu der Gestalt, die er bot. Und obwohl es der denkbar schlechteste Ort sein musste, um eine Waffe zu verstauen, und kein Mann, den sie je getroffen hatte, dies tun und sie im Kampf dennoch ziehen konnte, hatte sie ihn bei Bryn unzählige Male dabei beobachtet, wie er jenes Schwert zur Hand nahm und es so mühelos schwang, als wäre es aus Zinn. Und doch wusste sie, dass es das nicht war.

Gwendolyn setzte sich auf, streckte sich und wandte sich um, nur um festzustellen, dass beide Waechter sich um ihre Reittiere kümmerten.

Offensichtlich waren alle besser vorbereitet gekommen als sie, mit Decken für ihre Reittiere und Decken für sich selbst.

Tatsächlich hatte die Wache in Hedreks Livree einen interessanten Mantel für sein Pferd – ein Buntwappen, gefertigt aus verschiedenartigen Fellen, als hätte er es selbst zusammengestellt. Genial, dachte sie, als sie aufstand und sich abklopfte. Als sie sich wieder umdrehte, war Málik verschwunden.

DREIUNDZWANZIG

Gwendolyn ließ die Wachen zurück, damit sie sich bereitmachten, wagte sich über die Anhöhe und fand ihren neuen Schatten, der neben einem kleinen Bach kniete – einem so kleinen Rinnsal, dass Gwendolyn erst an seiner Seite begriff, was es war. „Ein *winterbourne?*", fragte sie.

Er zuckte die Achseln. „Noch nicht", sagte er, jedoch mit einem unverkennbar besorgten Unterton. Die ganze Zeit über lag seine Hand über dem Wasserfaden ausgebreitet, als würde er dessen Wesen durch Berührung prüfen. Schließlich sagte er: „Das Land hat zu kämpfen."

Gwendolyn fasste es als eine Anschuldigung auf, die sich aber weniger an sie als vielmehr an ihren Vater richtete.

„Was tust du da?"

Als hätte ihre Frage ihn aus einer Benommenheit gerissen, drehte er die Hand, schöpfte ein wenig Wasser in seine Handfläche und spritzte es sich ins Gesicht, bevor er mit seinen langen, nassen Fingern durch seine silberne Mähne fuhr und sein Haar damit dunkler färbte.

Gwendolyn erschauderte und rieb sich wärmesuchend die Arme. Zweifellos war das Wasser eiskalt, und bis die Sonne wieder ganz zum Vorschein kam, war auch die Luft noch kühl.

Gegen Mittag würde es vielleicht warm genug zum Schwimmen sein, doch wer konnte schon in einem so mickrigen Bach schwimmen? Der Bach war so winzig, dass es unmöglich war zu sagen, woher er kam.

Das Land war hier nicht besonders flach, aber es gab auch keine Berge in unmittelbarer Nähe. Sie vermutete, dass er möglicherweise aus einer längst versiegten Quelle entsprungen war. „Ist es heiß?", fragte sie.

„Warm", sagte er, und Gwendolyn seufzte über die knappe Antwort.

Götter. Sie wollte nicht länger streiten. Wenn sie schon gezwungen war, mit Málik Danann auszukommen, musste sie wirklich lernen, mit ihm umzugehen. Doch sie konnten keinen Frieden schließen, solange sie nicht wusste, was für einen Streit er mit ihr hatte. „Warum hast du meiner Mutter gesagt, wo wir waren?"

„Wir?" Seine Schultern spannten sich an, doch er hob eine weitere Handvoll Wasser zu seinem Gesicht und machte sich diesmal nicht die Mühe, es abzuwischen, sodass die Tropfen wie Diamanten auf seiner Haut glitzerten.

„Du weißt schon … der Teich."

„Warum sonst? Weil es meinem Zweck diente", gestand er, und Gwendolyn hob eine Braue.

„Und welcher Zweck wäre das?"

Als Antwort warf er Gwendolyn einen Blick über die Schulter zu, und seine Lippen verzogen sich zu einem nicht sehr freundlichen Lächeln. Tatsächlich, wie das Morgenlicht durch seine silberne Mähne glitzerte und über seine schillernde Haut schien, war er wie … eine wilde Kreatur, besonders mit diesem Glanz in seinen Augen – ungezähmt und gefährlich und sündhaft gut aussehend.

Gwendolyn erschauderte erneut, doch diesmal, weil ihr ein kleiner, nagender Gedanke wieder in den Sinn kam – abscheulich, aber dennoch fesselnd.

In diesen Gegenden gab es keine Wölfe mehr.

Sie konnte sich nur allzu leicht vorstellen, wie Málik mit diesem Gebiss einen Mann zerfetzte. Das Einzige, was an seiner Erscheinung fehlte, waren ein Paar Klauen, und doch ... hatte sie nicht gehört, dass *Feenwesen* ihre Gestalt wandeln konnten? Könnte er derjenige gewesen sein, der Bryok getötet hatte?

„Ich frage mich nur ... kanntest du zufällig den Ersten Ratsherrn?"

„Den Toten?" So kurz und bündig und ohne eine Spur von Reue.

„Genau", sagte Gwendolyn stirnrunzelnd und spähte zurück zur Bergulme, wo die Wachen warteten. „Den Toten."

„Nein", sagte er.

„Also hast du ihn nie getroffen, nicht ein einziges Mal?"

Málik stand auf und sah ihr direkt in die Augen. „Nein. Ich kann nicht behaupten, dass ich das jemals getan hätte."

„Ich habe gehört, seine Frau hat ihn verlassen, aber ich nehme an, das wirst du nicht wissen, da du ihn ja nie getroffen hast. Sie ist in Chysauster", verriet Gwendolyn.

Eine Braue hob sich, und seine Augen schienen durch diese Enthüllung ein wenig heller zu leuchten. „Wirklich?", fragte er.

„Tatsächlich", sagte Gwendolyn mit erhobenem Kinn. „Genau genommen, beabsichtige ich, mit ihr zu sprechen."

„In Chysauster?"

Gwendolyn nickte, und Málik starrte sie eine lange Weile an, bevor er sein Lächeln breiter werden ließ. „Du musst dir darüber im Klaren sein, Gwendolyn ... ich weiß, was du tust."

Gwendolyn blinzelte angesichts seiner Vertraulichkeit.

„Das tust du?"

„Tatsächlich, das tue ich."

Gwendolyn schluckte und wünschte, er würde sie aufklären, denn eigentlich wusste sie es nicht. Und vor allem verstand sie nicht, warum sie so geneigt schien, einen Mann zu piesacken, der nach den meisten Maßstäben eine so gefährliche Kreatur zu sein schien. Wollte sie ihn in die Enge treiben?

Und was nun? Wenn er – aus welchem Grund auch immer –

Bryoks Mörder war, war sie ihm jetzt ausgeliefert, und das weit, weit weg von zu Hause.

Er schob sich eine Haarsträhne zurück, die ihm ins Gesicht gefallen war. „Behalte nur das im Gedächtnis, während du dein Spielchen spielst, Prinzessin ... Neugier ist wie ein *Drogue*. Selbst in kleinen Dosen kann sie tödlich sein."

Dann ging er weg und ließ Gwendolyn ihm nachstarren.

War das eine Drohung? Denn wenn ja, wäre es ratsam für sie, auf ihr Pferd zu steigen und nach Hause zu fliegen, und doch tat Gwendolyn nichts dergleichen. Stattdessen folgte sie ihm dicht auf den Fersen.

„Was soll das bedeuten?"

„Du weißt, was es bedeutet", sagte er, ohne sich umzudrehen. „Sei dir nur einer Sache sicher: Dein Vater hat mir eine Aufgabe übertragen, und ich werde mich nicht auf meinen Lorbeeren ausruhen, Gwendolyn; und du auch nicht. Solange wir in Chysauster sind, erwarte ich, dass du dich täglich bei mir zum Üben einfindest."

Gwendolyn blieb stehen und verschränkte die Arme vor der Brust, um sich gegen die Kälte zu schützen. Offensichtlich mochte er sie nicht, aber warum? Sie hatte ihm nie wirklich etwas getan, nicht wirklich.

Jedenfalls nicht, bis er ihr einen solchen Mangel an Respekt gezeigt hatte!

Er war derjenige, der sie beleidigt und dann Bryn verraten hatte. *Er* war derjenige, der sich entschuldigen sollte, und doch fiel es ihm nicht im Traum ein, dies in Erwägung zu ziehen.

Viele Stunden später brütete Gwendolyn immer noch über ihrem Gespräch am Bach.

Götter. Er war die unausstehlichste Kreatur, der sie je begegnet war.

Und nun ritt er nicht nur nicht neben oder hinter ihr, er hatte die Führung übernommen, sodass sie hin und wieder gezwungen war, ihrem Reittier die Sporen zu geben, um ihn einzuholen oder ihn im hügeligen Gelände nicht aus den Augen zu verlieren. Als Gwendolyn schließlich genug hatte, ritt sie neben ihn und sagte mit zusammengebissenen Zähnen: „Ich spiele keine Spielchen, das musst du begreifen." Sie musste ihm wirklich klarmachen, dass die Mission, auf die sie sich begeben hatte, heikel und wichtig war.

„Tust du das nicht?"

Er konnte es unmöglich verstehen. Er wusste nicht, wie die Dinge bei ihrem Volk funktionierten. Offensichtlich hatte er keine Ahnung, wie wichtig die Position des Ersten Ratsherrn für den Hof ihres Vaters war. Irgendetwas an seinem Tod war furchtbar falsch, etwas, das über das Offensichtliche hinausging, und Gwendolyn beabsichtigte, herauszufinden, was das war. Sie öffnete den Mund, um zu antworten, um es zu erklären, aber etwas anderes fiel ihr ein – dieser Geruch. Er war in der Halle schrecklich gewesen, aber in Meister Ciaráns Laboratorium noch schlimmer. Es war nicht der Geruch eines erst kürzlich Verstorbenen.

Neben ihr warf Málik ihr einen zweifelnden Blick zu, wunderte sich vielleicht, warum sie verstummt war, und Gwendolyn verabscheute die Tatsache, dass sie die Form seiner Lippen bewunderte, selbst wenn sie so fest gegen sie gerichtet waren. „Wenn du es wissen musst, der wahre Grund, warum ich nach Chysauster gehe, ist, meine Cousinen und Cousins zu meiner Hochzeit einzuladen", log sie, wusste aber nicht, ob sie es gesagt hatte, um sich selbst daran zu erinnern, dass sie heiraten würde, oder ob es daran lag, dass sie Málik davon in Kenntnis setzen musste.

Götter. Alles, was sie wirklich wusste, war, dass sie noch weniger das Recht hatte, die Sehnen in seinem Oberschenkel zu bemerken, als den Tod des Ratsherrn zu untersuchen.

Er antwortete mit Schweigen.

„Du erinnerst dich doch, dass ich heiraten werde, oder?"

Wieder nichts, nur das Geräusch einer Waechter, die einen Kern hochwürgte und ausspuckte. Sie hörte ihn im Gras landen und warf dem Mann einen Blick über die Schulter zu. Sie bemerkte, dass er eine ganze Handvoll Dörrpflaumen hatte, und noch während Gwendolyn zusah, kaute er einen weiteren Bissen und schob ihn von einer Wange zur anderen, während er den Kern vom Fleisch löste.

Sie waren jetzt weniger als eine halbe Glocke von Chysauster entfernt, und Gwendolyn wollte Málik unbedingt ins Gespräch verwickeln, solange sie noch seine volle Aufmerksamkeit hatte. Nach ihrer Ankunft in Chysauster wäre sie gezwungen, ihn so weit wie möglich auf Abstand zu halten.

Um ihres eigenen Verstandes, wenn nicht sogar ihres Rufes willen, durfte sie ihm auch nicht mehr gestatten, sie Gwendolyn zu nennen, auch wenn sie feststellte, dass es ihr gefiel.

„Aber vielleicht war dir das nicht bewusst", sagte sie hochmütig. „Immerhin wurdest du wahrscheinlich weder zur Versprechens-Zeremonie noch zur Hochzeit eingeladen."

„Das wurde ich nicht", gestand er unbekümmert, und Gwendolyn fiel zurück, um den Schnitt seiner Schultern zu bewundern ... die Art, wie seine Lederkleidung und seine Beinlinge so eng anlagen.

Bei den Augen Lughs, was war nur los mit ihr? Málik war nicht der Mann, dem sie zur Ehe versprochen war, und er scherte sich auch nicht einen Deut um sie.

„Natürlich nicht", sagte sie gehässig. „Du bist keiner von uns. Warum also sollte mein Vater dir so bedingungslos den wichtigsten Besitz anvertrauen, den er hat?"

Das erregte seine Aufmerksamkeit. Er warf Gwendolyn einen Blick über die Schulter zu, und das einzige Zeichen, dass ihre Worte ihn getroffen haben mochten, war die Art, wie er auch an den Zügeln riss.

„Du schätzt dich selbst sehr hoch ein, Prinzessin."

„Ich–"

Aber das tat sie nicht, nicht wirklich.

Sie tat es nicht genug, wie Demelza behauptete.

Gwendolyn fehlten die Worte, geschweige denn eine angemessene Verteidigung. Natürlich war sie der wertvollste Besitz des Königs, seine Erbin, aber das war es nicht, was sie gemeint hatte. *Ganz und gar nicht.* Vielmehr sprach sie von Máliks Verbindung zur Palastwache, der Elitewache, die ihr Vater ihm so schnell zur Ausbildung anvertraut hatte. Und wirklich, Málik könnte sie ausbilden, um dem Feind zu dienen – *ihm*, soweit sie wussten. Tatsächlich – sie blickte zurück auf die Männer, die in ihrem Kielwasser ritten – könnte der Beweis offensichtlicher sein als die Nase in ihrem Gesicht. Keiner dieser Waechter schien auch nur im Geringsten geneigt, sich um Gwendolyns Wohlergehen zu kümmern. Sie gehorchten Málik und sahen sie kaum einmal an, obwohl Gwendolyn ihre Prinzessin war.

Keiner von beiden hatte sich auch nur bei ihr für die Dörrpflaumen bedankt, die sie ihnen geschenkt hatte, und der eine hatte bereits eine Handvoll gegessen. „Ich frage mich, wie du in den Dienst meines Vaters getreten bist?"

„Noch mehr Fragen?"

„Aber du gibst mir keine Antworten."

„Ich wurde gerufen", sagte er.

„Von wem?"

Er drehte sich jetzt zu ihr um und lächelte. „Du spielst wirklich gerne den Spürhund, wie ich sehe."

„Ich–"

„Du kannst viele täuschen, Prinzessin, aber mich kannst du nicht täuschen. Du denkst, ich wüsste nicht, warum du dich vor der Abreise aus der Stadt verspätet hast, aber ich weiß es."

„Das kannst du unmöglich wissen."

„Ich weiß mehr, als du denkst", sagte er.

„Dann hilfst du mir vielleicht, die Ungereimtheiten zu erklären, die ich gefunden habe?"

„Ich würde es tun, wenn es mich kümmern würde."

„Aber mich kümmert es! Etwas stimmt nicht, und ich will herausfinden, was es ist."

Er hob die Brauen. „Stimmt etwas mit dir nicht? Deiner Heirat, oder etwas anderem?"

Gwendolyn war jetzt verwirrt. Wusste er nun von ihren Nachforschungen oder nicht? Sie biss die Zähne zusammen. „Ich will sagen, dass etwas mit dem Tod des Ratsherrn nicht stimmt."

„Also gestehst du, dass du nicht nach Chysauster reist, um deine Cousinen und Cousins zu deiner Hochzeit einzuladen?"

„Nein! Aber – ja! Natürlich tue ich das. Das tue ich, und du wirst sehen, wie ich es tue. Und doch habe ich auch eine ... gewisse ... Intuition, und ich muss mit der Frau des Ratsherrn sprechen."

„Und das war nichts, was du geneigt warst, mit deinem Vater, dem König, zu teilen, dem du Gefolgschaft schuldest?"

Gwendolyn zuckte mit den Schultern, mit der Wahrheit abgefunden. „Wenn ich es getan hätte, hätte er mir nicht erlaubt zu kommen."

„Weil er vielleicht nicht wollte, dass du dich einmischst?"

Gwendolyns Wangen brannten heiß.

Jetzt frustriert, gab sie den Zügeln einen Ruck und beschloss, dass sie genug hatte. „Du bist die nervtötendste Kreatur! Ich bin dankbar, dass unsere gemeinsame Zeit kurz sein wird", sagte sie und lenkte ihr Pferd auf ein Wäldchen zu, geneigt, sich einen Moment der Ruhe zu gönnen.

Chysauster lag hinter der nächsten Anhöhe, und sie musste sich so gut wie möglich zurechtmachen. Wenn nichts anderes, musste sie ihre Nerven stählen – um Málik ein für alle Mal in seine Schranken zu weisen.

Egal wie vertraut er auch wurde, er war nicht ihr Verlobter. Sie konnte ihm einfach nicht erlauben, so mit ihr zu reden, wie er es tat. Sie war die Prinzessin, er war ihr Schatten.

VIERUNDZWANZIG

Gwendolyn erwartete, dass ihr Onkel ihnen entgegen reiten würde, um sie zu begrüßen und für den Rest des Weges ins Dorf zu geleiten. Ihr wurde auch klar, dass, obwohl er sie so herzlich begrüßte, in den nahen Bäumen Bogenschützen verborgen waren, bereit zuzuschlagen, sollte er das Zeichen geben.

Doch das würde er nicht tun.

Mit einem aufrichtigen Lächeln überreichte Gwendolyn das Sendschreiben seines Bruders, und Herzog Cunedda nahm es entgegen, schob es sich, ohne das Siegel zu brechen, in den Gürtel und schenkte ihr ein Nicken und ein Lächeln. Was auch immer dieser Brief enthielt, er war nur für seine Augen bestimmt, und wie bei der Schatzkammer selbst wäre es Gwendolyn nie in den Sinn gekommen, neugierig zu sein. Soweit sie wusste, fügte ihr Vater lediglich seine eigene Einladung zu ihrer Hochzeit hinzu.

„Deine Cousinen und Cousins werden sich freuen zu sehen, dass du zurückgekehrt bist", sagte er.

„Ich mich auch", sagte Gwendolyn und fragte sich, was ihr Onkel von dem *Sidhe* in ihrer Begleitung hielt. Auch wenn er es noch nicht zugegeben hatte, war sein *Rás* deutlich in seinen Zügen zu erkennen – den Haaren, den Augen, den Ohren, den Zähnen und der leuchtenden Haut. Und das, selbst wenn man seine unermüdliche Arroganz außer Acht ließ. Doch wenn sie sich Sorgen gemacht hatte, wie Málik sich in der Gegenwart ihres Onkels benehmen würde, so waren diese zum Glück unbegründet. Er ließ sich zurückfallen, bevor der Herzog zu ihnen aufschloss, und nahm eine unterwürfige Position ein, vor den anderen Wachen, wie es sein Recht war. Herzog Cuneddas Männer bildeten die Nachhut, denn obwohl dies das Land ihres Onkels und der von ihm verwaltete Bezirk war, diente er ihrem Vater. Da sie die Erbin von Cornwall war, diente er auch Gwendolyn; daher standen ihre Wachen im Rang über seinen. Aber anders als ihre Onkel Arthyen und Hedrek hegte Herzog Cunedda keinerlei Anmaßungen oder Ambitionen. Er war zufrieden damit, seines Bruders Hüter zu sein. Auf dem Ritt ins Dorf unterhielten sie sich ausgiebig, hauptsächlich über Gwendolyns Hochzeitspläne. Sie erzählte ihm von der Versprechens-Zeremonie und sparte die Geschichte von Bryoks Tod aus. Die beiden Ereignisse hingen ohnehin kaum zusammen, und sie wollte nicht, dass er den Grund für ihr Kommen argwöhnte. Er sollte glauben, sie sei nur gekommen, um sie zu den Feierlichkeiten einzuladen, denn je weniger er über ihren wahren Zweck wusste, desto weniger würde er ihrem Vater erzählen.

„Ich hoffe, du wirst dabei sein", bot sie an.

Ihr Onkel grinste breit, ein Lächeln, das sein Gesicht spaltete. „Das würde ich mir nicht entgehen lassen", sagte er. „Also, erzähl mir von deinem Prinzen."

Götter. Erst da wurde Gwendolyn bewusst, dass sie völlig vergessen hatte, Prinz Locrinus zu erwähnen. Seltsam für eine frisch Verlobte. „Nun ... er ist ... ziemlich ... prinzlich", bot sie an.

„Und du magst ihn nicht?", riet Cunedda.

„Doch", log Gwendolyn, und ihr Onkel zog eine Augenbraue hoch.

„Du vergisst, wie gut ich dich kenne", deutete er an, und Gwendolyn überlegte, was sie zu ihrer Verteidigung sagen sollte, als es plötzlich hinter ihnen einen dumpfen Aufprall gab.

Erschrocken wirbelte sie herum. Eine ihrer Wachen, derjenige, der Hedreks Livree trug, war von seinem Pferd gestürzt. Er fiel mit dem Gesicht voran auf den Boden und zerschmetterte sich die Nase, sodass sie blutete.

Aber das war seine geringste Sorge. Er hatte Schaum vor dem Mund, sein Körper krampfte heftig, und er stieß schreckliche, erstickende Laute aus.

An seinen Fingerspitzen lagen einige der Dörrpflaumen, die Gwendolyn ihm gegeben hatte.

Málik reagierte schnell, stieg ab, stürzte an die Seite des Mannes und stieß ihm die Finger in den Hals, zog sie aber mit nichts wieder heraus.

Die andere Wache saß verdattert und mit offenem Mund auf ihrem Reittier, während Cuneddas Männer es ihnen gleichtaten. Nach einem Moment stieg ihr Onkel ab und ging zur Seite der Wache, und während Málik versuchte, ihm zu helfen, brach ihr Onkel die Faust des Mannes auf, um ...

Eine halb gegessene Dörrpflaume zu enthüllen.

Obwohl sie fassungslos war, stieg Gwendolyn ebenfalls ab und eilte an Máliks Seite, nur um festzustellen, dass das Wams der Wache von so viel Geifer durchnässt war. Seine Pupillen waren groß und rund, seine Haut färbte sich blau ... und sie wusste ... noch bevor sie die Szene vor sich ganz verarbeitet hatte ... sie wusste es.

Sie tauschte einen wissenden Blick mit Málik, ihre Augen weit aufgerissen.

Gift.

„Hebt ihn hoch!", befahl ihr Onkel, und Málik gehorchte sofort. Er nahm den zuckenden Mann in seine Arme, obwohl er wusste, dass es zu spät war.

„Wir bringen ihn zum Heiler", teilte Cunedda mit.

Doch Gwendolyn legte eine Hand auf Máliks Arm, um ihn dort, wo er kniete, aufzuhalten. Sie traf seinen *eisgeborenen* Blick. „Es gibt kein Heilmittel", flüsterte sie, damit er verstand.

Es gab kein Gegenmittel für dieses Gift, und selbst wenn es eins gäbe, würde er ersticken, bevor sie ihn zu einem Heiler brächten. Zu diesem Zeitpunkt würde das Gift schnell wirken, und seine letzten Momente wären unvorstellbar. Gwendolyn schüttelte den Kopf, heiße Tränen stiegen ihr in die Augen.

Ihr vertrauend, nickte Málik. Er zog seinen Dolch und stieß ihn dem Mann direkt ins Herz.

Der Leichnam von Hedreks Vasall lag auf Cuneddas Speisetafel. Des Lebens beraubt, war seine Haut bereits grau geworden. „Gift", sagte der Heiler und bestätigte Gwendolyns Befürchtungen. Aber eigentlich hatte sie es gewusst. Die Krämpfe, der durch das durchnässte Wams erkennbare vermehrte Speichelfluss und die tintenblauen Flecken unter seinen Fingernägeln, so kurz nach seinem Ableben – das waren die Zeichen. Sie hatte einmal zugesehen, wie ein Vorkoster auf diese Weise starb, und es war das Schlimmste, was Gwendolyn je erlebt hatte. Hätte Málik dem Mann seine Klinge nicht in die Brust gestoßen, hätten sie zusehen müssen, wie er vor ihren Augen erstickte, die Augen rund und hervorquellend, blutunterlaufen, der Mund offen und nach Luft schnappend.

Sein Tod war allein ihre Schuld. Sie gab sich selbst die Schuld. Sie war diejenige, die ihm die Dörrpflaumen in die Satteltasche gesteckt hatte. Und hätte sie das nicht getan, läge er nicht mausetot hier.

Götter. Sie hatte sich nie die Mühe gemacht, nach seinem Namen zu fragen – Owen, wie sie erst heute erfuhr. Ihr Kopf war so voller Málik und Hofintrigen gewesen, dass sie nie daran gedacht hatte.

„Ich verstehe nicht", sagte ihre Tante. „Wenn Ihr welche gegessen habt, warum seid Ihr dann nicht betroffen?"

Ihr Mann stieß einen Seufzer aus, während seine breiten Schultern zusammensackten. „Du darfst nicht fragen, Lowenna."

Dieses Wissen zu teilen, könnte ihren Vater verletzlich machen. Ihr Onkel wusste das ebenfalls. Dass seine Frau nichts davon wusste, ließ Gwendolyn glauben, dass er die Praxis der Einnahme kleiner Dosen nicht teilte, oder wenn doch, dann nicht mit seiner Frau oder seinen Kindern.

Mit verschränkten Armen stand Málik auf der anderen Seite des Tisches und musterte die nun leblose Gestalt der Waechter. Er warf Gwendolyn einen Blick zu, als sie sprach.

„Ich …" Sie schüttelte den Kopf, unsicher, was sie sagen sollte. „Darf nicht …"

„Du wirst nicht viel gegessen haben", schlug Málik vor, und sie nickte.

„Woher wisst Ihr, dass das Gift in den Dörrpflaumen war?", fragte Lowenna.

„Ich … ich … weiß es nicht."

Hier und jetzt traf Gwendolyn Máliks Blick, und sie tauschten einen weiteren wissenden Blick, und sie wusste … er wusste es.

„Wir werden ihn auf einen Scheiterhaufen legen", schlug Cunedda vor.

„Danke", sagte Gwendolyn und wandte sich ab, um den Raum zu verlassen, und sei es nur, um sicherzustellen, dass die restlichen Dörrpflaumen unberührt blieben. Sie ging zuerst zum Reittier der anderen Wache, nur weil sie sich sicher war, dass Málik es besser wusste, als seine zu essen. Glücklicherweise waren alle Dörrpflaumen noch da, genau dort, wo Gwendolyn sie hingelegt hatte, obwohl die Wache nirgends zu finden war und sich wahrscheinlich wegen des Verlusts eines Kameraden Bier in die Kehle schüttete.

Málik folgte Gwendolyn nach draußen und sah zu, wie sie die Klinge aus ihrem Stiefel zog und in das Fruchtfleisch der Dörrpflaumen stach, die sie hielt, und sie bis zum Kern durchschnitt. Sie reichte Málik einen Teil davon, hielt sich ihren eigenen Teil unter die Nase und runzelte beim Geruch die Stirn.

Da war der schwächste mäuseartige Geruch. Dennoch war er da.

Gwendolyn ließ die Dörrpflaume fallen und tat, was sie seit Jahren nicht mehr getan hatte – sie gab sich einem ausgewachsenen Wutanfall hin und zerquetschte das Fruchtfleisch unter ihrem Absatz, wütend auf sich selbst, weil sie diesen Hinweis übersehen hatte.

Als sie sich endlich wieder unter Kontrolle hatte, betrachtete sie die Hälfte in Máliks Hand und gestand: „Ich habe sie aus Bryoks Haus mitgenommen."

Málik nickte, als ihr Tränen in die Augen stachen.

„Es war nicht deine Schuld", gestand er zu, und sein Tonfall hatte nichts von seinem früheren Vorwurf. Das war jedoch einfach nicht wahr. Das Einzige, was sie gewusst hatte, war, dass bei Bryoks Ermordung Gift vermutet wurde. Warum also hatte sie seine Früchte mitgenommen?

So oder so brauchte Gwendolyn einen Verbündeten – und mehr. Sie brauchte Máliks Hilfe, um diese Verschwörung aufzudecken. Aber sie brauchte mehr als vergiftete Dörrpflaumen, bevor sie mit Anschuldigungen zu ihrem Vater rennen konnte. Soweit sie wusste, hätten diese Dörrpflaumen ein Abschiedsgeschenk einer Ehefrau an einen untreuen Ehemann sein können – ein grober Abschiedsgruß. Und doch, tief in ihrem Herzen wusste sie, dass das nicht wahr war.

In diesem Augenblick wurde ihr alles klar.

Jemand hatte die Dörrpflaumen in Bryoks Haus gelassen, um den Ratsherrn absichtlich zu töten. Mehr noch, es war nicht passiert, als alle sagten, dass es passiert war. Er konnte unmöglich innerhalb eines einzigen Tages so schrecklich gerochen haben. Er war lange vor seiner Morgenschicht und lange vor dem Ende seiner letzten Schicht gestorben. Jemand hatte es versäumt, es zu melden. Jemand hatte dann seinen Leichnam vom Ort seines Todes entfernt und sein Haus aufgeräumt, dann seinen Körper an einen Ort gebracht, wo man ihm Gewalt antun konnte, um den Verdacht abzulenken. Nur hatten sie bei der Säuberung des Hauses des Ratsherrn vergessen, die Dörrpflaumen mitzunehmen.

Jetzt musste Gwendolyn herausfinden, ob die Frau des Ratsherrn ihre Finger im Spiel hatte oder ob sie des Verbrechens unschuldig war.

FÜNFUNDZWANZIG

Ia verkraftete die Nachricht vom Tod ihres Mannes schlecht und schluchzte in ihre Hände, während ihre Mutter die älteren Kinder aus dem Haus führte und das jüngste auf der Hüfte hielt.

Sobald sie aus dem Raum waren, erklärte Gwendolyn so sanft, wie es ihr nur möglich war, von der Entdeckung der Leiche ihres Mannes in der Gasse hinter der Schmelzhütte.

Sie erzählte ihr nichts von dem Hammer, auch nicht von dem Zustand seiner Leiche, nachdem die „Wölfe" sich an ihm gütlich getan hatten. Manche Einzelheiten waren unnötig, beschloss sie, und es dauerte nicht lange, bis Gwendolyn erkannte, dass Ia nichts mit dem Tod ihres Mannes zu tun gehabt hatte.

In der Tat, wer auch immer diese Pflaumen gefüllt hatte, wusste, dass sie und ihre Kinder fort sein würden und dass nur Bryok Zugang zu ihnen haben würde.

Außerdem musste derjenige, der sie vergiftet hatte, genug gewusst haben, um mit den Stecklingen umgehen zu können. Allein die Dämpfe konnten ebenso schnell töten wie die Einnahme. Aber wenn man nicht wusste, wie man den Trank erntet oder zubereitet, wie der Medikus andeutete, konnte er Blasen oder Verfärbungen verursachen, die Tage, sogar Wochen anhielten; vielleicht war es das, wonach Meister Ciarán während der Untersuchung in seinem Labor gesucht hatte?

Erst jetzt wünschte Gwendolyn, sie hätte die Hände der offensichtlichsten Verdächtigen auf Spuren untersucht. Besonders in Anbetracht der Tatsache, dass Meister Ciarán ebenfalls eine Schale mit denselben Pflaumen in seinem Labor hatte. War es Meister Ciarán, der die Pflaumen präpariert hatte?

Wenn dem so war und er Gwendolyn erlaubt hatte, davon zu essen, würde er dem Henker gegenübertreten. Aber etwas sagte ihr, dass er es nicht getan hatte. Und dann war da noch diese seltsame Begegnung zwischen Meister Ciarán und dem Meister Ratsherrn in der Halle ihres Vaters an dem Tag, als sie Bryoks Leiche hereingebracht hatten.

Gwendolyn wusste, dass es nach dem Tod etwa sechs Glockenschläge dauerte, oder so um den Dreh, bis die Säfte eines Körpers aufhörten zu fließen. Sie wusste das, weil sie eine Jägerin war. Sobald das Blut geronnen war, bluteten Leichen nicht mehr, außer bei der Bahrprobe. In Anbetracht dessen war es ziemlich seltsam, dass Meister Ciarán Ratsherr Eirwyn seinen Stab überreicht hatte, um an der Leiche herumzustochern. Warum sollte er das tun, wenn nicht auch er den Meister Ratsherrn des Mordes an Bryok verdächtigte? Mehr noch, wenn Meister Ciarán Eirwyn verdächtigte und Eirwyn das wusste, sollten die Pflaumen in seinem Labor dann vielleicht Meister Ciarán ein für alle Mal zum Schweigen bringen?

Sobald Gwendolyn zurück war, musste sie den Medikus aufsuchen. Vielleicht würde er ihre Vermutungen bestätigen, oder vielleicht hatte er noch etwas anderes entdeckt.

Sie war jetzt nur froh, dass sie seine Pflaumen genommen hatte. Und dann fiel ihr plötzlich etwas ein. Der Tag, an dem sie Meister Ciaráns Pflaumen gegessen hatte ... das war der Tag, an dem sie sich über Málik übergeben hatte. Das war bei Weitem die größte Menge, die sie auf einmal gegessen hatte, und seitdem nicht mehr so viele.

Sie blickte zu Málik auf, der neben ihr stand, und mahnte sich, ihm später davon zu erzählen. Einstweilen legte Gwendolyn Ia eine Hand auf ihre und sagte: „Wissen Sie von jemandem, der Ihrem Mann Böses gewollt haben könnte?"

Ia schüttelte den Kopf.

„Fanden Sie, dass er wütend war, als Sie fortgingen?"

„Warum sollte er?"

Gwendolyn zuckte mit den Schultern. „Weil Sie ihn *verlassen* haben?"

„Nein! Das habe ich nicht!", rief Ia. „Ich habe ihn nicht verlassen. Er hat mir gesagt, ich soll gehen!" Die Frau klang völlig außer sich, als ob sie die Wahrheit sagen musste. „Er hat gesagt, er würde nachkommen", sagte sie. „Er hat gesagt, er würde mit dem Meister Ratsherrn sprechen. Er hat gesagt, er würde seine Stellung aufgeben." Dann schneuzte sie sich und fügte hinzu: „Er hat mir ein besseres Leben versprochen."

Mit Ias jüngstem Kind auf der Hüfte tätschelte ihre Mutter ihrer Tochter die Schulter und sagte: „Schon gut, schon gut."

Unglücklicherweise hatte Gwendolyn keine tröstenden Worte für die arme Frau und wagte es auch nicht, weiter auszuholen, da Ia bereits so verzweifelt war.

Gwendolyn und Málik dankten ihr für ihre Zeit und überließen sie dem Trost ihrer Mutter. Auf dem Heimweg nutzte Gwendolyn die Gelegenheit, Málik von ihren Vermutungen zu erzählen. Mit glühend heißen Wangen erinnerte sie ihn an das Erbrochene auf seinem Wams und erklärte, dass sie von den Pflaumen aus Meister Ciaráns Schale gegessen hatte.

„Interessant", sagte er.

„Findest du nicht auch?"

„In der Tat."

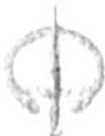

Die Farm von Ias Vater lag nur einen Steinwurf vom Dorf ihres Onkels entfernt.

Sie waren nur so kurze Zeit fort gewesen, dass Gwendolyn bei ihrer Rückkehr überrascht war, einen bereits brennenden Scheiterhaufen vorzufinden, mit Owens Leiche darauf. So beiläufig, als wäre er ein Lammkarree, hatten sie ihn auf die Bahre geworfen und standen nun da und sahen zu, wie er verbrannte. Er war von Fremden umgeben, die keine Tränen um ihn vergießen würden, und Gwendolyn zwang sich ebenfalls, dazustehen und zuzusehen, als letzte Geste des Respekts.

Neben ihr leistete Málik ihr Gesellschaft.

Nach einer Weile sagte er: „Gwendolyn." Und weit davon entfernt, den Klang zu verabscheuen, war Gwendolyn davon berührt, wie ihr Name über seine Lippen kam ... atemlos, wie ein Flüstern.

„Ja?"

„Diese Pflaumen müssen kostspielig gewesen sein, meinst du nicht auch?"

Gwendolyn nickte. *In der Tat.* Besonders zu dieser Jahreszeit, wo sie importiert werden mussten. Tatsächlich waren sie so kostspielig, dass sie beim Willkommensfest für Prinz Loc keine auf dem Tisch sah, obwohl sie wusste, dass ihr Vater Eindruck schinden wollte.

„Außerdem", sagte er, vielleicht laut nachdenkend, „frag dich doch einfach mal ... warum sollte sich jemand die Mühe machen, einen Hammer zu benutzen, wenn die Todesart Gift war?"

Gwendolyn blinzelte.

Natürlich hatte sie sich das gefragt. Viele Male. Das war einer der Gründe, warum sie diese Untersuchung begonnen hatte, aber als Málik die Frage stellte, schien die Antwort sonnenklar auf der Hand zu liegen.

Sie hatten den Hammer benutzt, um den Verdacht abzulenken – aus demselben Grund, aus dem sie die Leiche bewegt hatten ... und aus demselben Grund, aus dem sie Bryoks Haus gesäubert hatten.

Wer auch immer Bryok getötet hatte, war kein Fremder.

Es war jemand, der ihn gut genug gekannt hatte, um ihm ein

extravagantes Geschenk aus importierten Pflaumen zu machen. Jemand, der ihn gut genug gekannt hatte, um sich Sorgen zu machen, dass sein Tod ein schlechtes Licht auf ihn werfen würde.

Finde *diesen* Mann, schlug Málik vor, und darin wirst du sein Motiv entdecken.

SECHSUNDZWANZIG

Schon allein, um zu sehen, ob die Frau ihre Geschichte ändern würde, kehrte Gwendolyn einige Tage später zu dem Hof zurück. Ia hatte geweint, seit Gwendolyn ihr die schreckliche Nachricht überbracht hatte. Es schien also, als hätte sie wirklich geglaubt, dass Bryok zu ihr nach Chysauster kommen würde.

Neugierig auf Bryoks Beziehung zum Meister-Ratsherrn fragte Gwendolyn genauer nach. Sie wollte wissen, ob Ratsherr Eirwyn sie je zu Hause aufgesucht hatte oder ob er und Bryok vielleicht enger miteinander bekannt waren, als ihre Stellungen es erlaubten.

Hatte er nicht, sagte sie, obwohl Ratsherr Aelwin ihren Mann manchmal zu Hause besuchte. „Aelwin?", fragte Gwendolyn überrascht und erinnerte sich, dass er nicht nur einmal, sondern zweimal jegliche Gemeinschaft mit Bryok geleugnet hatte. Und doch konnte es sein, dass es zwar nicht direkt ungesetzlich war, sich mit einem anderen Ratsherrn anzufreunden, Bündnisse zwischen den Ratsherren ihres Vaters aber nicht gern gesehen wurden.

Außerdem waren die Ratsherren für gewöhnlich uneins und buhlten ständig um Gunst. Und wenn Gwendolyn sich recht entsann, waren sowohl Bryok als auch Aelwin die ersten Anwärter auf die Nachfolge für die Position des Meister-Ratsherrn, nachdem Eirwyn in den Ruhestand getreten oder gestorben war. Als Erster Ratsherr war Bryok jedoch im Vorteil. Eifersucht schuf seltsame Kameraden.

In der Tat, wenn Ratsherr Aelwin auf Bryok eifersüchtig war, hatte er vielleicht vor, seinen Rivalen aus dem Weg zu räumen, und die Pflaumen stammten von Aelwin und waren für Bryok bestimmt.

Zu diesem Zweck hatte Ratsherr Aelwin auch übertrieben neugierig auf den Grund gewirkt, aus dem Bryok das Haus des Kochs nutzen wollte. Vielleicht war er derjenige, der Bryok geschickt hatte, um nachzufragen, und sei es nur, um den Verdacht von sich abzulenken.

Gwendolyn hatte so viele Fragen, die sie nach ihrer Rückkehr stellen musste, aber obwohl aus der Ferne wenig auszurichten war, hatte sie es nicht eilig, die Heimreise anzutreten, noch sich den bevorstehenden Veränderungen zu stellen – Veränderungen in ihrem Leben, die in dem Moment, in dem sie zurückkehrte, durchgesetzt werden würden.

Der einzige Grund, warum sie entkommen war – und man täusche sich nicht, es war eine Flucht –, lag in ihrer eigenen Schnelligkeit und der Unwissenheit ihrer Mutter über Gwendolyns tägliche Aktivitäten. Königin Eseld würde Gwendolyn jedoch keinen weiteren Aufschub gewähren. Daher verweilte sie wider besseres Wissen in Chysauster, grübelte über die Hinweise nach und redete sich ein, dass Geschehenes nicht rückgängig gemacht werden konnte. Der Erste Ratsherr war bereits tot. Daran konnte sie nichts ändern. Und sie hatte auch keinerlei Beweise, außer ihren eigenen Verdachtsmomenten und einer Handvoll vergifteter Pflaumen, die sie ihrem Vater zeigen wollte, obwohl sie allein kaum etwas bewiesen.

Wenn Gwendolyns Verdacht stimmte, blieb außerdem niemand außer Aelwin übrig, um Eirwyns Position zu erben, und daher sollte niemand sonst in unmittelbarer Gefahr sein, außer vielleicht Eirwyn, obwohl Aelwin ein Narr wäre, zwei Ratsherren in so kurzer Zeit zu ermorden.

Nein, das würde er nicht wagen, entschied sie.

Jedenfalls war sie sich ziemlich sicher, dass sie alle verbliebenen Pflaumen an sich genommen hatte, sehr zu Owens Bedauern und auch zu ihrem eigenen. Und dies war nicht der einzige Grund, weshalb sie in Chysauster bei Málik bleiben wollte, auch wenn sie nicht bereit war, es laut einzugestehen.

Stattdessen bemühte sie sich, sich einzureden, dass dies die letzte Gelegenheit sein würde, die sie je haben würde, die Gesellschaft ihrer Cousinen als unverheiratetes Mädchen zu genießen.

Abgesehen von Bryn und Ely waren ihre Cousinen das Nächste an Geschwistern, das Gwendolyn je gehabt hatte, und jetzt, da sie hier war, beabsichtigte sie, das Beste daraus zu machen.

Die Vormittage verbrachte sie mit Málik beim Sparring im Hof ihres Onkels. Die Nachmittage verbrachte sie mit ihren Cousinen, mit denen sie in Erinnerungen an vergangene Zeiten schwelgte.

Aber *Götter*, wer auch immer glaubte, Männer seien derber als Frauen, hatte nie ihre Cousinen getroffen, und Gwendolyn fragte sich, ob sie vielleicht zu viel Zeit mit ihrem Vater im Hinterland verbracht hatten. Die arme Lowenna, kaum älter als Cuneddas Töchter, lauschte gebannt den Erzählungen ihrer Stieftöchter, vielleicht in der Hoffnung, mehr über die jungen Frauen zu erfahren, die sie aufziehen musste.

Mehr als einmal hob sie eine Braue. Und Gwendolyn fragte sich, wo Cunedda die liebenswerte Frau getroffen hatte – in Anbetracht ihres Akzents gewiss nicht in dieser Gegend.

„Woher stammt Ihr?", erkundigte sich Gwendolyn.

Lächelnd neigte Lowenna ihren Kopf, bevor sie sprach, weitaus ehrerbietiger, als ihre Cousinen es je zu sein pflegten. „Danke, Hoheit", sagte sie höflich. „Aus Dobunni, dort geboren und aufgewachsen."

Das Grenzland.

Gwendolyn reckte das Kinn. Je nachdem, aus welchem Teil dieses Herrschaftsgebiets man stammte, konnte die Loyalität fragwürdig sein – zumindest in Bezug auf Cornwall. Und doch, war es nicht der Stamm der Dobunni, der jene Ländereien für den Tempel der Toten gewährt hatte? Sie sahen sich selbst als Friedensstifter, und ironischerweise war es auch durch die Ländereien der Dobunni, dass Prinz Locrinus freies Geleit für seine Armee sichern musste, um Plowonida einzunehmen.

„Habt Ihr den neuen Tempel gesehen?", fragte Gwendolyn.

„Nein, gnädige Frau", sagte Lowenna. „Der erste Stein wurde nach meiner Abreise gelegt. Ich bin seither nicht zurückgekehrt. Jetzt sind sowohl mein Vater als auch meine Mutter ... von uns gegangen. Vielleicht werde ich eines Tages hingehen."

„Ich ebenfalls", sagte Gwendolyn. Obwohl sie noch nie zuvor als gnädige Frau angeredet worden war, dachte sie nicht daran, die Dame an ihren korrekten Titel zu erinnern. So wie die Sache stand, war der Ausdruck auf dem Gesicht der armen Dame so unsicher, dass Gwendolyn den plötzlichen Drang verspürte, sie zu umarmen. Mit einem Mal erinnerte sie sich an das Wort, das Prinz Loc benutzte, um ihr Volk zu beschreiben – Æmete.

Wirklich, sie konnte sich nicht vorstellen, dass Lowenna jemals einen solchen Namen für jemanden verwenden würde, und sie überlegte, ob man es ihr vielleicht falsch erzählt hatte. Zweifellos war es ein gefährliches Missverständnis, und für geringere Beleidigungen wurden Kriege geführt.

Wenn Gwendolyn Königin war, schwor sie sich, dafür zu sorgen, dass es Botschafter für *alle* Stämme gab, nicht nur für die angesehensten oder gefürchtetsten – damit ihre Stimmen eine Chance hatten, gehört zu werden.

Zweifellos hatte ihr Vater große Anstrengungen unternommen, um sie einander näherzubringen, aber es gab noch viel zu tun.

„Habt Ihr Brüder und Schwestern?", fragte Gwendolyn.

„Einen – einen älteren Bruder", sagte Lowenna. „Ich war das einzige Mädchen. In meinem Dorf wüteten die Pocken, als ich jung war. Mein jüngster Bruder starb, zusammen mit meiner Mutter und meinem Vater, und Mawgan, mein älterer Bruder, fand sich zu jung als Stammesführer wieder. Er war es, der mich Cunedda anbot, und dafür werde ich ewig dankbar sein.“

Ihre Augen wurden weich, als sie den Namen ihres Mannes aussprach.

„Verstehe“, sagte Gwendolyn, die mehr verstand, als ihr lieb war. Wahrscheinlich waren es die Pocken, die sie davon abgehalten hatten, schwanger zu werden. Leider wusste Gwendolyn, dass sie den Mutterleib verheeren konnten.

Wie traurig.

Lowenna war liebenswürdig und verdiente kaum ein Leben ohne Kinder. Wie Elowyn verdiente sie es, ein eigenes Baby im Arm zu halten, und Gwendolyn hoffte, dass die Götter es für richtig halten würden, sie eines Tages zu begünstigen. Aber offensichtlich war die Dame recht zufrieden, wenn auch vielleicht unbewandert in den gesellschaftlichen Gepflogenheiten.

Vielleicht in dem Wunsch, dass sich jeder willkommen fühlte, platzierte sie Gwendolyn unwissentlich neben Málik an der Tafel des Herrn. Vom ersten Abend an teilten sie sich einen Brotteller und einen Becher, und wenn sich jemand wunderte, warum Gwendolyn es wagen würde, solche Vertraulichkeiten mit einem Mann zu genießen, der nicht ihr Verlobter war, sprach niemand die Frage laut aus.

Wenn nichts weiter, so stellte Gwendolyn fest, genoss sie die Freiheit, die ihr als erwachsene Frau gewährt wurde, ohne dass ihre Mutter in der Nähe war, um ihre Entscheidungen zu tadeln, oder Demelza, um sie zu beraten.

Auch, so sehr sie es verabscheute, es einzugestehen, war es eine Erleichterung, Ely nicht in der Nähe zu haben, die ihre Verbindung mit Málik argwöhnisch beäugte ... oder sie dabei erwischte, wie sie ihm so warme Blicke zuwarf.

In der Tat, nachdem die Feindseligkeiten hinter ihnen lagen, stellte sie fest, dass sie seine Gesellschaft genoss, und obwohl es unerhört war – dass ein Schatten mit seinem Schützling speiste –, entdeckte Gwendolyn auch, dass es ihr egal war.

Nach ihrer Rückkehr nach Trevena würde von ihr erwartet

werden, sich wie eine Versprochene zu benehmen, aber hier und jetzt, im Hinterland, so weit entfernt vom Hof ihres Vaters und so weit entfernt von den Augen all jener, die den Austausch der Torques miterlebt hatten, war sie zufrieden damit, so zu leben, wie ihre Cousinen lebten, frei von Konventionen und Forderungen, frei von all jenen, die eine einfache Freundschaft verurteilen könnten.

Und auch ihrem Onkel schien es nichts auszumachen, obwohl sie wusste, dass Cunedda, im Gegensatz zu seiner naiven jungen Frau, es besser wusste. Zweifellos hatte er ein Auge zugedrückt, vielleicht in der Erwägung, dass Gwendolyn eines Tages seine Königin sein würde.

Hin und wieder warf er ihr einen wissenden Blick zu, zwinkerte oder lächelte und brachte sie zum Erröten, besonders dann, wenn sie über etwas lachte, das Málik sagte.

Und das liebte sie am meisten am Haus ihres Onkels: Es wurde viel gelacht. Weit entfernt von der Halle ihres Vaters war seine bescheiden und warm. Die Tafel des Herrn war lang und bot allen Platz, einschließlich der Nachbarn, wann immer sie zu Besuch kamen.

Jedes Mal, wenn ein Bauer mit einer Beschwerde kam, hörte Cunedda aufmerksam zu und lud den Mann dann zum Essen und Trinken ein, während sie über Lösungen nachdachten.

Gewiss erinnerte vieles an Cunedda sie an ihren Vater, aber obwohl Cunedda kaum jünger war als ihr Erzeuger, zeigte sein Gesicht nicht die gleichen harten Jahre, und seine Lachfalten waren tiefer als die Linien auf seiner Stirn.

In gleicher Weise scherzten seine Diener mit ihrem Herrn und ihrer Herrin, und ihre Cousinen erzählten Witze, die so derb waren wie die eines jeden Mannes. Wein floss. Kleine Teller wurden herumgereicht – keine Oliven aus An Ghréig, keine Sardinen aus Hiberia, sondern einfache Pilchards, die aus nahegelegenen Schwärmen gefischt und mit *Hevva*-Kuchen und Met serviert wurden.

Borlewen war kühner als Jenefer und Briallen und außerordentlich talentiert. Eines Abends spielte sie am Kamin auf der

Harfe und erfand Geschichten, die ihrem Vater die Röte in die wohlgeformten Wangen trieben. An einem anderen Abend nahm sie einen Dolch von ihrem Gürtel – den, mit dem sie gegessen hatte –, spreizte ihre Hand auf dem Esstisch und stach in schneller Folge zwischen ihren Fingern hindurch, um ihre Meisterschaft mit der Klinge zu demonstrieren. Alle sahen mit angehaltenem Atem zu.

Der Dolch selbst war recht ungewöhnlich. Poniards waren normalerweise zum Schneiden gedacht. Meist schlank, mit einer dreieckigen Klinge, war dieser länger und zweischneidig, ähnlich einem Schwert und weitaus besser zum Stechen geeignet. Mehr als der Trick selbst, so beeindruckend er auch war, interessierte Gwendolyn die Klinge.

„Willst du es versuchen?", fragte ihre Cousine mit einem verschmitzten Grinsen, und Gwendolyn schüttelte den Kopf und verschränkte die Arme.

„Ganz gewiss nicht!"

„Und du?", fragte sie Málik. „Bist du sicher, dass du mutiger bist als ein albernes Mädchen?"

Gwendolyn lachte über den Seitenhieb, da sie wusste, dass ihre Cousine es nicht böse meinte. Im Gegenteil, ein gewisser Blick in ihren Augen ließ Gwendolyn ziemlich sicher sein, dass Borlewen sich allen Männern weit überlegen fühlte, Málik und ihren Vater eingeschlossen.

„Bin ich das?", fragte Málik mit einem halben Lächeln. Und dann, nach einem kurzen Blickwechsel mit Borlewen, zuckte er mit den Schultern und bot ihr seine Hand an.

Borlewen grinste siegesgewiss.

Ruhig spreizte Málik seine Finger, und wieder, ohne abzuwarten, um ihren Mut zu sammeln, oder sich Zeit zu nehmen, die Position seiner Hand einzuschätzen, stach Borlewen in schneller Folge zu, verfehlte zielsicher Fleisch und Knochen und rammte die scharfe Klinge am Ende tief ins Holz, sodass sie einen Moment lang summte, als der Griff erzitterte.

Gwendolyn hob eine Braue, bemerkte erst jetzt die Vielzahl von Kerben im Tisch und fragte sich, wie viele Finger Borlewen eingebüßt hatte, bevor sie ihren Trick perfektioniert hatte. Glücklicherweise hatte sie selbst noch alle ihre eigenen.

„Das ist ein beachtliches Talent", meinte Málik, als er seine Hand zurückzog und sie wieder in seinen Schoß gleiten ließ. Und wenn er auf ein gutes Ende hin den Atem angehalten hatte, war es ihm nicht im Geringsten anzumerken.

Andererseits, dachte Gwendolyn, ohne es wirklich zu glauben, wenn er ein *Fae* war … vielleicht konnte er seine Finger und Zehen nachwachsen lassen, wie Núada mit der Silberhand, von dem gesagt wurde, er habe seinen Arm, dann seine Krone verloren und alles wiedererlangt, nachdem ihm der Arm in Silber nachgewachsen war.

„Darf ich die Klinge sehen?", fragte Gwendolyn.

„Sicher", sagte Borlewen und reichte ihr den Dolch mit dem Griff voran. Sie grinste. „Er ist lang genug, um zwischen die Rippen zu gleiten und ein Herz zu stechen", sagte sie mit einer gehobenen Braue. „Mein Vater hat ihn für mich anfertigen lassen."

Die Markierung auf dem Griff war der uralte Wächter von Dumnonia – die Standarte des Königs natürlich – und im Auge des Drachen befand sich eine kleine schwarze Perle. Diese waren selten, und eine Legende besagte, dass schwarze Perlen im Kopf eines Drachen entstanden und man den Drachen erschlagen musste, um seine Perlen zu beanspruchen. Dies war jedoch ganz klar nicht wahr, denn es gab keine Drachen mehr, falls sie je existiert hatten. Und dennoch war es ein recht extravagantes Geschenk. Selbst unter ihren eigenen cornischen Austern war eine einfache weiße Perle so selten wie eine Geisterorchidee.

Cunedda betrat den Raum und lachte schallend, als er seine Tochter über den Dolch sprechen hörte. „Und immer noch hat sie meinen Hinweis nicht verstanden. Bemerkst du die Zunge?"

Gwendolyn sah wieder hin und stellte fest, dass die gespaltene Zunge fehlte – wie clever!

„Wenn er dachte, das allein würde mich zum Schweigen bringen, dann muss er sich das noch einmal überlegen!"

Gwendolyn lachte mit hochgezogenen Brauen, und alle

stimmten mit ein, wobei Borlewens Lachen lauter als alle anderen erschallte. Als Gwendolyn die Klinge zurückgab, wurde sie wehmütig bei dem Gedanken an eine Familie wie diese – einen Vater, der mit ihr lachen würde, viel mehr als alles andere. Gwendolyn hatte mehr als genug Geschenke aus Silber und Gold. Und sie waren alle vom selben Blut, aber … Gwendolyn sehnte sich nach einer solchen Ungezwungenheit.

Doch leider würde sich dies niemals ändern. Sie war anders erzogen worden, und obwohl einige sagen würden, besser, dachte Gwendolyn das nicht. Sie hatte mehr, das stimmte, aber mehr war nicht besser – man nehme ihre Cousinen als Beispiel. Sie lebten, wie es ihnen gefiel, freimütig und frei. Und selbst Ia hatte bei all ihrem Kummer eindeutig eine Liebe erfahren, die süß und wahr war, denn keine Frau weint so bitterlich über den Verlust eines Mannes, wenn sie ihn verachten oder ihm den Tod wünschen könnte.

In jener Nacht, als sie mit Jenefer im Bett lag, sprachen Gwendolyn und ihre Cousinen über den Abend und lachten darüber, wie ihr Onkel zu glauben schien, niemand könne ihn sehen, wenn er seine Hand unter den Tisch in die Beuge der Oberschenkel seiner Frau gleiten ließ.

„Das ist ihm doch egal", sagte Briallen.

„Oh, das tut er", widersprach Jenefer. „Vielmehr hält er sich für zu schlau – wie Kitto, jedes Mal, wenn er dich hinter den Bierfässern knutscht, Borlewen."

Borlewen lachte. Sie zog die Wolldecke bis zu den Lippen, um ein Lächeln zu verbergen, aber ihre blauen Augen funkelten heftig.

„Das muss dir gefallen", meinte Briallen.

„In der Tat, das tut es", sagte Jenefer. Und fügte hinzu: „Aber pass lieber auf, kleine Schwester, damit du nicht mit einem Kind im Bauch und ohne Halsreif dastehst, der dich ausweist."

„Blut und Knochen!", rief Borlewen. „Besser so, als so lange zu warten, bis mein Schoß verdorrt und abstirbt, wie bei Lowenna! Wenigstens habe ich dann ein eigenes Kind, das ich aufziehen und für das ich meine Felder beackern kann."

„Schade nur. Das werden dann die einzigen Felder sein, die bei dir je wieder beackert werden", konterte Jenefer.

„Nein", widersprach Borlewen. „Ein Kind wird mich nur empfehlen. Ich weiß, wie man einem Mann so gut gefällt, dass danach sechs weitere Schlange stehen werden."

„Sechs!", quiekte Briallen, und Jenefer fügte hinzu: „*Götter*, du bist ja ein richtiges Flittchen."

Borlewen stieß einen entrüsteten Schrei aus und sprang mit einem Kissen in der Hand aus dem Bett, um auf Jenefer einzudreschen. Einen Moment lang rangen die Schwestern im Scherz miteinander, wobei Jenefer schrie und Borlewen vergeblich versuchte, ihrer Schwester das Kissen ins Gesicht zu drücken.

„Hör auf! Hör auf!", schrie Jenefer lachend. „Hör auf!" Bis alle drei vor Lachen kreischten, und sogar Gwendolyn, obwohl sie durch Borlewens gespielte Wut ein Knie in den Oberschenkel bekommen hatte. Später, als sie sich wieder beruhigt hatten und das Lachen abgeklungen war, wagte Briallen zu fragen: „Übrigens, Gwen, ich muss einfach fragen … hast du noch nie Máliks Schwanz gesehen?"

Entsetzt über die unverschämte Frage, und das von der sanftmütigsten der Schwestern, schlug Gwendolyn eine Hand vor den Mund, um ihr entsetztes Lachen zu unterdrücken, und die Schwestern begannen alle wieder zu kichern.

„Das habe ich nicht", sagte Gwendolyn, obwohl sie lächelte – vielleicht ebenso sehr über die Aussicht wie über die Frage selbst.

Götter. Das letzte Mal, als sie Zeit mit ihren Cousinen verbracht hatte, waren sie bei weitem nicht so mannstoll gewesen. Aber das war lange her, und jetzt waren sie erwachsene Frauen – offensichtlich weitaus erfahrener als Gwendolyn. Oder zumindest klang es so, wie sie redeten.

„Warum nicht?", fragte Jenefer unverblümt.

Borlewen war die Erste, die sie daran erinnerte. „Weil sie versprochen ist, du dumme Pute. Aber man muss ja nicht mit einem Mann ins Bett gehen, um seinen glatzköpfigen Druiden zu sehen."

„Borlewen!", riefen Jenefer und Briallen gleichzeitig. Und wieder brachen alle drei Mädchen in Lachanfälle aus, und Gwendolyn ebenfalls. Aber danach, selbst als es im Zimmer ruhig wurde, konnte sie nicht aufhören, an Máliks „glatzköpfigen Druiden" zu denken.

So unzüchtig sie auch waren, ihre Cousinen hatten Gwendolyns Gedanken nur laut ausgesprochen.

Oh, so frei in seinen Gedanken zu sein.

Es dauerte eine sehr, sehr lange Zeit, bis wieder jemand sprach – so lange, dass Gwendolyn dachte, ihre Cousinen seien vielleicht eingeschlafen. Plötzlich drehte sich Briallen um und sagte: „Mal ehrlich, wozu brauchen wir Männer? Du solltest eine Armee aufstellen, Gwen. Erobere Pretania für uns!"

„Und was dann?", fragte Borlewen schnippisch und gähnte laut. „Leben wie die Druiden, uns gegenseitig grüne Kleider schenken und uns gelegentlich einen Mann schnappen, um ein Kind zu bekommen?"

Man sagte, die Llanrhos-Druiden würden nur unter ihresgleichen lieben, und Frauen waren nicht gern gesehen. Wenn eine Frau jemals an ihre Türschwelle kam, ganz gleich mit welchem Anliegen, wurde sie abgewiesen, denn ihr Orden war ein alter, der keine Kreaturen mit Monatsblutungen willkommen hieß – nicht einmal für Opfergaben. Nur ein Mann konnte ihren Rat suchen.

„Das würde mir besser gefallen", sagte Briallen wehmütig.

„Natürlich würde dir das gefallen", sagte Borlewen schläfrig. Dann wurden alle still und ließen Gwendolyn wach zurück, sehnsüchtig ... nicht nur nach dem unbeschwerten Geplänkel dieser drei Schwestern, sondern nach etwas anderem ... etwas, das sie nicht zu benennen wagte.

Sie zwang sich stattdessen, an Prinz Loc zu denken, versuchte, sich ihre Vereinigung vorzustellen und ... scheiterte. Ihr Gehirn wollte solche Gedanken einfach nicht zulassen.

Und sie selbst auch nicht.

Glücklicherweise hatte sie genug Starkbier getrunken, um in

den Schlaf zu gleiten, selbst als ihre Cousinen zu schnarchen begannen.

AM NÄCHSTEN MORGEN FAND GWENDOLYN MÁLIK IM INNENHOF, WO ER sich dehnte, um sich auf ihre übliche Morgenroutine vorzubereiten. Während das zarte Licht der Morgendämmerung seine Gestalt umspielte, war seine silbrige Farbe von einem dunklen Rosarot überhaucht, und eine ganze Weile stand Gwendolyn abseits, so wie in den ersten Tagen, nachdem er in Trevena angekommen war, und wagte es nur, ihn zu bewundern – seine anmutigen Bewegungen, seine langen, geschmeidigen Glieder ... die Konturen seiner wohlgeformten Muskeln ... die Zuversicht, mit der er jede Übung ausführte.

In diesem Moment schien er jedoch, zum allerersten Mal, ihre Anwesenheit nicht zu bemerken, und Gwendolyn spürte, wie ihr der Schalk im Nacken saß.

Oh, wie gern hätte sie ihn besiegt, *nur ein einziges Mal*.

Da sie vorbereitet zum Üben gekommen war, war sie bereit. Vorsichtig, um kein Geräusch zu machen, zog sie ihr Schwert aus der Scheide und stürzte sich auf ihn, überfiel ihn genau so, wie er es sie gelehrt hatte, achtete auf ihre Füße, sodass sie im richtigen Moment präzise vortrat, das Schwert zum Schlag bereit. Ohne Vorwarnung wirbelte Málik herum, ihr zugewandt, und zog sein Schwert schneller aus der Scheide, als es ihm angesichts ihrer Nähe möglich sein sollte.

Er traf Gwendolyns Klinge so wuchtig, dass er die Waffe beinahe entzweigeschnitten hätte, wäre sie nicht aus gutem loegrischem Stahl. Die Wucht und das Geräusch des Aufpralls jagten ihr einen Schauer über den Rücken und ließen einen stechenden Schmerz durch ihre Hand fahren.

„Gut gemacht!", sagte er. Aber dann, ohne zu zögern, wirbelte

Gwendolyn herum und parierte, in der Hoffnung, ihn unvorbereitet zu erwischen.

Wieder fand er ihre Klinge und schlug härter zu als beim ersten Mal. „Verdammt!", schrie Gwendolyn, ihre Finger schmerzten von der Misshandlung.

„Dreh dich niemals."

„Du hast es getan!"

„Ich bin ich", sagte er. „Du bist du."

„Bryn sagte –"

„Ich weiß, was dein Püppchen sagt, Prinzessin, aber mit einer Drehung gewinnst du kaum einen Vorteil. Sie wird dir weder mehr Kraft noch mehr Hebelwirkung verleihen und deinem Gegner deinen Rücken darbieten. Denk immer daran, deine einzige Anweisung ist, zu vermeiden, aufgespießt zu werden. Um das zu tun, musst du die Klinge deines Gegners im Auge behalten."

Wie in einem seltsamen, sinnlichen Tanz ergriff er Gwendolyn bei der Hand, wirbelte sie herum, um ihr zu zeigen, was er meinte, und plötzlich fand sie ihren Rücken an seine lederne Brust geschmiegt, und er stieß die Spitze seines Schwertes gegen ihren Rücken. Die scharfe Klinge durchdrang ihre Tunika nicht, kam ihr aber gefährlich nahe. Sie schluckte krampfhaft und vertraute ihm, obwohl jeder Instinkt ihr sagte, es nicht zu tun.

Götter.

Bei Bryn hatte sie sich nie auch nur einmal erlaubt, so verletzlich zu sein, und hier waren sie, meilenweit entfernt von der Sicherheit des Hofes ihres Vaters, bei einem Mann, dessen Loyalität sie einst infrage gestellt hatte, und erlaubte ihm, sie mit seiner tödlichen Klinge zu stechen.

„Beachte, wo die Spitze ist", flüsterte er, und sie hörte das Knacken des Stoffes ihrer Ledertunika, als die Klinge eindrang, um ihr empfindliches Fleisch zu küssen. „Wenn du dich jemals in dieser verletzlichen Position wiederfindest, ziele nicht auf das Herz. Es ist schwierig, etwas Wesentliches zu treffen, wenn du einem Mann in den Rücken stichst."

„Hier", sagte er und drückte die Spitze ein wenig fester, sodass es auf ihrer Haut brannte. „Hier, auf der rechten, nicht der linken Seite, durchbohrst du die Nieren. Der Schmerz wird unerträglich sein, und dein Gegner wird wie ein Stein zu Boden fallen."

Götter.

Gwendolyn fand sich wie erstarrt und atemlos wieder, hin- und hergerissen zwischen dem Verlangen, sich aus seiner Umarmung zu befreien ... und dem Wunsch, sich ihm hinzugeben ...

So hatte sie sich in den Armen von Prinz Loc nicht gefühlt.

Nie hätte sie sich vorgestellt, so bereit zu sein, einen Mann zu küssen, so schmerzlich jeden Nerv in ihrem Körper, jedes Ein- und Ausatmen wahrzunehmen ... ihr eigenes wie auch seines.

Vom anderen Ende des Hofes kam ein plötzliches Klirren von Metall, und Gwendolyn spähte hinüber, um zu entdecken, dass der Hufschmied ihres Onkels am Hufeisen ihrer Stute arbeitete – ein Gefallen, um den sie nicht gebeten hatte, für den sie aber dankbar war. Als sie jedoch erkannte, dass sie nun beobachtet wurden, wurde ihr heiß, und nach einem quälend langen Moment zog sich Málik zurück, und Gwendolyn spürte, wie die scharfe, kalte Klinge von ihrer Haut wich und sie seltsam beraubt zurückließ, als seine Hand die ihre in der Luft losließ. Sie drehte sich um, um sein Schwert zu betrachten, benommen und verwirrt, aber zu neugierig, um nicht zu fragen. „Warum hat dein Schwert so einen kurzen Griff?"

Málik hielt es vor sie, legte eine Hand an den Schwertschutz, die andere auf den birnenförmigen Knauf und demonstrierte die richtige Haltung.

„Sollte ich diese Bauart verwenden?"

Er zuckte mit den Schultern. „Kommt drauf an."

„Worauf?"

Viel schneller, als Gwendolyn folgen konnte, führte er einen krummen Hieb aus, zog gleichzeitig den Parierdolch an seiner Taille und sagte: „Ob du einhändig oder zweihändig kämpfen willst."

Gwendolyn inspizierte ihr eigenes Kampfschwert, neigte es hin und her und versuchte dasselbe Manöver, das er gerade gezeigt hatte, aber ohne Erfolg. Sie könnte leicht eine zweite Klinge mit ihrem eigenen Schwert führen, wie die, die sie in ihrem Stiefel aufbewahrte, aber nicht, während sie ein so ungeschicktes Manöver anwendete. Und doch konnte sie sehen, warum dies notwendig sein könnte. Das Wichtigste im Kampf, so hatte Bryn einmal gesagt, war, flexibel zu bleiben.

„Es ist nicht möglich", sagte er. „Aus zwei Gründen. Erstens brauchen die meisten Leute zwei geschickte Hände, um ein solches Manöver auszuführen, aber dein Schwert hat auch konstruktionsbedingte Einschränkungen."

Gwendolyn versuchte das Manöver erneut und stellte fest, dass ihr die Beweglichkeit fehlte, um das Schwert zu halten, ohne Gefahr zu laufen, es ganz zu verlieren.

„Ich verstehe, warum du dieses Schwert bekommen hast. Die meisten Frauen haben nicht die Kraft oder den Grund, eine zweihändige Waffe zu führen. Aber du bist gut genug, Gwendolyn."

Gwendolyn konnte nicht anders. Sie grinste. Das waren die Zeiten, in denen sie sich am lebendigsten fühlte – wenn sie mit einem Partner trainierte und ihr Schwert schwang. Es gab ihr ein Gefühl der Kontrolle über ihr Leben, das sie nicht für alle Spitzen aus Damaskus eintauschen würde.

„Eines Tages werde ich dich die anderen Meisterschläge lehren."

„Meisterschläge?"

„Den Zornhau, den Kreuzhau, den Scheitelhau und den Schielhau – einige der feineren Techniken eines Langschwerts."

„Das würde mir gefallen", sagte Gwendolyn, obwohl sie im Moment viel neugieriger auf sein Schwert war. „Darf ich deines mal probieren?", fragte sie.

„Natürlich." Er tauschte die Schwerter mit ihr und prüfte die Länge ihres Schwertes, indem er es an seine Ferse hielt. Es war zu kurz.

Gwendolyn tat dasselbe und fand seine Klinge viel zu lang. Sie musste ihren Ellbogen beugen, um zu vermeiden, dass die Spitze über den Boden schrammte. Offensichtlich waren seine Arme viel länger, und dieses Schwert war speziell für ihn gefertigt worden. Selbst ihres war nicht so gut angepasst, denn sie war seit ihrem fünfzehnten Lebensjahr stark gewachsen.

„Du könntest dir eins anfertigen lassen", schlug er vor. „Deins wäre natürlich kürzer, aber das hier würde zu dir passen und dir mehr Freiheit geben, zu parieren, wie es dir beliebt. Ich habe bereits vermutet, dass dies deine Stärke ist."

„Das Parieren?"

„In der Tat", sagte er nickend. „Probier das Schwert aus. Nur zu. Nutze den Griff je nach Bedarf für die Hebelwirkung. Ziele diagonal, indem du den Knauf anhebst, und ziehe zurück, während du mit dem Heft nach vorne stößt, aber vergiss nicht, einen Schritt zu machen und deine Hüfte in den Hieb einzubeziehen, wie bei jedem anderen Schlag auch."

Lächelnd positionierte Gwendolyn ihre Hand, eine Faust nahe dem Schutz, die andere am Knauf, und versuchte seinen krummen Hieb erneut.

Diesmal fühlte es sich besser an. Tatsächlich spürte sie, dass der längere Griff ihr erlauben würde, mehr Kraft in einen Schwung zu legen, wenn sie es am dringendsten brauchte, und so den Impuls zu einer Drehung zu vermeiden.

Wenn sie beide Hände benutzte und den Schwung näher am Körper hielt, konnte sie schneller parieren, und wenn nötig, konnte sie es auch einhändig benutzen.

Sie fühlte sich ermutigt und dachte, dass sie, während sie den Vorteil seines Schwertes hatte, Málik erneut auf die Probe stellen würde. Sie stampfte mit dem Fuß auf, um ihn zu ködern.

Ohne zu zögern, positionierte er ihr Schwert in seiner Hand, verringerte den Abstand, trat auf sie zu und durchschlug die Luft vor ihr, während er gleichzeitig den Parierdolch auf ihre Seite stieß, genau auf Herzhöhe, und ihr ins Ohr flüsterte.

Er grinste. „Die meisten Messer erreichen aus diesem Winkel nicht das Herz, Prinzessin, aber meines schon." Sein Atem war warm und süß wie Minzgras, und sein Mund war viel zu nah.

Gwendolyns Atem stockte, als er sich zurückzog und sagte:

„Aber sei unbesorgt, ich habe dein Püppchen nie auch nur einmal so geschickt parieren sehen."

Wärme breitete sich in Gwendolyns Brust und in ihrem Gesicht aus, und obwohl sie wegen des Kompliments eine Augenbraue hob, begeisterte es sie dennoch. „Wirklich?", fragte sie.

„Wirklich", sagte er und zwinkerte.

Und dann, wieder innerhalb eines weiteren Wimpernschlags, hatte er Gwendolyn auf dem Hintern sitzen, rot im Gesicht und beschämt, nur durch sein einfaches Lob besiegt worden zu sein.

Nachdem seine Lektion für den Morgen beendet war, grinste Málik reuelos wie ein Wolf, seine scharfen Eckzähne entblößt, steckte dann beide Klingen wieder ein und bot Gwendolyn eine Hand an, um sie aus dem Staub aufzuheben. Erst jetzt fragte sie sich, ob er sie die ganze Zeit erwartet hatte. „Wusstest du, dass ich dich beobachtet habe?"

„Natürlich", sagte er mit einem Lächeln, das so krumm war wie sein Hieb.

„Woher?"

Er berührte die Spitze seiner Nase, und seine Nasenflügel blähten sich, als er gestand: „Ich kenne deinen Geruch, *Prinzessin*."

SIEBENUNDZWANZIG

Beim Abendessen an jenem Abend hatte sich die Stimmung zwischen ihnen verändert, nur geringfügig, aber dennoch bedeutsam.

Gwendolyn bemerkte, dass Málik schneller lächelte und sie unbarmherzig neckte, indem er jedes Mal, wenn sie trank, ihren gemeinsamen Becher nahm, das Glas ganz bewusst drehte und es so anhob, dass seine Lippen genau auf die Stelle trafen, die ihre Lippen gerade erst berührt hatten.

Jedes Mal jagte es ihr einen Schauer durch den Schoß.

Wusste er, was er tat?

War es ein Spiel?

Und doch, es spielte keine Rolle. Anstatt sie zu verärgern, brachte es Gwendolyns Blut irgendwie in Wallung – eine Tatsache, die fast so beunruhigend war wie die Wahrheit, dass sie es zutiefst genoss.

In den letzten Tagen hatte er mit den tadelnden Bemerkungen aufgehört. Obwohl er die meiste Zeit zurückhaltend blieb, war er auskunftsfreudiger, wenn sie es wagte, eine Frage zu etwas zu stellen, das sie unbedingt wissen wollte.

„Wie kamst du in die Dienste meines Vaters?"

„Ich wurde geschickt", sagte er.

„Von wem?"

„Meinem Vater."

„Dein Vater? Ich dachte, du hättest gesagt, du wurdest gerufen?"

„Beides, wenn du es unbedingt wissen musst." Er schenkte ihr ein trauriges, rätselhaftes Lächeln und Gwendolyn merkte, dass sie nicht den Mut hatte, weiter nachzubohren.

Vielleicht fürchtete sie auf einer gewissen Ebene, dass die Wahrheit über ihn ihr Leben auf eine Weise verändern würde, die sie nicht zulassen wollte. Vorerst war seine neu gefundene gute Laune eine willkommene Ablenkung. Genauso wie seine haarsträubenden Geschichten.

Zum einen behauptete er, der *lyn yeyn* Quoit bei Land's End sei ein Portalstein, wie der, der südöstlich von Fowey Moor stand. Er behauptete, er werde benutzt, um zwischen den Welten zu reisen.

„Götter, nein!", widersprach ihr Onkel und rülpste sehr laut, nachdem er einen ganzen Humpen Ale hinuntergestürzt hatte. „Das ist ein Ammenmärchen, um kleine Kinder zu erschrecken. Die Wahrheit ist weit weniger fantastisch. Vielmehr ist er dazu gedacht, Körper darauf abzulegen, als Futter für das Aas – eine Geste … der …" Er rülpste erneut – „Dankbarkeit an unsere Götter … für das Leihen des Lebens." Er knallte seinen Humpen auf den Tisch, hob ihn dann wieder an, um seiner Magd zu zeigen, dass er mehr wollte. „Alles zu Staub", sagte er. „Zu Staub werden wir wieder!"

Auf dieses Argument hin zuckte Málik nur mit den Schultern und sagte: „Ach, was weiß ich schon?" Dabei warf er Gwendolyn einen verschwörerischen Blick und das kleinste Anzeichen eines Lächelns zu.

Natürlich war Gwendolyn begierig, mehr zu erfahren. All die Fragen, die sie seiner Art schon immer hatte stellen wollen, tauchten nun wieder auf und drängten ihr auf die Zunge. Und doch, soweit sie wusste, zog er sie nur zum Spaß auf – überhaupt kein *Fae* und nicht im Entferntesten nüchtern.

Gwendolyns Blick wanderte zwischen ihrem Onkel und Málik

hin und her und verglich sie nebeneinander. War sie die Einzige, die ihn anders sah? Fielen ihnen seine spitzen Ohren und scharfen Zähne nicht auf und sie dachten an *Fae*? Oder sein blasser Teint und sein silbriges Haar oder seine *eisgeborenen* Augen?

Soweit Gwendolyn das beurteilen konnte, schien ihr Onkel ihn nicht anders zu behandeln als jeden anderen Mann, noch nahm er Máliks Geschichten für bare Münze.

Málik wandte seinen Blick von ihrem Onkel ab, ertappte Gwendolyn erneut beim Starren und sie senkte verlegen den Blick. Sie fragte sich nun, ob sie sich eine *Fae*-Abstammung nur eingebildet hatte, und schämen sollte er sich, solche Geschichten zu erzählen.

Danann nannten sie ihn, das konnte im Scherz sein.

Was, wenn nichts davon jemals als Wahrheit gedacht war?

Ja, was, wenn die Geschichten nur zur Abschreckung gedacht waren, wie ihr Onkel behauptete, und ihr Besuch an der Wiege nur das fieberhafte Gefasel einer betrunkenen Magd?

Sicher, Gwendolyn hatte Demelza oder ihre Mutter nie trinken sehen, aber das hieß nicht, dass sie es nicht getan hatten.

Gwendolyn hatte sich nie als anders betrachtet, außer aufgrund ihres königlichen Blutes, und es gab wirklich nichts, aber auch gar nichts an ihrem Zustand, das der Goldenen Verheißung irgendeine Wahrheit verlieh, außer den Geschichten ihrer Mutter und ihrer Magd.

Ihr Aussehen war einfach kein Beweis. Was der eine für schön hielt, war es für den anderen nicht. Manche Leute behandelten sie so, andere anders, und die Person, die sie im Spiegel erblickte, war weder schön noch abscheulich. Sie war nur Gwendolyn – mit zu kleinen Brüsten, zu breiten Hüften, einem etwas zu vollen Mund und Augen, die weder grün noch blau waren. Stattdessen hatten sie den stumpfsten Grauton – die Farbe eines Sturms in der Dämmerung.

In wehmütiger Stimmung blickte Gwendolyn an diesem Abend in ihren leeren Metbecher und überlegte, sich noch einen einzugießen. Aber nein, das Getränk war zu stark.

Sie blickte noch einmal zu Málik und fand diesmal, dass er sie stattdessen beobachtete, seine hellblauen Augen allzu wissend.

Wo sie einst Verurteilung gesehen hatte, sah sie nun etwas anderes ... etwas Warmes und Süßes ... etwas Gefährliches und Tiefes.

Aber darüber durfte sie nicht nachdenken. Sie war bereits an Prinz Loc gebunden. Das würde sich nicht ändern. Seit dem Tag ihrer Geburt war ihre Zukunft mit Blut geschrieben, von Máliks eigener Art – oder denen, die er als seine Verwandten bezeichnete, durch den Namen, den er gewählt hatte.

Gwendolyn straffte die Schultern, schenkte ihm ein zittriges Lächeln, erhob sich dann, entschuldigte sich und ging zu ihrem Bett, fühlte sich erhitzt und so leer wie ihr Becher. *Zu viel Met. Zu viel Ausgelassenheit. Zu viel Gelächter. Zu viel ... alles.*

Nichts davon würde ihr am nächsten Tag nützen, wenn sie endlich aufbrechen und in ihr wahres Leben zurückkehren musste. Und trotzdem wagte sie es, bevor sie ins Bett stieg, die schwere Kette von ihrem Hals zu nehmen und sie behutsam auf einen Nachttisch zu legen.

Nur für diese eine Nacht wollte sie von der Erinnerung frei sein.

Morgen wäre früh genug, um sich der Pflicht zu ergeben. Heute Nacht wollte sie nur Gwen sein ... die Cousine von Borlewen, Jenefer und Briallen. Freundin von Málik.

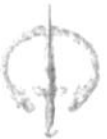

Aber am nächsten Morgen griff sie nicht nach dem Torques.

Noch einen Tag, entschied sie – noch einen Tag.

Es war an der Zeit, sich auf ihre Vermählung vorzubereiten, und hier zu bleiben, egal wie angenehm die Ablenkung war, würde ihr wenig nützen. Sie war bereits gebunden, durch ihr eigenes Wort und ihren freien Willen versprochen.

Und doch ... zumindest ... zumindest ... konnte sie die Erinnerung an diese Zeit in ihrem Herzen bewahren. Also ließ sie den Torques vorerst dort liegen, wo er auf dem Tisch lag, unwillig, ihn so bald wieder anzulegen. Niemand fragte sie nach ihrem bloßen Hals, als sie zum Fastenbrechen erschien, und als Borlewen die Halskette beim Aufstehen fand, sie anprobierte und aus dem Zimmer kam, um sie um ihren Hals zu zeigen, lächelte Gwendolyn und sagte: „Er steht dir wunderschön.“

Borlewen warf sich in Pose. „Wirklich?“

Gwendolyn nickte. „In der Tat.“ Und als ihre Cousine ihn von ihrem Hals nehmen wollte, hob Gwendolyn eine Hand, um sie zu halten, und sagte: „Nein, bitte. Trag ihn eine Weile. Ich werde ihn bis ans Ende meiner Tage mehr als genug getragen haben.“

„Oh!“, sagte Borlewen und wirbelte fröhlich herum. „Ich bin eine Prinzessin! Versprochen an einen großen und mächtigen Prinzen!“ Gwendolyn lachte leise.

Tatsächlich war es ein schöner Torques – glänzender als der Torques ihres Hauses. Doch die Saphiraugen seiner Schlangen funkelten rachsüchtig, und Gwendolyn fand seinen Anblick beunruhigend. Zumindest für den Augenblick war sie zufrieden genug, Borlewen so tun zu lassen, als ob.

Später in der Nacht, nach dem Abendessen, als sie draußen bei einem Lagerfeuer saßen – ein nächtliches Ereignis in diesen Gegenden – fand sich Gwendolyn allein mit Málik wieder.

Wieder einmal kommentierte er ihren bloßen Hals nicht, obwohl seine hellblauen Augen den Torques um Borlewens Hals fanden und sich mit Fragen füllten – Fragen, auf die Gwendolyn keine Antworten hatte, also ließ sie es ohne Erklärung vorübergehen. Doch wahrlich, ihr Herz war ihr schwerer geworden als dieser verdammte Torques, und sie konnte das Gewicht beider einfach nicht ertragen. Zu gegebener Zeit würde sie ihn wieder tragen, und sie würde Prinz Locrinus unter der Heiligen Eibe treffen, denn dazu war sie geboren. Aber das bedeutete nicht, dass sie es genießen musste, noch sollte sie sich schuldig fühlen, sich ein paar weitere Tage Zeit zu nehmen, um diese Freiheit zu genießen, frei von Erinnerungen wie diesem finsteren Torques.

Sollte Borlewen ihn eine Weile tragen. Ihrer Cousine schien er jedenfalls gut genug zu gefallen, sie streichelte ihn wie einen kostbaren Liebhaber, während ihr Kitto ihr über die Schulter sabberte.

Währenddessen saß Gwendolyn mit gekreuzten Beinen im Gras neben Málik und bedeckte ihre Beinlinge mit den Zipfeln ihrer Tunika, während zwei ihrer Cousinen mit besuchenden Nachbarn flirteten, Jenefer mit dem Vater, Borlewen mit dem Sohn.

Grashalme stachen durch Gwendolyns Beinlinge, aber es war ihr egal. Sie war im Augenblick viel zu zufrieden.

„Das wird sicher lustig anzusehen", sagte sie bissig und beäugte Borlewen mit ihrem Kitto. „Wenn beide heute Nacht Erfolg haben, wird die eine sich als Mutter und Schwester wiederfinden, die andere als Schwester und Schwiegertochter."

Málik kicherte leise, ein Geräusch, das nie versäumte, Gwendolyns Blut in Wallung zu bringen. Im Augenblick fühlte sie sich ein wenig melancholisch, da sie wusste, dass sie bald gehen mussten … um aller willen. Und zum Teil, weil sie immer noch herausfinden musste, wie und warum Bryok ermordet wurde. Ach, je länger sie hierblieb, mit Málik speiste, mit Málik übte, mit Málik lachte, desto mehr wollte sie bleiben … desto mehr fürchtete sie ihre Hochzeit mit Prinz Loc. Die jeden Tag näher rückte.

Schon war der Mond über ihnen eine abnehmende Sichel, die auf sie herablächelte an diesem Ort, an dem die meisten Frauen weder Edelsteine noch Seide trugen.

Zweifellos war ihre Mutter wegen ihrer fortwährenden Abwesenheit außer sich. Und zweifellos war sie wütend, dass Gwendolyn nicht da war, um Anweisungen für die Vorbereitung auf die bevorstehende Vermählung entgegenzunehmen.

Aber mehr und mehr fürchtete Gwendolyn ihre Hochzeitsnacht, und die ganze Zeit über machte sie sich Sorgen. Alle außer Málik schienen ihre Mühen nicht zu bemerken.

Götter, sie war ein einziges Chaos.

Auf der anderen Seite des Hofes kuschelte Borlewen mit dem Bauernsohn, die beiden versteckten sich in der dunkelsten Ecke hinter einer Wand aus Alefässern, völlig unbesorgt, dass jemand sie entdecken könnte – ihr Vater, wenn sie nicht zu vorsichtig war. Und doch, würde es ihn kümmern? Gwendolyn dachte, vielleicht nicht, denn er selbst war draußen auf dem dunklen Feld und liebkoste vielleicht seine Frau. In der Zwischenzeit schienen ihre Cousinen frei genug zu sein, zu lieben, wie sie wollten, obwohl sie wusste, dass ihr Onkel, wie jeder Vater, seiner Nachsicht Grenzen setzen musste.

Gerade als sie zusahen, nahm der Bauernsohn eine großzügige Handvoll des üppigen Busens ihrer Cousine in die Hand und drückte zu, während seine Lippen Borlewens Mund fanden. Dies aber erregte Gwendolyn auf eine Weise, die sie nicht zu gestehen wagte, aber wem sollte sie es erzählen?

Málik?

Die Nacht war friedlich. Die Sterne über ihnen zwinkerten, und da der Mond über sein silbriges Haar fiel, wirkte es wie ein Heiligenschein. Er war zu schön für Worte, fast surreal. „Was ist mit dir?", wagte sie zu fragen. „Hast du jemals vor zu heiraten, Málik?"

„Wer? Ich?", fragte er mit einem Kichern, während er auf einem langen Grashalm kaute. „Nein, Prinzessin, dafür wurde ich nicht gemacht." Er zwinkerte ihr dann zu, aber Gwendolyn zog die Stirn kraus.

„Wie meinst du das?"

Er schenkte ihr das leiseste Lächeln, das ihren Puls rasen ließ, auch wenn es sie mit mehr Fragen als Antworten zurückließ. Gwendolyn hatte gehört, dass in einigen fernen Ländern die Schatten der Königin entmannt und zu Eunuchen gemacht wurden. Vielleicht hatte Málik nicht die nötigen Teile, und das würde so vieles erklären, obwohl es eine solche Verschwendung wäre, denn sein Körper schien zum Berühren gemacht. Im Licht eines silbernen Mondes schimmerte seine wundersame Haut wie eine Perle, und Gwendolyn fand ihren Mund überaus trocken, wie immer in seiner Gegenwart, und dachte nur, dank ihrer liebsten Borlewen, an seinen „kahlköpfigen Druiden".

Die Pest über dich, Borlewen!

Máliks allgegenwärtiges Lächeln wurde nun träge.

„Ich weiß, was du denkst", sagte er. „Und nein, ich bin nicht weniger ein Mann als dieser alberne Narr dort drüben, der sich um Kopf und Kragen redet, um deine Cousine zu beeindrucken."

Nicht zum ersten Mal fragte sich Gwendolyn, ob er ihre Gedanken lesen konnte. Er schien die unheimliche Fähigkeit zu haben, immer zu erahnen, was sie dachte.

„Tatsächlich frage ich mich, ob du deinen schönen Torques wieder tragen willst, wo doch Kittos Sabber überall daran klebt." Es war an Gwendolyn zu lachen, aber im Augenblick kümmerte sie dieser Torques nicht, überhaupt nicht. „Ich sehe dich nie über irgendetwas stolpern, um jemanden zu beeindrucken", sagte sie, worauf er erwiderte: „Tust du das nicht, Prinzessin?"

Von der Frage entwaffnet, wandte Gwendolyn ihren Blick ab, irgendwie verlegen.

Götter.

„Gwendolyn", flüsterte er und beobachtete sie aufmerksam.

Sein Blick verweilte auf ihren Lippen, als er den Halm erneut aus seinem Mund nahm und sich ganz langsam über die eigenen Lippen leckte. „Hast du dich nie … gefragt …"

Ihr Herz schlug wie verrückt.

„… was in der Schatzkammer deines Vaters ist?"

Gwendolyn lehnte sich zurück, ihre Augen weiteten sich.

Seine Frage war eine überraschende Abweichung von ihrem Gespräch. Und obwohl sie vielleicht erleichtert war, hatte sie es nicht erwartet. „Nun, natürlich", sagte sie. „Selbstverständlich. Und doch, die Geheimnisse, die sie birgt, sind allein für die Augen meines Vaters bestimmt. Ich werde es zu gegebener Zeit erfahren."

„Und du glaubst, die Ratsherren sehen das genauso?"

Gwendolyn dachte einen Moment darüber nach und sagte: „Was meinst du?"

„Nun, glaubst du, sie sind zufrieden damit, dieses Wissen allein deinem Vater zu überlassen? Hast du nie darüber nachgedacht, ob sie nicht für einen Moment einen Blick hineingeworfen haben?"

„Ich – nun, nein“, sagte Gwendolyn und schüttelte den Kopf. Die ganze Vorstellung war absurd. „Nur einmal in meinem Leben hat jemand dem Gesetz des Königs getrotzt, und dieser Mann bezahlte für sein Vergehen mit dem Leben. Warum, bei den Augen Lughs, sollte es jemand wagen?“

„Es sei denn, sie glaubten nicht, dass sie erwischt würden“, schlug er vor und nickte ihr einmal bedeutungsvoll zu, und Gwendolyn dachte einen weiteren Moment darüber nach, während sie zusah, wie Málik seinen Grashalm wegwarf und sich einen neuen pflückte.

Was, wenn jemand dem Gesetz des Königs getrotzt hätte?

Was, wenn er erwischt worden wäre?

Was, wenn Bryok der Mann war, der ihn erwischt hatte?

Die Frage eröffnete ganz neue Möglichkeiten.

Die Wachen der Schatzkammer waren immer im Dienst oder warteten darauf, eine Schicht zu übernehmen. Nur einmal bei jedem Neumond wurde ihnen ein Ruhetag gewährt, und dann nahmen sie eine Schicht zu entgegengesetzten Stunden wieder auf. Aber jede Schicht wurde zu zweit übernommen, zwei Wachen für jede Wache.

Wenn Gwendolyn zurückkehrte, musste sie wirklich nachfragen, wer Bryoks Schichtpartner war.

War es Aelwin?

Sie beäugte den Grashalm, der an seinen Platz zwischen Máliks Zähnen zurückgekehrt war. „Das muss köstlich sein“, neckte sie ihn.

„Eine bloße Ablenkung“, gab er zu, und Gwendolyn fragte: „Wofür?“

„Für das, was ich stattdessen wirklich gerne schmecken würde …“

ACHTUNDZWANZIG

H eute musste der letzte Tag sein, beschloss Gwendolyn.
Der allerletzte.
Der letzte, letzte, letzte.

Und doch gingen ihr sehr zu ihrem Leidwesen die Fragen, die Málik in der Nacht zuvor gestellt hatte, durch den Kopf. Sie warfen immer neue Fragen auf, die alle verzweifelt um Aufmerksamkeit rangen und nach Antworten suchten. Vielleicht war es nur eine einfache Angelegenheit von zwei Ratsherren, die um denselben Posten intrigierten, oder es könnte etwas Finstereres sein ... Möglichkeiten, mit denen sie sich wirklich nicht beschäftigen wollte, denn sie genoss diese Zeit fern der Heimat – weit, weit mehr, als sie sollte.

In der Absicht, ihrem Onkel die Nachricht vor dem Mittag zu überbringen, standen sie und Málik im Innenhof und fochten, um den Met der letzten Nacht auszuschwitzen.

Die Muskeln in Gwendolyns Armen brannten fürchterlich. Noch nie hatten sie so unbarmherzig trainiert. Sie bestrafte sich selbst für ihre abschweifenden Gedanken und focht weiter, selbst als sich ihr Magen unter der Hitze der wärmer werdenden Sonne aufbäumte.

Tatsächlich bildeten sich zum ersten Mal Schweißperlen auf

Máliks Stirn, und seine Bewegungen waren zögerlich und unsicher, zumindest für seine Verhältnisse. Für jeden anderen wären sie immer noch schnell.

Selbst jetzt verzweifelte Gwendolyn daran, ihn zu besiegen, obwohl er definitiv langsamer parierte, als er hätte sein sollen, und dann bemerkte sie, dass er zur Verteidigung überging, ohne einen Schritt zu machen, und weil seine Füße schlecht positioniert waren, musste er sich vorbeugen, um sich zu verteidigen.

Gwendolyn schlug zu, als sie die Gelegenheit dazu hatte.

„Gut gemacht!", verkündete er und hob einen Arm, um sich den Schweiß von der Stirn zu wischen. Seine Wangen waren rosig und seine Lippen leuchteten rot.

Ihre Cousinen waren noch im Haus und verweilten nach dem Fastenbrechen am Tisch ihres Vaters. Borlewen, das wusste sie, hatte ihr Bett erst in den frühen Morgenstunden gefunden, und ihr Onkel und Lowenna waren noch nicht aus ihrem Gemach gekommen. Gwendolyn war sich ziemlich sicher, dass sie es erneut auf jenen Sohn anlegten, mit dem er noch nicht gesegnet worden war. Wenn überhaupt, dann musste sie diesen Ort verlassen, weil sie vom Geruch von Sex umgeben war. Es lenkte sie auf eine Weise ab, die sich nicht gehörte. „Du hast mich gewinnen lassen, nicht wahr?"

Málik grinste.

„Warum?", forderte sie.

Málik beäugte Gwendolyn von der Seite und sagte unschuldig: „Wirfst du mir vor, Lieblinge zu bevorzugen, Prinzessin?"

Wie er das Wort Prinzessin benutzte, klang immer so anzüglich.

Sie lächelte ihn an. „Nun, das tust du doch, oder?"

„Nein", sagte er. „Das würde ich nicht. Was würde dir das im Kampf jemals nützen? Ein ‚Gefallen' jetzt wäre, dir gar keinen Gefallen zu tun."

So wie sie Málik kannte, wusste Gwendolyn, dass sie ihre Klinge besser noch nicht wieder in die Scheide stecken sollte. Er war ein Meister darin, Gelegenheiten zu ergreifen, um sie niederzustrecken. „Also sagst du, ich habe dich gerecht besiegt?"

Málik zuckte mit den Schultern. „Vielleicht", sagte er. „Du bist ziemlich gut, Gwendolyn, und ich werde deinem Vater auf jeden Fall sagen, dass dein gutes kleines Püppchen dir gute Dienste geleistet hat."

Gwendolyn verdrehte die Augen über seine liebste Stichelei gegen Bryn und atmete tief durch, erfüllt von Stolz, zumindest für den Moment. Meistens kamen Máliks Komplimente mit Vorstößen, die sie in die Knie zwangen, aber heute wagte sie sich zu freuen.

Tatsächlich war sie von Wildheit erfüllt, und sie hatte während Máliks endlosen Vorstößen einen kühlen Kopf bewahrt – was nie so einfach war, wie es scheinen mochte.

„Zum hundertsten Mal", sagte sie, „ist Bryn *nicht* mein Püppchen!"

Málik zuckte mit den Schultern. „Das behauptest du."

Gwendolyn hob eine Augenbraue. „Und doch scheinst du es nie zu hören, mein Freund."

„Freund?"

„Freund", sagte sie und meinte es von Herzen.

Gwendolyn war nun von Herzen froh, dass er sie nach Loegria begleiten würde, ja sogar erleichtert. Er war weltgewandter als Bryn, und anders als Bryn verhätschelte er sie nicht, noch behandelte er sie mit so viel Ehrerbietung, obwohl er das eigentlich sollte.

Als Ausbilder war er gnadenlos, und sie hatte sich bereits so sehr verbessert, mehr dank ihm als dank Bryn, obwohl er immer Bryn die Anerkennung dafür gab.

„Ich höre alles", sagte er. „Aber Ohren lügen manchmal."

Und dann erstarrte er, neigte den Kopf, lauschte, eine Hand an seinem spitzen Ohr.

Gwendolyn dachte, er müsse sie schon wieder aufziehen und auf ihre Lügen lauschen. Aber dann hörte auch sie das Geräusch – ein leises, aber fernes Grollen, das lauter wurde, je näher es kam.

Es dauerte nur einen weiteren Augenblick, bis sie die Staubwolke entdeckte, die über das Moorland auf sie zuwogte.

Hufe.

Pferde.

Viele.

Das Geräusch ihrer Annäherung schwoll von einem Grollen zu einem Tosen an, und Gwendolyn spürte ein Zittern, das ihr den Rücken hinablief. Sie schluckte krampfhaft, denn obwohl sie dafür trainiert hatte, hatte sie nie erwartet, ihre Fähigkeiten einsetzen zu müssen. So lange hatten sie in Frieden gelebt. Kein einziges Mal hatte sie tatsächlich Kriegshörner gehört. Jetzt hörte sie sie, ganz unmissverständlich – ein schrilles Heulen, das ihr in den Ohren gellte und ihr einen weiteren Schauder über den Rücken jagte.

Angst?

Einen Moment lang stand Gwendolyn wie angewurzelt da, ihre Stiefel wollten sich nicht bewegen, und sie erkannte, wie schlecht sie auf einen Kampf vorbereitet war.

„Räuber!", rief einer der Wachmänner ihres Onkels von einem nahen Turm.

„Angriff!", brüllte ein anderer. „Angriff!"

Männer wuselten umher.

Götter. So friedlich ihr Besuch gewesen war, war es leicht zu vergessen, dass diese Wallburg eine Festung für alle nahen Gehöfte war. Es schien also, als würde sie einen Überfall aus erster Hand erleben.

Das Schwert in der Hand, das Haar vom Schlaf zerzaust, stürzte Herzog Cunedda aus der Tür seines Hauses. Er hob den Arm, der nur Stunden zuvor fröhlich Krüge gehoben hatte.

Ihre Cousinen tauchten alle hinter ihm auf, alle drei mit Waffen ihrer Wahl. Borlewen, die immer noch Gwendolyns Torques trug, kam mit einem gewaltigen Hammer bewaffnet. Briallen kam mit einer Axt und trug einen Lederwams über ihrer *Chainse.* Jenefer schwang ein zweihändiges Langschwert. Alle drei Mädchen umringten ihren Vater, aber er stieß sie stattdessen zu Gwendolyn.

Die Männer ihres Onkels schlossen sich schnell an, aber dies war anders als Trevena, wo es Schicht um Schicht von Verteidigungsanlagen gab – zwei Tore, und hier gab es keines.

Abgesehen von den *Fogous* unter dem Dorf gab es hier nur wenige Schutzmaßnahmen – keine Mauern, nur einen einzigen dürftigen Turm, von dem aus Bogenschützen zielen konnten.

Und doch, bei aller Bescheidenheit dieses Ortes, waren die Männer ihres Onkels gut ausgebildet. Noch während Gwendolyn zusah, nahmen seine Männer auf den Dächern Stellung – einer auf dem Speicher, einer auf der Hütte des Schmieds, zwei weitere auf der Scheune.

Ein paar Waechter eilten an seine Seite. Der Rest fand überall, wo er konnte, einen Platz – zwei hinter der Wand aus Bierfässern, die erst letzte Nacht Möchtegern-Liebhaber beherbergt hatte.

Ein weiteres Horn schmetterte und rief die Lehnsmänner von den nahen Bauernhöfen herbei.

Málik packte Gwendolyn am Arm und zog sie grob hinter sich. „Bleib dicht bei mir", befahl er.

Durch das Dorf hallten Rufe, Frauen trieben Kinder in den nahen Speicher. Ein paar kletterten in einen Brunnen hinab. Und dann, als die Kinder in Sicherheit waren, eilten die restlichen Frauen, um sich zu bewaffnen und sich dem Kampf anzuschließen. Gwendolyn spürte einen Rausch, als sie die Kampfstellung einnahm, nur dass es diesmal nicht zur Übung sein würde.

Dieses Mal, das wusste sie, würde Blut fließen.

Dieses Mal würde sie nicht die flache Seite ihrer Klinge benutzen.

Dieses Mal würde sie zuschlagen, um zu töten.

Erst als die wirbelnde Staubsäule so nahe kam, dass sie sehen konnte, wer sie aufgewirbelt hatte, atmete sie erleichtert aus und griff nach Máliks Wams, um ihn zurückzuziehen.

„Nein!", sagte sie. „Ruhig Blut. Das sind unsere eigenen Männer, fürchte dich nicht."

Seine hellen Augen verdunkelten sich zu Stahl, Málik wandte sich um, sah sie an und sagte: „Nein, Gwendolyn. Das sind nicht die Männer deines Vaters. Auf der Hut, Prinzessin! Mach dich kampfbereit."

Noch während er sprach, warfen die Reiter ihre Drachenbanner nieder und stürmten auf das Dorf zu, trampelten die Banner ihres Vaters nieder und ließen sie zerfetzt und wirbelnd in ihrem Staub zurück.

Götter.

Das geschah wirklich, eine Schlacht wurde geschlagen. Aber nein! Cornwall war im Frieden, verbündet mit Loegria. Wer würde es wagen?

Das erste Aufeinanderprallen von Metall erklang, und der schreckliche Klang ließ Gwendolyn die Zähne schmerzen.

Selbst als sie die erste Verteidigungslinie niedertrampelten und die Männer ihres Onkels fällten, zweifelte Gwendolyn noch an ihren Augen.

Scharlachrot spritzte durch die Luft und befleckte den Boden.

Mit Entsetzen sah Gwendolyn zu, wie das Schwert des führenden Reiters eine schwächere Eisenklinge niedermetzelte, die ihm in der Luft begegnete, und dann den Mann, der es gewagt hatte, sie zu führen – einen barbrüstigen Mann, der nicht einmal Zeit gehabt hatte, sich aus seinem trunkenen Schlummer anzukleiden.

Galle stieg in Gwendolyns Kehle auf, aber sie machte sich zum Schwung bereit, selbst als Reiter abstiegen und ihr Onkel sich mit einem Gebrüll in den Kampf stürzte.

„Zu mir!", rief er. „Zu mir!"

Vor ihr stürzte sich auch Málik mit einem gewaltigen Brüllen in den Kampf, und mit dem Herzen in der Kehle holte Gwendolyn zum ersten Mal in ihrem Leben aus, um zu verstümmeln oder zu töten.

Metall sang auf Metall, ein schreckliches Totenlied.

Sie schrie auf, als sie spürte, wie ihre Klinge in Fleisch schnitt, und sah mehr Purpur spritzen. Und trotzdem dachte sie ... das musste ein Traum sein ... ein schrecklicher, schrecklicher Traum.

NEUNUNDZWANZIG

Auf dem Hof, wo letzte Nacht die Weinfässer geöffnet und geleert worden waren und Borlewen mit Kitto geflirtet hatte, tobte die Schlacht so nah am Tisch ihres Onkels und am Herd, an dem seine Frau erst gestern Morgen noch gestanden und Brot gebacken hatte.

Das Blitzen der Schwerter in der hellen Morgensonne stach ihr in den Augen, während das Klirren von Metall in ihren Ohren gellte. Staub stieg mit dem Scharren der Füße auf.

Keine Zeit für Tränen, keine Zeit für Angst. Eine wahre Anführerin würde nicht davonlaufen; also würde sie es auch nicht tun. Ihr ganzes Leben lang hatte sie sich auf diesen Augenblick vorbereitet, und sie würde ihren Onkel und seine Familie nicht im Stich lassen.

Du schaffst das, sagte sie sich. *Du schaffst das.*

Nicht schreien! Nicht weglaufen!

Der Schlachtruf ihres Onkels war unverkennbar. Er ließ die Furcht wie kalte Schlangen um Gwendolyns Herz ranken und es so fest zusammendrücken, dass sie dachte, sie würde aufhören zu atmen.

An ihrer Seite kämpfend, hob Borlewen ihren großen Hammer

und schmetterte ihn nieder. Er zerschmetterte den Schädel eines Mannes wie eine Eierschale. Noch mehr Blut spritzte. Seine Knie knickten ein, als er auf Gwendolyns Stiefel rollte, und mit einem wütenden Brüllen stürmte Málik vor, um den Mann wegzutreten, riss Gwendolyn erneut hinter sich und streckte einen anderen Mann nieder, der auf Borlewen losging.

Behalte das Schwert im Auge.

Dreh dich nicht.

Der Hof war rot von Blut.

Cunedda schwang sein Schwert mit einem mächtigen Brüllen und befahl seiner Frau zu kämpfen. „Kämpfe!", feuerte er sie an. „Kämpfe, verdammt noch mal, kämpfe!"

Neben ihm tat Lowenna ihr Bestes und mühte sich, ihr Schwert zu heben. Doch ihre Arme waren nicht für den Krieg geübt, und sie besaß auch nicht die Kraft, es zu führen.

Sie hob es endlich, um ihren Mann zu verteidigen, verfehlte aber ihr Ziel. Der Mann drehte sich zu ihr um, doch sie hob ihr Schwert nicht rechtzeitig wieder, und die Klinge des Mannes fand ihre Brust und durchbohrte sie. Sie brach zu Boden und umklammerte ihre Brust, als er seine Klinge wieder herauszog.

Blut.

Schreie.

Staub biss in Gwendolyns Augen.

Blut spritzte ihr ins Gesicht.

Ziele diagonal!

Bewege dein Schwert mit deinem Körper!

Den Knauf hoch!

„Lowenna!", schrie ihr Onkel. „Lowenna!"

Mehr Blut.

Mehr Schreie.

Der Rauchgeruch um sie herum wurde dichter.

Mit Entsetzen erkannte Gwendolyn, dass der Kornspeicher in Flammen stand. Von diesem Moment an hörte sie nichts mehr als das rachsüchtige Brüllen ihres Onkels, als er einen Mann nach dem anderen niedermachte und zwischen den Paraden versuchte, den verdrehten Körper seiner Frau beiseitezuziehen.

Gwendolyn sah, dass Lowenna sich nicht rührte, und es entriss ihrer Kehle ein Schluchzen, selbst als sie ihre eigene Waffe hochhob, um einen weiteren Mann abzuwehren, der auf Málik zustürmte. Sie verfehlte, und wenn sie gedacht hatte, ihre Muskeln hätten schon zuvor, nur von der Übung am Morgen, gebrannt, so waren sie jetzt schwach vor Schmerz. *Dein Arm ist schwach, aber dein Körper ist stark!*

Schließ die Augen nicht!

Den Knauf hoch!

Bewege dein Schwert mit deinem Körper!

Wenn sie nur einen Weg durch das Gewirr von Leibern finden könnte, um die Tür zu diesem Kornspeicher zu öffnen. Aber sie waren umzingelt – sie war umzingelt. Nur Málik war ihr Schild.

Ein weiterer Mann stürmte auf sie zu, und so groß er auch war, mussten Gwendolyn und Málik gemeinsam kämpfen, um ihn zu Fall zu bringen, obwohl Málik nicht dankbar zu sein schien.

Er warf Gwendolyn einen vernichtenden Blick zu, befahl ihr erneut, sich zurückzuziehen, und wandte seine Aufmerksamkeit dann wieder dem Kampf zu, indem er einen weiteren Mann abwehrte, der auf sie zustürmte.

Das waren nicht die Männer ihres Vaters. Es waren Söldner, die keines Mannes Livree trugen. Sie waren auch nicht arm. Ihre Schwerter gehörten zu den besten, die es gab, ihre Rüstungen glänzten und waren neu, und der Blick in ihren Augen war nicht Hunger, sondern Gier.

Wie viele hatten sie inzwischen überfallen?

Zwanzig, mehr?

Abscheu kämpfte mit Erleichterung, als Gwendolyn sich unter einem Hieb wegduckte, um die Klinge aus ihrem Stiefel zu ziehen. Sie schnellte hoch, um dem Mann die Kehle durchzuschneiden, so sauber und wütend, dass sie ihm beinahe den Kopf abtrennte. Blut schoss aus seiner Wunde und bespritzte ihr Gesicht und ihre

Tunika – das Kleid ihrer Mutter. Zu ihrem Bedauern hatte sie den Brustpanzer zu Hause gelassen, da sie sich nie hätte vorstellen können, dass dies ihr Schicksal sein könnte. *Und wo war die andere Waechter, die mit ihnen angekommen war?*

Er war nicht hier. Wenn sie es recht bedachte, hatte sie ihn seit Tagen nicht mehr gesehen.

Inzwischen war das reiche, rot gefärbte Bockleder ihrer Tunika vollständig rot gefärbt. Von Schweiß bedeckt und ölig von Blut, konnten ihre Hände das Schwert kaum noch führen. Jeden Augenblick drohte es, ihr aus den Händen zu fliegen, doch Gwendolyn umklammerte es verzweifelt, dankbar für die Güte ihres Stahls, selbst als sie zusah, wie Jenefer's Schwert zerbrach und davonwirbelte.

Götter.

So etwas hatte sie noch nie erlebt, ein Vorgeschmack auf den Krieg, von dem sie nur aus den Erzählungen der Barden gehört hatte. Auch hatten diese Männer nicht die Absicht, Überlebende zurückzulassen, eine Tatsache, die offensichtlich wurde und eine Welle der Empörung durch Gwendolyn schickte.

Was für ein Verrat war das?

Wer würde das wagen?

Während er Lowenna hochhob und in Sicherheit zerrte – so sicher, wie eine tote Frau nur sein konnte –, wurde Cunedda plötzlich von einem schweren Breitschwert unvorbereitet getroffen. Es schnitt durch seine nackte Schulter und ließ einen Arm schlaff herabhängen. Dennoch streckte er irgendwie seinen Angreifer nieder, selbst als er vor Schmerz brüllte, und ließ seine Frau zurück, um in das Handgemenge zu stürmen und seine Töchter zu verteidigen.

Gwendolyns Herz krampfte sich beim Anblick ihres gemeinsamen Kampfes zusammen. Borlewen streckte einen Mann nieder, stach ihm einmal durch den Bauch und versetzte ihm mit einem Dolch, den sie aus ihrem Gürtel zog, einen weiteren sauberen Schnitt an die Kehle. Danach drehte sie ihrer älteren Schwester den

Rücken zu, und sie und Jenefer kämpften gemeinsam, Schulter an Schulter.

Götter!

Was geschieht hier?

Gwendolyn schrie auf, als die scharfe Schneide einer Axt vorbeizischte, ihren Oberschenkel streifte und nur knapp verfehlte, ihr Handgelenk abzutrennen. Málik stürzte sich auf den Mann, der sie geworfen hatte, und erledigte ihn mit einem einzigen, ausholenden Schlag. Doch ein anderer Mann ging auf Borlewen los, und eine übelkeiterregende Furcht durchfuhr Gwendolyns Herz mit einer plötzlichen, unfassbaren Erkenntnis.

Der Torques.

Ihre Augen musterten den umkämpften Hof, und sie bemerkte, wie viele mehr ihre Blicke auf den Hals ihrer Cousine gerichtet hatten.

Wer auch immer diese Männer waren, sie waren wegen Gwendolyn gekommen. *Sie* hatte sie hierher geführt, und ihr Onkel hatte dies ebenfalls vermutet. Er streckte einen weiteren Mann nieder, der auf Borlewen zustürmte, schlich zu Gwendolyn hinüber und sagte: „In die *fogous*. Jetzt! Geh!"

„Nein", weigerte sie sich. „Ich lasse dich nicht allein kämpfen!"

Cuneddas Augen quollen vor Wut hervor, als er sich an Málik wandte und verlangte: „Tut Eure Pflicht, Schatten! Nehmt sie! Geht!"

Málik nickte, und Gwendolyn schrie vor Protest: „Nein, Onkel! Ich verlasse dich nicht!", kreischte sie wütend. „Ich gehe nicht!"

Der Rauch wurde so dicht, dass es unmöglich war, etwas jenseits des Hofes zu sehen, und die Schreie im Kornspeicher verstummten plötzlich.

„Unter meinem Bett", zischte Cunedda. „Dort findest du eine Tür – geh!"

Gwendolyn schrie vor Empörung, selbst als Málik sie am Arm packte und rückwärts ins Haus zerrte. Vergeblich wehrte sie sich gegen seinen unerbittlichen Griff, während sie zusah, wie Jenefer unter einem Hammer zusammenbrach, ihr schönes Gesicht von Überraschung und Schmerz verzerrt.

Gwendolyn brüllte vor Entsetzen, und das war der letzte zusammenhängende Gedanke, den sie hatte.

„Gwendolyn!", rief Málik und schüttelte sie heftig. „Gwendolyn!"

Briallen war die Nächste, die fiel. Gwendolyn sah es mit weit aufgerissenen, angstvollen Augen geschehen. Ihr Vater fing einen Abwärtsschwung ab, schlitzte dem Mann mit seinem Schwert den Bauch auf, wandte sich dann Gwendolyn zu und sagte noch einmal: „Geh! Verdammt noch mal! Geh!"

„Borlewen!", schluchzte Gwendolyn, wenn auch nur, um sie zu warnen. „Borlewen!"

Götter.

Erkannte denn keiner dieser Männer ihre Prinzessin?

„Zu mir!", rief sie und schlug sich mit der Faust auf die Brust, nur in der Hoffnung, ihre Aufmerksamkeit von diesen Unschuldigen abzulenken. Sie stemmte die Fersen in den Boden und kämpfte gegen Máliks Griff an. „Zu mir!", schrie sie. „Zu mir! Ich bin –"

„Gwendolyn!", zischte Málik und schlug ihr so hart eine Hand auf den Mund, dass es brannte.

Nur diesmal, als sie versuchte, sich gegen ihn zu wehren, hob er sie hoch, warf sie sich über die Schulter und ging ins Haus.

Das Letzte, was Gwendolyn sah, war, wie Borlewen die kleine Klinge an ihrer Taille zog. Mit seinem Fuß schlug Málik die Tür hinter sich zu, ergriff irgendwie eine massive Bank und wirbelte sie herum, als wäre sie nur ein Kinderspielzeug, und stellte sie vor die Tür.

Er bewegte sich schnell und mit sicheren Schritten auf das Gemach ihres Onkels zu, und als er drinnen war, schwang er eine weitere schwere Truhe, um diese Tür zu verbarrikadieren. Das Geräusch, mit dem sie landete, war ein dumpfer Schlag.

„Ich kann sie nicht ohne mich kämpfen lassen", flehte Gwendolyn ihn an und hämmerte auf seinen Rücken, als er sie auf das

Bett warf, aber er packte sie immer noch am Arm, sein Griff unnachgiebig, und hielt sie von der Tür fern.

„Hör auf!", flehte er. „Hör auf!"

Als Gwendolyn sich immer noch wehrte, redete er auf sie ein: „Willst du, dass sie umsonst gestorben sind?"

„Ich will, dass sie überhaupt nicht sterben!", erwiderte sie wie von Sinnen.

„Gwendolyn!", sagte er und schüttelte sie erneut. „Sie *werden* sterben! Alle werden sterben! Die Frage ist, wird Pretanias Zukunft auch zugrunde gehen?"

Pretanias Zukunft?

Ein ersticktes Schluchzen entkam Gwendolyns sich zuschnürender Kehle, doch als sie endlich begriff, erlaubte sie ihm, sie von der verbarrikadierten Tür wegzuziehen, und sah dann hilflos zu, wie er das schwere Bett ihres Onkels mit einem Stiefel beiseiteschob und einen verborgenen Eingang zu den unterirdischen Gängen enthüllte – den *fogous*, die er so gut bewachte.

Das sah ihrem Onkel ähnlich, den Eingang so nah bei sich zu haben. Niemand würde es wagen, sein Gemach zu betreten, und wer würde schon auf die Idee kommen, unter dem Bett des Herzogs nachzusehen?

Málik brauchte nur eine Sekunde, um die schwere Falltür aufzuhebeln, die eigentlich zwei Männer zum Anheben gebraucht hätte, und einen dunklen Tunnel darunter freizulegen, der in die Unterwelt hinabzusteigen schien.

Einen langen, kummervollen Augenblick lang stand Gwendolyn da, starrte regungslos und blickte noch einmal zur Tür zurück, bevor Málik sie nach unten drängte.

Mit beängstigender Deutlichkeit hörte sie die Rufe ihres Onkels, als die Tür zu seinem Haus unter den Äxten zerbarst und nachgab. Mehr Zerschmettern und Klirren. Schwerter, die sich kreuzten. Etwas Großes klapperte zu Boden. Weitere krachende Geräusche, und plötzlich leckte eine Rauchzunge unter der Tür hervor.

„Geh!", befahl Málik.

Einen Kloß des Kummers hinunterschluckend, stieg Gwendolyn hinab und rutschte in ihrer Eile, hinunterzuklettern, auf einer Sprosse der Strickleiter ab. Sie spürte, wie loses Geröll auf ihren Scheitel prasselte, als Málik ihr nach unten folgte, und irgendwo über ihr hörte sie entfernte Rufe, dann das brutale Splittern der Tür zum Gemach ihres Onkels. In Panik um Cuneddas Leben versuchte sie noch einmal, hochzuklettern, aber ihre Arme brannten und Málik drückte ihren Kopf mit der Spitze seines Stiefels nach unten und sagte: „Geh, geh, geh!" Mit einem donnernden Krachen zog er die Falltür zu und tauchte sie in Dunkelheit. „Geh!", sagte er erneut.

Ihren Kummer hinunterschluckend, tat Gwendolyn, wie ihr geheißen, beeilte sich nun, ohne auch nur zu wagen, zu schreien, selbst als Máliks Stiefel ihre Finger traf. Gedämpfte Stimmen und Husten kamen von oben, als sie das Ende der Leiter erreichte und blind nach festem Boden tastete.

Es gab keinen. Götter. Es gab keinen!

Gwendolyn war noch nie zuvor in diese *fogous* hinabgestiegen, noch wusste sie, ob es einen Ausweg gab. Was, wenn diese Tunnel noch nicht fertiggestellt waren?

Ihren Augenblick der Panik vorwegnehmend, stieß Málik sie ein letztes Mal, und Gwendolyn stürzte rückwärts in die Dunkelheit, ihr Schwert klapperte unter ihr zu Boden. Sie fiel darauf, landete mit einem schweren Aufprall auf ihrem Steißbein und unterdrückte einen scharfen Schmerzensschrei.

Nur einen Augenblick später fiel Málik auf sie, doch er rappelte sich schnell auf, und Gwendolyn konnte ihn herumeilen hören, konnte ihn aber nicht mehr sehen.

„Beweg dich!", sagte er eindringlich.

Wohin!

„Beweg dich!"

Oben gab es ein wütendes Scharren an der Falltür, als ob jemand nach einem Griff suchen würde, und Gwendolyn konnte den schwächsten Lichtschimmer durch die Schlitze im Holz erkennen. Da sie kaum einen Orientierungssinn hatte, drehte sie sich schnell um, um wegzukriechen, unsicher, ob sie aufstehen konnte, aber ihr Kopf stieß gegen eine Steinmauer, und sie schrie vor Schmerz über die Wucht des Schlages auf.

Alles geschah so schnell. Oben ertönte ein lautes Krachen, und sie sah, wie die Axtklinge das Holz durchdrang. Málik packte sie am Bein und warf sie beiseite, ließ sie wie eine Puppe gegen die Wand trudeln. Dann, plötzlich und ohne Vorwarnung, brach der gesamte Schacht in sich zusammen.

DREISSIG

Angst schnürte Gwendolyns Herz zu, als völlige Dunkelheit sie umgab.

War sie tot?

Am Leben?

Es war so dunkel!

Nach einem Moment hustete und spuckte sie, wobei sie mehr Dreck als Luft ausstieß. Ihre Finger schmerzten noch immer von Máliks Stiefeltritt, und ihr Magen protestierte heftig.

Selbst als sich der Staub gelegt hatte, schien es eine Ewigkeit zu dauern, in der sie dasaß und in der feuchten, modrigen Luft nach Atem rang. Sie wusste, dass Málik den Einsturz überlebt hatte, nur weil sie ihn atmen hörte ... *oder war das das Echo ihres eigenen Atems?*

Götter.

Was, wenn sie allein war und es keinen Ausweg gab?

Was, wenn der einstürzende Schacht Málik unter sich begraben hatte?

Was, wenn – sie hörte Graben.

Plötzliches, wütendes Graben.

Husten.

Brüllen.

Schreie.

Dann, auf einmal, hörte das Graben abrupt auf, und die schwere Stille dehnte sich aus, bis Gwendolyn das Zischen von Máliks Klinge hörte, als er sein Schwert zurück in die Scheide gleiten ließ.

Um ihre Angst zurückzuhalten, schlug sie eine Hand auf ihre zitternden Lippen, schon allein, um nicht zu schluchzen. Nach einem langen Moment, als die gedämpften Stimmen nicht zurück-kehrten, flackerte eine winzige blaue Flamme auf … in Máliks Handfläche, unsicher wackelnd, vielleicht um dieselbe Luft ringend, die Gwendolyn zum Atmen brauchte.

Aber jetzt konnte sie sehen, was geschehen war.

Irgendwie hatte Málik die hölzernen Stützbalken des Schachts niedergeschlagen, sodass das Erdwerk einstürzte. Wer auch immer oben versucht hatte, die Tür zu öffnen, musste in den Schacht gerissen und mit Erde erstickt worden sein.

Die Flamme, die er nun hielt, tanzte in seiner Handfläche und formte sich zu einem kleinen Mond, der hellblaue Flammen wie Arme ausspie, die die Kugel umarmten, sich drehten und wirbelten und Funken wie eine feuchte Flamme ausstießen. Seine Augen trafen ihre, und in dem tanzenden Spiegelbild in seinen Pupillen sah Gwendolyn die Wahrheit.

Ein Berg aus Geröll lag dort, wo sie einst gekrochen war. Die Strickleiter war weg. *Begraben.* Als sich der Staub immer mehr legte, wurde das kleine Licht heller und stärker und erhellte immer mehr von der Umgebung. Anscheinend war sie, als Málik sie weggeworfen hatte – wie einen Lumpen –, gegen die ferne Wand geprallt, aber ihr Fuß lag so nah am Geröll, dass er von einem kleinen Erdhaufen bedeckt war. Verwirrt blinzelnd saß Gwendolyn da und prüfte die Beweglichkeit ihrer Glieder. Nichts schien gebro-chen zu sein, also schüttelte sie ihr Bein und zog die Knie an.

In der Zwischenzeit packte Málik den Griff ihres gefallenen Schwertes, zog es aus einem größeren Erdhaufen und reichte es ihr. Erst dann, als er ihr gegenüberstand, spiegelte sich jede stürmische Emotion, die in Gwendolyn tobte, in seinem fahlen Gesicht wider, ein Spiegel ihres eigenen Schmerzes.

Sie weinte nicht, noch sprach sie.

Es gab nichts zu sagen.

Es schien also, als wären sie gefangen. In einer kleinen Höhle. Mit unzähligen Tunneln, die weiter in die Dunkelheit krochen.

„Was jetzt?", fragte sie und schauderte, als sie hinzufügte: „Wird es in diesen Tunneln *Spriggans* geben?" Übellaunige Kreaturen, wie *Piskies*, aber grotesk, mit verwitterten Zügen und knorrigen kleinen Körpern, obwohl sie zu gigantischen Ausmaßen anschwellen konnten, wenn sie bedroht wurden. Sie waren auch diejenigen, die dafür verantwortlich waren, Wechselbälger anstelle von Säuglingen zurückzulassen.

Mit einem Hauch seiner üblichen Schärfe zog Málik eine Braue hoch und warf Gwendolyn einen Seitenblick zu. „*Spriggans* gibt es nicht", sagte er und warf die Flamme in seiner Hand in ihre Richtung. Mit großen Augen sah sie zu, wie sie flog – flog! –, dann innehielt, wie ein Reh, das plötzlich vor einem Jäger auf der Hut ist. Sie keuchte leise auf, als es näher kroch, dann über ihr Position bezog und Licht wie Feenstaub über ihren Scheitel streute. Mit offenem Mund starrte Gwendolyn auf die wirbelnde blaue Kugel.

„Was … ist … das?"

Sie traf Máliks Blick.

„Du nennst sie *Piskie*-Lichter. Das ist *Feenfeuer*."

Gwendolyn blinzelte.

Unfassbar.

Er setzte sich neben sie, stieß es leicht zur Seite und dann nach unten, sodass es direkt vor Gwendolyns Augen brannte, hell wie Sterne.

Gwendolyn hob eine Hand in seine Nähe und stellte fest, dass es sich kalt anfühlte. „*Feenfeuer*", sagte sie verwundert, als ihr klar wurde, was das bedeutete.

Seine Augen *waren* schärfer als die der meisten und seine Kraft war größer als die jedes Mannes, den sie je getroffen hatte – weil er ein *Fae war* ... ein echter, wahrhaftiger *Fae*.

Er packte sie sanft am Bein und bürstete einen Erdklumpen von ihrer Beinbekleidung, um ihre nässende Wunde besser zu inspizieren. Er sagte: „*Spriggans* sind nur ein Hirngespinst deiner sterblichen Fantasie." Er zog ihr den Stiefel aus und legte ihn beiseite. „Schatten spielen einem Streiche", erklärte er. „Männer, die zu lange in den Minen sind, erzählen fantastische Geschichten."

Er warf ihr einen vielsagenden Blick zu und schaute zu der Flammkugel auf, die ihm wie ein kleines Haustier zu gehorchen schien. „Nicht, dass es in der Dunkelheit nicht Schlimmeres zu finden gäbe."

Er wandte seine Aufmerksamkeit wieder ihrer Wunde zu. Vielleicht, weil er näher dran war als sie, zog er die Klinge aus ihrem Stiefel und schnitt ihre Beinbekleidung vom Saum bis zur Mitte ihres Beins auf. Er riss sie, drehte den Stoff auf links, um die Wunde an ihrem Bein abzubürsten und allen Schmutz aus der Umgebung zu entfernen. Sie blutete immer noch, wenn auch nicht stark. „Glücklicherweise scheint sie oberflächlich zu sein", sagte er mit erleichterter Stimme. Er gab Gwendolyn ihren Dolch zurück. „Bist du ansonsten wohlauf?"

Gwendolyn nickte schnell, obwohl sie sich nicht ganz sicher war. Tatsächlich könnte sie tot sein. Das würde sicherlich erklären, was sie hier erlebte.

Ihr Blick kehrte zu der leuchtenden blauen Kugel zurück, während er ihr den Stiefel zurückgab und ihr Bein mit dem Stoffstreifen umwickelte, den er aus ihrer Beinbekleidung gemacht hatte.

Götter. Ihr ganzer Körper schmerzte, und selbst wenn sie keine schlimmere Wunde davongetragen hätte, schmerzte ihr Herz zu sehr, um es zuzugeben. Er band den Stoff fest und nickte ihr dann zu. Dann, mit einiger Anstrengung und ein wenig Hilfe, glitt sie mit dem Fuß zurück in den Stiefel.

Was Málik betraf, so war sein Gesicht nicht mehr ganz so

leuchtend. Seine Haut war grau vor Schmutz ... so wie ihre sein musste. Sein Haar, einst so seidig und glänzend, war matt und mit Staub bedeckt.

Irgendwie, wahrscheinlich während des Abstiegs, hatte er sich eine kleine Schramme auf der Wange zugezogen, die ... blutete ... *rotes Blut* ... wie ihres. Sorgenfalten durchfurchten die Ränder seines schönen Mundes, und Gwendolyn konnte sich kaum zurückhalten, ihm in die Arme zu fallen und zu schluchzen.

Sie brauchte nicht zurückzugehen, um das Gemetzel oben zu sehen, um zu wissen, was übrig war. Die Schreie der Kinder im Speicher würden sie bis zu ihrem Todestag verfolgen. Es waren einfach zu viele gewesen, um sich gegen sie zu verteidigen.

Ihr Onkel. Götter. Ihr Hals schnürte sich zu. Er hatte sie weggeschickt, nur um allein gegen diese Männer zu kämpfen. Es war unmöglich, dass er sich gegen so viele hatte verteidigen können.

Arme Lowenna.

Wieder zog sich ihre Kehle zusammen. Süße, süße Lowenna. Sie war schon fort, bevor die Schlacht überhaupt begonnen hatte, tot und verrenkt, unter den Füßen zertrampelt.

Briallen und Jenefer.

Waren sie beide jetzt tot?

Und was war mit Borlewen? Was war aus ihr geworden, nun, da niemand mehr da war, um sie zu verteidigen?

So viele Fragen schwebten Gwendolyn auf der Zungenspitze, aber sie hatte nicht den Mut, auch nur eine einzige zu stellen.

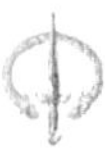

DIE *FOGOUS* SCHLÄNGELTEN SICH IMMER WEITER, WINDETEN SICH HIERHIN und dorthin, führten zu nichts, immer nur zu nichts. Jeder Tunnel war zu eng, kaum breit genug für eine einzelne Person, um hindurchzukriechen, geschweige denn für zwei, obwohl sie sich manchmal erhöhten, sodass man mit gebeugtem Rücken gehen konnte.

Die Wände waren aus Stein gebaut, bis auf den Bereich des Schachts unter der Falltür. Nur mit Holz gestützt, hatte Málik es irgendwie geschafft, alles zum Einsturz zu bringen.

Er bestand darauf, den Weg anzuführen, und überließ Gwendolyn manchmal die seltsame Lichtkugel, während er den Pfad vor ihnen erkundete. Seltsamerweise musste er die Flamme nie berühren. Sie folgte ihm wie ein Hündchen, schien seine Gedanken zu lesen, bewegte sich in die entferntesten Winkel des Tunnels, um ihnen den Weg zu leuchten, und blieb manchmal zurück oder an der Seite, aber nie zwischen ihnen.

Zweimal kehrte Málik zurück, um zu sagen, der Tunnel vor ihnen sei zu Ende, und sie müssten umkehren. Dreimal stießen sie gemeinsam auf Sackgassen.

Einmal war er so lange fort und ließ Gwendolyn so lange mit der seltsamen blauen Kugel allein, dass sie den Mut fasste, die Hand auszustrecken und sie zu streicheln. Sie wich nicht zurück und erlaubte ihr, ihre Hand um die kleine Kugel zu legen, aber sie rührte sich nicht vom Fleck, als hätte er ihr absichtlich befohlen, zu bleiben – zweifellos, damit Gwendolyn nicht umherirrte.

Nun, es funktionierte. Sie hatte keinerlei Verlangen herauszufinden, ob *Spriggans* wirklich existierten. Und tatsächlich, wenn *Piskies* real waren und *Fae* real waren, warum dann nicht auch *Spriggans?*

Während sie auf die Kugel starrte, war Gwendolyn ungeheuer neugierig, wie sie funktionierte. Sie hob zwei Finger, um sie sanft anzutippen, und zuckte zusammen, als sie sie mit winzigen blauen Funken überschüttete, die ein Eigenleben entwickelten und sich im Kreis drehten, bis sie sich dem Rest der Funken anschlossen, die die Flamme umkreisten, wie eine winzige Umlaufbahn von Sternen, die einen Mond jagen.

Als Málik zurückkehrte, wollte sie ihn zwar nach dem Licht fragen, konnte aber noch nicht die Worte finden, um zu sprechen. Zum ersten Mal in ihrem Leben wurde ihre Neugier von ihrer Stimmung besiegt. Trauer ließ sich in ihrer Brust nieder und zerdrückte ihr Herz wie ein Stein.

Stunden später war Gwendolyn erschöpft, schmutzig, eiskalt, und sie musste einen Ort finden, um sich zu erleichtern. Das Problem war, dass sie eigentlich nicht wollte, dass Málik sie wieder verließ, und jedes Mal, wenn er es tat, hielt sie den Atem an, bis er zurückkehrte.

Götter, helft ihr, es mochte keine *Spriggans* in diesen Tunneln geben, und *Spriggans* mochten nur ein Hirngespinst irgendeines Bergmanns sein, aber sie schwor, dass sie ein Atmen hörte, das weder ihr eigenes noch das von Málik war. Obwohl vielleicht auch das nur ihre Einbildung war.

Sie hatte auch gehört, dass einige Zechen von *Knockern* heimgesucht wurden, aber das waren hilfreiche Kreaturen, die sangen und den Bergleuten halfen. Und ungeachtet dessen hatte sie für den Moment mehr als genug vom Übernatürlichen, und ob sie nun existierten, gut oder böse, sie wollte es nicht wissen.

Eine Ratte eilte vorbei, blieb stehen, um sie zu mustern, ihre Augen spiegelten das Blau des *Feenfeuers* wider. Plötzlich huschte sie davon, und mit ihrem Verschwinden hätte Gwendolyn am liebsten geweint. Sie wollte ihr folgen, wusste aber, dass sie dorthin, wo sie hingegangen war, nicht gehen konnte.

Ab und zu stießen sie auf braune Fledermäuse, die von Balken entlang der Tunnel hingen – Stützen, die die Gänge sichern sollten. Eingehüllt in geflügelte Umarmungen, leuchteten ihre schwarzen Augen im flackernden Licht und schienen sie neugierig zu beobachten, obwohl sie letztlich an ihrem Schicksal uninteressiert waren. Gestört durch das *Feenfeuer* erwachte eine plötzlich, kreischte und flog davon.

In der darauf folgenden Stille fragte sich Gwendolyn, wer die Plünderer waren. Es war unmöglich zu sagen, ob der Angriff auf das Dorf ihres Onkels mit ihren Ermittlungen zusammenhing, aber sie konnte nicht umhin, das Gefühl zu haben, dass alles ihre Schuld war. Könnte es sein, dass jemand – vielleicht Ratsherr Aelwin? – von ihrer Absicht erfahren hatte, mit Bryoks Witwe zu sprechen?

War er so bereit, die einzige Erbin des Königs zu ermorden, um seine Verbrechen zu verbergen?

Aus welchem Grund wollte er Bryok tot sehen? War es nur Rivalität oder etwas mehr? Etwas wie das, was Málik vorgeschlagen hatte? Um die Wahrheit dessen zu verbergen, was sie getan hatten, vielleicht allein oder zusammen – gierig nach dem, was in dieser Schatzkammer lag?

Hier und jetzt gab es niemanden, den sie fragen konnte, und wenn sie es wagte, diese Fragen laut auszusprechen, schien Málik nicht in der Stimmung für ein Gespräch zu sein. Als die Stunden vergingen, wurde sein Mund schmal und sein Gesicht verkniffen.

War es ihre Einbildung, oder wurde die Luft immer schwerer zu atmen?

Götter. Irgendwann wurde sogar Máliks Kugel aus blauer Flamme schwächer, und Gwendolyn hielt den Atem an, in der verzweifelten Hoffnung, dass sie nicht von derselben Luft abhängig war.

Später, als die Stunden sich dehnten, war sie sich sicher, dass die Luft dünner wurde. Und obwohl Máliks Lungen anscheinend nicht darunter litten, konnte sie sehen, dass er besorgt war – *um sie?*

Später würde genug Zeit für Fragen sein, entschied sie.

Als sie jedoch auf eine weitere Sackgasse stießen, schrie sie bestürzt auf und ließ sich schließlich mit dem Rücken gegen die Wand fallen, rutschte auf den Hintern, elend und den Tränen nahe. Um nicht wieder aufzuschreien, steckte sie sich die Kuppe ihres Daumens in den Mund und biss zu, bis sie ihr eigenes Blut schmeckte. Ohne ein Wort setzte sich Málik neben sie, zog sie in seine Arme und löschte das *Feenfeuer* mit nur einem Hauch seines Atems.

„Málik", protestierte sie.

„Schsch", sagte er und drehte einen Finger durch ihre Locken. „Vertraust du mir, Prinzessin?"

Gwendolyn nickte, aber die Worte wollten nicht kommen. Tränen, wie Staub, verstopften ihre Kehle.

„Es ist spät", flüsterte er. „Lass uns rasten." Und er hielt Gwendolyn, während sie weinte – um ihren Onkel und seine Familie, um ihre Verantwortung für all ihre Tode, um Owen, um ihren Vater, um das Chaos, das sie aus allem gemacht hatte, um Bryn, um die Situation, in der sie sich nun befanden, und um jedes böse Wort, das sie je über Málik verloren hatte.

Es war alles zu viel, und sie konnte es nicht ertragen.

EINUNDDREISSIG

Die blaue Flamme loderte bereits hell, als Gwendolyn erwachte. Leider spendete die Flamme keine Wärme.

„Fühlst du dich besser?", fragte Málik.

„Ja", gestand sie, doch obwohl sie so vertraut in seinen Armen lag, rührte sie sich nicht. Er war warm, und hier unter der dunklen, feuchten Erde war es kalt.

Ihr Herz schmerzte, ihr Bein schmerzte und ihr Verstand wehrte sich gegen jeden Gedanken.

Er streichelte ihren Arm mit zwei Fingern, kitzelte sie sanft, und Gwendolyn spürte selbst durch den Ärmel ihres Kleides ein leichtes Prickeln von Macht und Wärme, wie winzige kleine Blitze. „Dein Kleid ist zerrissen", sagte er, als er einen Riss entdeckte.

Als Gwendolyn das hörte, brannten ihre Augen erneut. Was machte ein einfacher Riss schon aus, wenn sie mit dem Blut von geliebten Menschen und Feinden bedeckt war? Und doch war dies das Kleid ihrer Mutter, das einzige, das sie je wertgeschätzt hatte. Und wenn sie dafür erst den Umgang mit Nadel und Faden lernen musste, sie würde es flicken, und wenn es das Letzte wäre, was sie tat. Aber es war süß, dass er es bemerkte und sich sorgte. Ihre Gefühle waren im Aufruhr, und sie musste schwer schlucken, um die Worte herauszubringen.

„Ich frage mich, ob Tag oder Nacht ist", sagte sie.

„Ich weiß es nicht. Aber du hast eine ganze Weile geschlafen."

„Und du?"

So nah, wie sie waren, spürte sie ihn den Kopf schütteln. „Hast du einen von diesen Männern erkannt?"

„Nein", sagte sie und wandte ihr Gesicht nach oben, um in Máliks blassblaue Augen zu blicken. Sie wandte den Blick ab und starrte auf die Lehmwand, wobei sie schwer schluckte. Irgendwann war der Stein verschwunden und machte von Dellen übersätem Lehm Platz. Ein Käfer kroch aus einem kleinen Loch und schüttelte die Flügel. Von irgendwo aus dem Schacht hinter ihnen kam das Quietschen einer weiteren Fledermaus.

„Glaubst du, irgendjemand hat überlebt?"

„Nein", sagte er ehrlich, und das geflüsterte Wort blies Gwendolyn heiß ans Ohr.

Wieder einmal schnürte sich ihr die Kehle zu. Aber sie verstand, dass Weinen jetzt niemandem helfen würde, am allerwenigsten ihnen selbst. Was geschehen war, war geschehen, und das Einzige, was einen Unterschied gemacht hätte, wäre gewesen, in Trevena zu bleiben, wie Málik es ihr einmal nahegelegt hatte. Abgesehen davon hätte sie nichts weiter tun können.

Gwendolyn war schuld.

An allem.

Drei Waechter hatte sie mit nach Chysauster gebracht. Nur eine würde zurückkehren – die eine, von der sie nicht einmal geglaubt hatte, dass sie ihr wichtig war ... die einzige, bei der sie sich jetzt sicher fühlte.

„Ich fürchte, es gibt keinen Ausweg", sagte sie.

„Schhh ... es gibt nichts zu fürchten."

„Woher willst du das wissen?"

„Ich weiß es einfach."

„Woher?", beharrte Gwendolyn, während sie aus seinen Armen glitt.

Der saphirblaue Schein seines *Feen*lichts erhellte sein Gesicht und verlieh ihm einen kühlen Farbton. Dessen Feuer tanzte in seinen Augen, verstärkte das Blau und ließ es so aussehen, als würden auch sie brennen.

„Sieh hin", sagte er, und Gwendolyn tat es, nur nicht auf die Flamme, wie er es ihr aufgetragen hatte. Sie versuchte es, konnte ihren Blick aber nicht von Máliks leuchtendem Gesicht abwenden.

Plötzlich war da ein weiteres blaues Licht, das umhersprang. Er fing es auf und warf es wie einen Ball zum anderen Ende des Tunnels, wo es anschwoll und seine leuchtend blauen Ranken sich aufrichteten wie Haarsträhnen, die im Wind wehen.

„Eine Brise?", flüsterte sie entsetzt.

Er nickte, und als er lächelte, gewährte er ihr einen weiteren Blick auf die scharfen, spitzen Zähne hinter seinen Lippen. Gwendolyn hatte den plötzlichen, unvorstellbaren Gedanken, dass *er* der *Spriggan* sein könnte, den die Kinder fürchteten, ein nächtlicher Albtraum, der bei Tag verschwand.

„Lass mich noch mal dein Bein ansehen", verlangte er.

Gwendolyn setzte sich und änderte ihre Position, um ihm Zugang zu ihrem Bein zu verschaffen. Vorsichtig wickelte er den Lederstreifen ab – ein schlechtes Mittel, um Blut aufzusaugen, aber zum Glück blutete es nicht mehr. Die Wunde war bereits verkrustet.

„Es hätte schlimmer sein können", sagte er. „Wir müssen sie säubern, sobald wir können. Wir werden einen Bach finden, sobald wir draußen sind."

Gwendolyn lächelte erschöpft. „Was denn?", neckte sie ihn. „Kannst du nicht auch Wasser herbeizaubern?"

„*Alle* Dinge werden aus dem *Aether* geboren. Ich ... überrede sie nur."

Auf einer seltsamen Ebene ergab das Sinn. „Also ist es wahr?"

„Was ist wahr?"

„Du bist ein *Fae*."

Sie wusste, dass er es war, aber sie musste es ihn mit seinen eigenen Lippen sagen hören.

„*Fae* ist das Wort eures Volkes", sagte er. „Nicht meines. Ich bin ein Danann."

Von Anfang an hatte er sich als Danann bezeichnet, und Gwendolyn hatte sich nur entschieden, es nicht zu glauben. Vielmehr hatte sie sich berechtigt gefühlt, ihn *Sidhe* oder sogar Elf zu nennen, wenn sie so wütend auf ihn war, doch nicht ein einziges Mal hatte sie wirklich innegehalten, um über die Konsequenzen dieser Wahrheit nachzudenken. Seine *Rás* war die älteste *Rás* in allen Landen. Hatte ihr Vater von dieser Zugehörigkeit gewusst?

Was war mit ihrer Mutter?

Wenn ja, warf es seine Anwesenheit in Trevena in ein völlig neues Licht.

Immer wieder hatte er gesagt, er sei gerufen oder geschickt worden – ohne Zweifel von ihren Eltern –, und etwas sagte Gwendolyn, dass es ihre Mutter gewesen sein könnte.

„Ich kann es kaum erwarten, Ely zu erzählen, was ich erfahren habe."

Málik hob den Blick und spähte durch seine Wimpern, seine Augen plötzlich hart. „Du wirst es niemandem erzählen", sagte er, beendete dann das Verbinden ihrer Wunde und prüfte noch einmal die Ränder seines Verbands. Ohne zu verstehen, warum, nickte sie gehorsam.

„Sie hatten es auf Borlewen abgesehen", sagte sie.

„Die Frage ist, warum."

„Weil sie meinen Torques trug."

Er hob eine Braue. „In der Tat, aber was ich wissen will, ist, warum sie dich gesucht haben."

„Was glaubst du, warum?"

„Ich zögere, es zu sagen."

„Warum?"

„Weil die Antwort eine ist, die du nicht hören wollen wirst."

Neugierig hakte Gwendolyn nach. „Glaubst du, sie haben meine Mission, mit Ia zu sprechen, aufgedeckt?"

„Vielleicht." Er stand nun auf und zog Gwendolyn hoch. „Kannst du gehen?", fragte er, und Gwendolyn nickte und ließ sich von ihm auf die Füße helfen. „Bleib dicht bei mir", sagte er, ging voran, und Gwendolyn folgte ihm und fragte sich, was sie auch sonst hätte tun sollen. Es gab keinen anderen Ort, an den sie gehen konnte, und selbst wenn der Tod selbst vor ihnen lag, würde sie niemals umkehren.

KAPITEL

ZWEIUNDDREISSIG

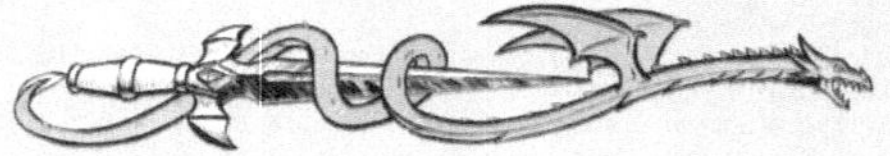

Durch den kleinsten Spalt in der Decke konnte man einen heller werdenden Himmel erspähen – eine weitere Falltür, die ohne das *faerie*-Feuer vielleicht unbemerkt geblieben wäre.

Die zweite Kugel folgte ihr nach oben und ließ den Tunnel unter ihnen nun fast vollends in Dunkelheit getaucht zurück. Sie hielt direkt über Máliks Kopf an, als ein dünner, federleichter Luftzug von oben gegen die Kugel blies und Ranken aus weißem und blauem Licht verstreute. „Leiter", sagte er, und noch während er nach ihr griff, spürte Gwendolyn den Kuss einer kühlen Brise. Das Seil war zur Seite gesteckt und hing an einem Holzdübel, der halb zerfressen war – von Ratten vielleicht – und für einen Moment fürchtete Gwendolyn, dass das Seil selbst beschädigt sein würde. Sie hielt den Atem an, als er es löste, doch ein kräftiger Ruck verriet, dass es sicher und bereit zum Klettern war.

Diesmal stieg Málik zuerst hinauf, und sei es nur, um sicherzugehen, dass oben niemand wartete, und Gwendolyn beobachtete ihn mit angehaltenem Atem und betete, dass keiner dieser Plünderer von den *fogous* ihres Onkels wusste und wohin sie führten. Aber das durften sie nicht, denn wenn sie es gewusst hätten, wären sie in diesen Tunneln bereits überfallen worden, anstatt darauf zu warten, dass sie herauskamen.

Sie mussten geglaubt haben, dass der Schacht nur ein Keller und vollständig zerstört war. Und doch wurde Gwendolyn erst jetzt, nachdem sie durch diese Tunnel gewandert war, bewusst, dass sie weder auf Barren noch auf Erz gestoßen waren. Die Haupthöhle unter dem Haus ihres Onkels war leer gewesen, obwohl seit so langer Zeit keine Lieferungen nach Trevena erfolgt waren.

Waren seine Zechen so erschöpft, dass er nichts zu schicken hatte? Oder trieb ihr Onkel heimlich Handel mit jemand anderem? Weitere Fragen, auf die Gwendolyn keine Antworten hatte.

Wieder einmal, als Málik kletterte, regnete ihr Dreck auf den Scheitel, und ihr Herz hämmerte wie wild in Erwartung eines weiteren Einsturzes. Doch der Schacht blieb stabil, und Málik bewältigte den Aufstieg schnell. Oben angekommen, stieß er mit der Faust dagegen und drückte die Falltür auf, nur um festzustellen, dass die Nacht klar war und die Sterne über ihnen funkelten. Nur um sicherzugehen, zog er das Schwert aus der Scheide und sprang flinker aus dem Schacht, als Gwendolyn es geschafft hätte. Inzwischen schmerzte jeder Muskel in ihrem Körper, wenn nicht von der Anstrengung des Kampfes, dann vom Kriechen und Bücken durch meilenweite, dunkle, gewundene Tunnel.

Die Wunde an ihrem Bein schmerzte – nicht so sehr wegen des Schnittes, sondern wegen des gequetschten Fleisches darunter. Ihr Hintern tat ebenfalls weh und überschattete den winzigen blauen Fleck, den sie zuvor am Knie gehabt hatte, vollkommen.

Dem Beispiel seines Schöpfers folgend, verschwand das *faerie*-Feuer – beide Kugeln – sobald sie in die Nacht traten, und löste sich wie ein Dunst Wölkchen auf, und Gwendolyn zögerte nicht. Der Tunnel hinter ihr versank in Dunkelheit, als sie nach der Leiter griff, ihr Körper schmerzte und ihre Muskeln brannten, während sie dem silbrigen Mondlicht in die Freiheit folgte.

Zu ihrer Überraschung tauchte sie in einem Quoit auf, der sie an das Haus des Riesen in der Nähe von Fowey erinnerte. Doch im Gegensatz zu jenem Quoit schien dieser hier eher ein Grabmal zu sein.

Der Himmel wurde heller, doch der Deckstein darüber hielt das volle Licht des Mondes von der Falltür fern, sodass sie selbst bei Tag von unten nur schwer zu erkennen sein musste.

Als Kinder waren sie und Bryn um jenes Haus des Riesen herumgelaufen, hatten mit Holzschwertern gefuchtelt und es abwechselnd verteidigt. Demelza pflegte zu sagen, sie seien von einem Stamm von Riesen erbaut worden, die diese Steine in einem Quoit-Spiel zusammengeworfen hatten. Dieser hier stand mitten im Nirgendwo, ohne ein Anzeichen dafür, dass das Gelände aus irgendeinem Grund genutzt worden war, seit Jahren nicht.

Tatsächlich waren die Steine alle mit ungestörten Flechten bedeckt, was Gwendolyn zu der Annahme verleitete, dass seit der Erschaffung des Tunnels niemand mehr hier gewesen war.

Waren diese *fogous* also dazu gedacht, die Erträge ihres Onkels zu lagern, oder waren sie nur ein Fluchtweg? Am Ende hatte er Gwendolyn mit Málik in die Tunnel geschickt, nur um mit seiner Familie bei ihrer Verteidigung zu sterben. Kummer zog ihr am Herzen, und sie kämpfte einen weiteren schmerzhaften Anflug von Tränen nieder, während sie tief die frische Nachtluft einatmete.

Nachdem sie so lange durch feuchte Erde gekrochen war, knirschte es zwischen ihren Zähnen, und ihre Nasenlöcher waren mit Tränen und Schmutz verkrustet. Zu ihrer Bestürzung lag der Quoit in einem kleinen Moor an einer Schlucht, und sie mussten durch mehr nassen Schlamm waten und einen steilen Hügel erklimmen, um etwas jenseits des Schilfs zu sehen. Wieder ging Málik mit dem Schwert in der Hand voran, bis er den Gipfel erreichte, dann steckte er sein Schwert wieder in die Scheide und wartete darauf, dass Gwendolyn zu ihm aufschloss.

Vor ihnen lag das Land unter einem Mantel aus *kobold*blau verborgen. Das Meer war nur ein Schimmern in der Ferne und der Mond nur ein dünnes, spöttisches Grinsen am Himmel.

„Wohin ist dein *faerie*-Feuer verschwunden?", fragte sie sich laut.

„Weg", sagte er und stemmte die Arme in die Hüften. „Es hat seinen Zweck erfüllt."

„Wirklich?", sagte Gwendolyn und zupfte an einer Wimper, um einen Schmutzpartikel zu entfernen. Jeder Teil von ihr schmerzte, aber erst jetzt wagte sie wirklich, es zu bemerken. „Ich habe immer gehört, sie neigen eher dazu, Männer in die Irre zu führen?" Tatsächlich waren die *Piskie*-Lichter dafür bekannt, Männer so tief in die Wälder zu locken, dass sie nie wieder das Tageslicht erblickten. Es war ein Irrlicht mit eigenem Willen, und sie waren zweifellos dafür verantwortlich, Männer in den Wäldern um Porth Teich in den Tod zu führen.

Mit jeder Faser ihres Wesens widerstand sie dem Drang, sich jetzt hinzusetzen, da sie wusste, wenn sie es täte, würde sie vielleicht nie wieder aufstehen.

Málik zwinkerte ihr zu. „Ich nehme an, es kommt darauf an, wen es führen soll."

„Ah", sagte Gwendolyn dümmlich. Auch ihr Gehirn schmerzte, als es vergeblich versuchte, einen Sinn in all dem zu finden, was geschehen war – nicht nur der Angriff auf das Dorf ihres Onkels, sondern auch Máliks Enthüllungen ... die Wahrheit darüber, wer er war ...

Fae.

Sie blinzelte, und die Dinge, die er ihr erzählt hatte, verflogen wie Staub im Wind. Als sie versuchte, ihm weitere Fragen zu stellen, stellte sie zudem fest, dass sie keine zu stellen hatte.

„Nach Trevena ist es von hier aus zu weit zu Fuß. Wir werden zurückgehen müssen, um Pferde zu holen", sagte er, und Gwendolyn nickte und bemerkte mit einem Stich im Herzen, dass er nicht vorschlug, dies zu tun, um nach Überlebenden zu suchen. Offensichtlich glaubte er wirklich nicht, dass es welche geben würde.

Er sah sie dann an, und Gwendolyn sah nicht die arrogante Kreatur, die sie zuerst getroffen hatte, sondern den Freund, den sie kennengelernt hatte. Sein Herz lag in seinen blassblauen Augen, und auch dies schnürte ihr das eigene zusammen. *Götter.* Sie bewunderte die festen Züge seines edlen Gesichts, die selbstbewusste Haltung seiner Schultern, die von solcher Macht und altersloser Stärke zeugte.

Es gab so viel, was Gwendolyn sagen wollte – zum Beispiel *es tut mir leid* – aber die Worte wollten nicht kommen.

Zu ihrer Schande hatte sie ihm Unrecht getan ... einfach so.

Sie hatte sich einst gesagt, dass sie sein *Fae*-Volk bewunderte, und obwohl sie selbst wusste, wie es sich anfühlte, wegen der Wahrnehmung anderer Menschen verstoßen zu werden, hatte sie diesen Mann mit der gleichen Verachtung behandelt.

„Ohne dich kann ich schneller gehen", schlug er vor.

„Ich werde nicht hier bleiben."

Darauf nickte er, seine Lippen hoben sich an einem Mundwinkel, als hätte er ihre Antwort bereits erwartet, und er sagte ohne Widerrede: „Bleib dicht bei mir."

DAS DORF WAR NICHT WEIT. SIE ERREICHTEN ES AM RANDE DER Dämmerung, als die Sonne gerade erst erwachte. Eine sanfte Röte erhellte den Horizont und tauchte das Dorf ihres Onkels in einen düsteren Rosaton. Rauch stieg aus der Landschaft auf, wie ein schwelender Dunst aus einem warmen *Piskie*-Tümpel.

Wer auch immer diese Männer waren, sie waren jetzt weg, aber sie hatten nichts unversehrt gelassen. Der Speicher war verzehrt, und Gwendolyn hatte weder den Mut noch das Herz, hineinzusehen. Wenn es überhaupt Überlebende gab – vielleicht die Kinder unten im Brunnen – blieb hier niemand zurück.

Das Haus ihres Onkels war bis auf die Grundmauern niedergebrannt. Im Schutt entdeckten sie mehrere verkohlte Knochen, obwohl es unmöglich war zu sagen, wem sie gehörten. Das Feuer war bereits erloschen, aber die Glut brannte noch heiß, was es unmöglich machte, die Überreste zu durchsuchen. Doch wenigstens bedurfte es keines Scheiterhaufens; diese Leichen waren bereits verzehrt.

So grausig es auch war, sie erspähten den Oberkopf eines Mannes mit einem langen, davor verdrehten Arm. Offensichtlich war einer dieser Plünderer im Schacht gefangen gewesen, sein Rumpf verschüttet und sein Kopf dem Feuer ausgesetzt – zumindest hoffte sie von ganzem Herzen, dass es ein Plünderer war und nicht ihr Onkel Cunedda, der ihnen hatte folgen wollen.

Auch der Stall war zerstört. Es gab keine Pferde zu nehmen. Jedoch entdeckte Gwendolyn ihr Zaumzeug und ihre Satteltasche an einem kleinen Holzpferd hängend, höchstwahrscheinlich beiseitegelegt, als der Hufschmied die Hufeisen ihrer Stute reparierte. In der Satteltasche fand sie zu ihrem Entsetzen und ihrer Erleichterung die Dörrpflaumen, die sie ihrem Vater zeigen wollte.

Ihr Bauch protestierte laut, da sie so lange nichts gegessen hatte, aber mehr als der Schmerz in ihrem Magen war der in ihrem Herzen nicht zu leugnen. Dennoch hielt sie weitere Tränen zurück, als sie über ihren Anteil an dieser Tragödie nachdachte. Was würde sie ihrem Vater sagen?

Sie hatte über den Grund gelogen, aus dem sie nach Chysauster gekommen war, und nun waren so viele gute Menschen tot. Jemand müsste zurückkehren, um ihnen eine ordentliche Beerdigung zu geben.

Zufrieden, dass nichts gerettet werden konnte, machten sie sich in totenstillem Schweigen auf den Weg nach Süden zu Ias Hof. Doch als sie ankamen, fanden sie auch ihn verlassen vor.

Höchstwahrscheinlich hatte Ias Vater den Rauch des Dorfes gesehen oder die Kriegshörner gehört und seine Familie in Sicherheit gebracht. Es gab viele Höhlen entlang der Küste, und vielleicht waren sie dorthin gegangen. Sie würden zurückkehren und feststellen, dass sie keinen Lehnsherrn hatten und niemanden, der sie verteidigte – zumindest bis ihr Vater diese Ländereien einem anderen seiner Vasallen verleihen konnte.

Bedauerlicherweise würden sie auch zurückkehren und feststellen, dass sie zwei Pferde weniger hatten, obwohl ihre Tiere in der Zwischenzeit anscheinend wohlauf waren. Ein paar Ziegen streiften in einem kleinen Gehege umher, ein fettes Schwein wälzte sich in einem Schlammloch und eine einzelne Henne scharrte um einen kleinen, aber stabilen Stall. Gwendolyn wollte sich nicht für so barbarisch halten, aber sie konnte kaum anders, als diese Henne zu nehmen und im Ganzen zu verschlingen.

Glücklicherweise entdeckte sie ein paar Eier im Stall und brachte sie hinein, um sie zu kochen. Dort fand sie einen kleinen Kessel und ein sterbendes Feuer in der Herdstelle. Sie fachte die Flamme wieder an, legte die Eier in den Topf, genau wie sie es bei Lowenna beobachtet hatte, und kehrte dann zum Stall zurück, um die beiden stärksten Pferde für die Heimreise auszuwählen, fest entschlossen, Ias Vater zu entschädigen, sobald sie konnte.

Tatsächlich würde sie ihm zwei für eines geben, und wenn ihr Vater Einwände erheben sollte, würde sie standhaft bleiben. Die alte Gwendolyn hätte vielleicht nicht gewusst, wie man ein Ei kocht oder wie kostbar eine einzelne Henne war, aber sie hatte sich verändert – alles hatte sich verändert. Ihre Handlungen hatten Konsequenzen, erkannte sie erst verspätet, selbst die unbedeutendsten Entscheidungen.

Ein Bad im Tümpel mit Bryn hätte einen lieben Freund leicht das Leben kosten können und Cornwall sein Bündnis mit Loegria. Ihr Onkel und seine Familie hatten für ihre Reise nach Chysauster mit Blut bezahlt.

Vielleicht war sie einst mit Bryn an jenen Ufern entlangmarschiert und hatte nach Wanderfalken gesucht, aber sie war nicht mehr sieben. Sie war siebzehn, eine verlobte Frau mit einem kränkelnden Vater und Pflichten, die sie erfüllen musste.

„Lass mich nach deinem Bein sehen", verlangte Málik.

„Es ist in Ordnung", sagte Gwendolyn, während sie die zweite von zwei Stuten sattelte.

Er zog eine Augenbraue hoch. „Dein Bein, Gwendolyn."

Auch Gwendolyn hob eine Augenbraue und fragte sich, wann genau sie in seinen Augen aufgehört hatte, „Prinzessin" zu sein.

Aber das war nicht ganz unwillkommen. Bei ihm war sie viel lieber Gwendolyn.

„Du hast Recht. Es heilt", sagte er, aber erst, nachdem er sie gezwungen hatte, sich auf eine Bank zu setzen und den Verband abzuwickeln, um darunter zu schauen.

„Wie du schon sagtest, es ist nur eine Fleischwunde", gestand sie mit einem Anflug eines Lächelns. „Ich werde leben."

„In der Tat, das wirst du", versicherte er. „In der Tat, das wirst du."

Und trotzdem reinigte er die Wunde für sie, machte ihr dann einen stark riechenden Umschlag aus zerstoßenen Wacholderblättern, schmierte dieses stinkende Gebräu auf ihre Wunde, bevor er den Verband wieder anlegte. Danach verschwand er für eine Weile, und währenddessen suchte Gwendolyn, da alles, womit sie angekommen waren, verschwunden war, das Haus nach Vorräten für die Reise ab.

Sie fand zwei Umhänge, einen in einem Haufen neben einem Nähkorb, einen anderen in einer Truhe, keiner in gutem Zustand. Dünn und aus Wolle, fragte sie sich, wie sie jemanden warmhalten konnten. Aber egal, es war besser als nichts, und auch das wollte sie doppelt zurückzahlen. Sie würde ihnen zwei von ihren schenken, oder ein paar von ihrer Mutter stehlen.

Gwendolyn stopfte beide Umhänge in die Satteltaschen, einen für jeden, dann schob sie ihr Kurzschwert in die mit Fell gefütterte Scheide des Sattels. In diesen Gegenden musste selbst ein armer Bauer darauf vorbereitet sein, seinen Hof zu verteidigen.

Schließlich stahl Gwendolyn eine alte Decke aus einer anderen Truhe im Schlafgemach des Hausherrn, rollte sie zusammen und band sie an den Rücken ihrer Stute, in der Absicht, sie mit Málik zu teilen.

Das Bett des Hausherrn hatte noch eine weitere Decke übrig, aber sie konnte die Familie nicht mit nichts zurücklassen. Es war nicht so, als hätten sie den Vorteil eines guten Hafens mit Händlern zum Handeln. Diese Decken waren handgewebt, und wahrscheinlich hatte Ias Mutter lange Monate gebraucht, um sie zu weben.

Gwendolyn nahm an, dass sie die besseren ihrer Decken mitgenommen hatten, aber es war nicht so, als hätten sie viele. Das Haus selbst war ziemlich ärmlich.

Es dauerte nur eine kurze Weile, bis Málik zurückkehrte, und Gwendolyn nahm an, er sei bereit zu gehen, doch ohne ein Wort zerrte er sie in das Schlafgemach des Hausherrn und stieß sie dann neben dem Bett zu Boden.

DREIUNDDREISSIG

„Bleib", flüsterte er.

Draußen hörte Gwendolyn Stimmen.

„Gesattelt", sagte ein Mann, dessen Stimme ihr überhaupt nicht bekannt vorkam. „Sie können nicht weit sein."

Räuber?

Sind dieselben Männer zurückgekehrt?

Oder könnten es Ia und ihre Familie sein?

Aber nein.

Das waren sie nicht.

Als hätte er ihre Gedanken gelesen, schüttelte Málik den Kopf, dann hob er einen Finger an seine Lippen und bat Gwendolyn, still zu sein. Und dann, leise, vorsichtig, zog er das Schwert von seinem Rücken und verschwand im Schankraum.

Gwendolyns Herz hämmerte wie wild.

„Durchsucht das Haus", brüllte ein anderer Mann, dieser kam näher. Dann das Geräusch von Stiefeln, die schnell, laut, ungestüm näherkamen, wie der Schlag ihres Herzens.

Götter.

Sie hatte ihr Schwert auf dem Pferd gelassen, das sie hatte reiten wollen. Instinktiv fuhr ihre Hand an ihrem Oberschenkel hinab, vorbei an den Verbänden, zu ihrem Stiefel und griff nach der kleinen Klinge, die sie dort aufbewahrte. Sie war nicht groß, aber scharf genug, um ein Auge auszustechen, und sie würde es tun.

Einen schrecklichen Augenblick lang überlegte Gwendolyn, was sie tun würde, wenn sie Málik fänden und ihm etwas antäten. Das trieb sie zum Handeln an. Sie dachte nicht nach, sie handelte nur.

Sie konnte nicht hierbleiben und sich wie ein Feigling verstecken, während sie ihm wehtaten! Sie bewegte sich schnell zur Tür des Zimmers und sah einen stämmigen Mann die Hütte betreten, seine Hand noch am Türknauf. Málik stand auf der anderen Seite der Tür verborgen, sein ganzer Körper lag hinter ihr im Schatten. Gwendolyn hatte nicht einmal Zeit, sich über den finsteren Blick, den er ihr zuwarf, Sorgen zu machen.

Sie blickte mit weit aufgerissenen, verängstigten Augen auf die Szene und erkannte diesen Mann als den Räuber wieder, der das Haus ihres Onkels angegriffen hatte. Nur für einen Augenblick neigte er den Kopf, als wäre er überrascht, sie zu sehen, aber seine Überraschung wurde ihm zum Verhängnis.

Málik kam schnell hinter der Tür hervor, packte ihn an seinem langen, zotteligen Haar und zerrte ihn dann in den Raum. In etwas, das wie ein schneller, makaberer Tanz wirkte, schnitt er dem Mann die Kehle durch, stieß ihn dann beiseite und zerrte ihn an den Haaren, bis auch er hinter der Tür verschwand.

Von ihrem Standpunkt aus konnte Gwendolyn sehen, dass draußen noch ein Mann war. Nun stand er gut sichtbar vor der Tür, und er drehte sich um, angezogen von den Geräuschen in der Hütte.

Gwendolyn erstarrte bei seinem Anblick, wie er in ihre Richtung marschierte, sein Gesicht zu einem boshaften Grinsen verzogen. Sie konnte weder sprechen noch sich bewegen.

Wieder legte Málik einen Finger an seine Lippen, und obwohl Gwendolyn ihn nur aus den Augenwinkeln sehen konnte, wagte sie nicht, den Kopf in seine Richtung zu drehen. Um ihn nicht zu verraten, bemühte sie sich, nicht von dem sich nähernden Krieger wegzusehen, obwohl jeder Knochen in ihrem Körper danach schrie, zu fliehen. Das Messer in ihrer Hand zitterte.

Oder war es vielleicht nur ihre Hand?

Er kam näher.

Näher.

Näher.

Näher.

„Ich weiß nicht, wie Ihr entkommen seid", knurrte er, als er nah genug war, um in die dunkle Hütte zu sehen. „Aber ich werde Euch keine zweite Chance geben."

Seine dunklen Augen funkelten böse.

Irgendwie erwiderte Gwendolyn seinen Blick fest und zeigte ihm die Klinge in ihrer Hand, sodass sie im Morgenlicht aufblitzte. Aber das brachte ihn nur dazu, lauthals zu lachen, und doch hielt er inne ... direkt hinter der Tür, wo sein Blick die Stiefel seines gefallenen Kameraden fand und auf ihnen verweilte.

Das Lächeln verschwand von seinen Lippen.

Málik handelte rasch und drückte dem Mann sein Schwert an die Kehle. Doch dieses Mal war auch der Mann schnell. Er stieß sich nach hinten und rammte seinen dicken Kopf in Máliks Gesicht.

Gwendolyn hörte ihn aufschreien, und beide Männer stürzten zu Boden. Einen Augenblick lang stand sie wie erstarrt da, während sie kämpften, ihre Schwerter zu unhandlich für den Einsatz auf so engem Raum.

Der Räuber stemmte ein Knie auf Máliks Schwerthand und drückte sein ganzes Gewicht darauf, und Málik bäumte sich unter ihm auf und versuchte, ihn abzuschütteln. Vielleicht hätte er es geschafft, aber in dem Augenblick, als der Mann Gwendolyn den Rücken zukehrte, stürzte sie vor, um Málik zu verteidigen, und stieß ihre kleine Klinge genau dorthin, wo Málik es sie gelehrt hatte, direkt in die Nieren des Mannes.

Genau wie er es gesagt hatte, fiel der Mann wie ein Stein zu Boden, und Gwendolyn trat zurück und starrte benommen auf die

Leiche, während Málik ihn wegstieß, dann auf die Füße sprang und sich den Staub abklopfte.

Sein Blick verengte sich auf Gwendolyn. „Ich habe dir gesagt, du sollst bleiben", sagte er.

Gwendolyn reckte das Kinn. „Ich konnte nicht."

„Warum?"

Warum, in der Tat?

Sie zuckte mit den Schultern, unfähig, den gewaltigen Anflug von Gefühlen zu gestehen, den sie bei der Möglichkeit, ihn zu verlieren, empfunden hatte. „Du solltest danke sagen", erwiderte sie mit einem zittrigen Lächeln. „Dieses Mal habe *ich dich* gerettet."

„In der Tat, Prinzessin", sagte er. Aber das Lächeln, das er ihr schenkte, passte nicht zu seinem Ton oder seinen Worten. „Aber freu dich nicht zu früh; wir *Fae* haben acht Leben."

Als Antwort runzelte Gwendolyn die Stirn. „Ich dachte, das wären Katzen?"

„Leider stehen Katzen bei den Göttern in höherer Gunst. Sie haben neun", sagte er zwinkernd. „Eins mehr als *wir*. Aber lass uns gehen, bevor seine Freunde nach uns suchen."

Das ließ sich Gwendolyn nicht zweimal sagen. Sie steckte die Klinge zurück in ihren Stiefel und ging vor ihm aus der Tür.

VIERUNDDREISSIG

Gwendolyn hatte sich nie übermäßig Sorgen gemacht, wenn sie sich außerhalb der Palasttore befand, doch die Landschaft war ihr noch nie so unheilvoll erschienen, da die Straße vor und hinter ihnen von Schatten wimmelte. Die fast mondlose Nacht bot dem Verrat einen willkommenen Mantel.

Die von ihnen gewählten Pferde waren kräftige Blauschimmel, die an harte Arbeit gewöhnt waren, wenn auch nicht so sehr ans Reisen. Die Reise verlief langsam, da sie oft anhalten mussten, um sie zu tränken und ihnen eine Rast zu gönnen, doch glücklicherweise begegneten sie auf der Kleinen Straße niemandem, und die Nacht versank in beinaher völliger Schwärze. Der Schmerz in Gwendolyns Oberschenkel war eine quälende Erinnerung daran, dass Verrat im Gange war, und der Galopp ihrer Pferde eine ständige Mahnung an ihre Eile.

Sie wagte nicht, darüber nachzudenken, was sie bei ihrer Ankunft zu Hause entdecken könnte, und fürchtete das Schlimmste – einen Staatsstreich. Wenn jemand es wagte, die Tochter des Königs im Haus ihres Onkels, eines mächtigen Herzogs, anzugreifen, hatte er wohl kaum die Absicht, später dafür geradestehen zu müssen. Auch wenn sie Málik aus Angst, es dadurch wahr werden zu lassen, nichts davon gesagt hatte, befürchtete sie, dass sie bei ihrer Ankunft verschlossene Tore und den Kopf ihres Vaters auf einem Spieß vorfinden würden.

Was auch immer geschehen mochte, Gwendolyn vertraute darauf, dass Málik sie beschützen würde – ein gewaltiger Gefühlswandel seit ihrer Abreise aus Trevena. Dieser Mann, den sie einst so verabscheut hatte, war zu dem einen Mann geworden, ohne den sie nicht leben wollte. Und doch, nachdem sie ein Schwert bis zum Tode geführt und ihre Liebsten vor ihren Augen in Stücke hatten hauen sehen, verstand sie, wie entscheidend es war, sich niemals auf jemand anderen als sich selbst zu verlassen. Das hatte Málik sie gelehrt.

Er gewährte keine Gnade und erwartete im Gegenzug auch keine. Und auch Gwendolyn würde dies nicht tun, sobald sie herausfand, wer hinter dieser mörderischen Angelegenheit steckte. Rache schlug Wurzeln in ihrem Bauch, und sie spürte, wie deren Wurzelstock kräftiger wurde und wuchs.

Jetzt, endlich, verstand sie, warum ihr Vater sie wegen Bryn gerügt hatte. Sie durfte sich *niemals, niemals* erlauben, eine verhätschelte Prinzessin zu sein, und sie erkannte, dass sie trotz all ihres Getöses genau das gewesen war.

Sorge rumorte in ihrem Bauch, jedoch nicht um ihrer selbst willen. Ihr Vater war ein hochangesehener Mann. Ihre Verbündeten hatten unter seiner Herrschaft profitiert. Das letzte Mal, als der Krieg an ihre Tore gekommen war, war während der Herrschaft ihres Großvaters gewesen, als alle Stämme noch im Krieg lagen und es keinen Hohen König gab, der über sie alle herrschte. Erst jetzt befürchtete sie, dass ihr Volk unzufrieden geworden war, und ihre Gedanken kehrten zu der Lichtung zurück.

Das Land war das Leben des Volkes, der König die Stärke des Landes. Stück für Stück war diese Lichtung verfallen. Und was würde geschehen, wenn sie verschwunden war?

Gwendolyn spürte es, wie sie meinte ... einen Wandel und eine Verdüsterung der Zukunft, Sturmwolken, die sich vor ihr bildeten, wie die Blutwolken, die die Dunkelheit für Ériu einläuteten.

Als sie die Umgebung der Landzunge erreichten, waren die

Pferde bereits stark außer Atem, ihre Flanken bebten, und Gwendolyn stieg ab, sobald sie es wagte, und führte sie schnell von der Straße weg in einen Unterschlupf, einen Zufluchtsort, den sie so gut kannte, dass sie den Weg selbst im Dunkeln finden konnte.

Málik folgte ohne ein Wort. Vielleicht wusste er intuitiv, warum sie den Rest des Weges zu Fuß zurücklegte, denn auch er stieg ab, trat vor, um ihr die Zügel aus den Händen zu nehmen, und führte beide Pferde weg. „Ich kümmere mich um sie", sagte er. „Du gehst."

Gwendolyn vertraute darauf, dass er tun würde, was er tun musste, und gehorchte. Zuvor holte sie jedoch die Decke vom Rücken ihres Pferdes. Während Málik einen sicheren Platz suchte, um die Pferde für die Nacht abseits der Straße zu verstecken, wo niemand sie sehen konnte, stieg sie allein die Klippe hinauf. Sie rechnete mit einer kalten, unbequemen Nacht, selbst mit der Decke in der Hand, da sie kein Feuer riskieren konnten. In diesem Moment hätte sie hundert Kupfermünzen für das Pferdefell gegeben, das sie am Pferd der vermissten Wache so bewundert hatte. Es wäre weit wärmer gewesen als dies hier.

Ihre Muskeln schmerzten und ihre Wade brannte, als sie den Aufstieg bewältigte. Sie verzog das Gesicht, als es zu nieseln begann – ein kalter Frühlingsregen, der in alles eindrang, was er berührte, und sich tief in den Knochen festsetzte. Dankbar für ihre guten, festen Stiefel, stieg Gwendolyn vorsichtig hinauf, da sie aus eigener Erfahrung wusste, wie rutschig diese Klippen sein konnten.

Die Landzunge selbst war trügerisch. Auf den ersten Blick schien es, als gäbe es keinen leichten Weg hinauf, aber es gab einen Pfad auf der Meerseite, wo der Weg nicht ganz so steil war. Der Unterschlupf war jedoch nur ein Felsvorsprung an der Klippenwand, der landeinwärts mehr als seewärts ungeschützt und meilenweit sichtbar war – was sowohl gut als auch schlecht war, denn sie konnten jeden ausspionieren, der vorbeikam, aber wenn sie entdeckt wurden, säßen sie hier in der Falle, ohne einen Weg nach unten, außer einem ... den Felsen tief unten. Aber der Sturz wäre tödlich, und wenn die Felsen sie nicht töteten, würde es ein rachsüchtiger Ozean sicherlich tun.

Bis auf die Knochen erschöpft, trotzte Gwendolyn dem Schmerz in ihren Beinen und dem Bedürfnis, anzuhalten und zu weinen. Als sie endlich die Landzunge erreichte, suchte sie einen guten Platz für ein Nachtlager aus, weit genug vom Klippenrand entfernt, an einer kleinen Nische, die sie vor Wind und Regen schützen sollte.

Um das Lager zu errichten, schob sie alles Geröll beiseite, da sie wusste, dass es unmöglich sein würde, hier genug Farnkraut zu finden, um ein gutes Bett zu polstern. Bereits zitternd, kroch sie unter die dünne Wolldecke und kauerte sich so weit wie möglich in die Nische. Leider musste sie so schlafen, mit dem Rücken an der Wand, während der Regen auf ihre Stiefel prasselte.

Glücklicherweise ließ Málik nicht lange auf sich warten, und er stellte auch nicht die Notwendigkeit infrage, ein Lager zu teilen, obwohl er seinen Schlaf und die Decke zweifellos weit weniger nötig hatte als Gwendolyn. Doch da sie wussten, dass sie gemeinsam mit der Sonne aufstehen mussten, zögerte er nicht, sich zu ihr zu gesellen, besonders als er das Klappern ihrer Zähne hörte.

Götter.

Selbst ihr verlorener Umhang wäre besser gewesen als das hier, aber auch der war fort, wahrscheinlich in dem Feuer in dem Zimmer verbrannt, das sie mit ihren Cousinen geteilt hatte – Máliks ebenfalls, obwohl sein Schlafplatz nicht im Haus war. Wie fast alles, was sie besaß, hatte dieser Umhang ihrer Mutter gehört. Zum Glück hatte sie noch ihr wunderschönes Prydein-Kleid, so beschmutzt es auch von so viel Dreck, Rauch, Blut und Schweiß war. Gwendolyn zog die Decke bis zum Kinn und erkannte die Kluft zwischen ihrem wahren Leben ... und diesem ...

All ihre Lebtage hatte sie, wenn sie Durst oder Hunger hatte, nach Nahrung läuten können. Wenn sie schmutzig war, läutete sie nach einem Bad. Wenn sie eine Decke brauchte, schickte sie Demelza, um eine zu besorgen. Wenn sie Kleidung brauchte – nun, sie brauchte nie Kleidung. Ihre Mutter sorgte dafür, dass es ihr an nichts mangelte. Erst jetzt, als sie unter einer fadenscheinigen Decke zitterte und spürte, wie der kalte Wind in ihre zerrissene, nasse Kleidung kroch, verstand sie, wie es sich anfühlte, Dinge zu brauchen, die sie nicht haben konnte.

Was diese fortgesetzte Lektion betraf ... Ihr Magen knurrte laut. In ihren Satteltaschen war nichts, und sie hatte ihre Eier auch nicht essen können. Höchstwahrscheinlich saßen sie immer noch in dem Topf am Herd, über einem längst erloschenen Feuer ... so kalt wie sie selbst.

Ihre Laune war so sauer wie der Geruch dieser Decke, als sie zusammenzuckte, als Málik die Decke zwischen zwei Fingern ergriff und sie von ihren Beinen warf. Ohne um Erlaubnis zu fragen, hob er ihre Beinlinge an, um ihre Wunde zu untersuchen. Schließlich, zufrieden mit dem, was er sah, zog er die Beinlinge wieder herunter und legte sich unter ihre Decke. Er zog Gwendolyn dicht an sich, bevor er ein Stück Pökelfleisch aus dem Beutel an seiner Taille hervorholte.

„Sie heilt", sagte er. „Ich hatte mir Sorgen gemacht, das Zittern könnte ein Zeichen von Fieber sein."

„Woher hast du das Fleisch?", fragte Gwendolyn, dankbar, aber schuldbewusst, dass er es auf sich genommen hatte, sie vor dem Regen zu schützen.

„Aus der Vorratskammer bei Ia, bevor diese Idioten ankamen."

Gwendolyn nickte, ihre Lippen zitterten kläglich. Doch wenn sie ihrer Trauer jetzt nachgeben würde, würde sie sich in einer Pfütze auf dem Boden wiederfinden. Und deshalb weigerte sie sich zu weinen, selbst als Málik sie in die Wärme seiner Arme zog. Nicht ein einziges Mal erinnerte sie sich an eine solch warme Umarmung, weder von ihrem Vater noch von ihrer Mutter.

Niemals von Demelza.

Auch nicht von Ely.

Ganz sicher nicht von Bryn.

Nur ein einziges Mal, erinnerte sie sich, hatte Lady Ruan sie in die Arme genommen, als Gwendolyn hinfiel und sich die Knie aufschürfte. Lady Ruan hatte sie dann direkt zur Heilerin getragen, sie auf einen kalten Tisch geworfen und sie verlassen, um ihre Mutter zu holen – die nie kam.

Dies hier…

Dies hier war anders.

So wie er sie unten im *Fogou* gehalten hatte.

Ein Teil von Gwendolyn sehnte sich danach, hier zu bleiben und niemals fortzugehen. *Die Welt da draußen vergessen. Ihre Pflichten vergessen. Prinz Locrinus und ihr Versprechen vergessen. Ihre Gelübde und ihre Krone vergessen. Den Verrat vergessen …und die Toten.*

Nur gehalten werden … so wie hier.

Immer.

Für immer.

Zwei Herzen, die wie eines schlagen.

„Hast du gegessen?", wagte sie nach einer Weile zu fragen und hoffte nur, die elende Kälte hätte ihr nicht die Stimme geraubt.

„Noch nicht", sagte er, und an der Art, wie er sprach, wusste Gwendolyn, dass er es auch nicht vorhatte. Er sparte das wenige Essen, das es gab, für sie auf, und obwohl sie ihn tadeln wollte, waren sie nur einen halben Tagesritt von zu Hause entfernt. Wenn es sein musste, konnte sie selbst darauf verzichten und bei ihrer Rückkehr die Speisekammern leeren. Und egal, was jemand sagte, sie würde Málik an den Tisch des Herrn setzen und befehlen, dass ihm zu essen gegeben werde – alles, was sein Herz begehrte.

Er verdiente das und mehr.

Schließlich hörte das Klappern ihrer Zähne auf.

Málaks Wärme genügte, um sie wohlig warm zu halten. Oben am Himmel war der Mond kaum mehr als eine Sichel. Nach seiner Form zu urteilen, waren es nur noch wenige Tage, bis sie ihre Gelübde ablegen musste.

Für Gwendolyns Volk stellte ein Neumond eine Zeit der Wiedergeburt dar. Was auch immer vor der Wiedergeburt dieses Mondes falsch war, es konnte durch den neuen Zyklus ungeschen gemacht werden. Und doch, hier und jetzt, fürchtete sie, dass noch Fehler bevorstanden.

Unwillkürlich wanderte ihre Hand zu ihrem nackten Hals, wo der Torques nicht mehr ruhte, und dafür würde eine Konsequenz zu zahlen sein.

Morgen.

Heute Nacht wollte sie nicht darüber nachdenken.

Sie schmiegte sich seufzend enger an Málik.

Heute Nacht war sie in Sicherheit.

Leider war alles, was sie je über diesen Mann geglaubt hatte, wahr. Er war arrogant und kalt – ganz zu schweigen von herrisch –, obwohl er keinerlei Recht dazu hatte. Er sprach zu ihr, als hielte er sich für einen Prinzen über allen anderen und Gwendolyn nur für eine arme Dienerin. Und doch …

Sie schauderte erneut, diesmal nicht wegen der Kälte … sondern mit einem plötzlichen, intensiven Bewusstsein für den Mann neben ihr. Nach einer Weile hörte der Regen auf, doch Gwendolyn rührte sich immer noch nicht. Sie konnte so tun, als wäre sie überglücklich über die Aussicht, Prinz Loc zu heiraten.

Aber das war sie nicht.

Ein Schluchzen entrang sich ihrer Kehle.

Eine Träne entglitt ihren Wimpern.

Instinktiv zog Málik sie enger an sich.

„Still", flüsterte er. „Es mag alles verloren scheinen, aber das Tageslicht wird dir Klarheit bringen."

Gwendolyn nickte dankbar.

Er bewegte sich plötzlich und drehte sich zu ihr um. „Du bist nicht allein", sagte er, hob die Hand, um über ihre Stirn zu streichen, und fuhr dann zurück, um seine langen Finger in ihr Haar zu vergraben. „Du warst nie allein, Prinzessin, und ich werde dich nicht verlassen."

Weitere Tränen glitten über Gwendolyns Wimpern, und nicht zum ersten Mal in den letzten Tagen wagte sie es, ihre feuchte Wange an Málaks Brust zu legen, um zu weinen, so dankbar für seine tröstenden Worte, im Herzen darauf vertrauend, dass er die Wahrheit sprach.

Sie war nicht allein.

Gwendolyn war nie allein gewesen, nicht einmal, wenn es sich so anfühlte. Sie hatte ihre Mutter. Sie hatte ihren Vater. Und jetzt hatte sie Málik.

„Morgen wird es besser", versprach er, und Gwendolyns Kehle schnürte sich zu, als sie den Kopf schüttelte und weitere Tränen sein Leder befeuchteten. „Nicht für meine Cousinen", sagte sie. „Nicht für Cunedda."

„Ich weiß", sagte er. „Ich weiß." Und seine Stimme war tief und heiser, während seine Hand ihr Haar streichelte. „Du bist nicht die verwöhnte Prinzessin, für die ich dich einst gehalten habe."

Gwendolyn erstickte ein kleines Lachen. „Und du bist nicht die abscheuliche Kreatur, für die ich dich einst gehalten habe." Und doch, und doch ...

Ihre Worte Lügen strafend, sah sie den Mond auf den spitzesten seiner Zähne aufblitzen, als er lächelte, und das Lächeln war so intim und unheilvoll wie ... ein Kuss.

Der Moment war von Spannung erfüllt, voller Erwartung, zärtlich, aber bittersüß.

Sehnsucht und Traurigkeit.

Málik tippte Gwendolyn mit einem Finger unters Kinn und hob ihr Gesicht zu seinem Blick, obwohl sie ihn nicht annähernd so gut sehen konnte, wie er sie wahrscheinlich sah. „Du musst es nicht tun", sagte er.

Gwendolyn blinzelte. „Was tun?"

„Ich sollte es nicht sagen, aber ich werde es tun ... komm mit mir, Gwendolyn", flehte er. „Schwöre der Krone ab und komm an einen Ort, wo dich kein Unglück aufsuchen kann."

Gwendolyn lachte leise. „Und wo wäre dieser Ort, Málik? Wenn es eine Sache gibt, die ich gelernt habe, dann ist es, dass es überall und immer Unglück gibt."

„Nicht dort, wo ich herkomme", sagte er, und dann, nach

einem langen, qualvollen Moment, in dem Gwendolyn ihn nicht wegstieß, wagte er es, seine Lippen auf ihre zu pressen.

Sie waren nicht warm, sondern heiß, zu heiß, um ihnen zu widerstehen.

Es zog Gwendolyn an wie eine Motte das Licht, aber wo sein Mund weich und geschmeidig war, waren es seine Zähne nicht.

Irgendwo im Nebel ihres Gehirns verstand sie, dass diese Zähne eine Gefahr darstellten, und doch nicht von der Art, die sie einst angenommen hatte. Obwohl sie wusste, dass sie es nicht tun sollte, wagte sie es, sich an ihn zu klammern, ihn näher an sich zu ziehen, gierig nach dem Geschmack seines Mundes.

Götter.

Abgesehen von Prinz Loc hatte sie noch nie zuvor einen Mann so gekostet, obwohl sie sich vorgestellt hatte, Málik genau so zu küssen, mit vollen Lippen, hungrig aneinandergepresst, die Körper miteinander verschmelzend, während sie gierig vom Nektar seines Mundes nippte.

Seine Zähne, so scharf, wagten es, ihre Lippe zu streifen, und er ritzte sie nur ganz sanft, um sie danach zu belecken. Und auf seiner Zunge schmeckte Gwendolyn den kupfernen Geschmack ihres eigenen Blutes.

Sie spürte seine Zurückhaltung im Griff seiner Hände an ihren Oberarmen und hatte nicht einmal bemerkt, dass er sie so fest hielt, bis sie ihn schaudern spürte … und … wenn sie ein Wort sagte … ein einziges Wort … nur *„ja"*… würde er tiefer in ihren Mund eindringen, um seine Tiefen zu plündern.

Zögernd bot Gwendolyn ihm die Spitze ihrer Zunge an, und er saugte gierig daran, bot dann seine eigene an. Der Austausch dieser verbotenen Zärtlichkeiten war erregend, aber … untersagt.

Gierig nach mehr, wagte sie es, den Kuss zu vertiefen, und ein kleines Geräusch entwich ihm, das verdächtig nach einem Knurren klang. Ihr Körper reagierte sofort, denn sie sehnte sich danach, dass seine Hände über ihren Körper wanderten, wagte aber nicht zu fragen.

So sollte ihr Körper hungern, wie Liebende, die sich im Wald an einem Sommersonnenwendfest paaren, während der süße Duft von Pollen schwer in der Luft liegt.

Liebste Götter ...

Tief in Gwendolyns Herzen, wenn sie sich vorstellte, ein Kind zu tragen, ihr Bauch von einem Kind geschwollen, war es das von Málik, das sie sich vorstellte.

Sie wusste nicht, wann sich das geändert hatte, oder ob es sich jemals geändert hatte. Vielleicht hatte sie Málik von Anfang an gewollt, nur in ihrem Herzen gewusst, dass diese Liebe verboten war.

„Gwendolyn", krächzte er.

Gwendolyns Herz hämmerte gegen ihre Rippen wie ein Gefangener, der um seine Freiheit fleht. Sie wünschte sich verzweifelt, sich ihm hinzugeben, aber ... sie war ... versprochen.

Es war Málik, der sich losriss und erwartungsvoll durch die Schatten starrte. „Gwendolyn", flehte er.

„Ich habe eine Pflicht gegenüber Cornwall", sagte sie gebrochen.

„Du liebst ihn nicht", argumentierte er.

„Ich *werde*", schwor sie. „Für Cornwall *werde* ich lieben, wo ich muss."

„Ich verstehe", sagte er, und der Ausdruck auf seinem Gesicht war nachdenklich.

Gwendolyn fühlte das Bedürfnis, sich zu erklären. „Ich kann nicht leugnen, was ich für dich empfinde, Málik, aber ich wurde geboren, um meinem Volk zu dienen, und ich kann es jetzt nicht im Stich lassen. Ich bin die Erbin meines Vaters – seine einzige Erbin – und ich bin durch meine Pflicht und mein Wort gebunden."

„Ich verstehe", hauchte er. „Das tue ich." Und dann zog er sie wieder dicht an sich. „Schlaf, Prinzessin. Der Tag war lang. Morgen wird zu früh kommen."

FÜNFUNDDREISSIG

Gwendolyn schlug die Augen auf, für einen Moment erleichtert, noch am Leben zu sein, doch dann drehte sich ihr der Magen um, als sie bemerkte, dass Málik fort war. Sie vermutete jedoch, dass er hinabgestiegen sein musste, um die Pferde vorzubereiten, und beruhigte sich bei dem Gedanken, dass er nicht weit gegangen sein würde.

Er hatte gesagt, er würde sie nicht verlassen, und sie vertraute darauf, dass er sein Wort halten würde.

Bauschige weiße Wolken segelten an einem wässrigen Firmament vorüber. Eine goldene Sonne, die gelegentlich zwischen ihnen hervorlugte, war eifrig bei der Arbeit und trocknete die letzten Spuren des Regens der vergangenen Nacht.

Oben an der Klippe saß ein grau-weißer Wanderfalke, nur durch das strahlende Weiß seiner Unterseite zu erkennen, denn seine Flügel waren so dunkel wie der Granit, auf dem er thronte. Er blickte mit neugierig geneigtem Kopf auf Gwendolyn herab, zeigte ihr das Gelb seines Schnabels und blinzelte mit durchdringenden gold-schwarzen Augen zu ihr herunter.

Wäre dies eine Krähe gewesen, hätte sie vielleicht aus Angst vor dem, was noch kommen mochte, geweint, denn so wie Stare die Vorboten des Frühlings waren, so waren Krähen die Vorboten des Todes. Doch Krähen und Stare beiseite, auch der Falke überbrachte eine Botschaft, denn er war der Vertraute der Könige.

Mehr als alles andere fürchtete Gwendolyn die Begegnung mit ihrem Vater – nicht so sehr, weil sie glaubte, sich schlecht benommen zu haben, sondern weil sie ihm heute düsterere Nachrichten überbringen würde als alle, die er je erhalten hatte, seit ihre Großmutter väterlicherseits in einem fernen Bezirk am Gelbfieber gestorben war. Mit einem Gefolge von zehn Mann war ihr Vater zu ihrer Beerdigung gereist, und nun musste jemand zurückkehren, um dafür zu sorgen, dass auch ihr Onkel und seine Familie ein angemessenes Ende erhielten.

Jemand würde diese Asche durchsieben und ihre Knochen finden müssen.

Jemand würde die letzten Riten sprechen müssen.

Jemand würde um sie trauern müssen, so wie man um geliebte Menschen trauern sollte, und sie nicht einfach zurücklassen, damit ihre verkohlten Knochen von der Sonne gebleicht und Hunde sich um die Überreste streiten konnten.

Mit schwerem Herzen erhob sich Gwendolyn, griff nach der graumelierten Decke und folgte Málik nach unten. Sie stieß einen langen Atemzug aus, als sie ihn neben ihrer Stute erblickte, wie er dem Tier die weiche, braune Wange tätschelte.

Einen Augenblick lang beobachtete sie fasziniert, wie er das Tier beschwichtigte und mit einer Hand über seine Stirn strich – eine Geste, so zärtlich und sanft wie die, die er ihr letzte Nacht geschenkt hatte.

Er blickte auf. Ihre Blicke trafen und hielten sich. Seine sonst blassen Augen verdunkelten sich zu einem stählernen Farbton, und er wandte den Blick ab. Danach war Málik vollkommen zivilisiert, doch es lag eine neue, unterschwellige Spannung zwischen ihnen. Ob eingebildet oder nicht, sie hielt selbst höfliche Worte in Schach.

Die Heimreise war schnell. Ihre Ankunft an den Toren unangefochten. Die Stadt war still und friedlich, alles so, wie Gwendolyn es verlassen hatte.

Nur sie war verändert.

Für immer.

Obwohl sie sattelmüde war, schickte sie Málik voraus, um ihre Ankunft anzukündigen, da sie ein paar Minuten brauchte, um ihre Gedanken zu sammeln, bevor sie ihrem Vater gegenübertrat. In der Zwischenzeit führte sie beide Pferde in den Stall und blinzelte überrascht, als sie das Pferd mit dem bunten Fell erblickte.

War die Wache nach der Schlacht bei Chysauster entkommen? Sie blickte sich um, um zu sehen, ob sie ihn entdecken konnte, und wünschte nun, Málik wäre geblieben, damit sie ihn zur Kaserne schicken konnte, um nachzusehen.

Besonders in Anbetracht ihres Weges durch die Tunnel hätte er sicherlich genug Zeit gehabt, vor ihnen anzukommen, aber wenn er unversehrt zurückgekehrt war, mit Nachrichten über den Angriff auf das Dorf ihres Onkels, warum stellte ihr Vater dann keinen Suchtrupp zusammen, um nach Gwendolyn zu suchen?

Der Stall war noch voller Pferde der Armee, die Friedlichkeit des Morgens lag schwer in ihrer Morgenroutine. Auch die Waechter an den Toren hatten sich ihr gegenüber nicht anders verhalten, als wären sie von einem Nachmittagsausflug zurückge-kehrt. Ihr Winken war beiläufig gewesen, auch wenn ihr Herz wie wild schlug. Merkwürdig, dachte sie, als sie sich abwandte, doch als sie sich an die Dörrpflaumen in ihrer Tasche erinnerte, ging sie zurück, um sie zu holen, aus Angst, ein Stallbursche könnte sie finden, und sie wollte nicht, dass noch jemand ihretwegen litt.

Es waren nur noch wenige übrig, nicht mehr als fünf. Sie stopfte sie in den Beutel an ihrem Gürtel und suchte sogleich die Halle des Königs auf. In ihren zerlumpten Kleidern marschierte sie hinein, nur um festzustellen, dass ihr Vater gerade eine Audienz abhielt – ein Bauer mit seinem Sohn, der den König anflehte, die Druiden von Llanrhos zu rufen. Er behauptete, es gäbe Anzeichen für Heuschrecken, und nur die Druiden könnten die Vögel dazu bringen, die Plage zu vertreiben. Als Gwendolyn das hörte, machte sie sich erneut Sorgen um die Lichtung. Diese Heuschrecken deuteten auf noch Schlimmeres hin, und wenn auch die Lichtung befallen war, verhieß das nichts Gutes für ihren Vater ... aber noch mehr für Cornwall.

Gwendolyn wollte nicht stören und ging am Rande des Tribunals entlang zu einer Seite des Podestes ihres Vaters, ohne die Absicht, seine Aufmerksamkeit auf sich zu ziehen, noch nicht.

Sie wollte privat mit ihm sprechen, ohne Publikum. Im Moment waren mehrere Ratsherren anwesend, darunter die Ratsherren Aelwin und Eirwyn sowie Meister Ciarán. Doch irgendetwas im Blick von Ratsherr Aelwin, als er Gwendolyn erblickte – vielleicht Überraschung –, gab ihr plötzlich eine Erleuchtung. Auf einmal änderte sie ihre Meinung, mit ihrem Vater allein zu sprechen, und trat in das Tribunal.

„Gwendolyn!", rief ihr Vater, zweifellos schockiert über den Zustand ihrer Kleidung. Sie war immer noch schmutzig, voller blauer Flecken, ihr Haar war ein einziges Gewirr, und das Kleid und die Beinlinge ihrer Mutter waren zerrissen.

„Verzeiht mir, Vater", platzte sie heraus, wandte sich an den Wundarzt und holte eine getrocknete Pflaume aus ihrer Tasche. „Meister Ciarán", sagte sie mit einem Nicken. „Ich muss mich dafür entschuldigen, Eure Dörrpflaumen gestohlen zu haben."

„Dörrpflaumen?", sagte er und sah verwirrt aus. Er legte den Kopf schief wie der Wanderfalke. „Welche Dörrpflaumen, Hoheit?"

Gwendolyn reichte Meister Ciarán die Dörrpflaume in ihrer Hand, holte dann noch ein paar aus ihrer Tasche, zeigte sie in ihrer Handfläche und lächelte, als sie sich umdrehte, um den anwesenden Ratsherren jeweils eine anzubieten. Aelwin nahm eine, wenn auch widerstrebend, und ebenso Ratsherr Eirwyn, der ebenfalls abgeneigt schien.

„Ah! Nun! Diese könnt Ihr gerne haben", sagte Ciarán und gab die getrocknete Pflaume zurück. „Ich muss gestehen, sie bereiten meinem Magen arge Probleme."

Gwendolyn lächelte, denn sie verstand, was er meinte, aber zum Glück wirkten sie bei ihr nicht so, jedenfalls nicht normalerweise. Auch hatte sie nach dem anfänglichen Leiden nicht genug gegessen, um das Vergehen an Málik zu wiederholen. Zum Glück war ihre Dosierung mittlerweile so stark, dass das Gift selbst ihr nicht geschadet hatte – zumindest nicht so, wie es dem armen Owen zugesetzt hatte. Sie war sich nun sicher, dass die Bauchschmerzen, die sie nach dem Verzehr so vieler Pflaumen am ersten Tag erlitten hatte, vom Gift herrührten.

Ermutigt durch die Verwirrung der Ratsherren, steckte Gwendolyn sich eine der süßen Früchte in den Mund und ließ ihre Augen vor lauter Entzücken nach hinten rollen. Die ganze Zeit über beobachtete sie den Gesichtsausdruck des Wundarztes, um ein Zeichen dafür zu finden, dass er verstand, was sie da zu sich nahm.

Der Mann schien ahnungslos zu sein, vielleicht nur verwirrt darüber, warum die Tochter des Königs ihr Tribunal unterbrochen hatte, um über Dörrpflaumen zu schwärmen – und das, während sie aussah, als hätte sie eine Schlacht gegen rußschnaubende Drachen gekämpft und verloren. „Köstlich!", sagte sie und schluckte.

„Gwendolyn?", sagte ihr Vater mit einem beunruhigten Ton in der Stimme. „Was geht hier vor?"

Doch Gwendolyn brauchte noch einen Beweis. Bisher hatte sie keinen. Sie verstand, was beabsichtigt war und wie, aber der Schuldige konnte jeder sein, und solange sie nicht herausfand, wer diese Dörrpflaumen vergiftet hatte, gab es keine Chance, das größere Rätsel zu lösen – *warum*? Warum genau wurde Bryok ermordet? Ias Bericht hatte Aelwin sicherlich in einem sehr schlechten Licht dastehen lassen. „Könnt Ihr mir sagen, wo Ihr diese beschafft habt?", fragte sie Meister Ciarán und versuchte, Aelwin vorerst nicht anzusehen, wobei sie es wagte, ihren Vater zu ignorieren.

Der Wundarzt blickte sich in der Halle um, vielleicht etwas unbehaglich, und zupfte an seinem Bart, bis sein Blick auf Ratsherr Aelwin fiel. „Nun, ich glaube, ich habe sie von Ratsherr Aelwin erhalten, obwohl ich nicht das Herz hatte zu sagen, dass ich sie nicht mag, weder getrocknet noch anders. Leider, obwohl ich sie oft verschrieben habe, weil sie ein Heilmittel der Natur sind, bin ich mit einer starken Konstitution gesegnet und verbringe meine Zeit nicht gerne in Abtritten.“

„Oh, aber sie sind so köstlich!“, klagte Gwendolyn. „Ich muss mehr haben“, sagte sie wie ein Kind, das nach Süßigkeiten verlangt. Sie wandte sich an Ratsherr Aelwin. „Habt Ihr sie probiert, Ratsherr?“

„Ah, ja“, sagte er und räusperte sich. „Das habe ich, das habe ich“, sagte er zappelig, und Gwendolyn lächelte dünn. Sie drehte sich für einen Moment zu ihrem Vater und dann wieder zum Ratsherrn. „Sollte ich Euch schon gratulieren?“

„Wozu, Hoheit?“

„Ich nehme an, mit Bryoks Tod wurdet Ihr zum Ersten Ratsherrn befördert. Ja?“

Sein Gesicht rötete sich. „In der Tat, Hoheit, obwohl dies noch nicht öffentlich gemacht wurde. Ich kann die Ehre erst nach Eurer Hochzeit beanspruchen. Es wurde vereinbart, dass nichts von Eurem ... glücklichen Anlass ablenken soll“, sagte er und blickte zu der Gestalt auf, die nun die Halle betrat.

„Nur zu“, drängte sie und deutete auf die Dörrpflaume, wohl wissend, dass Málik zu ihnen gestoßen war.

„Oh, nein!“, weigerte sich der Ratsherr. „Bitte, Hoheit! Ich habe schon zu viele gegessen!“

„Habt Ihr?“

„In der Tat.“

„Und wo habt Ihr sie beschafft, frage ich mich?“

„Von einem der südlichen Händler, glaube ich.“

„Welchem?“

„Oh, ich weiß nicht“, sagte er. „Ich erinnere mich nicht. Vielleicht die letzte Lieferung aus Alkebulan?“

„Gwendolyn“, sagte ihr Vater mit einem Stirnrunzeln in der Stimme.

„Vater, ich muss darauf bestehen, dass der Ratsherr eine probiert“, beharrte Gwendolyn, ohne es zu wagen, ihren Vater anzusehen. Er würde sie aus seiner Halle befehlen, ohne ihre

Geschichte anzuhören, und sie würde einem direkten Befehl niemals zuwiderhandeln.

Málik blieb neben ihr stehen, die Arme verschränkt, und sagte mit einem Nicken zu Ratsherr Aelwin: „Ich glaube, Eure Prinzessin hat Euch befohlen zu essen ... also esst."

Der Ratsherr sah plötzlich aus, für alle Welt, wie ein Mann, der viel zu viele Dörrpflaumen gegessen hatte. Das Blut wich aus seinem Gesicht, und er sah aus, als würde er sich gleich übergeben.

„Götter", sagte Ratsherr Eirwyn. „Es ist nur eine Dörrpflaume, Mann! Esst sie schon! Wenn es der Prinzessin so viel bedeutet, tut es einfach!" Er selbst hob die Frucht an seinen Mund, und Gwendolyn schlug sie ihm aus der Hand, bevor sie seine wartende Zunge berühren konnte. In genau diesem Augenblick muss Ratsherr Aelwin begriffen haben, dass sie es wusste. Er stob davon. Málik bewegte sich schnell, um ihn festzunehmen.

Erst dann wagte Gwendolyn, sich umzudrehen und ihrem Vater, ihrem König, entgegenzutreten. Sie straffte die Schultern, fühlte sich älter als ihre Jahre, und sagte: „Vater, ich habe Grund zu der Annahme, dass dieser Mann am Tod Eures Bruders und seiner Familie mitgewirkt hat."

Sie nickte ernst, als die Augenbrauen ihres Vaters sich zusammenzogen, und Gwendolyn fügte hinzu: „*Meinem* versuchten Mord ebenfalls."

„Aelwin?", sagte ihr Vater verdutzt.

„Lügen, nichts als Lügen!", schrie der Ratsherr, als die Elitewache ihres Vaters vortrat, um ihn von Málik zu übernehmen und zu verhaften. Selbst als er weggezerrt wurde, beteuerte er weiterhin seine Unschuld. Aber Gwendolyn war sich jetzt sicher. Alle Beweise deuteten auf Ratsherr Aelwin. Nun war es an den Wachen ihres Vaters, ihm die Wahrheit zu entreißen – die ganze Wahrheit.

Königin Eseld, die den Tumult gehört hatte, eilte in die Halle. Doch obwohl Gwendolyn sich auf den Zorn ihrer Mutter vorbereitete, kam dieser nie. Königin Eseld warf einen Blick auf Gwendolyn und schrie auf, stürzte vorwärts, um sie zu umarmen.

„Gwendolyn", sagte sie, „Oh, Gwendolyn!" Aber obwohl Gwendolyn die Umarmung erwiderte und das Gefühl der Arme ihrer Mutter genoss, konnte sie sich keine Schwäche erlauben – nicht hier, nicht jetzt, noch nicht. Es gab schreckliche Nachrichten zu überbringen und weitere Antworten zu suchen. Genug Tränen waren bereits vergossen worden. „Cunedda ist tot", sagte Gwendolyn. „Von Mördern niedergestreckt. Seine Töchter und seine Frau ebenfalls."

„Alle ... fort?", fragte der König schwach.

„Ja, Sire", sagte Gwendolyn, während die Trauer ihr die Kehle zuschnürte und an ihren Worten kratzte. „Wäre Málik nicht gewesen, wäre auch ich tot. Er hat mir gute Dienste geleistet."

Eine ernste Stimmung legte sich über die Halle. Königin Eseld stieg auf das Podest, bewegte sich schnell zum Thron neben ihrem Gatten und legte eine Hand auf seinen rubinroten Ärmel. Und nicht zum ersten Mal, aber zum ersten Mal von Bedeutung, bemerkte Gwendolyn die eingefallenen Wangen und den gebeugten Rücken ihres Vaters.

Seine Hand zitterte, als er sie zum Mund hob und sein Gesicht umklammerte, als wollte er ein Schluchzen ersticken, doch kein Laut drang über seine gebrochenen Lippen.

„Cunedda", sagte er schließlich elend, denn Cunedda, der jüngste seiner Brüder, war sein unbestrittener Liebling gewesen.

Überwältigt von ihren Gefühlen, kniete Gwendolyn vor dem Thron ihres Vaters nieder und neigte ihren Kopf, ebenso sehr, um den Schleier der Tränen zu verbergen, wie um ihm ihren höchsten Respekt zu erweisen.

Es dauerte einen langen, langen, schmerzhaften Moment, bis sie ihre Stimme wiederfand, aber als sie es tat, dankte sie ihm schnell für Máliks Dienste und enthüllte alles, was er getan hatte ... fast alles. Sie erzählte ihm von der Schlacht bei Chysauster. Dem Missgeschick in den *Fogous*. Der Geschichte, die Ia über ihren Ehemann und Ratsherr Aelwin erzählt hatte. Den Dörrpflaumen, die sie in Bryoks Haus entdeckt hatte. Der toten Wache. Doch obwohl sie wusste, dass er den Beweis dafür sehen konnte – ihre

Verbände –, sprach sie nicht von der Wunde an ihrem Oberschenkel, noch von der Sorgfalt, mit der Málik sie versorgt hatte. Auch schien sie keine Worte dafür zu finden, alles, was Málik enthüllt hatte, laut auszusprechen – die Sphärule, sein Geburtsrecht, die Geständnisse, die er gemacht hatte. Nichts davon schien über ihre Zunge zu kommen. Es war, als ob ein Zauber auf ihr läge, der verhinderte, dass diese Worte jemals laut ausgesprochen würden. Merkwürdig, aber das war eine Frage für Málik ... später.

Doch als sie sich plötzlich an das gescheckte Pferd erinnerte, bat sie ihren Vater, Aelwins Haus zu durchsuchen, und auch nach dem Wachtmann zu suchen.

„Tut es", sagte der König und deutete auf einen seiner bevorzugten Schatten.

Es dauerte nicht lange, bis der Mann zurückkehrte, und wie Gwendolyn vermutet hatte, entdeckten sie dort, in Aelwins Kammer, den unwiderlegbaren Beweis für seinen Verrat: Gwendolyns fehlenden Torques.

Nur war dies nicht der Beweis, den sie erwartet hatte. Vielmehr dachte sie, sie würden eine Spur des Giftes finden oder Beweise für sein Komplott gegen die Schatzkammer. Aber nicht das. Arrogant wie er war, lag der Torques offen auf seinem Tisch, in aller Öffentlichkeit zurückgelassen, während er weggeeilt war, um einer Vorladung des Königs Folge zu leisten. Zu ihrem großen Kummer gab es keine Spur von Borlewen, nur die Halskette. Auch keine Spur von der Wache. Der Schatten ihres Vaters enthüllte die unrechtmäßig erworbene Beute in beiden Händen, eingebettet in ein blutgetränktes Tuch, und Gwendolyns Herz zog sich schmerzhaft zusammen – nicht nur wegen dem, was dies für ihre Cousine bedeutete, sondern auch wegen der Rückkehr ihres Torques. Ein Tumult von Gefühlen tobte in ihr, Furcht und Erleichterung zugleich, nur das eine stärker als das andere.

Ohne ein Wort nahm sie ihren Torques an sich und befestigte ihn dann mit so schwerem Herzen wie der Torques selbst an ihrer Kette, mit kaum einem Blick zu Málik, der den seinen abwandte.

Niemand bemerkte den Austausch, und Gwendolyn richtete

sich auf, entschlossen, denn sie hatte letzte Nacht die Wahrheit gesagt. Ihr Schicksal war nicht ihr eigenes. Durch ihre eigenen Worte während der Versprechens-Zeremonie hatte sie ihr eigenes Schicksal besiegelt. Der Kuss der letzten Nacht, so falsch er auch war, musste in ihrer Erinnerung bleiben und ihr Herz wärmen, wenn sie alt und grau war.

Niemand durfte jemals von ihrem Geheimnis erfahren, und sie musste es hüten – um Máliks und um ihrer selbst willen. *Fae* oder nicht, ihr Vater würde seinen Kopf fordern.

Auf seinem Thron saß König Corineus, seine Königin an seiner Seite, sein Ausdruck grimmig, seine Wangen hohler als seine Augen. „Lasst uns allein!", bellte er allen verbliebenen Zeugen zu, aber er bedeutete seinen Schatten zu bleiben. Und dann sagte er zu Gwendolyn, nur mit einer Kopfbewegung in Máliks Richtung: „Kommt." Mit großer Anstrengung und der Hilfe seiner Schatten glitt der König von seinem Thron, und Gwendolyn fürchtete, sein Zustand hatte sich sehr verschlechtert, seit sie fort war.

Hatte sie ihn so im Stich gelassen?

So wie sie Cunedda und ihre Cousinen im Stich gelassen hatte?

Sobald es ihr möglich war, musste sie als Allererstes die *Gwyddons* aufsuchen, und sie war froh, dass der Bauer und sein Sohn bereits ebenfalls nach den Druiden verlangt hatten, denn das würde ihr die Mühe ersparen, selbst darum zu bitten.

Götter.

Ein Kloß der Rührung saß Gwendolyn im Hals, und sie sehnte sich so verzweifelt danach, Trost in Máliks Armen zu suchen, aber sie folgte pflichtbewusst, wohin ihr Vater sie führte.

Zu Gwendolyns Überraschung führte er sie zum Gewölbe an der Klippe, der königlichen Schatzkammer.

Im Gegensatz zu so vielen anderen prächtigen Bauten in ihrer Stadt, die von den größten Baumeistern entworfen worden waren, war diese Höhle nur eine Höhle, wie ein Grabmal, so alt wie der Granit, aus dem sie gehauen war. Als kleines Mädchen hatte Gwendolyn immer darüber gestaunt, dass ein so reicher Schatz an einem so bescheidenen Ort aufbewahrt werden musste, mit nur einem schweren Stein, der davor platziert wurde.

Die für die Schicht eingeteilten Wachen traten zur Seite, um den Stein zu schieben, bis eine mannshohe Lücke zwischen den Felsen entstand. Ihr Vater griff nach der Fackel neben dem Eingang und stieß sie vor sich hinein, um ihnen den Weg in das Gewölbe zu leuchten.

Als Gwendolyn zögerte, drehte er sich um und winkte sie hinein. Und auch Málik, sehr zu Gwendolyns Überraschung.

SECHSUNDDREISSIG

Die Fackel in der Hand ihres Vaters rang in der Dunkelheit nach Luft, und das Geräusch ihres Kampfes klang wie der Atemzug eines sterbenden Mannes. Sie spähte zurück zu dem Lichtspalt des Tageslichts in ihrem Rücken und versuchte, sich von den jüngsten Strapazen nicht davon abhalten zu lassen, tiefer zu folgen.

Jeder Muskel in ihrem Körper flehte sie an zu fliehen, doch sie fand Trost in der Gegenwart ihres Vaters vor ihr und dem Schutz ihres Schattens in ihrem Rücken.

Als sie das finsterste Herz der Höhle erreichten, stieß ihr Vater das Licht seiner Fackel über einen steinernen Altar, und Gwendolyn stockte der Atem, als sie sah, welchen Schatz er barg.

Keine kostbaren Barren, wie sie einst geglaubt hatte, und auch kein Gold.

Es war ein uraltes Schwert, das auf einem groben Steintisch ruhte.

Mit zitternder Hand reichte ihr Vater Gwendolyn die Fackel, trat näher an den Altar und griff nach dem Schwert. Er zog es aus seinem granitenen Bett, hob es empor, packte den Griff mit beiden Händen und richtete es so auf, dass die Spitze zur Decke zeigte.

Mit seinem dahinsiechenden Körper konnte er es kaum

aufrecht halten, doch als er es stabilisiert hatte, flüsterte er ein unverständliches Wort, und das Schwert leuchtete auf, bis es zu einer weißen Glefe aus Licht wurde.

Dann seufzte er, während sein Blick an Gwendolyn vorbei zu Máliks blassen Augen glitt – die im Widerschein des Schwertes nun heller leuchteten. Ihr Vater nickte Málik ernst zu, und die beiden wechselten einen Blick, bevor er sprach, seine Stimme durch die Anstrengung nun schwächer.

„Ihr habt die Wahrheit gesprochen, Málik de Danann. Ich kann dieses Schwert nicht länger in meiner Obhut lassen. Dieser heilige Talisman muss in Sicherheit verwahrt werden, bis meine Erbin seiner bedarf."

Gwendolyn blinzelte verwirrt. Warum sollte er das Schwert Málik geben, wenn sie doch seine rechtmäßige Erbin war? „Vater?", protestierte sie.

In Máliks Hand erlosch die Flamme, und das Silber kehrte in seinen Ruhezustand zurück, ein mattes, gealtertes Metall. Aber Gwendolyn verstand plötzlich, was das war …

Claímh Solais, das *Schwert des Lichts*, das Schwert, mit dem Núada Ériu erobert hatte. Der größte der vier Talismane, die einst den Tuatha Dé Danann gehört hatten. Wie der weinende Stein, Lia Fáil, würde es für niemanden brennen außer für den rechtmäßigen Erben. Und so sicher sie dies wusste, so plötzlich verstand sie auch, warum Málik gekommen war.

Er war wegen dieses Schwertes gekommen.

Der Schatz im Gewölbe ihres Vaters.

All diese Fragen, die er über die Königliche Schatzkammer und die Ratsherren gestellt hatte … er hatte nur wissen wollen, ob sie wussten, was im Gewölbe verborgen lag. Und doch hatte er es mit Sicherheit gewusst. Sie konnte die Wahrheit in seinen Augen sehen und in der Art, wie er nun ihrem Blick auswich.

„Schwört der Krone Eures Vaters ab", hatte er gesagt. Aber wenn sie das getan hätte, wäre dann auch ihr Recht, dieses Schwert zu führen, verwirkt gewesen?

Ohne ein Wort nahm er das Schwert, das ihr Vater ihm anbot,

den Preis, den er die ganze Zeit begehrt hatte, und wandte sich dann von ihrem kranken Vater ab. Er würdigte Gwendolyn nur eines flüchtigen Blickes und eines einzigen Nicken, als er an ihr vorüberging, der Ausdruck auf seinem Gesicht vielleicht von Bedauern gezeichnet, wenn auch nicht so sehr, dass er das vermaledeite Schwert ablehnen würde. Er ging wortlos an Gwendolyn vorbei, und dann war er fort.

Fort.

Einfach fort.

Nicht in das Vorzimmer, das sie ihm so voller Hass hatte verwehren wollen, noch in die Kaserne, wo er nach seiner Ankunft so viel Zeit verbracht hatte. Weder in den Innenhof, wo er die Männer ihres Vaters ausgebildet hatte.

Fort.

Und so sicher, wie Gwendolyn nun seine Absicht verstand, wusste sie, dass er gelogen hatte. Er hatte ihr gesagt, er würde sie niemals verlassen, und jetzt würde er es doch tun.

Etwas wie Ranken mit Dornen schlang sich um ihr Herz, wie die Arme jener blauen Flammenkugel in den *Fogous*, wand sich, wand sich und drehte sich.

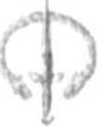

Gwendolyns Laune war abscheulich. Als sie kampfesmüde, in zerlumpter Kleidung und mit schmerzenden Wunden in ihr Gemach zurückkehrte, wollte sie am liebsten schreiend durch das Vorzimmer rennen und gegen Betten, Türen und Truhen treten.

Das tat sie jedoch nicht. Sie war eine erwachsene Frau, oder das hatte sie zumindest so oft behauptet, und nun musste sie sich auch wie eine benehmen und all ihren Prüfungen mit erhobenem Haupt und geraden Schultern begegnen.

Natürlich hatte Málik nichts in diese Gemächer mitgebracht, also nahm er auch nichts mit, außer dem Schwert auf seinem Rücken und dem, das ihr Vater ihm gegeben hatte.

Das war alles, was er je gewollt hatte, dachte sie verbittert.

Dieses blutige Schwert.

„Ihr seid nicht allein", hatte er gesagt, aber das war nicht wahr.

Sie *war* allein – viel alleinér, als sie sich je in ihrem ganzen Leben gefühlt hatte.

Sehr viel gedämpfter als früher erschien Ely, kurz nachdem Gwendolyn ihre Gemächer aufgesucht hatte. Missmutig und vielleicht immer noch wütend, ging sie ihren Pflichten nach, räumte Gwendolyns Zimmer auf, bestellte ein Bad für ihre neue Herrin und legte ein sauberes, neues Kleid für Gwendolyn bereit.

Demelza kam überhaupt nicht, und sie ließ sich nicht einmal blicken, um zu winken.

Entschuldigungen schienen angebracht, obwohl Gwendolyn nicht wusste, wofür sie sich entschuldigen sollte. Dafür, dass sie ihr Herz einem hinterlistigen *Fae* geschenkt hatte? Wenigstens würde nun nicht Ely mit niedergeschlagenen Lippen und Augen durch diese Hallen schlurfen. Gwendolyn würde ihren Platz einnehmen.

Manches normalisierte sich wieder – zumindest so, wie es vor Málik de Danann normal gewesen war. Beruhigt, dass er seine Lektion gelernt hatte, setzte ihr Vater Bryn wieder als ihren Schatten ein.

Zu ihrer Erleichterung versicherte ihre Mutter Gwendolyn auch, dass sie ihr Wort halten und Ely erlauben würde, mit ihr nach Loegria zu reisen. Lady Ruan würde für die Abwesenheit ihrer beiden geliebten Kinder entschädigt werden. Jetzt, da Málik fort war und nach allem, was Gwendolyn durchgemacht hatte, würde Königin Eseld nicht im Traum daran denken, sie ohne die beiden reisen zu lassen.

Auch Ely und Bryn waren verändert – Ely durch welches Vertrauen auch immer, dem Gwendolyn nicht gerecht geworden war, und Bryn durch seine Bestrafung dafür, dass er sein Herz über seinen Verstand hatte bestimmen lassen. Ach, obwohl Gwendolyn wirklich geglaubt hatte, ihm einen Gefallen zu tun, so wie sie geglaubt hatte, ihrem Vater einen Gefallen zu tun, indem sie den Verrat an seinem Hof aufdeckte.

Nach allem konnte sie es immer noch nicht bereuen, die Verräter entlarvt zu haben, aber sie bereute die Art und Weise, wie sie es getan hatte. Nur ihretwegen war Cunedda tot. Ihre Vettern waren tot. Lowenna war tot. Mindestens einer ihrer treuen Waechter war tot.

Und der andere? Wie Málik war auch er verschwunden. Doch wenigstens waren Ia und ihre Familie in Sicherheit. Die Männer ihres Vaters reisten nach Süden, um sich um Cuneddas Angelegenheiten zu kümmern, aber nicht einmal, um seinen Bruder zu begraben, konnte der König einen Moment im Sattel ertragen. Sein Zustand verschlechterte sich von Tag zu Tag.

Am Abend vor Prinz Locs Rückkehr lag der König im Bett, und nur Gwendolyn und ihrer Mutter war es gestattet, ihn zu pflegen, abgesehen von den beiden Schatten, denen er am meisten vertraute.

Gwendolyn war außer sich vor Kummer, denn wie konnte sie gehen? Wie konnte irgendjemand von ihr erwarten, jetzt Prinz Loc zu heiraten und ihren lieben, guten Vater dahinsiechen und sterben zu lassen, ohne jemanden, der ihn verteidigte?

Gwendolyn war diejenige, die ihr ganzes Leben lang dafür trainiert hatte, seinen Platz einzunehmen. Sie war diejenige, die in seiner Abwesenheit herrschen würde, doch sie würde alles aufgeben, nur für die Gewissheit, dass ihr Vater überleben würde. Und hier fand sie sich wieder einmal vor den Palasttoren wieder, begleitet von Bryn, und bat ihn, sie zur Lichtung zu eskortieren.

„Ich werde nicht Nein sagen, Hoheit", sagte er schroff, das Kinn trutzig erhoben. „Doch ich werde auch nicht Ja sagen. Ihr müsst es mir befehlen."

Ein Teil von Gwendolyn kochte vor Wut über seine Worte, obwohl sie verstand, warum er darauf bestand. Dieses Mal, wenn er schon dafür getadelt werden musste, einfach nur seine Pflicht zu tun, dann sollte es nicht daran liegen, dass er Mitschuld trug. Als seine Hoheit musste Gwendolyn seine Teilnahme einfordern.

„Es ist nicht, was Ihr denkt, Bryn", sagte sie. „Ich möchte nur die Lichtung sehen. Mein Vater", sagte sie und verstummte dann abrupt, denn Bryn gehörte nicht zu denen, die über den Zustand ihres Vaters Bescheid wissen mussten. „Ich möchte nur die Lichtung sehen."

Er nickte. „Wie immer habt Ihr mir zu befehlen", sagte er steif, und Gwendolyn fand sich hin- und hergerissen, ob sie ihn zurück zum Palast schicken oder ihn hier zurücklassen und ihn zusehen lassen sollte, wie sie ging.

„Sehr wohl, dann. Ich befehle Euch, mich zu begleiten", sagte sie mit zusammengebissenen Zähnen. Und dann war ihr zum Weinen zumute – wegen allem, was sie verloren hatte.

Ihre Jugend.

Ihre Unschuld.

Ihre Freunde.

Ihre Kehle schnürte sich zu.

Ihren Vater, allzu bald.

Und Málik ...

Gwendolyn konnte es kaum ertragen, zu wissen, dass ihr Schmerz für alle, besonders für Bryn, in ihren Augen zu sehen war. Obwohl er sichtlich wütend auf sie war, kannte er sie besser als jeder andere, und sie wusste ... er würde es wissen.

Ohne weitere Umschweife führte sie den Weg in den Wald an und dachte an das *Irrlicht*, das Málik erzeugt hatte. Doch selbst jetzt brachte ihre Zunge nicht die Worte hervor, um mitzuteilen, was sie erfahren hatte. Er hatte ihr das angetan! So sicher, wie sie wusste, dass er gelogen hatte, wusste sie auch, dass er sie mit einem Zauber belegt hatte, um zu verhindern, dass die Dinge, die sie gelernt hatte, jemals ausgesprochen werden konnten.

Wieder ergriff sie die Wut, und sie gab ihrer Stute die Sporen, um vor Bryn zu reiten, weil sie es nicht ertragen konnte, dass er sie weinen sah.

Sie stieg ab, band ihre Stute an ihre Lieblingseiche – eine Fremde für sie, denn nun war ihr treues Pferd verloren. Und noch bevor Gwendolyn die Lichtung betrat, sah sie die verwelkten Bäume, fiel auf die Knie und ein Kloß bildete sich in ihrem Hals.

Die Blätter ... sie waren von Fäule befallen.

Die Obstblüten waren verwelkt.

Schlimmer noch, so viel schlimmer ... der Teich selbst war brackig, trüb und grün geworden, mit schwarzen Algen, die in Nestern wuchsen. Dunkle Flechten krochen das Ufer hinauf bis zum Fuß der Bäume und rankten sich die Eichen und Weißdorne empor. Die Eichenblätter trugen hässliche Blasen, und die Weiß-dornblätter waren schwarz gefleckt, das gelbliche Laub klammerte sich kaum an ihre verdorrten Äste. Ein Teppich aus zerfetzten Blät-tern lag pfützenartig zu ihren Füßen.

Welcher Teil von Gwendolyn auch immer mit dem Gedanken gespielt hatte, in Trevena zu bleiben und ihren Bräutigam abzu-weisen ... auch dieser Teil verdorrte ... und starb, wie die zerfetzten Blätter, die von einem einst grünen Blätterdach in einen blubbern-den, verdorbenen Teich hinabsegelten.

Wie konnte sie ihren Vater allein lassen?

Doch wie konnte sie nicht?

So sicher sie hier kniete und ihre Finger die kalte, feuchte, verdorbene Erde ergriffen, war die Heirat mit Prinz Locrinus der einzige Weg, das Land zu retten und ihm schließlich Frieden zu bringen.

„Vater", sagte sie gebrochen. „Oh, mein lieber, guter Papa!" Sie hatte ihn nicht mehr Papa genannt, seit sie klein gewesen war, klein genug, um auf seinem Knie zu hüpfen.

Bryn stand nun hinter ihr, und was auch immer für einen stäh-lernen Stolz er sich zugelegt hatte, schien beim Anblick von ihr zu erweichen, wie sie mit über die dunklen Flechten gespreizten Händen kniete, die Finger in die entweihte Erde gekrallt.

„Das Land hat zu kämpfen", hatte Málik gesagt.

Und dann hatte er sie diesem Schicksal überlassen.

Bryn kniete sich neben sie, legte eine beständige Hand auf ihre Schulter und sagte: „Es tut mir leid, Gwen." Aber er konnte es unmöglich verstehen, auch wenn er, wie alle, die Verbindung des Königs zu diesem Land verstand.

„Ich weiß", sagte sie gebrochen. „Mir tut es auch leid – alles, Bryn. Wirklich. Ich werde Euch nie wieder in einen Konflikt mit Euren Pflichten bringen. Darauf gebe ich Euch mein Wort."

Er drückte ihre Schulter und sagte: „Ihr seid nicht allein, meine liebste Freundin." Und dann, als Gwendolyn an einem Schluchzer erstickte, sagte er noch einmal: „Ihr wart nie allein."

Aber das war nicht wahr.

Sie.

War.

Völlig.

Allein.

Mit der Bürde, ihren Vater und das Land zu retten, die so schwer wie Stein auf ihr lastete.

Nun entschlossen, verbannte Gwendolyn Málik aus ihren Gedanken, wenn auch nicht aus ihrem Herzen, und stand auf, ließ den Klumpen stinkender Erde aus ihrer Hand fallen.

Keine Tränen mehr.

Keine Ungewissheit mehr.

Sie verstand, was sie tun musste.

SIEBENUNDDREISSIG

„Bitte, Gwendolyn. Lächle", ermahnte sie ihre Mutter, während sie auf dem Wehrgang standen, die Vorbereitungen im Hof unter ihnen beobachteten und auf ihren Einsatz warteten. In nur wenigen Augenblicken würde man von Gwendolyn und ihrer Gesellschaft erwarten, dass sie von den Zinnen herabstiegen, und sie und Prinz Locrinus würden gemeinsam zur Heiligen Eibe reiten, gefolgt von ganz Cornwall, so schien es.

Die Abordnung der Loegrier war soeben eingetroffen. König Brutus hatte seinen Boten entsandt, um Gwendolyn zu raten, sich bereitzuhalten, die Stadt unmittelbar nach der Zeremonie zu verlassen – mit seinen Worten: „Um dem Paar Privatsphäre und Zeit für sich zu geben."

Aber, was vielleicht noch wichtiger war, Prinz Locrinus hatte von Gwendolyns Tortur in Chysauster gehört und, um weiteren Verrat zu vermeiden, hatte er arrangiert, dass die beiden auf einer unerwarteten Route reisen würden ... allein ... mit einer kleinen Gefolgschaft, die ihnen dienen sollte, damit sie schneller reisen konnten. Sie war für diese Fürsorge dankbar, doch während das gesamte Königreich in Trevena blieb, um zu feiern und ihre Vermählung zu zelebrieren, würden sich die Erben der Könige davonschleichen, um ihre Ehe in der Abgeschiedenheit eines Zeltes mitten im Nirgendwo zu vollziehen, mit nur Gwendolyns Zofe als Zeugin für ihre blutbefleckten Laken.

So hatte sie sich ihre Hochzeitsnacht nicht vorgestellt. Aber für Reue war es viel zu spät. Und selbst wenn nicht, gab es keine andere Wahl. Sie war die *einzige* Erbin ihres Vaters, und wie es die Prophezeiung verlangte, mussten die Drachenbanner vereint werden.

Die Nachmittagssonne brannte heiß und brachte Gwendolyn in all ihren Schichten feinen Stoffs zum Schwitzen – etwas, was sie offenbar nicht tun sollte, und ein Blick auf ihre Mutter ließ sie sich noch unpassender fühlen, als sie sich vorstellte, wie der Kajal unter ihrem Schleier um ihre Augen schmolz.

Dem Brauch nach durfte Gwendolyn ihren Verlobten noch nicht sehen, nicht bis zu dem Augenblick, in dem sie entschleiert würde, wie eine Skulptur, die bewundert, oder ein Juwel, das getragen werden sollte.

Es war ein törichter Brauch, dachte sie, demütigend, auch wenn er als Schmeichelei gedacht war. So hübsch er auch war, Prinz Locrinus trug keinen Schleier. Und doch war Gwendolyn für den ihren dankbar, denn er würde ihre Tränen verbergen, während sie ihrem Schicksal entgegenschritt.

Götter.

Es war nichts auszusetzen an Prinz Locrinus, sagte sie sich. Was machte es schon, dass er sich nicht für ihre Tanzenden Steine interessierte oder dass ihr nicht gefiel, wie er sie in der Höhle hatte fühlen lassen.

Für einen Augenblick hatte Gwendolyn ihn gemocht, und sie konnte und *musste* sich bemühen, dies wieder zu tun. Nur weil sie unvernünftigerweise einen kaltherzigen Fae in ihr Leben, in ihr Herz gelassen hatte, war das nicht die Schuld des Prinzen. Was Verlobte anging, so würde ihrer ganz sicher beneidet werden, und wenn die Szene unten ein Anzeichen war, wurde er es bereits.

In Erwartung der Ankunft des Prinzen waren alle jungen Damen am Hofe ihres Vaters in Weiß oder Gold gekleidet, oder beidem, und alle Männer trugen passende Gewänder. Die untergehende Sonne schien auf ihre metallenen Ausstattungen und blendete Gwendolyn, wo sie auf dem Wehrgang stand.

Es war für jeden, der Augen im Kopf hatte, klar, dass Prinz Locrinus die Herzen und den Verstand ihres Volkes für sich gewonnen hatte, und obwohl er noch nicht ihr rechtmäßiger König war, waren sie zweifellos erfreut, dass er es eines Tages sein würde, und das hatte er mit nur einem einzigen Besuch und einem gewinnenden Lächeln auf seinem allzu ansehnlichen Gesicht geschafft.

Ja, *er* war das Goldkind, die Art Mensch, dem das Leben so leichtfiel – nicht, dass Gwendolyn angesichts ihres Standes Grund zur Klage hätte.

Was auch immer man von ihrem Auftreten hielt, niemand würde es wagen, sie schlecht zu behandeln, obwohl es sie maßlos wurmte, dass er so leicht alle für sich gewinnen konnte und sie als Frau so verdammt hart arbeiten musste, um den gleichen Respekt zu erlangen.

Und trotzdem schämte sie sich für den Groll, den sie in ihrem Herzen für jemanden so Schönen wie ihn hegte.

Wer sollte schließlich Schönheit nicht bevorzugen?

Wäre Gwendolyn nicht bereits betört gewesen, hätte sie vielleicht nichts zu beklagen gefunden, und doch ... war sie es ... und tat es.

Bei den Augen Lughs, das Einzige, was sie je begehrt hatte – Schönheit –, war das Einzige, was sie nun verabscheute, denn was war Schönheit allein ohne ein Herz und eine Seele, die dazu passten?

Sieh ihn dir an, dachte sie. *Sieh ihn dir nur an!*

Sogar seine goldenen Gewänder waren feiner als ihre. Warum musste *er* immer mit solchem Pomp und Zeremoniell erscheinen?

Gwendolyns Brautkleid war schlicht, aber von hoher Qualität. Sein Schnitt erinnerte sie an eine ältere Frau aus An Ghréig, die sie einmal getroffen hatte, mit geraden, fließenden Linien, die ihre weiblichen Kurven verbargen, und einem goldenen Gürtel, der hoch unter ihren Brüsten gebunden war, um ihren Busen zu betonen – trojanisch, wie Demelza behauptete.

Ihre Krone an diesem Abend war die kunstvoll geschnitzte Stirnkrone, die ihre Mutter ihr geschenkt hatte, die mit den Regenbogen-Mondsteinen besetzte – Prydein.

So schlicht es auch war, allein durch ihre Ausstattung würde sie drei große Stämme repräsentieren. Und doch war Prinz Locrinus selbst aus dieser Entfernung so blendend golden und so schön, dass er Gwendolyn in den Schatten stellte.

„Gwendolyn, bitte! Schau nicht so mürrisch", beharrte ihre Mutter und wandte sich dann wieder dem Prinzen zu. Sie sagte: „Das ist der Unterschied zwischen einer Frau und einem Kind, meine Liebe. Eine Frau stellt sich dem Unglück und macht das Beste aus ihrer Situation. Ich will dir verraten, was meine Mutter mir einst sagte: Wenn du nach Freude suchst, wirst du sie gewiss finden. Wenn du nach Kummer suchst, wirst du auch den finden. Aber wenn du dein Schicksal mit Anmut und Glauben annimmst, könntest du deine größte Freude noch entdecken." Im Grunde war es derselbe Rat, den Demelza ihr gegeben hatte.

Ihre Mutter lächelte dann und sagte: „Jedenfalls habe ich noch nie einen so edlen Mann gesehen. Du hast wirklich Glück!" Dann heirate *du* ihn doch, dachte Gwendolyn mürrisch.

Und es kränkte sie wirklich, dass sie ihr ganzes Leben lang darum gewetteifert hatte, einen Bruchteil der Achtung zu erhalten, die ihre Mutter ihrem Verlobten so bereitwillig schenkte. Selbst jetzt fand Königin Eseld es weitaus reizvoller, *ihn* anzusehen, als ihre einzige Tochter zu beachten.

Nur Málik hatte sie jemals wirklich gesehen.

Nur Málik hatte sie jemals als Gleichgestellte behandelt und von ihr erwartet, dass sie ihre Versprechen hielt.

Unwillkürlich hob Gwendolyn ihre Finger an ihre Lippen und erinnerte sich an das Gefühl seines Mundes, die Schärfe seiner Zähne, den Geschmack seiner Zunge.

Ich bin verloren, dachte sie.

Verloren.

Zweifellos würde sich ihre Mutter nur zu gern anbieten, sie an den Knöcheln zu packen, wenn sie sich weigerte, diese Ehe zu vollziehen – und allein bei dem Gedanken stieg ihr Galle im Hals hoch. Sie kämpfte gegen den Drang zu weinen – etwas, das Gwendolyn selten tat, aber in letzter Zeit recht oft –, faltete die Hände und hielt sie vor sich, und sei es nur, um ihr Zittern zu verbergen. Aber es waren nicht nur die Nerven, die ihr Bauchschmerzen bereiteten. Es war etwas ganz anderes.

Die Zeit wurde knapp.

Schon begann die Sonne ihren Abstieg.

Auch Ely und Demelza warteten auf ihren Einsatz und gesellten sich zu ihnen auf den Wehrgang, aber keine sprach ein Wort. Beide standen mit steinernen Mienen abseits, und in Gegenwart von Königin Eseld achteten beide darauf, ihre Meinungen für sich zu behalten. Und doch wusste Gwendolyn intuitiv, dass auch Ely trauerte, ihr Herz war schwer bei dem Gedanken, dass auch von ihr erwartet würde, die Stadt innerhalb der nächsten paar Stunden zu verlassen, weggerissen aus dem einzigen Leben, das sie je gekannt hatte ... diese Hallen, in denen sie zusammen gespielt hatten, die Felder, auf denen sie gerannt waren, die Untiefen, die sie erklettert, die Austern, die sie geliebt hatten.

So die Götter wollten, würde Ely Gwendolyn vielleicht eines Tages für ihre Doppelzüngigkeit verzeihen, auch wenn Gwendolyn es nicht bereuen konnte, sich die Zeit mit Málik gegönnt zu haben.

Selbst jetzt konnte sie keinen einzigen Augenblick bereuen.

Wenn er sie noch einmal fragen würde, würde sie gehen?

Wie könnte sie es angesichts der Notlage ihres Vaters nicht tun und Prinz Locrinus heiraten?

Nicht zum ersten Mal verfluchte Gwendolyn die höllische Prophezeiung.

Aber egal, selbst wenn sie die Heirat verweigerte, würde sie Málik vielleicht nie wiedersehen. Er war mit ihrem Herzen und dem Schwert davongelaufen. Selbst jetzt, neben ihrer Mutter stehend, sehnte sich Gwendolyn danach, sich in die Arme ihrer Mutter zu werfen und zu flehen, nicht gehen zu müssen. Aber niemand war unnachgiebiger als Königin Eseld, dass Gwendolyn ihr Schicksal erfüllen musste.

„Unsere Banner werden vereint sein!", hatte ihre Mutter grimmig gesagt, und wenn sie für nichts anderes eine Leidenschaft hegte, dann für dies.

Unter dem Wehrgang bahnte sich Prinz Locrinus seinen Weg zum Sammelplatz, von dem aus der Umzug starten sollte, und schien zufrieden damit, das Lob in sich aufzusaugen. Offenbar waren auch seine jüngeren Brüder anwesend, ebenso wie seine Mutter.

Inzwischen hatte sich das ganze Umland versammelt, und die Stadttore standen weit offen, um alle einzulassen, die dem Zug folgen wollten.

Es herrschte ein Gedränge durch den ganzen Hof, vorbei am Pavillon des Meisters, vorbei an den Kasernen, über die Steinbrücke und bis aus den Toren hinaus auf die Königsstraße.

Unten auf einer Seite konnte Gwendolyn dasselbe kleine Mädchen mit seiner Mutter sehen, das sie auf der Brücke auf dem Weg zum Markt angesprochen hatte. Beide hielten leuchtend bunte Blumen in den Händen und warteten auf ihre Chance, diese als Opfergabe darzubringen.

Auffallend abwesend von der Feier waren drei von Gwendolyns Lieblingsvettern ... und ihr pflichtbewusster Vater und seine Frau. Ein Kloß bildete sich in ihrem Hals, als sie sich an ihre letzten Momente erinnerte – Lowennas verdrehter Körper, der von ihrem trauernden Ehemann weggezogen wurde.

Es war ein Anblick, den Gwendolyn nie vergessen würde.

Ihr eigener Vater stand unten, flankiert von seinen Schatten, und für den Augenblick stand er sicher auf den Beinen, sah prächtig aus und mit vollem Recht recht golden, denn seine Livree war, wie ihr Drachenbanner, gold und weiß. Aber das war eine merkwürdige Sache, die Gwendolyn erst jetzt bemerkte: die Farbwahl von Prinz Locrinus, das Fehlen von Purpurrot, selbst in seinem Umhang, obwohl er von seinen rotbemäntelten Wachen flankiert wurde. Merkwürdig war auch die Tatsache, dass er nicht ein einziges Mal hinaufspähte, um nach seiner Braut zu suchen, obwohl Gwendolyn seinen Blick verpasst haben könnte, da sie über die Palasttore, über die Parkanlagen blickte und den Horizont absuchte … nach jemand anderem.

Jemand, der längst von diesem Ort verschwunden war und vielleicht sogar von dieser Insel.

Jemand, der sie wahrscheinlich bereits aus seinem Gedächtnis und seinem Herzen verbannt hatte.

Sie würde diesen letzten, verhärteten Blick niemals vergessen.

Und doch betete ein kleiner Teil von ihr, er möge durch diese Tore traben, so wie an jenem *Winterzeit*-Abend, er möge in den Hof reiten und vor dem Wehrgang anhalten und Gwendolyn anflehen, in seine Arme zu springen – aber das war unmöglich.

Unten hatten sich nun auch die *Awenydds* versammelt.

Die ganze Stadt schien den Atem anzuhalten.

Prinz Locrinus bestieg sein Pferd, und neben ihm wartete Gwendolyns Stute. Der gesamte Zug zur Eibe würde nicht mehr Zeit in Anspruch nehmen, als man bräuchte, um zum Hafen hinabzusteigen. Gwendolyn konnte den riesigen Baum von ihrem Aussichtspunkt aus sehen, stattlich und majestätisch, wie ein verdrehter, alter Herrscher, der sein Land bewachte. Dort wartete jetzt der Älteste Druide.

„Bist du bereit?“, fragte ihre Mutter.

Nein.

Sie war es nicht.

Gwendolyn nickte und sehnte sich von ganzem Herzen danach, nach der Hand ihrer Mutter zu greifen. Doch Königin Eseld war nicht die Art, die Händchen hielt. Sie deutete Gwendolyn an, vor ihr zu gehen, und Gwendolyn gehorchte pflichtbewusst. Ihre Mutter und ihre Zofen folgten ihr, und Gwendolyn machte sich auf den Weg zur Treppe.

ACHTUNDDREISSIG

Nur wenige wussten, wie lange sie lebten – Druiden oder Eiben – aber dieser uralte Baum stand schon so lange in Trevenas Schatten, wie Gwendolyn sich erinnern konnte.

Der Älteste der Druiden war eigens aus Llanrhos angereist, um ihre Zeremonie zu leiten und später das Tal für ihren Vater in Augenschein zu nehmen. Er schien der Zwilling der Eibe zu sein, mit Furchen in seinem wettergegerbten Gesicht, knorrigen alten Gliedern und pockennarbiger Haut.

Manche Eiben waren so alt wie die *Feenhügel*, waren zugegen, als die Welt erschaffen wurde, älteste Zeugen des Vergehens der Zeitalter und niemals so still, wie man hätte glauben mögen, denn sie waren auch als Bringer von Träumen bekannt, und die Druiden empfingen ihre Visionen oft aus den Dämpfen, die die Bäume ausstießen.

In diesen Wachträumen wurde alles offenbart, und selbst jetzt stand der Älteste der Druiden in der Höhlung des Baumes, die Augen geschlossen, während er den *ysbryd y byd*, den *Geist des Zeit-alters*, heraufbeschwor.

So warm der Tag auch war, jeder andere, der unter den Ästen des Baumes stand, riskierte mehr als nur Halluzinationen, und das

Anhalten des Atems war weniger eine Reaktion auf den Anlass als vielmehr auf die Eibe selbst. Als der Druide schließlich sprach, entfuhr allen ein kollektiver Seufzer der Erleichterung. Er blickte Gwendolyn an und sah sie geradewegs durch den Schleier hindurch, obwohl seine alten grauen Augen vom Alter milchig waren.

„Heute rufen wir die Elemente an, auf dass sie dieser Verbindung die Harmonie bringen, die sie teilen. Von der Luft erbitten wir Neugier und Frieden. Vom Feuer erbitten wir Mut und Leidenschaft. Vom Wasser erbitten wir Stille und Stärke. Und von der Erde erbitten wir Demut und Dankbarkeit. Reicht euch die Hände!", gebot er mit einer Stimme wie Donnerhall, und Gwendolyn reichte ihm die ihre, obwohl sie zitterte.

Prinz Locrinus ergriff sie sogleich und legte sie behutsam auf seinen eigenen Handrücken, während der Druide sang: „Nun ist die Zeit zwischen den Zeiten, da alles Licht von der Dunkelheit verschlungen wird ...

„Dies ist die Stunde, in der unsere Toten in unser Reich zurückkehren, während *Piskies* durch die heiligen Täler tanzen, Gestaltwandler ihre Form ändern können und die *Ben-Sidhe* gegen den Wind heult.

„Es ist auch eine Zeit, aus der alle Möglichkeiten und Versprechen geboren werden. Seid Ihr bereit, Euer Schicksal gemeinsam zu erfüllen?"

Die Frage schien einzig an Gwendolyn gerichtet zu sein, und obwohl sie wusste, dass es nicht so war, musste sie als Erste antworten. „Das bin ich", sagte sie, ihr Kinn bebte hinter ihrem Schleier. Sie wagte nicht einmal, zu ihrem Verlobten hinüberzublicken, und zwang die Tränen zurück, die aufzusteigen drohten.

„Jawohl", sagte Prinz Locrinus mit einer solchen Zuversicht, dass Gwendolyn sich wünschte, sie könnte sich etwas davon borgen.

Die Stimme des Druiden schallte über das Feld, verstärkt durch die Höhlung im Baum, als spräche er durch das Horn eines Herolds.

„Mit verbundenen Händen und aus Eurem freien Willen, gebunden durch die Gesetze der Menschen im Einklang mit dem Pakt der Brüder und besiegelt durch den Torques Eurer edlen Häuser, rufen wir Euch nun auf, einander zu nehmen! Eure Heirat wird Euer Geschenk an die Reiche sein und sie miteinander verbinden!"

Gwendolyn wusste, dass dies ihr Zeichen war. Da die Dämpfe der Eibe sie trotz des zusätzlichen Schutzes ihres Schleiers bereits benommen machten, zog sie ihre Hand zurück, um den schweren Torques von ihrer Kette zu nehmen. Ihre Finger fummelten am Verschluss, und dann trat sie vor, um Prinz Locrinus den Torques um den Hals zu legen, wobei sie die Kette wegwarf. Jemand eilte herbei, um sie vom Boden zu ihren Füßen aufzuheben, und mit zitternden Fingern richtete Gwendolyn den Torques so aus, dass seine Drachenköpfe auf seinen Adamsapfel starrten.

Der Farbton des Metalls des Torques kühlte im Schatten der uralten Eibe ab, und die Augen seiner Schlangen funkelten in einem matten Grau – ein Chamäleon, vielleicht wie sein Träger.

Prinz Locrinus lächelte sie daraufhin an, so herzlich und aufrichtig, dass Gwendolyns Herz sich mit Hoffnung füllte. Ja, das war der Mann, den sie lieben sollte.

Entschlossen trat sie wieder zurück, und Prinz Locrinus nahm Gwendolyns Torques schnell von seiner Kette, trat dann ebenfalls vor, legte ihn ihr um den Hals, warf die Kette weg und befestigte ihn rasch.

Da er für eine Frau gemacht war, war ihrer bei Weitem nicht so schwer wie seiner, und er legte sich leicht an, wobei die Drachenschnauzen so eng beieinanderlagen, dass es aussah, als küssten sie sich. Gwendolyn konnte sie nicht sehen, aber sie konnte sie deutlich spüren.

Wie von selbst rückte sie ihren Torques zurecht. Und dann, wie er es bei ihr getan hatte, schenkte sie Prinz Locrinus ein bebendes Lächeln und schwor sich, die Ehefrau zu sein, die er verdiente.

Zwischen ihnen nickte der Druide anerkennend und sagte: „Ihr seid nun als Prinz und Prinzessin von Pretanien im Stande der Ehe vereint! Geht heute in Euer Heim, gemeinsam, auf dass Ihr niemals getrennt werdet! Möget Ihr lange leben und gedeihen!"

Und dann war es vollbracht. Gwendolyn hob ihren Schleier und enthüllte ihr Gesicht. Prinz Locrinus lächelte, richtete sich zu seiner vollen Größe auf, ergriff ihre Hand, verzichtete auf den üblichen Friedenskuss und drehte sie, um ihre verbundenen Hände zu heben, damit alle sie sehen konnten.

Ein lautes Hurra erhob sich aus der versammelten Menge und wogte in Wellen über das Feld. Sogleich entfernte sich die Feiergesellschaft von der Nähe des Baumes – alle bis auf den Druiden, der mit wieder geschlossenen Augen verharrte, seine Lungen mit den Dämpfen füllte und beide Hände auf die Eibe gelegt hatte, während er betete. Gwendolyn staunte, dass seine Toleranz gegenüber dem Gift der Eibe so groß war, obwohl er so gebrechlich aussah. Ähnlich wie Schierling war das Toxin stark, die Dämpfe ebenso.

Und ungeachtet dessen würde der Druide bis zum Einbruch der Dämmerung so verharren, und am folgenden Morgen würde er ihren Vater aufsuchen, um ihm zu berichten, welche Visionen er gesehen hatte, einschließlich derer, die er um des Tals willen herbeirufen würde. Gwendolyn hoffte nur, dass die Fäulnis heilbar sein würde, doch heute Abend wagte sie nicht, bei solchen Gedanken zu verweilen, nicht, wenn sie ein Lächeln auf dem Gesicht bewahren musste.

König Brutus war der Erste, der herbeieilte, um dem frisch vermählten Paar zu gratulieren. Er küsste Gwendolyn auf die linke Wange und sagte: „Welche Freude Ihr unserem Hause bringen werdet!"

Die Mutter von Prinz Locrinus tat es ihm sogleich nach. Sie bot Gwendolyn erst die eine, dann die andere weiche Wange zum Anlehnen an und umarmte sie dann vollständig. „Tochter", sagte sie. „Ich werde dich behandeln, als wärst du mein eigenes Kind." Ihre Stimme war gütig, und Gwendolyn stockte bei einem Anflug plötzlicher Freude der Atem.

Locrinus' Brüder folgten – Kamber und Albanactus, einer

gewinnender als der andere. „Ach", neckte Albanactus. „Wäre ich doch nur der Erstgeborene!" Er hob Gwendolyns Hand und küsste sie flüchtig. Dann tat Kamber dasselbe. „Prinzessin", sagte Kamber und fügte hinzu: „Wir werden auf ewig Eure ergebenen Diener bleiben."

Gwendolyns Vater erreichte sie langsamer, aber welche Kraft ihm auch in den letzten Tagen gefehlt haben mochte, für diese Umarmung brachte er sie nun auf und drückte Gwendolyn so fest, während er ihr ins Ohr flüsterte: „Du bist wunderschön, Tochter. Ich bin stolz." Und dann wandte er sich an Prinz Locrinus, winkte ihn mit einem gekrümmten Finger heran und sagte: „Sorgt für einen Enkel, junger Mann!"

Verlegen lächelte Gwendolyn und bereitete sich innerlich erneut auf die kommende Nacht vor. Königin Eseld kam als Nächste, um sie zu umarmen, und zum ersten Mal in Gwendolyns ganzem Leben war die Umarmung aufrichtig und lang, so sehr lang und so furchtbar bittersüß. Ein neues Brennen stieg Gwendolyn in die Augen. „Mutter", krächzte sie, als Königin Eseld sie fest hielt.

„Mein liebstes, süßes Kind", sagte Königin Eseld. „Ich freue mich so für dich. Heute hast du unserem Volk und unseren Landen große Freude und Heilung gebracht. Ich wünschte mir nur von ganzem Herzen, dass deine Großmutter und dein Großvater hier wären, um diesen Tag zu erleben!"

Gwendolyn nickte, ihre Stimme war zu belegt, um zu sprechen, als ihre Mutter sich aus der Umarmung löste und Gwendolyn sanft auf die Wange tätschelte.

Und das war es.

Prinz Locrinus stand an ihrer Seite, fürsorglich und freundlich, und ließ Gwendolyn den Augenblick verfluchen, in dem sie es gewagt hatte, ihr Herz einem herzlosen Geschöpf zu schenken – das im Übrigen nicht einmal lange genug anwesend bleiben konnte, um ihre Hochzeit zu sehen, geschweige denn ihren Moment zu feiern.

Ein letztes Mal erlaubte sie sich einen plötzlichen und überwältigenden Anflug von Zorn über Máliks abrupten Aufbruch, aber sie schwor sich, dieser Ärger müsse eine Reinigung sein. Nach diesem Tag – diesem Moment – würde sie nicht mehr an ihn denken, und sie würde eine Ehefrau und Prinzessin sein.

Prinz Locrinus nahm sie am Arm und zog Gwendolyn von der scherzenden Menge fort. Er zog sie beiseite, hob die Hand zu einer widerspenstigen Locke und strich sie Gwendolyn aus dem Gesicht, seine Augen glänzten vor ...

Liebe? Freude? Verlangen?

„Wunderschön", erklärte er. „Ich kann es kaum erwarten, Euch für mich allein zu haben. Aber zuerst!"

Er drehte sich um, machte eine Handbewegung in die Luft, und die Menge teilte sich, um Gwendolyns Hochzeitsgeschenk zu enthüllen ... eine grauweiße Stute mit goldener Mähne und goldenem Schweif, um die zu ersetzen, die sie verloren hatte.

Ihr geschmeidiger Körper war mit goldenen Schuppen gepanzert, darunter ein *Kruppenpanzer*, *Halsstähle* und ein *Brustpanzer*, sowie eine *Rossstirn*, die ein goldenes Horn trug. „Aus Gallien", sagte er. „Für Euch eingeführt. Diese Rasse ist hochgeschätzt, treu einem einzigen Herrn."

Er lächelte kameradschaftlich. „So wie ich nur Euch treu sein werde. Bis zu dem Tag, an dem wir zum Dienst gerufen werden, meine Dame, werden wir gemeinsam reisen, von Ost nach West, von Nord nach Süd, und sei es nur, damit unser Volk seine wunderschöne Königin betrachten kann. Das ist mein Geschenk an Euch, nicht nur das Pferd."

Er verneigte sich dann, machte sich vor ihr klein, und Gwendolyns Herz machte einen kleinen, zögerlichen Freudensprung. Nicht nur wegen seiner freundlichen Worte oder seines süßen Geschenks oder seiner Versprechen, sondern vor allem, weil Gwendolyn reisen wollte, und er hatte sie offensichtlich gehört und dies verstanden, und er war fürsorglich genug, ihr ein so wundersames Geschenk zu machen.

Ohne Vorwarnung hob er Gwendolyn in seine Arme, trug sie zum goldenen Sattel und setzte sie darauf. Danach grinste er breit wie ein kleiner Junge und winkte, dass sein eigenes Pferd herbeigebracht werde. „Sollen wir unsere gemeinsame Reise beginnen, Prinzessin?"

„Oh, ja!", rief Gwendolyn aus, während Aufregung in ihr aufstieg und ein Raunen durch die Menge ging. Auf einmal schämte sie sich von Herzen für all die schrecklichen Dinge, die sie über ihn gedacht hatte. *Liebe, wo du musst,* hörte sie Demelza sagen.

Liebe, wo du musst.

Liebe, wo du musst.

Und jetzt verstand sie, warum er sie so bald nach der Zeremonie mitnehmen wollte, und diese Erkenntnis schwoll in ihrer Brust an, bis ihr Herz sicherlich doppelt so groß wie normal sein musste. Dies war seine Brautgabe an sie, erkannte sie, und sie war prächtig. Welche Vorbehalte sie auch immer gehegt hatte, sie ließ sie los, bereit, mit ihrem Prinzen an ihrer Seite zu fliegen. Hoffnung entsprang einer ungeahnten Quelle. Gwendolyn blickte zu ihm hinunter, befahl ihrem Herzen, sich zu wandeln, und die Worte ihrer Mutter flüsterten in ihr Ohr ...

Wenn du nach Freude suchst, wirst du sie sicher finden. Wenn du nach Trauer suchst, wirst du auch diese finden. Aber wenn du dein Schicksal mit Anmut und Vertrauen annimmst, kannst du vielleicht deine größte Freude entdecken.

Gwendolyn genoss das Gefühl des Pferdeleichnams zwischen ihren Schenkeln und saß hoch und stolz in ihrem neuen Sattel, als der Prinz sein eigenes Pferd fand und neben ihr aufstieg. Wahrlich, er war eine stattliche Erscheinung, jeder Muskel seines Körpers spannte sich gegen seine goldene Kleidung, seine Beine in glitzernden Beinlingen, seine Arme und Brust mit bemaltem goldenem Leder, geschmückt mit einer Version seines eigenen Drachen, ebenfalls in Gold. Aber nein, sie sah genauer hin und erkannte, dass es *beide* ihre Banner vereint waren. *Sein Drache. Ihre Farben. Ihr Haus.*

Ein neues Banner für ein neues Zeitalter.

Ein weiteres Hurra schwoll in der Menge an, und dieses Mal,

obwohl Gwendolyn bemerkte, dass ihr Gatte sich bückte, um ihre Zügel zu nehmen, zügelte er sich und lächelte stattdessen, richtete sich in seinem Sattel auf und machte ihr eine schwungvolle Handbewegung. „Wohin Ihr geht“, sagte er, „folge ich.“

Und mit diesen Worten entfaltete sich ein winziger Keim der Liebe in Gwendolyns Brust, winzig, aber stark. Ein letztes Mal blickte sie zurück, um den Blick ihrer Mutter zu suchen, und fand Königin Eseld glücklich lächelnd vor. Ihr Vater und ihre Mutter scherzten unbeschwert mit ihrer neuen Verwandtschaft, und sie wusste in diesem Augenblick … sie hatte gut gewählt.

Begierig, das Gefolge kennenzulernen, mit dem sie reisen würden, und erpicht auf ein neues Abenteuer, gab Gwendolyn ihrem Reittier einen Stoß mit dem Knie, doch dann fiel ihr etwas ins Auge … eine einsame Gestalt in der Ferne, auf der Klippe über dem Meer, eine dunkle Silhouette gegen eine untergehende Sonne, und der Anblick versetzte ihrem Herzen einen kleinen Stich.

Sie wusste, wer es war, wandte sich aber ab.

Liebe, wo du musst, hatte Demelza gesagt. Nun, das, was Gwendolyn in dieser Welt am meisten liebte, mehr als alles andere, war ihr Vater, dieses Land und ihr Volk.

Endlich entschlossen, kehrte sie dem glitzernden Meer den Rücken zu.

KAPITEL
NEUNUNDDREISSIG

Die letzten Sonnenstrahlen streiften die Rüstung ihres vergoldeten Reittiers – ein Geschenk ihres Prinzen, so majestätisch wie sie selbst ... Die Drachenprinzessin, für die sein Herz brannte und nach der sich das Land sehnte. Doch wenn er sich zwischen ihnen hätte entscheiden müssen, war er zum Verlieren verdammt.

Die Last auf seinem Rücken war eine zweifache: sein eigenes schweres Schwert und das Schwert seines Volkes. Doch keine lastete schwerer auf ihm oder schnitt tiefer als die Bürde, die er nun in seinem Herzen trug.

Sie ist nicht deine Bestimmung, sagte er sich.

Aber das wusstest du bereits, nicht wahr?

Was ließ dich glauben, du allein könntest das Schicksal wenden?Ein Dank gebührt einer jungen Prinzessin, dass sie einen kühleren Kopf bewahrt hat als du.

Das war alles, was er hatte sehen wollen. Nun, da es vollbracht war, konnte er gehen.

Er verlagerte das Gewicht des einen Schwertes von seinem Rücken auf die Schulter, wandte sich von der Feier ab und schlug den Weg nach Nordosten auf der Kleinen Straße ein, den Rücken der Stadt zugewandt, den Blick auf das Meer gerichtet.

Obwohl er kein Seher war, brauchte es keinen, um zu verstehen, dass Gwendolyns Reise erst begann, und ihre Prüfungen ebenso.

„Gorthugher da", sagte Esme und materialisierte sich an seiner Seite. Mit langen, anmutigen Fingern schob sie ihre blutrote Kapuze zurück und grinste, wobei sie scharfe, raubtierhafte Zähne entblößte, die seinen eigenen glichen.

So atemberaubend und listig sie auch war, Málik fand ihre Schönheit nun um einen viel blasseren Ton verblasst, wie schimmernde Perlen neben einer lodernden Flamme.

„Ich habe das Schwert", sagte er mürrisch, unzufrieden mit ihrer Anwesenheit, doch er wusste, dass sie deswegen gekommen war. Wenn er ihr gab, was sie suchte, würde sie vielleicht gehen.

„Ja, ich sehe schon", sagte sie aufgeregt und ihr darauffolgendes Lachen war schrill wie ein Gackern. „Brennt es für dich so wie sie?"

„Das tut es nicht", sagte Málik, und fügte leiser hinzu: „Und sie auch nicht."

„Du darfst dich nicht von den Schatten in deinem Geist jagen lassen, junger *Drus*. Denk daran, wir wurden dafür geboren."

Wofür?

Um zuzusehen, wie eine Unschuldige ihrem Todfeind zum Opfer fällt?

Málik fühlte sich verraten und weigerte sich, weiterzusprechen.

Schon einmal war er gesandt worden, um gegen das Schicksal einzugreifen, und er war gescheitert. Den Trojanern war nicht zu trauen. Und Gwendolyn war nicht die Erste, die sie benutzen würden.

Da sie es zu lange verlernt hatte, ihre Füße zu benutzen, glitt Esme neben ihm her. „Dem Verbotenen wohnt ein Reiz inne, der es unsäglich begehrenswert macht", schlug sie vor. Als ob dies der Grund wäre, warum er sich nicht für sie entschieden hatte, die Frau, die sein eigener Erzeuger an seiner Seite sehen wollte.

„Málik", sagte sie ernster, mit einem schmerzlichen Unterton in der Stimme. „Dein Feind kommt nicht mit spitzen Ohren und unter einer Kapuze verborgen. Er kommt zu dir als das eine, was du am meisten begehrst."

Nicht du, wollte er sagen, aber er ignorierte sie weiterhin, setzte entschlossen einen Fuß vor den anderen und benutzte hartnäckig seine Glieder, denn wenn er jetzt aufhörte, wenn er sich dem *Aether* hingab, fürchtete er, aus diesem Reich zu entschwinden, nur noch ein Schemen zu werden und dann eine Erinnerung, die allzu bald vergessen sein würde.

„Sie ist nicht Helena", meinte Esme, und alte Wunden brachen wieder auf.

Nein, das war sie nicht. Gwendolyn war ganz und gar nicht wie jene Dame. Sie war süß und unschuldig und viel zu unsicher, um den Einfluss zu verstehen, den sie besaß, während Helena eine Sirene gewesen war, die Königreich gegen Königreich, Freund gegen Freund ausgespielt hatte.

Trotzdem würde auch Gwendolyn ein hölzernes Pferd in die Tore ihres Vaters locken, und beide Male war es Esme gewesen, die sein Mitwirken inszeniert hatte.

„Geh weg", sagte er. „Sag meinem Vater, dass ich auf dem Weg bin."

Ihre Stimme hatte einen flehenden Unterton. „Du wirst ihn enttäuschen, wenn du zögerst."

„Nicht mich will er sehen, sondern dieses Schwert, und es kommt, wenn ich komme", sagte er. „Und jetzt lass mich allein."

„Wie du wünschst", gab sie mit einem Seufzer nach, und ihr Verschwinden war nicht sanft, eher wie ein Riss aus diesem Reich, wie ein Pflaster, das von einer Wunde gerissen wird.

Ach, alles, was sie gesagt hatte, war wahr. Sein einziger Trost war dieser: Gwendolyn war dort, wo sie sein sollte. Die Drachenbanner waren vereint, und eines Tages ... würde seine goldene Prinzessin Pretanias Königin sein.

VIERZIG

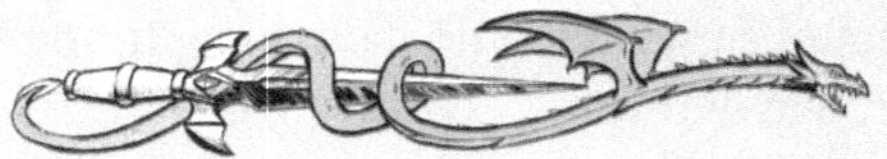

Sie ritten so lange in die Nacht hinein, dass Gwendolyn sich fragte, ob sie jemals anhalten würden, um zu rasten, geschweige denn, um ihre Ehe zu vollziehen.

Angesichts ihres jüngsten Missgeschicks und der Tatsache, dass sie keine Packpferde für die Reise dabeihatten, befürchtete sie, dass sie den Abend unter dem Sternenhimmel verbringen würden – was sie normalerweise nicht beklagt hätte, nur dass es ihre Hochzeitsnacht war und sie wusste, dass Ely eine so karge Nachtruhe nicht gut bekommen würde. Auch missfiel ihr der schlichte Umstand, dass sie als Frauen allein mit einer Truppe voller Männer reisten – nicht, dass sie sich sorgte, abgesehen vom Anstand. Sie hatte ihren Mann, der sie beschützte, und Ely hatte Bryn. Dennoch würde Ely schlecht schlafen, obwohl sie bereits halb im Sattel eingeschlafen war und ihr Bruder sie hin und wieder anstieß, damit sie nicht vom Pferd rutschte. Inzwischen tat Gwendolyn der eigene Hintern weh, und obwohl sie fast im Sattel geboren worden war, machte die Erwartung sie ebenso fertig wie der neu angepasste Sattel auf ihrem neuen Pferd. Sie hatte vergessen, welch einen Unterschied eine so simple Sache wie das Einfinden in den Rhythmus ihres Reittieres für ihr Reitvergnügen machen konnte. Im Augenblick vermisste Gwendolyn ihre alte

Stute mehr, als sie sagen konnte. Sie hoffte, dass es dem lieben Pferd besser erging als ihren Vettern, obwohl sie es nicht einmal wagte, an solche Dinge zu denken – nicht jetzt.

Als sie in der Ferne Fackeln aufleuchten sahen, die einen fahlen gelben Schein über den Horizont warfen, legten sich all ihre Sorgen auf der Stelle, denn da wusste sie, dass Locrinus alle Vorkehrungen getroffen hatte, um diese Nacht zu einer unvergesslichen zu machen.

Und nun ergab so vieles einen Sinn. Wenn er wusste, dass sie diesen Weg nehmen würden, und er beabsichtigt hatte, direkt nach der Zeremonie aufzubrechen, würde er natürlich dafür sorgen, dass Zelte zu ihrem Vergnügen aufgeschlagen waren und Gwendolyn und ihren Gästen jeglicher Komfort geboten wurde.

Sie freute sich auch, dass sowohl Bryn als auch Ely sie begleitet hatten. Am Ende hatte ihre Mutter sie gesegnet und Gwendolyn vor ihrem *dawnsio* ihren Segen gegeben. Und ganz gleich, wie nervös Ely war, auch sie schien aufgeregt, ein neues Leben zu beginnen und die Chance zu bekommen, einen Mann ihrer eigenen Wahl zu finden und zu heiraten, jemanden, der sie lieben und für sie sorgen konnte, so wie Ely es verdiente.

Was Bryn betraf, so war er wieder da, wo er hingehörte, in der Position, für die er sein ganzes Leben lang ausgebildet worden war. Gwendolyn wusste, dass er sich unter den Kriegern ihres Mannes gut machen würde, und als ihr Schatten würde er jede Gelegenheit haben, im Rang aufzusteigen. Vielleicht würde er eines Tages seine eigene Truppe anführen. Und obwohl zwischen ihnen immer noch eine unterschwellige Spannung lag, war er in der Zwischenzeit wieder ganz der Alte.

Im Moment ritt Gwendolyn neben Ely, und obwohl Prinz Locrinus an der Spitze seiner Truppen ritt und seine Männer anführte, sah sie ihn hin und wieder zurückblicken, als fürchtete er, sie könnte es sich anders überlegen und fliehen. Es war wirklich ziemlich rührend, und obwohl Gwendolyn wegen der Beiwohnung nervös war, war sie nun begierig darauf, es hinter sich zu bringen.

„Götter!", keuchte Ely, als sie das erleuchtete Lager sah.

Der Anblick war absolut bezaubernd, mit im Kreis entzündeten Fackeln und einem Dorf aus goldenen Zelten, die bereits aufgebaut waren und wie strahlende kleine Monde aussahen, die in die schwarze Nacht blinzelten. „Es ist so ... charmant!", sagte Ely.

Das war es in der Tat. Doch wieder einmal kehrten diese summenden Bienen zurück und stachen Gwendolyn in den Bauch, bis sie dachte, sie müsse sich übergeben.

Jetzt war es so weit.

Sie sah mit klopfendem Herzen zu, wie Prinz Locrinus sich umwandte, zurückfiel und die Reihe entlangritt, um sie zu holen. Hoch und stolz saß er im Sattel und schenkte ihr ein Lächeln, das nur für sie bestimmt war. „Gattin", sagte er, als er sie erreichte, und Gwendolyn nickte ihm stumm zu, beunruhigt von dem fremden Wort ... *Ehemann.*

Götter. Selbst jetzt wollte es ihr nur widerwillig über die Zunge kommen. Glücklicherweise bemerkte Locrinus es nicht und bedeutete Gwendolyn, sich ihm anzuschließen und Ely bei Bryn zu lassen.

Demelza hatte gesagt, sie solle mit Nervosität rechnen. Sie hatte gesagt, es sei nur natürlich. Aber das hier fühlte sich ... *furchtbar* an.

Bald, allzu bald, würde von ihr erwartet werden, sich vor ihm zu entkleiden, und er würde sie ganz sehen, nicht als Fremder, sondern als Liebhaber.

Seine Hände würden ihre Brüste und Hüften finden, seine Zunge ihren Mund necken, und komme, was da wolle, sie würde ihm das Einzige geben, was nur sie ihm geben konnte.

Alle Augen waren auf Gwendolyn gerichtet, als sie an der Seite von Prinz Locrinus an die Spitze der Reihe ritt. Ihre Glieder fühlten sich plötzlich wie Wackelpudding an, so sehr, dass sie fürchtete, sie würde aus dem Sattel rutschen und sich blamieren, ein Haufen aus Armen, Beinen und Tränen.

Prinz Locrinus, der ihre Unruhe vielleicht spürte, beugte sich vor, um ihre Zügel zu nehmen, und zum ersten Mal ließ Gwendolyn es zu. Das Lager war unheimlich still, als sie sich ihren Weg durch das Zeltdorf bahnten – meistens Männer waren anwesend, die verschiedene Aufgaben erledigten, und in einer Ecke des Lagers brannte ein Feuer mit einem großen Kessel darüber. Ein Koch stand daneben und schöpfte etwas, das wohl Haferbrei sein musste, in Schalen, in freudiger Erwartung der Ankunft der Gruppe.

Die meisten der Männer, die mit ihnen reisten, steuerten geradewegs auf diese Ecke zu, und endlich waren ihre Stimmen zu hören, als sie Feldflaschen für das abendliche Vergnügen hervorholten.

Natürlich wollten sie mit ihrem Prinzen feiern, aber etwas ließ Gwendolyn über ihre Schulter zurückblicken, um zu sehen, ob sie Ely entdecken konnte.

Ely war nun inmitten der sich zerstreuenden Truppen verloren, und Prinz Locrinus wandte sich von der Ecke des Kochs ab und führte Gwendolyn direkt zum größten der Zelte.

Natürlich musste es das sein.

Drinnen fand Gwendolyn es gut ausgestattet vor, mit einem riesigen Bett in der Mitte und ihrer Aussteuertruhe, die bereits zu ihrer Bequemlichkeit geliefert worden war. Als sie sich an das hauchdünne *Chainse* erinnerte, das sie darin entdeckt hatte, errötete sie bei dem Gedanken, es zu tragen, denn es ließ nichts der Fantasie übrig. Zweifellos war der Rest ihrer Habseligkeiten vorausgeschickt worden.

„Machen Sie es sich bequem", sagte er mit einer neuen Begierde in der Stimme, die einen weiteren Schwarm bösartiger Bienen durch ihren Bauch jagte.

Gwendolyn wurde beinahe ohnmächtig.

Götter.

Wie konnte sie das ertragen?

Sie zwang sich, Málik aus ihren Gedanken zu verdrängen, und ging auf ihre Aussteuertruhe zu, um das besondere Gewand zu finden, das ihre Mutter ihr gegeben hatte, in der Hoffnung, Prinz Locrinus – ihr Ehemann – würde ihr Zeit für sich geben, um sich auf die Beiwohnung vorzubereiten.

„Setzen Sie sich", sagte er, und das einzelne Wort war ein Befehl.

Gwendolyn erstarrte auf halbem Weg durch das Zelt und drehte sich um, um ihrem Mann mit dem Rücken zum Himmelbett entgegenzusehen.

Das goldene Lampenlicht schien auf ihn so scharf wie auf die saphirblauen Augen seiner Drachen. Er glänzte wie eine goldene Statue. Sein langes, feines Haar war offen und spielte mit der Brise in seinem Rücken. Und plötzlich war Gwendolyn kalt, und sie war sich nur allzu bewusst, dass sie so weit von zu Hause entfernt war. Sie rieb sich die Arme, um sich zu wärmen, als er sie angrinste, und das Grinsen veränderte sein Gesicht, machte es lüstern und gierig zugleich. Doch obwohl sie die Lust erkannte, ließ sie etwas daran innehalten.

Wortlos griff er in seine Tasche, kam auf sie zu, sein Blick so finster, dass sie instinktiv zurückwich und weiter zurückwich, bis ihre Kniekehlen das Bett berührten – und immer noch kam er näher, seine Augen brannten mit einem seltsamen, beunruhigenden Licht, einem Feuer, das dem in den Augen seines Drachen nicht unähnlich war.

Als er sie erreicht hatte, stieß er sie alles andere als höflich auf das Bett zurück, und Gwendolyn landete auf ihrem Hintern und stützte ihren Fall mit den Händen hinter sich ab.

„Loc?", sagte sie.

Immer noch ohne zu sprechen, setzte sich Prinz Loc so hin, dass Gwendolyns Knie zwischen seinen harten Schenkeln lagen. Und Götter – sie schluckte krampfhaft. Irgendetwas an seinem Verhalten war heute Nacht anders, obwohl er sie weder berührte noch sich entkleidete. Stattdessen enthüllte er, was er aus seiner Tasche genommen hatte – eine glänzende Klinge, scharf und im Lampenlicht gleißend. Nun lächelnd, streckte er die Hand aus, zog Gwendolyn unhöflich näher, und bevor sie wusste, was er vorhatte, hatte er bereits die erste Haarlocke abgeschnitten.

Sie flatterte auf das Bett.

Aber es war nur Haar.

Nicht golden.

Nicht Gold.

Nur Haar.

Der Anblick erzürnte ihn plötzlich.

Grob, wie eine Bestie knurrend, packte er Gwendolyn an den Haaren, um noch mehr abzuschneiden, zerrte an ihren Locken, bis sie protestierend aufschrie.

Schnipp.

Schnipp.

Schnipp.

Haar.

Nicht Gold.

Nicht golden.

Nur Haar.

Da lag nun ein wachsender Haufen, und Gwendolyn riss sich blinzelnd aus ihrer Benommenheit und begriff endlich.

Sie war ihm egal.

Es ging ihm nur um ihr Haar.

Er war nicht ihre wahre Liebe.

Schnipp.

Schnipp.

Schnipp.

Mehr Haar.

Nicht Gold.

Nicht golden.

Nur Haar.

„Götter!", rief er aus. „Was für ein Narr ich bin!"

Er nahm sich ihr Haar noch einmal vor, schnitt wütend, zerrte, zog und schnippelte, hieb und schnippelte, bis ein weiteres wütendes Brüllen aus den Tiefen seiner Eingeweide aufstieg und aus seiner Kehle hervorbrach.

Endlich trat Prinz Locrinus zurück, starrte Gwendolyn an, als wäre sie ein abscheuliches Ungeheuer, und schrie: „Lügnerin!"

Seine Lippen verzogen sich grausam, als er sagte: „Ich würde nicht mit Ihnen schlafen, wenn Sie die letzte Frau in all diesen

Landen wären. Ich würde eher einen dreckigen Druiden ficken, als Sie jemals anzufassen!"

Und dann, mit einem Knurren, schleuderte er seine Klinge ins Bett und rammte sie dort in der Mitte hinein, wo er und Gwendolyn hätten liegen sollen. Ohne ein weiteres Wort ging er, und Gwendolyn starrte auf das Chaos auf dem Bett.

Nur Haar.

Nicht golden.

Nicht Gold.

Im Licht der Laterne war es matt, mit nur einem Hauch von Rot.

Ihre Liebe war nicht wahr. Ihr Werben nur eine List.

Prinz Locrinus war *nicht* der Mann, für den sie ihn gehalten hatte.

Aber die Klinge ...

Wie davon angezogen, blinzelte Gwendolyn erneut, ihre Hand zitterte, als sie den Dolch ergriff, um ihn zu inspizieren, und ihr Herz zog sich schmerzhafter zusammen, als sie es je für möglich gehalten hätte, als sie ihn endlich in der Hand hielt.

Die Klinge ... sie war zweischneidig, ähnlich einem Schwert, zum Stoßen gedacht, lang genug, um zwischen eine Rippe zu gleiten und ein Herz zu durchstechen. Die Markierung auf dem Griff war schmerzlich vertraut – der alte Wächter von Dumnonia, ohne die Stachelzunge ... und ... da war eine winzige schwarze Perle im Auge des Drachen.

Galle stieg in Gwendolyns Kehle auf, der Geschmack war bitter, wie Verrat, und etwas wie Wut kochte durch ihr Blut und erfüllte sie mit dem Zorn eines Drachen.

Jene zarten Ranken und Dornen, die sich eben noch um ihr Herz gesponnen hatten, glitten nun schmerzhaft durch ihre Adern und schlugen Wurzeln, so tief, dass sie in Knochen und Mark versanken. Denn die Klinge ... war Borlewens.

NACHWORT

Ich stieß zum ersten Mal auf Gwendolyns Geschichte, als ich für ein anderes Buch recherchierte, und war von dem, was ich erfuhr, völlig baff.

Ihre Geschichte war, historisch gesehen, die erste, die ich je las, in der eine starke Frau ihren untreuen Ehemann in den Wind schoss.

Doch dann stellte sie eine Armee auf, um ihn zu besiegen, nahm seinen Thron und seine Krone an sich und herrschte als Britanniens erste regierende Königin – da kann man mal vom Zorn einer verschmähten Frau sprechen.

Obwohl dieses Buch ihr Tribut zollt und ich mich nach Kräften bemüht habe, an den historischen Fakten festzuhalten, bin ich doch zweifellos scharf ins Reich der Fantasie abgebogen und habe viele der großen Legenden der Britischen Inseln mit einfließen lassen, einschließlich des Aufstiegs und der schließlichen Niederlage der Tuatha Dé Danann.

Ach, es gibt noch so viel mehr, was ich sagen könnte (und möchte!), aber um euch den Spaß nicht zu verderben, möchte ich lieber, dass ihr diese Reise mit mir gemeinsam antretet. Wenn euch das erste Buch gefallen hat, wollt ihr das zweite auf keinen Fall verpassen.

EBENFALLS VON TANYA ANNE CROSBY

Die Frauen der Highlands

Eine Frau für MacKinnon

Lyons Geschenk

Ein unverhoffter Antrag

Unbezähmbare Herzen

Die Magie der Highlands

Neue Hoffnung für MacKinnon

Die Hüter des Steins

Es war einmal eine Highland-Legende

Das Feuer der Highlands

Das Schwert des Königs

Für den Laird

Anthologien & Novellen

Mit Herz und Hündin

Eine Bescherung für den Herzog

Romantischer Spannungsroman

Hinterlasse Keine Spuren

Der Zunge Gewalt

Du sollst nicht lügen

ÜBER DIE AUTORIN

Tanya Anne Crosbys Romane waren auf vielen Bestsellerlisten, einschließlich der New York Times und USA Today, zu finden. Sie ist am besten bekannt für Geschichten voller Gefühl und Humor und nicht ganz perfekter Charaktere bekannt. Ihre Romane werden von Lesern wie auch von Kritikern in den höchsten Tönen gelobt. Sie lebt im Norden Michigans mit ihrem Mann, zwei Hunden und zwei launischen Katzen.

Weitere Informationen:
www.tanyaannecrosby.com
www.tanyaannecrosby.com

www.ingramcontent.com/pod-product-compliance
Lightning Source LLC
Chambersburg PA
CBHW020228010826
48973CB00006B/1415